KB236791

한국 문학 연구의 새로운 가능성

한국문학연구학회 편

국학자료원

머리말

우리 학회의 기관지 "현대문학의 연구"가 벌써 16집의 연륜을 쌓게 되었습니다.

이번 호에서는 그 간에 있었던 회원 개인들의 연구 성과를 자유롭게 발표하는 자유 주제의 논문들을 싣기로 했습니다. 회원들의 참여가 다소 저조했고, 또 학회의 논문 게재 규정에 어긋나는 논문들이 몇 있어, 예년에 비해 논문 게재 편수가 좀 줄었습니다.

최유찬 회원의 '게임이란 무엇인가'는 컴퓨터 게임의 의미를 인문학적으로 접근한 독특한 논문으로, 이번 학회지의 게재 논문을 자유 주제로 정했던 편집부의 애초 의도가 생산적이었음을 확인해 주었습니다. 마광수 회원의 '이육사의 시 「절정」의 또 다른 해석' 역시 형식주의 비평의 방법을 원용하면서도 심리주의, 역사 전기주의적 비평을 함께 아울러, 텍스트에 대한 치밀한 분석을 그 극한까지 밀어붙인 저력 있는 논문이었습니다. 수필의 장르적 특성에 줄기찬 관심을 갖고 연구해 온 김현주 회원의 '근대 초기 기행문의 전개 양상과 문학적 기행문의 기원'은 근대적 기행문의 양식이 성립되는 과정과 그 사회 역사적 지평을 실증적으로 규명하는 성과를 거두었다고 여겨집니다. 유성호 회원의 '한국 근대시의 근대성과 모더니즘'은 우리 근대시에 나타난 근대성의 불구적 국면들, 이를테면 근대적 주체의 형성 과정과 그것의 비판적 주체에의 미달 과정, 그리고 미적 근대성의 불철저하고 표피적인 수용 과정에 대해 치밀한 자기 반성을 이끌어 내어, 근대적 가치 체계에 내재하고 있는 해방적 기능을 문학적 담론의 중심으로 끌어내려 한 젊은 연구가의 노력이 엿보이는 야심적인 글이라 여겨집니다. 이번에는 특별히 연변대학 김경훈 교수님께서 새로 발굴된 심련수 시인에 대한 논문을 보내주셔서 장차 시문학 연구의 새 길을 다지는 데 도움을 주셨습니다.

이 밖에도 조정래 회원의 "소설창작, 나와 세계가 만나는 길"에 대해 애정어린 질타를 아끼지 않은 소설가 이상운 씨의 서평은 기왕의 서평과는 달리 서평의 새로운 모습을 보여 주었다고 생각합니다. 한수영 회원의 소설비평집에 관한 차승기 회원의 논쟁적 서평 또한 기억할 만한 글이라 여겨집니다.

새로운 학기가 시작되는 바쁜 와중임에도 논문집 발간을 위해 애써 주신 모든 편집부원의 노고에 진심으로 감사의 말씀을 전하며 이 글을 마칩니다.

2001년 2월 25일
한국문학연구학회장 조남철

차 례

게임이란 무엇인가

최 유 찬[*]

1. 게임의 정의
2. 놀이의 의미
3. 프로그램의 의미
4. 맺음말

1. 게임의 정의

현대 기술공학의 결정체인 컴퓨터와 그것을 이용한 게임이 사람의 일상 생활에서 차지하는 비중이 날로 커지고 있다. 최근의 뉴스 보도에 따르면 한국인이 접하는 매체 정보 가운데서 컴퓨터 게임은 텔레비젼 프로그램을 능가하여 가장 큰 비중을 차지하게 되었다. 이 사실은, 컴퓨터 게임을 향유 하는 세대가 젊은 층에 국한되고 있다는 점을 고려할 때, 현재 젊은 세대들 이 생활 가운데서 얼마만큼 많은 시간을 게임에 투입하고 있는가를 짐작할 수 있게 해준다. 그들은 게임을 통하여 멀티미디어 시대의 분위기와 정서를 익히고 정보화사회에 적응할 수 있는 능력을 키우고 있다고도 할 수 있는 것이다. 멀티미디어 사회의 선도자가 게임이라는 말은 여기서 비롯된다. 물

---

* 연세대 교수

론 컴퓨터 게임이 중독증상이라고 하는 바람직하지 못한 사회적 영향을 낳기도 해서 물의를 일으키고 있지만 그럼에도 불구하고 그것은 이미 정보화 시대의 총아로서 하나의 거스를 수 없는 추세가 되고 있는 것이다. 컴퓨터 게임의 긍정적 부정적 효과를 논위하기에 앞서서 컴퓨터 게임 그 자체에 대하여 깊은 관심을 기울여야 하는 것은 이에 말미암는다. 컴퓨터 게임은 정보기술사회의 중요한 산업일 뿐만 아니라 이 시대의 문화형식 가운데서 중추를 형성하는 문화 제도가 되고 있기 때문이다.

그러나 컴퓨터 게임에 대한 우리 사회의 관심은 주로 경제적 산업적인 측면에 기울어 있고 문화형식의 측면에 대해서는 크게 주목하지 않고 있는 형편이다. 그 양상은 게임의 문화적 측면에 접근하기 위한 일차 작업이라고 할 수 있는 게임의 정의조차 제대로 이루어지지 않고 있는 데서 드러난다. 게임에 관한 여러 담론들이 제시하는 정의가 서로 엇갈리고 있는 현상은 논자들이 좀더 비중 있게 고려하는 게임이 상이 하든가 논의의 초점이나 수준이 서로 다른 데서 연유한다고 볼 수 있다. 관심과 취향에 따라 각기 제나름으로 게임의 정의를 하고 있는 많은 게임 평론가들과 비교해서 좀더 체계적으로 컴퓨터 게임에 접근하고 있는 경우에도 그 양상은 대동소이하다. 『21C 게임 패러다임』의 저자인 김창배는 컴퓨터 게임을 "컴퓨터(pc만을 일컫는 것이 아니라 정보처리능력을 가진 장치로서의 컴퓨터)라는 하드웨어상에서 흥미를 유발하는 내용물이 어떤 규칙에 의거한 선택결정과정을 통해 진행되어 나가도록 컴퓨터 프로그램에 의하여 제작된 것"[1]이라고 정의하고 있는데 이 정의가 컴퓨터 게임의 특징적인 면모를 어느 정도 개념적으로 정리해주는 것은 사실이지만 문화형식으로서 게임의 본질을 효과적으로 규정하고 있다고는 볼 수 없다. 그것은 이 정의를 내린 당사자가 여러 가지로 자신의 정의를 보완하는 언급을 하고 있음에도 불구하고 종국에는 "아직도 게임에 대하여 명확한 정의는 존재하지 않는 것으로 보인다"고 실토하는 데

---

1) 김창배, 『21c 게임 패러다임』, 지원미디어, 1999, 30쪽.

서 입증된다. 이와 같은 양태는 기본적으로 게임이 지니고 있는 복합적인 성격, 그리고 게임 형태의 다양성과 일정하게 관련된다.

　컴퓨터 게임에 관해 언급하고 있는 많은 문헌이나 발언들은 흔히 게임을 '엔터테인먼트의 중심이며 종합예술'이라고 소개하고 있다. 현재 한국에서 성업중인 게임방이 2만여 개라는 정보는 게임이 '엔터테인먼트의 중심'이라는 사실을 반증하고 있다. 게임방에 드나드는 사람이 한 업소에 50명이라고 해도 하루에 적어도 1백만 명이 게임을 즐기고 있는 셈이 되고 오락실이나 비디오 게임기, 개인 컴퓨터를 이용하여 게임을 즐기는 사람까지 고려하면 그 수는 기하급수적으로 늘어난다. 또한 '종합예술'이라는 규정도 영화와 게임의 소프트가 결합하고 있다는 근간의 뉴스들을 생각하면 그다지 틀렸다고 말할 수 없다. 게임은 전자기술공학이나 프로그래밍의 방법, 애니메이션 기술의 발전에 따라 영화의 영상에 근접하는 스펙터클을 생산하고 있고 어떤 측면에서는 그것을 넘어서고 있는 것이다. 이처럼 게임은 엔터테인먼트라는 오락으로서의 성격과 예술로서의 성격 양자를 갖추고 있어서 그것을 정의하는 데 많은 어려움을 낳는다. 그런 점에서 게임이 한갓 오락의 수단인 놀이일 뿐이냐 그렇지 않으면 고상한 예술이냐 하는 논란은 그 동통(疼痛)이 진정되기까지 아직 시간이 필요한 화두일지 모른다. 게임의 본질에 대한 심도 있는 파악에 기초하여 그것을 정의하는 일은 아직 진행형인 셈이다. 그렇기 때문에 논자들은 게임에 대한 관점이나 입장이 어떤 것이냐에 따라 각양각색으로 게임을 정의하고 있는 것이다. 그리고 그렇게 각자의 필요와 입장, 관점에 따라 서로 다르게 내려진 게임에 대한 정의들은 무엇에 대한 정의가 항용 그러한 것처럼 일정한 정당성과 함께 문제성을 지니고 있는 경우가 태반이다. 모든 것을 게임에다 끌어다 부치려 하기도 하고, 예술로 격상시키기 위해 특정 부분을 게임에서 배제하기도 하며, 컴퓨터 게임만을 게임의 고유 영역으로 치부하기도 한다. 어떤 경우에는 '게임은 즐거움을 목적으로 하는 행위'라고 정의하여 대상 자체보다는 그 기능과 효과에 치중하여 설명하기도 하고, 사전에 나와 있는 용어 설명을 무슨 신주단지나

되는 것처럼 모시고 살기도 한다. 이 숱한 정의들은 컴퓨터 게임에 대한 이해에 일정하게 기여하기도 하지만 그 방향이 잘못 설정되었을 경우 많은 노력을 헛되게 하거나 게임 이용자를 오도할 가능성이 있다.

　게임에 관한 정확한 정의는 단순히 게임 자체에 대한 이해를 돕는 작용에 그치는 것이 아니라 그와 관련된 많은 사회 활동을 올바른 방향으로 이끄는 견인차 역할을 할 수 있다. 이러한 의미에서 엄밀한 게임의 정의를 모색하는 일은 오늘의 문화상황에서 필수적인 과업이 된다. 게임을 단순히 오락으로 규정하여 홀시하는 것도 아니고 예술로 승격시키기 위해 특정한 사태를 과장하지도 않는 가운데 게임을 정의하는 일이 필요한 것이다. 그것은 게임이 가지고 있는 매체로서의 특성과 문화형식으로서의 특성을 고루 고려하여 이루어질 때 가능한 형식일 것이다. 이 같은 관점에서 기왕에 나온 게임의 설명 가운데 게임의 정의를 위해 검토 대상으로 삼기에 가장 적합하다고 생각되는 것은 『게임대학』의 저자 아카오 고우이치가 제시한 관점이다. 그는 게임을 '놀이를 목적으로 한 프로그램'이라고 매우 단순하게 설명하고 있는데, 이 단순한 설명이 게임을 규정하는 데 필요한 여러 측면을 개념적으로 잘 함축하고 있다.

　　"우선, 게임은 '놀이를 목적으로 한 프로그램'이라고 정의하고 싶습니다. 프로그램이란 규칙, 소재, 테마 등을 패키지로 한 것입니다. '가위 바위 보'는 훌륭한 게임입니다. 프로그램이란 세계를 떼어내어 어떻게 재구성하는가 하는 기법으로, 사상적(思想的)인 경영이라고 할 수 있습니다."[2]

　아카오 고우이치는 '놀이를 목적으로 한 프로그램'이란 대목에 작은따옴표를 붙여 놓고 있다. 이 작은따옴표를 통해 유추해 볼 때 그 설명이 고우이치 고유의 것인지 다른 저작에서 옮겨온 것인지는 불분명하다. 그러나 그

---

2) 아카오 고우이치 외, 『게임대학』, 에이케이 편집부 옮김, AK, 1996.

원천이 중요한 것은 아니다. 설사 다른 사람의 저작에서 인용했다 하더라도 그것을 얼마만큼 깊이 이해하고 있는가 하는 문제가 더 중요한 점이다. 사물만이 변화 발전하는 것이 아니라 인간이 만들어낸 개념도 발전한다는 개념 발전의 개념을 인정한다면 동일한 표현 형태를 가지고 있다고 할지라도 거기에 부여하는 의미는 다를 수 있고, 그러한 재해석들을 통해서 개념은 실제로 발전하기 때문이다. 이 점에서 인용문은 그 저자가 '놀이를 목적으로 한 프로그램'이란 개념의 핵심 요지를 정확하게 파악하고 있음을 보여준다. 그것은 게임의 설명 뒤에 붙어 있는 '프로그램'에 대한 해석에서 드러나는데, 프로그램이 '규칙, 소재, 테마 등을 패키지로 한 것'으로서 '세계를 떼어내어 재구성'하는 기법이자 '사상적인 경영'이라고 한 부분이 바로 그 대목이다. 여기서 프로그램이 '규칙, 소재, 테마' 등을 패키지로 한다는 관점은 시를 모방의 양식으로 파악한 아리스토텔레스가 시의 종류를 구분하기 위해서는 모방의 방식, 매재, 대상을 고려해야 한다고 말한 관점과 상통한다. 또 프로그램이 '세계를 재구성'하는 기법이면서 동시에 '사상적 경영'이라고 한 것도 사태를 인식하는 데 요령을 얻고 있다. 기법은 단순히 기술이나 기교가 아니라 사상의 영역에 속해 있고 사상이 파악한 세계를 구체화하는 물질적 정신적 수단이자 방법이라는 관점을 나타내주고 있는 것이다. 따라서 우리는 이 간략한 설명에 따라 게임의 본질을 이해하기 위해서 놀이란 무엇이며 프로그램이란 무엇인지를 구체적으로 알아볼 필요가 있다. 그리고 이 과정에서 '놀이를 목적으로' 한다는 것이 무엇을 의미하는지 음미하는 것도 빠트릴 수 없는 일이다. 즉 그것은 게임에 대한 정의가 게임 자체의 목적인 '놀이'의 기능이나 효과에 입각해서 설명될 것이 아니라 놀이란 대상 자체의 본질에 근거하여야 한다는 사실을 말해주고 있는 것이다.

2. 놀이의 의미

　얼마 전에 읽은 한 신문 기사에는 재미있는 이야기가 실려 있었다. 개미와 베짱이의 우화를 패러디한 것으로서, 여름철 동안 뼈빠지게 일한 개미는 허리디스크에 걸려서 겨울 내내 통증으로 신음하는데 베짱이는 최신곡이 히트하여 요즘 잘 나가고 있다는 것이다. 「개미와 베짱이」 우화에 대한 종래의 해석을 완전히 뒤엎은 이 패러디는 원작 우화와 마찬가지로 베짱이의 노래 연습을 일 속에 포함시키지 않은 약간의 범주 오류를 범하고 있음에도 불구하고 요즘 세태에 익숙한 사람에게는 그럴 듯한 이야기로 받아들여진다. 개미의 성실함이나 근면성이 칭송 받던 시대가 가고 무엇으로든 튀면 된다는 신세대의 사고가 현실적인 것으로 되어가고 있는 양상을 압축해서 보여주고 있다. 변혁운동이 큰 힘을 얻고 있던 80년대나 그 이전 전통사회의 가치관이 일과 놀이 가운데서 암묵리에 일에 좀더 비중을 두고 있었다면 정보기술사회의 가치관은 은연중 놀이에 비중을 두는 쪽으로 전환한 것이라고 해석할 수 있는 것이다.

　그러나 일과 놀이는 개미와 베짱이의 우화가 간접적으로 시사하듯이 인간의 삶에서 다같이 불가결의 요소이다. 그렇기 때문에 옛날부터 일만 하는 사람이나 놀기만 하는 사람은 똑같이 어딘가 부족한 사람으로 여겨져 온 것이라고 할 수 있다. 이 말이 전통 사회에서 일과 놀이에 동등한 비중이 두어져 있었던 사실을 주장하는 것은 아니다. 여가(餘暇)란 말과 놀이가 밀접하게 관련되는 데서 드러나듯이 전통사회에서는 어디까지나 일에 중심이 놓이고 놀이는 주변부 말단에 속한다는 의식이 지배적이었다. 놀이는 일을 할 수 있는 힘을 재충전하는 부차적인 것으로 간주되어온 것이다. 그럼에도 불구하고 일충이, 놀이꾼 등의 개념이 다같이 부정적인 의미를 함축하고 있다는 것은 사람들이 생활 속에서 지녀온 균형감각을 잘 보여 준다. 이 점에서 호모 사피엔스(생각하는 사람)나 호모 파버(만드는 사람)의 전통적 개념에

대하여 호모 루덴스(유희하는 사람)의 개념을 들고 나온 요한 호이징하는
어느 모로 보나 시대를 앞서간 선각자라고 할 수 있다. 물론 호이징하 역시
어차피 20세기를 살고 간 사람이라는 점을 들먹이면서 산업화로 인해 절대
적 기아가 사라진 바탕 위에서 그의 호모 루덴스 개념이 나올 수 있었다는
점을 강변할 수도 있다. 뿐만 아니라 오늘날 많은 사람이 즐기는 놀이나 게
임은 현대 사회의 노동의 모습과 표리의 관계를 이룬다고 말할 수도 있다.
예를 들어 '놀이는 노동의 초상화'라는 제목을 달고 있는 다음의 글은 그
관계를 잘 드러내준다.

> "파친코를 지배하고 있는 것은 물건과 재물에 의존한 '공업사회(물질
> 형 문명)'의 논리 그 자체입니다. 파친코는 급격히 진행되는 공업사회에
> 자신을 동화시키기 위해 일본인이 고안해낸 '학습장치'였다고 할 수 있
> 습니다. '노동'과 같은 환경, 같은 도구를 가지고 놀음으로써 '노동'에
> 필요한 감성을 연마했던 것입니다. 게임에도 똑같은 이치가 통용됩니
> 다. 컴퓨터를 파트너로 일을 해야만 하는 고도 정보사회가 필연적으로
> 만들어낸 것이 '비디오 게임'이라는 놀이입니다. 순간적으로 판단을 해
> 야 하기도 하고, 버그 때문에 울기도 하고, 컴퓨터를 '미디어(매개)'로 하
> 여 친구와 연결되기도 하고. 컴퓨터가 이성을 연마시키고 감성에 호소
> 합니다. 컴퓨터로 처리된 '정보'를 중심으로 움직이는 고도 정보사회,
> 또는 정보형 문명. 게임은 그런 새로운 사회와 문명이 요구하는 '노동'
> 의 스타일을 배우기 위한 사회적 장치라고 할 수 있습니다. 결코 단순한
> 기분전환이나 심심풀이의 수단이 아닙니다."[3]

이 관점은 산업사회에 대한 사회학적인 상상력이 발동된 이후 거의 모든
사회부문에 대한 해석에서 찾아볼 수 있는 견해이다. 일종의 노동기원론으
로서 산업사회론적 도식이라고 할 수 있는 것이다. 이 관점은 한국 사회를
게임 열풍으로 몰고 간 시뮬레이션 게임 <스타크래프트>에 대한 분석에서
도 나타난다. IMF 사태 이후 전개된 기업의 구조조정에 스타크래프트의 전

---

3) 앞의 책, 197쪽.

략이 응용되어야 한다는 다음의 주장은 비록 익살일지라도 일과 놀이의 관련을 잘 드러내 준다.

> "반드시 필요한 자원을 확보하고 이를 빠른 시간 안에 경쟁 업체를 누를 수 있는 우위의 위치를 점하는 곳에 사용하라! 이것은 현재 기업체들간에 불고 있는 스타크래프트 이론 중 하나입니다. 다가오는 21세기 사이버시대의 디지털 경영전략의 하나인 이 이론은 최근 심각한 구조조정과 인원감축으로 인해 열의를 잃은 직장인들에게 하나의 탈출구가 되어질 것으로 보입니다. 이 이론에는 몇 가지의 기업전략이 들어 있습니다. 그 첫째는 바로 공격이 최상의 방어라는 것입니다. 과거 기업체들은 일단 안정성에 접어든 사업에 대해서는 무리한 투자를 자제하고 최소한의 비용으로 최대의 효과를 얻는 것에만 치중해왔으나 현재는 완전한 우위를 점하기 어려운 시장 상황을 누가 먼저 가장 강력한 지원과 화력으로 최대한의 공격력을 발휘하여 승기를 점하는가로 바뀌고 있다는 것입니다. 두 번째 기업전략은 전세를 언제라도 역전시킬 수 있는 히든카드를 하나 정도는 가지고 있어야 한다는 것입니다. 상대방에게 조금씩 선점되어진 위치를 내주더라도 그 상황을 예리하게 판단해서 결정적인 순간에 전세를 뒤집을 히든카드를 마련하지 않고 무작정 뛰어든 경영인은 백발백중으로 실패할 수밖에 없다는 것입니다. 이외에도 저글링 러쉬를 응용한 길거리 넥타이 부대의 떼거리 홍보전과 우선(적)으로 점해야하는 위치에 가두 홍보센타와 3인의 멋진 남성과 1인의 도우미를 배치하는 벙커진지 구축전술, 경쟁기업이 이미 우위를 점하고 있는 시장의 핵심부분에 정예 시장 조사요원을 은밀히 보내 정확하게 상황을 예측하고 대규모의 기업이미지 인원을 투입하는 아비타 리콜전략, 상대기업이 경계하지 않고 느슨하게 풀어놓은 틈새시장을 소리소문없이 접근해 한방에 대박을 터트리는 고스트 핵 전술 등이 화제가 되고 있습니다"4)

문화적 산물에 대한 이러한 해석은 다른 부문에서도 쉽게 찾아볼 수 있다. 예컨대 공상과학소설의 주인공은 전투를 벌이는 전사들이 아니라 실험

---

4) 서민철, 「충격 스타크래프트 신드롬 보고서」, 『GAME PEOPLE』 2호, 2000. 2.

실에서 실험에 열중하는 과학자로서, 그것은 고역이 되어버린 노동이 아니라 삶의 의미 속에 통합된 일을 통해 보람을 찾는 사람의 모습을 제시하고 있다는 수잔 랭거 류의 해석들이 바로 그에 해당한다. 질 들뢰즈가 놀이들이 서로 뒤섞이면서 노동이나 도덕 같은 종류를 참조하게 된다고 말한 것도 유사한 것이라고 할 수 있다. 들뢰즈는 간단 명료하게 "사실 놀이들이란 노동과 도덕의 희화화 또는 모델이며, 그들의 요소들을 새로운 질서로 통합하는 것이다"[5]고 규정하기까지 한다. 이런 점에서 비록 산업사회론적 도식이라 할지라도 노동에서 놀이의 기원을 찾는 견해들을 무작정 비난할 수만은 없다.

그러나 호이징하의 관점의 새로움은 놀이의 기원을 유희본능과 같은 생리현상에서 찾거나 노동과 같은 특정한 영역으로 환원하는 관점을 거부한 데 있다. 그는 놀이를 문화현상으로 보면서 다른 영역과 놀이의 관계를 역전시킨다. 놀이가 문화를 빚어낸 것은 아니라 할지라도 놀이 속에서 문화가 탄생했다는 것이다. 즉 사회에 질서를 가져다주는 제도 법률, 오늘날 문화의 대명사처럼 군림하는 학문이나 예술의 근원을 놀이정신에서 찾는 것이다. 그가 놀이를 '진지함' 전체와 비교하고 축제, 의식 등의 '성스러움'과 관련짓는 것은 이 같은 기본 입장에서 비롯된다. 그에 따르면 놀이는 그 재미를 통해 사람들을 열광하게 하거나 몰두하게 하는 하나의 '총체성'[6]으로서, '어떠한 이미지 조작, 즉 현실을 이미지로 전환시키는 형상화 작용에 근거하는 것'[7]이다. 이 설명이 무엇을 의미하는지를 좀더 자세히 알기 위해서는 그가 '놀이의 형식적 특징'으로 손꼽고 있는 것을 살펴볼 필요가 있다.

호이징하가 들고 있는 놀이의 형식적 특징은 세 가지이다. 첫째 놀이는 '자유스러운 것, 바로 자유'라는 본질에 의해서만이 '자연'의 진행과정과 구분된다. 이것은 다음 두 번째의 특징과 함께 놀이의 자기목적성의 천명이라

---

5) 질 들뢰즈, 『의미의 논리』, 이정우 옮김, 한길사, 1999, 132쪽.
6) J. 호이징하, 『호모 루덴스』, 김윤수 옮김, 까치, 1998, 12쪽.
7) 앞의 책, 14쪽.

고 할 수 있다. 둘째, '놀이는 실제의 생활을 벗어나서 아주 자유스러운 일시적인 활동의 영역으로 들어가는 것'이다. 이것은 놀이의 무관심성 또는 무상성(無償性)을 말하는 것으로서 호이징하가 놀이의 가장 높은 형식을 축제나 의식과 같은 성스러운 영역과 관련짓는 것과 연관된다. 셋째 놀이는 장소와 지속성에 의해 일상적인 삶과는 구분되는 것이다. 이 항목은 놀이에서 장소의 격리성과 시간의 한계성을 말하고 있다. 호이징하가 말하는 놀이의 세 특징은 놀이를 독립된 범주로 파악하는 관점에서 연원한다. 놀이는 시공간적으로 실제의 삶에서 분리되어 있을 뿐만 아니라 현실적인 이해관계에서도 벗어나 있다. 그것은 순수하게 자발적인 행위로 성립하는 가상세계의 창조 행위이다. '총체성'이라는 용어는 놀이의 이와 같은 독립성과 함께 그것이 그 자체로 완결된 자족적 세계라는 의미를 함축하며 행위 하는 인간의 자발성과 자유에 의해 꾸며지는 세계임을 표시하고 있다. 이 세계에는 나름의 법칙이 존재하는데 행위자는 그 법칙의 한계 안에서 자신의 자유를 행사하며, 그 결과에 승복해야 한다. 놀이의 질서와 긴장은 제약 속에서 행해지는 이 자유의 실행으로 인해 구체화된다. 호이징하는 놀이가 독립된 세계라는 점을 지적했을 뿐만 아니라 그 세계가 이미지 조작에 의하여 '현실을 이미지로 전환시키는 형상화작용에 근거한 것'임을 지적하고 있다. 이 지적의 중요성은 아직까지 학계에서 크게 주목받지 못하고 있다. 호이징하의 공헌 가운데 큰 부분은 그가 놀이의 자기목적성을 주장한 사실로만 인지되고 있으며 호이징하 자신도 자기가 이룬 발견의 의미를 온전히 파악하지 못하고 있다. 그 사실은 놀이형식의 특성에 대한 그의 정의에서 찾아볼 수 있다.

"그것은 어떤 자유로운 행위라고도 말할 수 있는데, 이 행위는 진심에서 그렇게 하는 것은 아니지만 어쨌든 일상 생활 밖에서 행해지고 있으며 그럼에도 불구하고 놀이하는 사람을 강렬하게 그리고 완전히 사로잡을 수 있다. 이 자유로운 행위는 어떤 물질적인 이해 관계도 없고, 어

떠한 이익도 얻을 수 없으며, 또한 그 행위는 질서정연한 어떤 고유의
고정된 법칙에 따라 고유의 고정된 시간과 공간 속에서 이루어진다. 그
리고 놀이라는 자유로운 행위는 사회적인 단체의 형성을 촉진시키는데,
그러한 단체는 어떤 비밀로써 자신을 감추려고 하고 또 변장과 다른 수
단을 동원하여 일상 세계와 그들 사이의 다른 점을 강조하려는 경향을
가지고 있다"[8]

　이 정의에서는 앞서 언급한 놀이의 자기목적성 외에 놀이가 놀이하는 사
람의 사회화를 촉진한다는 관점이 덧붙어 있다. 그러나 놀이가 현실을 이미
지적으로 조작해서 형상화한다는 개념은 나타나 있지 않다. 그러므로 그의
형상화에 대한 언급은 우연한 발견의 부류에서 크게 벗어나지 못한 것이다.
이 양태는 호이징하의 뒤를 이어 놀이를 본격적으로 규명하고자 한 로제 카
이와에게서도 그대로 반복된다. 카이와는 호이징하의 놀이에 대한 정의가
지닌 결함을 보완하고 있지만 형상화의 문제에 대해서는 크게 관심을 기울
이지 않는다. 그러나 가상현실이 생생한 현실로 대두되고 있는 현재의 상황
에서는 더 이상 이 문제가 방치될 수 없다. 그것은 천재 아리스토텔레스조
차 노예제 사회에서는 가치의 원천을 파악할 수 없었다는 사실, 자본과 임
노동의 구분이 확연해진 산업사회의 등장 이후에야 가치의 본질이 규명될
수 있었다는 사실이 말해주는 것처럼, 가상현실이 보편화된 사회의 등장 이
전에는 명확히 문제로 대두될 수 없었던 사실이 현대사회에서는 분명하게
드러나고 있기 때문이다. 따라서 이 글에서는 놀이가 현실의 형상화와 어떻
게 관련되는지에 대해서 좀더 상세히 다룰 필요가 있고 그 일은 프로그램을
다루는 다음 절의 주요 논점이 될 것이다.
　『놀이와 인간』의 저자 로제 카이와는 호이징하의 작업이 놀이를 성스러
운 것과 연결시키고 자기목적성을 강조한 점에서 선구적이라고 평가한다.
그러나 그는 호이징하가 놀이의 정의 속에 신비를 포함시킨 점, 놀이는 어

---

8) 앞의 책, 27쪽.

떠한 물질적 이해도 없는 행위라고 함으로써 경마, 복권, 카드놀이 등 우연 놀이를 놀이에서 배제해 버린 것은 문제적이라고 비판한다. 그는 이 비판을 좀더 발전시켜 호이징하가 놀이의 일반성을 강조하기 위해 놀이의 분류를 하지 못한 점을 큰 결함으로 지적한다. 이 지적은 중대한 의미가 있다. 사물에 대한 인식을 위한 접근의 첫 단계가 분류이기 때문이다. 이런 측면에서 호이징하의 결함을 비판한 카이와의 놀이 분류는 주목해야할 사항이다. 카이와의 책은 본론의 전체가 분류작업에 바쳐지고 있다고 할 만큼 분류에 절대적인 비중을 두고 있다.

카이와의 놀이 분류는 가장 간명한 방식을 택하고 있다. 그는 잡다한 놀이 분류의 문제점을 비판하는 관점에서 놀이에 나타나는 특성들인 경쟁, 우연, 모의(模擬), 현기증이라는 네 요소 가운데 어떤 것이 우위에 놓이는가에 따라 네 종류를 설정한다. 그 네 종류는 파이디아(Paidia)와 루두스(ludus)의 경향 가운데서 어떤 경향이 두드러지는가와 긴밀한 관계가 있다. 카이와가 말하는 파이디아는 "기분전환, 소란, 자유로운 즉흥, 대범한 발산이라는 공통원리가 지배"[9]하여 '통제되지 않은 어떤 일시적인 기분'이 표출되는 경향을 가리키는 것이다. 이에 비해 루두스는 파이디아의 "장난기 있고 충동적인 활기가 거의 완전히 약해지고 적어도 순치(馴致)되"어 질서화하는 경향을 가리킨다. 카이와는 놀이에 이 두 경향이 공존하고 그것들이 서로 어떻게 결합하느냐에 따라 앞서 이야기한 네 가지 놀이 종류가 나타난다고 설명한다. 그러나 이 분류의 원칙을 내면적으로 분석하면 카이와가 채택한 분류의 척도는 '놀이에 규칙이 있는가의 여부'와 '놀이하는 사람의 의지가 작용하고 있는가의 여부'라는 두 가지라고 말할 수 있다. 즉 카이와의 분류 원칙은 규칙과 의지의 유무에 따라 가능한 조합을 나열하는 방식에 근거하고 있다. 이와 유사한 분류 방식은 아리스토텔레스의 『시학』, 노스럽 프라이의 『비평의 해부』, 조동일의 『한국소설의 이론』에서 공통적으로 찾아볼 수 있

---

9) 카이와, 『놀이와 인간』, 이상률 옮김, 문예출판사, 1999, 37쪽.

다. 분류 대상이 되는 사물의 속성 가운데서 중요한 항목을 추출하고 그것들의 조합을 만들어서 실제의 현실과 대조하는 방법이다. 이렇게 해서 카이와가 추출한 놀이의 종류는 경쟁의 형태를 취하는 아곤(Agon : 여기에는 규칙도 의지도 있다=스포츠 경기, 바둑), 주사위놀이를 의미하는 알레아(Alea : 규칙은 있지만 의지가 큰 작용을 하지 못한다=내기, 룰렛, 복권), 환상의 세계를 창조하는 미미크리(Mimicry : 규칙은 없지만 의지는 있다=인형놀이, 가면놀이, 연극), 현기증의 추구를 기본으로 하는 일링크스(Ilinx : 규칙도 의지도 없다=어린이의 뱅뱅돌기, 회전목마, 그네, 왈츠)의 네 가지이다. 카이와는 놀이가 이 네 가지를 기본범주로 하여 여러 가지로 조합, 변형될 수 있음을 말한다. 이 말은 이 기본 범주들이 놀이의 여러 역사적인 형태들을 하위분류로 거느리게 됨을 의미한다. 이와 같이 분류 작업을 행한 카이와의 놀이에 대한 탐구는 당연히 호이징하의 설명보다 좀더 구체적이고 분석적이다. 이 분석에 기초하여 그는 놀이를 다음의 여섯 가지 활동으로 구분하여 설명한다.

1. 자유로운 활동
2. (시공간적으로)분리된 활동
3. (놀이의 결과가)확정되어 있지 않은 활동
4. 비생산적인 활동(놀이하는 사람들 사이의 소유권 이동은 제외)
5. 규칙이 있는 활동
6. 허구적인 활동(현실생활에 비하면, 이차적인 현실 또는 명백히 비현실이라는 특수한 의식을 수반한다)[10]

카이와의 놀이에 대한 정의는 호이징하의 관점을 발전시키는 연속선상에서 이루어진다. 호이징하의 설명에서 통합되어있던 여러 사실들이 서로 구분되어 독립된 항목으로 설명된다. 이 양상은 놀이를 좀더 구체적인 측면에서 검토한 분석 작업의 결과라고 할 수 있는데 호이징하에게서 단순하게 암

---

10) 앞의 책, 34쪽.

시되었던 사실이 중요한 항목으로 비중 있게 다루어지는 경우도 찾아볼 수 있다. 그 양상은 특히 '허구적인 활동'을 말하는 6번 항목에서 그러한데, 우리는 이 내용을 형상화 문제와 관련하여 프로그램에 관한 고찰에서 상세히 검토할 필요가 있다.

3. 프로그램의 의미

　게임을 '놀이를 목적으로 한 프로그램'이라고 정의하는 것은 다분히 게임을 컴퓨터 게임으로 간주하고 내리는 규정이라고 할 수 있다. 컴퓨터는 물리적 현실을 가상화 하기 위한 기술적 장치로서 기본적으로 시뮬레이션의 특성이 있기 때문에 거기서 이루어지는 게임이 프로그램에 근거하는 것은 매우 자연스러운 일이다. 프로그램은 물리적 현실이 지닌 특성들을 특정한 요소로 구분하고 통합하여 가상의 현실을 재구성하는 기본 자료로 삼는다. 우리가 시뮬레이션 게임에서 마주치는 인물의 능력을 지력과 무력, 매력 등으로 나누는 것은 그 자체가 인간의 복합적인 성질을 단순화하여 제시하는 분석적 정신의 산물이며 그것들이 수치로 표시된다는 것도 게임의 세계를 가상화 하기 위한 불가피한 조처이다. 따라서 게임의 일반적 정의로서 '놀이를 목적으로 한 프로그램'이란 개념의 타당성을 입증하기 위해서는 시뮬레이션이 본질인 컴퓨터 게임 이외의 게임에서도 '프로그램'이란 용어가 적합한지 검토해야 한다. 즉 '가위 바위 보'나 룰렛게임, 카드게임에서도 프로그램의 요소가 있는가 하는 문제이다. 이 게임들이 승부와 같은 목적이나 결과를 순간적으로 달성하기 때문에 거기에 어떤 프로그램이 들어 있다는 진술을 의심스럽게 만들기 때문이다. 또한 카이와가 일링크스(현기증)라고 분류한 그네타기나 바이킹 같은 놀이에 프로그램의 요소가 있다고 하는 것도 신빙성 있는 진술이라고 하기 어렵게 느껴지는 것이 보통 사람의 일반적인 시각이다. 이 문제를 풀기 위해서는 카이와가 놀이의 공통적 특성으로서, 그 정의의 한 요소로서 설명한 '허구적 활동'이라는 개념을 좀더 면밀히 검토할 필요성이 있다.

카이와가 말하는 '허구적 활동'의 개념에서 '허구'가 뜻하는 의미는 게임의 캐릭터가 지닌 성격을 통해 검토할 수 있다. 예컨대 <스타크래프트>나 <삼국지>게임의 캐릭터는 전혀 이질적인 성질로 구성되어 있다. 그러나 우리는 그 이질적인 성질의 행위체들을 똑같이 캐릭터로 본다. 그 양상이 지닌 의미는 <삼국지>시리즈를 통해 음미할 수 있다. 구체적으로 말해서 <삼국지>에 등장하는 병사들은 버전 Ⅱ에서는 숫자로 표시되었다가 버전 Ⅲ에서는 일정한 실체성을 갖는 뭉텅이로 표시되고 버전 Ⅵ에서는 인간의 형상을 나타내는 개체로 표시되었다. 숫자나 뭉텅이나 개체나 하는 것이 중요한 것이 아니고 그것들이 캐릭터를 나타내는 기호라는 점만이 이해되면 되는 것이다. <스타크래프트>의 프로토스나 저그의 형상도 마찬가지의 기능을 가지고 있음은 말할 것도 없다. 이질적인 형상을 가진 사물이 인간을 표시하는 데 사용되었다는 것뿐 인간을 나타내는 기호임에는 다른 게임의 인물형상이나 다를 바 없다. 여기서 '허구'의 개념은 중요한 역할을 한다. 우리는 그것이 숫자이든 뭉텅이이든 그것을 캐릭터로 인정하는 허구 세계의 법칙을 받아들임으로써 게임의 세계에 들어서는 것이다. 이와 같은 양상은 시뮬레이션 게임과 액션 게임의 비교에서도 찾아볼 수 있다. 시뮬레이션 게임은 30시간을 소비해야 어떤 결과를 얻는 데 비해서 오락실의 액션 게임은 3분 안에 결판이 난다. 그러나 게임의 시간 길이가 얼마가 되든 거기에서는 하나의 사건이 발생해서 끝났다는 점에서 공통성을 갖는다. 즉 시뮬레이션 게임과 액션 게임은 내용으로 하는 사건의 성격이 다르지만 그럼에도 불구하고 거기서 하나의 사건, 하나의 현실이 표현되었다는 점에서는 동일하다. 게임의 역사를 간략하게 살펴보아도 그와 유사한 사례를 쉽게 찾아볼 수 있다. 똑딱거리는 탁구 게임인 <퐁>으로 시작한 게임의 역사가 블록 깨기, 슈팅게임, 비행시뮬레이션 게임으로 전개되었다는 사실은 게임의 길이나 형상의 사실성 여부가 게임의 본질적 의미를 좌우하지 못한다는 점을 말해준다. 3초가 걸리건 3개월이 걸리건 간에 하나의 게임은 어떤 목적이나 결과를 산출하는 독립된 과정을 자기의 고유 세계로 확보하는 것이다. 하나의 전략 시뮬레션 게임에는 수많은 보드 게임이나 액션 게임, 롤플레잉 게임, 어드벤처 게임이 들어 있을 수 있지만 그럼에도 불구하고 그 세계는 하나이듯이 '가위 바위 보'를 하는 짧은 순간은 들뢰즈가 이야기한 네 개의 게임규칙에 입각하여 자족적인 하나의 놀이세계에 들어가는 것이다.11) 즉 '가위 바위 보'를 하는 당사자들은 그 행위 속에 시뮬레이션 게임과 똑같이 그 세계를 규제하는 규칙이 있다는 것을 전제하며, 승패를 가름하는 기준을 공유하며, 어떤 수를 쓸 것인지 고민하는 순간을 갖게 마련이다.

'허구적 활동'의 개념은 이 '허구'의 성격에 의해 규정된다. 놀이 세계에 들어갈 때 놀이하는 사람의 특수한 의식이란 지금 들어가는 이 세계가 실제의 현실은 아니지만 그 나름의 고유한 법칙과 결과를 얻는 방법이 있는 또 하나의 세계라는 인식을 갖추는 것이다. 따라서 놀이하는 사람은 그 세계의 법칙을 준수하며 허용되는 수(방법)를 사용해서 결과를 얻어내기 위해 자세를 가다듬을 필요가 있다. 물론 그 세계는 허구의 세계이기 때문에 실제의 현실과는 달리 실재를 과장하고 연출한 효과를 통해 성립한다는 사실도 인

---

11) 들뢰즈는 모든 놀이와 시합들의 규칙을 네 가지로 구분한다. 그는 네 규칙을 다음과 같이 설명한다.
"1) 우선 놀이가 시작되기 전에 규칙들이 어떤 방식으로든 선재해야 하며, 놀이가 시작되면 (이 규칙들은) 명령적인 힘을 가져야 한다. 2) 이 규칙들은 운(運)을 가르는 가설들, 즉 승리와 패배에 대한 가설들을 결정한다. 3) 이 가설들은 수(手)들, 즉 실질적으로나 (내용상으로나) 수적으로나 서로 구분되는 여러 수들을 가지고 놀이를 조직화한다. 이 각 수들은 이러저러한 경우들을 지배하는 고정된 분배를 수행한다.(설사 단 한 수를 가지고 시합하는 경우라 해도, 이 수는 그것이 수행하는 고정된 분배와 그 수적 특수성을 통해서만 가치를 부여받는다.) 4) 수(手)가 낳은 결과들은 '승리'를 낳거나 '패배'를 낳는다. 결국 상상적인 놀이들 / 시합들의 특징은 명령적인 규칙들이 미리 존재한다는 것, 승리와 패배를 나누는 가설들이 존재한다는 것, 이 나눔은 수적으로 정확히 구분되어 고정되어 있다는 것, 뒤따르는 결과들(승리와 패배)이 있다는 것에 있다." 들뢰즈, 앞의 책, 131~132쪽.

정하지 않으면 안 된다. '허구'라는 개념은 '거짓으로 꾸민다'는 점을 나타내면서 동시에 하나의 '가공의 세계'로 독립한다는 사실도 의미하고 있다. 수수께끼를 풀 때나 스무고개 놀이를 할 때, 퍼즐의 미로를 헤맬 때도 이 양상은 동일하다.

　게임의 기본 요소로서 프로그램은 '세계를 재구성'하기 위한 '사상적 경영'이다. '사상적 경영'이기 때문에 프로그램은 게임 제작자의 세계관을 반영하며 그가 이용할 수 있는 물리적 도구나 기술의 제한을 받는다. 일본의 대표적 게임기인 닌텐도64 또는 플레이스테이션Ⅱ의 엔진을 잘 알고 있는 사람이라면 자동차 경주 게임을 3차원으로 구성할 수 있을 것이며, <테트리스>를 개발한 알렉세이 파치토노프라면 자신의 수학 지식을 게임 개발에 이용할 수 있을 것이다. 이 '사상적 경영'이란 개념은 수사적인 차원에서 사용된 말이기도 하면서 게임이기 때문에 '경영'이란 개념을 동원하고 있기도 하다. 원래 이 말에서 우선적으로 중요한 부분은 '사상'이란 측면에서 찾을 수 있다. 세계를 어떻게 파악하고 사물을 어떻게 이해했는가에 따라 재구성되는 세계는 달라질 수밖에 없다는 점에서 게임은 기본적으로 '사상'이란 정신적 영역을 내부에 지니고 있다. 그러나 이 세계는 게임의 도구를 일정하게 기술적으로 조작하여 만들어지는 가상의 창출을 전제조건으로 한다. 예를 들자면 컴퓨터를 이용하든 오락실의 게임기를 이용하든 '사상'을 지닌 프로그램이 현실 속에서 형상을 만들어낼 수 있어야 한다. 이것은 사람의 몸을 이용할 때에나 빛의 조작에 의해서 그림자놀이를 할 때나 마찬가지이다. 그렇기 때문에 프로그램은 그러한 물리적 기술적 도구를 '경영'할 수 있도록 해주는 장치를 내장해야 하는 것이다. 그런 의미에서 이 '사상적 경영'의 개념은 아리스토텔레스의 분류개념에서 거론된 모방의 방식, 대상, 매재를 대체할 수 있는 장치들을 게임에 요구한다. 그것은 프로그램이 '규칙, 소재, 테마 등을 패키지로 한 것'이란 말 속에 나타나 있다. 여기서 규칙은 게임이 존재하게 되는 세계의 성격을 규정한다는 점에서 일종의 '대상'에 해당한다고 유추할 수 있다. 규칙이 달라지면 세계가 달라지는 양상은 우리가 복싱과 킥복싱을 대조해보면 금방 알 수 있다. 복싱에서 발이나 무릎을 쓰면 그 순간 게임은 파국에 이르지만 킥복싱에서는 당연한 행동이 되는 것이다. 이에 비해서 '소재'는 게임을 실현시키는 물질적 매재를 가리키며 '테마'는 모방의 방식과 일정한 관련이 있다. 똑같은 스포츠 게임이라 할지라도 컴퓨터에 등장시키느냐 실제 몸으로 실행하느냐에 따라 그 양상은 크게 달라진다. 또한 소설 『삼국지』를 원작으로 이용하더라도 그것을 액션 게임으로 구성할 수도 있고 전략 시뮬레이션 게임으로 구성할 수도 있다. 모방의 방식은 곧 게임의 테마를 결정하게 된다. 프로그램은 이 세 기본 구성요소를 갖추어야 비로소 성립한다. 그러나 이 세 요소가 프로그램의 본질을 모두 설명하는 것은 아니다. 그 요소들을 갖춤으로써 프로그램은 놀이를 가능하게 하는 조건을 마련하는데 이와 같이 프로그램이 하나의 독립된 단위로 성립되면 거기에는 새로운 성질이 나타나게 된다. 그것은 게임이 독립된 범주가 됨으로써 비로소 발현되는 성질로서 호이징하나 카이와는 그것을 '총체성'이라는 개념으로 표시하고 있다.[12] 따라서 우리는 놀이의 프로그램으로서 게임이 '총체성'이라는 것은 무엇을 의미 하는지 살펴보아야 한다.

앞서 우리는 프로그램의 규칙들이 아리스토텔레스가 말한 모방의 '대상'에 해당한다고 말한 바 있다. 환언하면, 그것은 놀이가 규칙들의 체계로서 성립한다는 사실을 지적하고 있다. 질 들뢰즈가 '놀이의 규칙들'에 대한 언명에서 제시한 것처럼 놀이는 규칙의 선재성을 전제한 바탕 위에서 성립하고, 그 규칙들은 '운을 가르는 가설들', 즉 승리와 패배에 대한 가설들을 반드시 가져야 한다. 물론 들뢰즈는 '규칙들이 없는, 또 승리자도 패배자도 없는, 책임도 없는 놀이, 기교와 우연이 더 이상 구분되지 않는 무구성의 놀이'[13]로서 '탈물질적 놀이'라는 개념을 상정하지만 그 스스로 그러한 놀이는 현실에 존재하지 않는다고 밝힌다. 그러므로 현실적인 놀이는 규칙을 지

---

12) 호이징하, 앞의 책, 12쪽.
13) 질 들뢰즈, 앞의 책, 134쪽.

니고, 승리와 패배의 가설 위에 성립한다. '총체성'의 개념은 이 개념의 토대 위에 세워진다. 즉 프로그램은 승리와 패배를 가르는 규칙을 가져야 하고, 그리하여 놀이에는 승리와 패배가 갈리는 끝이 있게 된다. 그런데 끝이 있다는 것은 그 세계가 유한한 테두리 속에서 완결되는 것임과 동시에 그로 인해 독립된 범주가 된다는 것을 의미하며, 그와 같이 독립성, 자율성을 갖기 위해서는 그 내부와 외부를 구분할 수 있는 자질이 있어야 한다. 여기서 가장 중요한 요소는 당연히 규칙이 된다. 놀이의 규칙을 어긴다는 것은 곧 놀이의 끝을 의미한다. 이처럼 규칙은 놀이의 세계가 어디까지인지 경계를 지어주는 것이면서 동시에 그 완결이 어떤 수단과 방법에 의해 이루어질 수 있는지를 규정하고 있다. 이것은 들뢰즈가 말하는 '수(手)'의 준거가 규칙에 있다는 점을 말해준다. 놀이의 규칙이 허용하지 않은 수를 사용하는 경우 그 사람은 이미 놀이의 세계에 있지 않다. 규칙을 지키겠다는 의지에 의해서만 놀이 세계는 성립하며 그 규칙의 제약 속에서 주어진 상황에 창조적으로 대응하는 자유만이 놀이하는 사람에게 주어져 있다. 제약과 창조, 규칙과 의지의 변증법이 탄생하는 것이다.

놀이 세계의 규칙은 분명히 자의적인 것이다. 바둑에 묘미를 더해주는 패를 생각하면 규칙의 자의성은 분명히 드러난다. 그러나 다른 곳에 한번 두고 나서 패를 따지 않으면 그 순간 게임은 끝이 난다. 규칙은 자의적으로 만들어졌지만 놀이의 세계에서 그것은 강제성을 가질 뿐만 아니라 결정적인 권위를 갖는다. 그렇기 때문에 카이와는 놀이에서의 자유를 '엄밀정확함 속에 머물러야 하는 자유'라고 정의한 바 있다. 규칙이 허용하는 한도 내에서 창의적으로 수단 방법을 강구해야 하는 것이다. 놀이가 사람을 열광하게 하고 사로잡는 비밀도 여기서 찾을 수 있다. 놀이하는 사람에게 주어진 조건이 항시 공평한 것은 아니다. 자기에게 주어진 조건과 능력을 최대한 이용하면서 어려운 상황과 장애들을 극복해 가는 과정에서 놀이하는 사람은 끈기와 열의를 가져야 함은 물론, 정확한 판단력으로 위험을 무릅쓸 결단을 해야 하는 것이다. 거기에는 여러 관계들 속에 놓인 자신의 위치를 지각하는 일과 세계에 대한 정당한 인식, 그리고 자신의 행위가 빚을 수 있는 여러 결과들을 예측하면서 위험 속에 몸을 던지는 과감성이 다같이 필요하다.

규칙의 체계로서 놀이는 인간이 혼돈의 자연세계를 질서의 세계로 바꾸고자 하는 의지와 필요성 때문에 만들었다고 보는 견해가 있다. 놀이는 그 질서의 세계를 선취해서 보여 준다는 것이다. 그러나 이 견해가 여러 점에서 타당한 것이라고 해도 그것은 여러 가지 가능한 해석 가운데 하나일 뿐이다. 여기서 그보다 더 중요한 것은 게임이 이 규칙들의 체계를 프로그램으로 만들어서 자체 속에 현실의 형상을 갖추어야 한다는 점이다. 그 방식은 제시하려는 세계가 어떤 것이고 동원 가능한 물질적 기술적 수단이 무엇이냐 하는 데 따라 역사적으로 다양한 전개를 가져왔다. 단순히 생리적 본능을 표출하는 차원에서 세계를 프로그램화하기도 하고 고도의 지적 능력을 훈련시킬 수 있는 세계를 프로그램화하기도 했다. 오늘날 컴퓨터의 등장으로 인해 현실의 가상화, 놀이의 프로그램화는 이전과 비교할 수 없으리만큼 비약적인 발전을 하고 있다. 피파 게임과 같이 기존의 놀이를 재프로그램화하는 형태도 있고 액션 게임이나 롤플레잉 게임처럼 놀이하는 사람의 참여성을 중요한 계기로 도입한 형태도 있다. 그 외에도 게이머가 어떤 식으로 행동하는가에 따라 게임의 환경과 캐릭터의 성격이 변하는 게임까지 등장하고 있다. 현재 여러 나라 게임 산업체에서 개발되고 있는 각종 게임 형태들은 인류가 수만 년에 걸쳐서 개발해온 놀이의 역사를 자신이 짧은 역사 속에서 반복해 보여 주고 있는 셈이다. 그러면서 게임은 인류가 발전시켜온 기술공학의 힘을 바탕으로 실제와 방불한, 또는 실제나 다름없는 현실을 창조하고 있다. 그것을 흔히 가상현실이라고 하지만 정보화 사회에서 매체가 전해주는 정보가 그 자체 현실이 되고 있듯이 프로그램 속에 세계를 형상화하고 있는 게임 또한 엄연한 실제 현실로 작용하고 있다. 우리는 이제 가상을 포함함으로써 좀더 넓어진 현실에서 자신의 운명을 추스릴 수밖에 없는 존재가 된 것이다.

4. 맺음말

지금까지 게임의 본질을 이해하기 위해서 놀이와 프로그램의 의미를 고찰해왔다. 그 고찰을 통해서 게임이 오락적인 놀이로서의 성격과 예술로서의 성격을 공유하고 있음이 일정하게 밝혀졌다. 이와 같은 이중성을 갖는 경우 게임을 오락이나 예술 그 어느 쪽에 속하는 것으로 처리하는 것은 논란을 빚을 소지가 있다. 그렇다고 해서 게임은 게임일 뿐이라고 하는 것은 개념화 작업을 포기하는 처사에 속한다. 여기서 오락의 개념이나 예술의 개념을 근본적으로 성찰하는 일이 요구된다. 독일의 쉴레겔은 예술 일반을 '아름다움'의 범주 아래에 포괄하는 기왕의 관행에 이의를 제기하고 '흥미로움'을 대안으로 제시한 것으로 알려져 있다.[14] 이것은 우리가 꼭 따라야 할 필요는 없겠지만 게임에 대한 개념 작업을 위해서는 검토해볼 만한 제안이다. 또한 게임의 본질을 파악하는 데 종래의 텍스트 분석 방식은 많은 제약을 가져온다. 게임의 텍스트는 데이터베이스의 프로그램을 실행함으로써 활성화되는 형태이기 때문에 문학작품이나 영화 작품을 분석하는 방식과는 다른 접근방법을 요구한다. 그러므로 게임에 대해서는 기왕의 방법론이 지닌 틀에 지나치게 구애받을 필요 없이 활달한 상상력을 통해 접근의 통로를 새롭게 마련하는 방안이 검토되어야 할 것이다.

---

14) 최문규, 『문학이론과 현실인식』, 문학동네, 2000, 418쪽.

참고문헌

김창배,『21c 게임 패러다임』, 지원미디어, 1999.

로제 카이와,『놀이와 인간』, 이상률 옮김, 문예출판사, 1999.

박상우,『게임, 세계를 변혁하는 힘』, 씨엔씨미디어, 2000.

볼프강 베르크만,『상상력과 창의력을 키우는 컴퓨터 게임들』, 조원규 옮김, 북
라인, 2001.

아카오 고우이치 외,『게임대학』, 에이케이편집부 옮김, AK, 1996.

조셉 칠더즈 외,『현대문학문화비평용어사전』, 황종연 옮김, 문학동네, 1999.

질 들뢰즈,『의미의 논리』, 이정우 옮김, 한길사, 1999.

최문규,『문학이론과 현실인식』, 문학동네, 2000.

J. 호이징하,『호모 루덴스』, 김윤수 옮김, 까치, 1998.

What is Computer Game?

Choi Yu Chan

The computer game's evolution has closely paralleled the larger digital revolution. The first computer game, Spacewar, has developed by Steve Russell in 1961. As the companies of computer game marked these prototypes, electronic games were introduced as public amusements in arcades and bars, taking their place alongside jukeboxes and pinball machines. The dramatic growth of Internet has sparked interests in on-line gaming. On-line games allow people to literally construct fantasy world and personality, called avatars. On-line games rely on descriptive prose to create their world. In this way, computer game closely maps real life. We act out our daily life on a path built by moment-by-moment choices. Users of computer games make similar choices. Computer game is like life itself, full of choices and consequences, full of forks in the road. Computer game may well define what it means to be virtual reality in the 21st century. This thesis has debated on the definition of the computer game.

이육사의 시 「절정」의 또 다른 해석

마 광 수[*]

1. 문제의 제기
2. 1~3연의 해석
3. 4연의 해석
4. 마무리

1. 문제의 제기

이육사(李陸史)의 대표작 가운데 하나인 「절정(絶頂)」[1]에 대해서는 지금까지 수많은 해석이 이루어져 왔다. 그러나 거의 모든 해석들이 시인의 남다른 생애를 중시하여, 시의 전체적 주제를 '극한적 절망 속에서도 희망을 잃지 않는 시인의 불굴의 의지' 정도로 파악하는 것이 보통이었다. 이러한 해석이 나오게 된 계기가 되어주는 구절은 이 시 4연의 "강철로 된 무지개"인데, 거의 모든 연구자들은 이 구절을 긍정적 의미를 지닌 상징으로 해석하고 있다.

---

[*] 연세대 교수

1) 1940년 1월 『文章』에 발표된 작품으로서, 이육사의 생애와 정신적 절조가 가장 잘 드러난 대표작으로 평가받아 왔다.

시를 해석할 때 가장 중요한 것은 모든 선입견을 버리고 '문맥의 순리(順理)' 또는 '서사(敍事)의 순리'를 좇아가는 태도일 것이다. 그런데 지금까지 이루어진 이 시의 해석들은 대부분 시인의 생애에 맞춰 작품의 문맥을 재구성하는 이른바 '의도의 오류(intentional fallacy)'를 범했다는 느낌을 지울 수 없다. 물론 그러한 해석이 반드시 틀린 것이라고만 볼 수는 없다. "강철로 된 무지개"라는 구절이 워낙 난해하여 다양한 해석이 가능하기 때문이다. 특히 이남호는 이 점에 착안하여 이 구절이 수사학적으로 썩 잘된 표현이 아니라고 지적하고 있다. 성공적인 비유나 상징이 되기 위해서는 하나의 이미지로 형상화될 수 있는 것이어야 하는데, 이 구절에서 '강철'과 '무지개'는 서로 결합되지 못하고 따로따로 의미를 지니고 있다는 것이다. 그러면서 그는 "굳이 말하자면 이 구절은 꿈보다 해몽이 좋았던 것이지 시 자체가 훌륭한 것이라고 보기는 힘들다"[2]고까지 말하고 있다.

하지만 꼼꼼하게 따져가며 읽어보면 "강철로 된 무지개"가 과연 난해하고 모호한 표현인가 하는 의문이 생기게 된다. 1연에서 3연까지에 걸쳐 시인은 "강철로 된 무지개"가 난해한 표현이 아니라 '체험적 절규'로서의 '상징적 결론'이라는 사실을 설명해주고 있기 때문이다. 결론부터 미리 말하자면, 이 시의 전체적 문맥으로 볼 때 이 작품의 주제는 '희망의 절정'이 아니라 '절망의 절정'이라는 게 필자의 생각이다.

이 글에서는 "강철로 된 무지개"를 주축으로 하여 「절정」 전체를 구체적으로 꼼꼼히 해석해 보려고 한다. 그러면서 지금까지 나온 중요한 해석들을 비교·검토해 볼 것이다. 우선 이 작품의 전문을 읽어보기로 하자.

매운 계절의 채찍에 갈겨
마침내 북방(北方)으로 휩쓸려 오다

---

2) 이남호, 「'절정'의 해석」, 장영우 외 편, 『대표시 대표평론』 1권, 실천문학사, 2000, 118쪽.

하늘도 그만 지쳐 끝난 고원(高原)
서릿발 칼날진 그 위에 서다

어데다 무릎을 꿇어야 하나
한발 재겨 디딜 곳조차 없다

이러매 눈감아 생각해 볼밖에
겨울은 강철로 된 무지갠가 보다

2. 1-3연의 해석

1연에 나오는 "매운 계절의 채찍"은 분명 시인이 처한 암울한 상황을 상
징한다. 시인의 생애를 고려하면 "매운 계절"은 '일제의 탄압'이 될 수도 있
을 것이다. 우리는 만주의 허허벌판에서 영하 수십 도를 넘는 강추위에 떨
며 방황하고 있는 고독한 시인의 모습을 자연스럽게 연상할 수 있다.

여기서 중요한 것은 1연 2행인데, "마침내 북방(北方)으로 휩쓸려 오다"라
는 것은 시인의 투쟁 의지에 의해 능동적으로 '망명'을 한 것이 아니라 수동
적으로 '쫓겨'왔다는 사실을 암시해주고 있는 것이다. 첫연에서부터 시인이
처한 우울하고 암담한 상황이 제시되고 있다고 볼 수 있다.

"마침내"가 시사해주고 있는 것 역시 시인의 마음속에 이미 극한 상황적
절망의 그림자가 드리워져 있다는 사실이다. 시인은 조국에 남아 끝까지 싸
워보려 했지만 그것은 불가능하였다. 그러다 보니 시인은 결국 "북방"으로
목적 없는 '도피'를 하지 않을 수 없었다. 여기서 필자가 '도피'라는 표현을
쓴 것은 이 시 전체의 문맥으로 보아 이 구절에는 '결단성 있는 탈출'이라든
가 '의연한 자세로 결정한 망명' 같은 의미가 전혀 내재되어 있지 않기 때문
이다.

김홍규는 "조국 상실과 민족 수난이라는 역사적 현실을 배경으로 하여
한 사람의 鬪士가 자신의 삶에 더 이상 물러설 수 없는 최종적 의의를 부여

하는 결단의 자리"3)라고 표현하여 시인이 처한 상황에 긍정적 의미를 부여
한다. 그러나 "휩쓸려 오다"라는 구절에는 '결단'의 의미가 전혀 드러나 있
지 않다. 말하자면 이 구절에는 허무와 절망의 기운이 감돌고 있을 뿐 어떤
의지나 투쟁 의식이 조금도 암시되어 있지 않은 것이다. 그런데도 1연을
'의연한 탈출' 등의 의미로 해석하는 견해들이 많은 것은, 물론 4연에 나오
는 '강철로 된 무지개'를 긍정적 희망의 상징으로 보기 때문이기도 하겠지
만, 역시 시인의 생애를 고려하여 어떤 선입관을 갖고서 1연을 읽고 있기
때문이라고 생각된다.

사실 이육사는 끊임없이 중국 대륙을 드나들었고, 그런 가운데 시와 산문
을 창작하였다. 육사는 젊은 시절에 한때 일본에 체류한 경험도 있긴 하지
만, 그의 생애 대부분은 중국의 북경과 조선의 경성을 부단히 왕래하는 과
정으로 점철되었다. 그런 가운데 여러 번 옥고(獄苦)를 치르며 자신의 뜻을
펼쳐나갔던 것인데, 그런 전기적 측면을 고려하여 1연을 읽는 경우가 많기
때문에 "휩쓸려 오다"가 시사하는 소극적인 패배자 의식을 간과하고 있는
것 같다. 하지만 시는 시 자체로 읽어야지 전기적(傳記的) 선입관이 개입돼
서는 안 된다는 게 필자의 생각이다.

2연에서는 시인이 처한 현실이 더욱 구체적으로 표현된다. 시인은 "하늘
도 그만 지쳐 끝"날 정도로 막막한 '고원'에 서 있다. 그리고 계절은 "매운
계절"인 바 "서릿발"이 칼날처럼 솟아오른 추운 겨울인 것이다. 서릿발을
발로 밟으면 부서진다. 그런데 2연에 나오는 서릿발은 '칼날'처럼 단단하고
예리한 서릿발이다. 말하자면 시인은 혹독한 추위 속에서 동사(凍死)의 공
포를 느끼며 추위에 떨고 있는 것이다.

이동하는 이 작품을 해석하면서, "「절정」에서 우리가 중시하여야 할 또
하나의 큰 특징은 시인이 이 작품 속에서 분명 자기 스스로의 긴박한 처지
를 언어화한 것임에도 불구하고 티끌만한 감상적 흥분이나 자기 탐닉의 흔

---

3) 김흥규, 「陸史의 詩와 世界認識」, 『창작과 비평』, 1976. 여름, 253쪽.

적도 보이지 않으며 오히려 일정한 거리를 두고 그 긴박한 처지를 객관화하여 바라보는 여유가 견지되어 있다는 사실이"[4]라고 말하고 있다. 물론 수사학적 측면에서만 본다면 이러한 견해는 타당한 것이 될 수도 있다. 그러나 이러한 견해 역시 시인에 대한 과도한 애정에 기인한 것이 아닌가 한다. 시의 표현 자체로 볼 때 시인은 그저 자신이 처해 있는 암담한 현실을 고백하고 있을 뿐, 그것을 여유 있게 객관화하여 바라보고 있지는 않다.

또한 2연에서는 시인의 고독한 처지가 암시되어 있다. 막막하기 짝이 없는 고원에서 시인은 혼자 추위에 떨고 있다. 이럴 경우 인간은 동물적이고 육체적인 생존욕구만 발동하게 되고 일체의 정신적 가치 지향은 약화되거나 사라지게 되는 것이 상식이다. 그야말로 처절한 '극한 상황'인 것이다. 이런 극한 상황에 처해 있는 시인이 가슴속에 어떤 희망적 상념을 품어본다는 것은 거의 불가능한 일이다. 오로지 살아남고 봐야겠다는 본능적 욕구만 일어날 뿐, 자신의 삶이 목표했던 이상(理想)이나 정신적 지향 같은 것은 뇌리에서 사라지거나 다른 것으로 대체된다.

이남호는 2연을 해석하면서, "시인은 이제 최후의 지점에 와 있다. 그 극점은 가장 고통스러운 자리이지만 동시에 비장한 정신이 함께 할 수 있는 자리이다. [……] 그래서 '서릿발 칼날진 그 위에 서다'라는 구절은 우리 민족의 고통스런 상황을 말한다기보다는 그 고통을 스스로 끌어안고 버티는 시인의 비장한 행위를 보여주는 것이라고 생각된다"[5]고 말하고 있다. 그러나 2연의 문맥 자체로 볼 때 '비장한 정신'이나 '비장한 행위'를 유추해 볼 수 있는 구석은 아무 데도 없다. 그러므로 이러한 견해는 과도한 비약이라 하지 않을 수 없다.

북방으로 '휩쓸려'와 홀로 강추위와 맞서 싸우는 사람이 어떻게 비장한 정신을 가질 수 있겠는가? 시인은 스스로 고생을 택한 것이 아니라 고통 속

---

4) 이동하, 「儒者의 정신과 객관적 節制」, 정한모 외 편, 『한국대표시평설』, 문학세계사, 1983, 228쪽.
5) 이남호, 앞의 글, 앞의 책, 115쪽.

에 어쩔 수 없이 '내던져져' 있을 뿐이다. 이러한 상황에 처해 있는 시인은 그래서 자연히 무언가 의지할 곳을 찾게 된다. 그런 심정이 드러나 있는 것이 바로 3연이다. 3연에서 가장 주목되는 구절은 '어데다 무릎을 끓어야 하나'이다. 많은 연구자들이 이 구절을 소홀하게 흘려 읽고 있다. 이를테면 황현산이 "어디에 등을 부쳐 눕기는커녕 잠시 무릎을 끓어 쉴 자리도 없다"[6]고 해석하고 있는 것이 그것이다.

무릎을 끓는다는 행위는 상식적으로 생각해 볼 때 누군가에게 굴복하거나 동정을 구할 때 취하게 되는 자세이다. 물론 잠시 쉬어가기 위해 무릎을 끓을 수도 있겠지만 1연과 2연에 나타난 시의 서사적 전개로 볼 때 시인은 단지 쉬어가기 위해 무릎을 끓으려고 한 것은 아니라고 판단된다. 쉬려고 했다면 차라리 '무릎을 끓는다'보다 '앉는다'는 표현을 택했을 것이다. 그러므로 3연 첫 줄에 나오는 "어데다 무릎을 끓어야 하나"는 '누구에게 하소연하여 이 추위를 면해야 하나'의 의미로 읽혀져야 한다고 생각된다. 자기 자신도 모르게 휩쓸려 온 강추위의 허허벌판에서 시인이 하룻밤 쉬어갈 집을 찾고 있다고 상상할 수도 있고, 어떤 조력자를 만나 그에게 무릎끓고 빌며 시혜(施惠)를 요청하고 있다고 볼 수도 있다. 극단적으로 말해서 시인은 "제발 살려만 주세요"라고 빌고 싶은 대상을 찾고 있는 것이다. 여기서 우리는 시인의 마음속이 추위와 굶주림과 고통을 우선 모면하고 싶어하는 심리로 가득 차 있다는 것을 암시 받을 수 있다.

"한발 재겨 디딜 곳조차 없다"는 구절 역시 시인이 처해 있는 극한 상황을 시사해주는 표현이다. '재겨 디디다'는 "발끝이나 발뒤꿈치만 바닥에 닿게 디디다"[7]는 뜻인데, '조심조심 살피면서 걷는 것'을 의미한다. 2연의 내용과 연결시킨다면 모든 곳이 칼날진 서릿발 투성이라 꼼짝도 할 수 없다는 뜻이 될 것이다.

지금까지 1-3연의 의미를 해석해 보았는데, 이 부분까지는 필자의 해석이

<hr>

6) 황현산, 「하얀 무지개의 꼭대기」, 『현대시학』, 1999. 5, 202쪽.
7) 금성출판사 판 『국어대사전』 참조.

조금 다르긴 하지만 지금까지 대다수의 연구자들이 해석한 것과 그리 큰 차이를 보이지 않는다고 볼 수도 있다. 하지만 이 시의 핵심은 역시 4연에 있다고 보여지는 바, 이제 4연을 해석해 보기로 한다.

3. 4연의 해석

4연 첫줄 첫머리에 나오는 "이러매"는 매우 중요한 조사(措辭)이다. "이러매"는 1연부터 3연까지의 내용을 바탕으로 하여 시인이 어떤 상태의 마음을 갖게 됐다는 것을 뜻하기 때문이다. 앞서 1연에서 3연까지의 해석에서 보았다시피 시인은 알몸뚱이의 상태로 의지할 곳이 전혀 없는 극한 상황에 처해 있다. 그러므로 4연에 나오는 "강철로 된 무지개"의 해석에는 "이러매"가 내포하고 있는 1연부터 3연까지의 내용이 충분히 반영되지 않으면 안 된다. 시인은 눈을 감았다. 그리고 생각을 해본다. 여기서 '눈을 감는 행위'를 어떻게 해석해야 하는가가 4연을 정확히 이해하는 데 핵심적 열쇠가 된다.

인간은 어떤 극한 상황에 처하게 되면 눈을 감음으로써 일시적이나마 현실로부터 도피하고 싶어한다. 폭격이 있든가 천둥 번개가 내려칠 때 눈을 감고 손으로 머리를 감싸거나 이불 속에 처박는 행위가 좋은 예인데, 그것은 손으로 감싼 머리나 이불 속이 안전해서가 아니라 캄캄해서 아무 것도 안 보여 그 상황을 임시로 도피하여 심리적 안정을 꾀할 수 있기 때문이다. 시인은 하도 기가 막혀서 눈을 감았다. 눈을 감고 생각해 보니 이제까지의 노력이 물거품처럼 느껴지고, 추운 겨울(시인이 처한 '고난' 또는 '식민지 상황'의 상징이다)이 가면 반드시 '봄'이 올 것이라는 기대감조차 생겨나지 않는다. 이런 생각이 들게 된 것은 지금 시인이 처한 상황이 하도 어렵기 때문이다. 그러면서 토로해 내는 말이 바로 "겨울은 강철로 된 무지갠가 보다"인 것이다.[8]

여기서 "강철로 된 무지개"의 해석이 핵심적 화두로 등장하게 되는데, 지금까지 김종길의 해석이 가장 신빙성 있게 받아들여져 왔다. 김종길은 이 구절을 통해 이 시의 화자를 고난의 한계 상황에 처해서도 자신의 결의를 더욱 굳게 다지는 비극적 인물을 본다. 극한에 이른 비극의 한 복판에서 '항복과 타협을 모른 채' 자신의 자리를 자각하는 시인이 "매운 계절"로 상징되는 시대의 고통 앞에서 '강철과 같고 냉엄한 무엇에 대한 감각'을 포착하여, 그 객관적 이미지를 "겨울은 강철로 된 무지갠가 보다"라는 시구 속에 압축하고 있다는 것이다. '겨울'을 '무지개'로 바꾸어 놓는 것을 단순한 도취를 의미하는 것이 아니라 '강철과 같은 차가운 비정(非情)과 날카로운 결의를 내포한' 황홀로 파악하는 김종길은 '비극적 황홀'이라는 유명한 표현을 적용한다.9) 김종길이 내린 해석의 핵심을 다시 한번 본문 그대로 인용해

---

8) 「절정」의 중심 이미지인 "강철로 된 무지개"의 의미에 대해서는 많은 연구자들의 논의가 있는데, 그 중 대표적인 견해들은 다음과 같다. "매운 채찍의 계절인 겨울을 나의 운명으로 껴안을 때, 그 껴안는 행위 속에서 겨울은 마침내 무지개처럼 황홀한 미래를 약속하게 된다는 것"(김영무), "절망적인 죽음의 극한 경을 무지개로 상정함으로써 절대적인 詩美의 세계, 겨울 자체와 강철로 된 절망의 테두리를 미화시켜 음미하는 정신적 여유, 정서적 여지를 남김으로써, 소극적인 현장 탈출, 환상적이지만 정서적 진실을 통한 감정적 초극의 통로를 마련한 것"(박두진), "항복과 타협을 모른 채 다만 자기가 비극의 한가운데 놓여 있음을 깨닫고 겨울, 즉 '매운 계절'을 '강철로 된 무지개'로 보는 것으로 이 비극적 비전은 또 하나의 비극적 황홀의 순간을 나타낸다고 보는 견해"(김종길), "'겨울'은 모든 생명적 전개를 거부하는 한계상황, '강철로 된 무지개'는 화자가 인식한 상황 자체의 이미지"(김흥규), "「절정」의 전체적 역설구조인 삶의 비극적 초월, 혹은 의식공간의 축소(강철)와 확대(무지개)라는 기본 공식을 단 한 구절로 압축하여 제시함"(오세영), "삶을 거부하는 상황에서 자기를 초극하지 못하고, 다만 자기발견과 초극의 시도만을 보여주고 있다는 것"(문덕수), "'매운 계절-서릿발-강철'로 이어지는 현실은 하늘의 무지개까지 지배하고 있지만, 시인의 자아는 이러한 외적 상황에 의해 왜곡될 수 없음을 역설적으로 고발하고 있는 대목, 곧 '강철로 된 무지개'는 일제에 의해 왜곡된 무지개이며, 시인의 무지개와는 다른 거심을 주장함으로써 자아의 진실을 증명하려는 태도의 표명"(김시태) 등의 견해가 있다. 이에 대해서는 이승훈의 『한국 대표시 해설』(문학과비평사, 1993), 232~233쪽 참조.
9) 김종길, 「한국시에 있어서의 비극적 황홀」, 『시에 대하여』, 민음사, 1986, 419쪽.

보자.

　　앞서도 말했듯이 「절정」은 하나의 한계 상황을 상징하지만, 거기서
도 그는 한 발자국의 후퇴나 양보가 없을 뿐 아니라, 오히려 ‘매운 계절’
인 겨울, 즉 그 상황 자체에서 황홀을 찾는 것이다. 그러나 그 황홀은 단
순한 도취를 의미하는 것이 아니다. 그것은 강철과 같은 차가운 비정(非
情)과 날카로운 결의를 내포한 황홀이다.

　하지만 필자가 생각하기에 이러한 해석에는 일정한 무리가 따른다. 비극
적 한계 상황에 처해 있는 인간이 어떻게 황홀경을 꿈꿀 수 있겠는가? 물론
‘황홀’이라는 말의 뜻을 원래의 의미 그대로 ‘정신이 어질어질함’으로 받아
들인다면 그런 대로 타당한 해석이 될 수도 있다. 하지만 김종길의 해석은
정신이 어질어질한 상태의 황홀경을 뜻하는 것이 아니라 ‘날카로운 결의’를
내포한 황홀이다. 하지만 앞서 1-3연의 해석에서 보았듯이 시인이 처해 있
는 상황은 ‘결의’를 꿈꿔볼 수도 없는 극한적 한계상황이다. 다시 말해서 춥
고 배고프고 외롭기 짝이 없는 상황인 것이다. 김종길은 시인이 “매운 계
절”인 겨울, 즉 그 상황 자체에서 황홀을 찾는다고 보았지만 상식적으로 생
각해 보아도 인간이 육체적 극한 상황에 처해 있을 때 그러한 ‘희망적 예감’
을 얻는다는 것은 불가능한 일이 아닐까 한다.
　‘강철과 같은 차가운 비정(非情)’이라는 표현도 너무나 애매 모호하기만
하다. ‘비정(非情)’이라기보다는 차라리 ‘절망’이라는 표현이 적절할 것이다.
시인은 눈을 감는 행위를 통해 이미 기가 막히고 답답한 심정을 토로하고
있다. ‘비정(非情)’이 아니라 ‘유정(有情)’이요, 솔직한 허탈감과 절망감의 표
출인 것이다.
　‘강철’과 ‘무지개’는 따로 떼어서 생각할 수 없는 것이다. 대다수의 해석
자들이 ‘강철’이 갖는 굳건한 이미지에 지나친 의미 부여를 하여 이 시의
핵심적 주제를 놓치고 있다.[10)]
　김흥규 역시 김종길의 해석을 지지하고 있다. 그는 “강철로 된 무지개”에

대하여 "극한 상황을 회피하지 않고 받아들일 뿐 아니라, 그 절대적 긴장의 자리에서 울부짖지 않고 오히려 번민으로부터 자유로울 수 있는 경지를 획득한"[11] 것이라는 설명을 붙여 '비극적 황홀'에 내포된 시인의 의지를 좀더 강조하고 있는데, 여기서 "극한 상황으로부터 회피하지 않고 오히려 번민으로부터 자유로울 수 있는 경지를 획득한" 표현이라는 해석도 역시 무리한 것이다. 춥고 배고픈데 어떻게 번민으로부터 자유로울 수 있겠는가? 그것은 성자(聖者)가 아닌 한 불가능한 일이다. 실존적 한계상황이 가져다주는 공포와 불안을 김종길과 김흥규는 간과하고 있다. 그리고 시에 표현된 눈을 감는 행위를 너무나 단순한 시선으로 바라보고 있다. 시인이 시 속에서 눈을 감는 것은 명상적 관조나 결의를 위해서가 아니라 답답하고 기막힌 마음을 달래기 위해 잠시 현실을 도피하고 싶어서였다. 그런 상황에서 '번민으로부터 자유로워질 수' 있다는 것은 도저히 불가능한 일이다. 그러므로 '비극적 황홀'이라는 해석은 시 자체의 문맥보다 '시인에 대한 기대감'에 더 비중을 둔 결과로 인해 이루어진 해석일 수밖에 없다. 1-3연의 내용은 시인의 비정하고 날카로운 결의로서 "강철로 된 무지개"를 꿈꿀 수 없다는 것을 그대로 보여주고 있기 때문이다.

김종길의 해석 못지 않게 이 작품의 주제를 긍정적 의미로 본 해석자는 오세영이다. 그는 '시인의 역설적 자기변신 혹은 비극적 초월'을 길잡이로 삼아 「절정」에 표출된 육사의 정신구조를 긍정적이고 적극적인 것으로 해석하고 있다.

> 시 「絶頂」을 통해 詩人은 ― 그의 실제 삶도 그러했지만, 현실적 패배
> 와 좌절이, 능동적으로 선택한 의식 공간의 축소와 혹은 自己無化를 통

---

10) 「절정」의 키워드라고 할 수 있으며, '희망'을 상징하는 '무지개'의 성질은 질료의 특성상 차갑고 단단한 '강철(Steel)'의 이미지로 인해 무지개의 '희망'과는 정반대로 '절망'을 상징한다고 할 수 있다. '강철'의 상징적 의미에 대해서는 이승훈의 『문학상징사전』(고려원, 1995, 13쪽) 참조.

11) 김흥규, 앞의 글, 254쪽.

해서 자유롭고 창조적인 삶의 지평으로 완성되어 가는 과정을 보여주고 있다. 이렇게 일련의 패배, 혹은 좌절을 매개(Chiffre des Seitern)로 하여 정신의 완성을 이룩하는 과정은 분명 비극적 삶의 인식과 그 초월이라고 할 수 있다. 따라서 "강철로 된 무지개"는 비극의 관점에서 절망과 초월의 상징이라고 설명해도 무방하다. 그리고 이와 같은 비극적 초월이 삶이 지닌 역설적 본질의 다른 표현임 역시 널리 알려진 바와 같다.12)

이러한 해석 역시 '비극적 황홀'과 마찬가지로 이 시의 서사적 문맥을 소홀히 여기고 있는 결과라 여겨진다. "강철로 된 무지개"가 절망과 초월의 상징이라고 본 것 역시 그 근거가 불분명하기 때문이다. '무지개'를 초월의 상징으로, '강철'을 절망의 상징으로 보고 있는 것 같은데, '무지개'가 반드시 초월의 상징이 될 수는 없다. '무지개'는 잠시 떴다가 사라지는 허망한 신기루 같은 성질 역시 지니고 있기 때문이다. 처절한 비극 속에 처해 있는 인간이 할 수 있는 것은 '비극적 초월'이라기보다는 '비극적 체념'에 가까운 것이다. 여간한 영웅적 기질을 가진 인간이 아니라면 비극적 상황을 초월하기는 어렵다. 그러므로 오세영의 해석 역시 "강철로 된 무지개"가 상징하는 것을 꼼꼼히 분석해 보지 않고, 시인에게 지나친 기대감을 갖고서 시도한 무리한 격상(格上)이라 하지 않을 수 없다.

'비극적 황홀'이나 '비극적 초월'이라는 개념이 나오게 된 것은, 「절정」을 이 시인의 다른 대표작 「광야」와 「청포도」 등과 연결시켜 바라보고 있기 때문이기도 하다. 「청포도」에서 시인은 '청포를 입고 찾아올 반가운 손님'을 기다리고 있고, 「광야」에서도 언젠가 '백마 타고 올 초인(超人)'을 기대한다. 그런 맥락에서 볼 때 연구자들은 「절정」에서도 역시 시인이 굳건한 결의로 미래에 다가올 희망을 예감하고 있다고 판단하며, 나아가 이 작품의 주제를 긍정적 의미로 바라본 것이다. 그러나 한 작품은 그 작품 자체의 문맥에 의

---

12) 오세영, 「이육사의 '절정'—비극적 초월과 세계인식」, 김용직 외 편, 『한국 현대
　　시 작품론』, 문장, 1992, 273~274쪽.

해 해석되어야지 시인의 다른 작품들과 막연한 연결고리를 가져서는 안 된다.13)

이 시의 전체적 문맥을 고려하여 "강철로 된 무지개"를 한 데 묶어 그런 대로 설득력 있는 해석을 한 이는 오탁번이다. 그는 "강철로 된 무지개"에 지나친 의미 부여를 하지 않고 시인의 머릿속을 스쳐 지나간 하나의 순간적 이미지로 파악한다.

> 시의 화자는 엄동설한에 이제 더 이상 나아갈 수도 없는 북방의 어느 고원에 처해 있다. 그의 앞에는 매운 바람과 햇빛에 반짝이는 무수한 설화가 펼쳐져 있다. 그의 앞에는 매운 바람과 어울려 지금 빙설이 언뜻언뜻 무지개빛으로 비쳐난다. 여기에 곁들여 낫이나 작두날에서 보던 무지개빛이 생각난다.14)

---

13) 이제는 정설이 되어버린 시의 '자세히 읽기(close reading)'란 그런 의미에서 「절정」의 해석에서도 유용한 해독법이라고 할 수 있다. 우선 비유나 상징 등의 함의(implication) 혹은 내포(connotation)에 깊숙이 다가가기 전에 1차적 읽기로서 시의 표면적 언어 질서(semantic representation) 혹은 외연(denotation)을 어떻게 정확하게 읽어내느냐가 관건이다. 이후에 2차적 읽기로서 시의 복잡한 의미를 여러 가지 관계망을 통해 구축해 들어가 해석해낼 수 있다. 이렇게 볼 때 논란이 되는 「절정」은 처음부터 이육사의 생애나 그의 다른 글들과 안이하게 연결시키지 않는 것이 바람직하다. 가령, 「절정」의 해석 논리나 육사 시의 비극 정신을 추출하기 위해 그의 수필 「山寺記」나 산문 「季節의 五行」을 예로 원용하는 경우를 생각할 수 있다. 「절정」과 관련해서는 특히 「계절의 오행」이 그러한데, "……한발자국이라도 물러서지 않으려는 내 길을 사랑할 뿐이오. 그렇소이다. 내 길을 사랑하는 마음, 그것은 내 自身에 犧牲을 요구하는 노력이오, 이래서 나는 내 氣魄을 길러서 金剛心에서 나오는 내 詩를 쓸지언정 유언은 쓰지 않겠소……다만 나에게는 행동의 연속만이 있을 따름이오. 행동은 말이 아니고, 나에게는 시를 생각는다는 것도 행동이 되는 까닭이오. 그런데 이 행동이란 것이 있기 위해서는 나에게 무한히 너른 공간이 필요로 되어야 하련마는……"을 볼 때 4연 "겨울은 강철로 된 무지갠가 보다"를 중심 이미지로 한 「절정」의 주제를 '희망의 절정'이냐 아니면 '절망의 절정'으로 보느냐가 달라지게 된다. 필자는 물론 '희망'보다 '절망'의 시선으로 이 구절을 해석하는 입장이다.
14) 오탁번, 『한국 현대시의 대위적 구조』, 고려대 민족문화연구소, 1988, 215쪽.

아주 기발하고 흥미로운 해석이다. 그러나 이 해석은 1-3연에서 보여주는 시인이 처해 있는 극한 상황을 간과하고 있다. 그리고 4연 초두에 나오는 '이러매'가 갖는 의미 또한 무시하고 있다. 시인이 머릿속에 순간적으로 스쳐간 이미지를 4연에 기록했다면 "이러매 눈감아 생각해 볼 밖에"라는 구절이 나올 수 없었을 것이다. 또한 "무지갠가 보다"라는 구절 또한 씌어지지 않았을 것이다. 시인은 '겨울'이라는 상징과 매개하여 "강철로 된 무지개"를 머릿속에 떠올린 것이지 단순히 머릿속을 스쳐 지나간 이미지를 기록한 것이라고는 볼 수 없다.

"강철로 된 무지개"를 정확히 해석하려면 "이러매 눈감아 생각해 볼밖에"라는 구절이 중시되어야 한다. 시인은 자신(또는 조국)이 처한 상황이 너무나 암담하므로 기가 막혀 눈을 감고 잠시 현실을 회피한 다음, 자신(또는 조국)이 처한 상황을 상징하는 '겨울'에 어떤 의미를 부여하고 있다. 눈을 감는 행위는 처음엔 일시적 도피였지만, 순간적 휴식이 될 수도 있고 생각을 정리할 수 있는 여유 있는 공간(물론 절박하고 옹색한 여유이겠지만)이 될 수도 있다. 그런 다음에 시적 의미의 결론으로 도출된 "겨울은 강철로 된 무지개"가 난해하고 모호한 표현이 된 것은 역시 시인의 마음이 지극히 착잡하고 절망적인 상태에 놓여 있기 때문이라고 보인다. 말하자면 시인은 수사학적 세력과 보편적인 설득력이 있으면서 일관된 해석이 가능한 정돈된 상징적 표현을 구사할 수 없었던 것이다.

그러므로 필자는 우선 "겨울은 강철로 된 무지갠가 보다"를 한 데 묶어 전체의 문맥을 해석해야 한다고 생각한다. '강철'에 지나친 비중을 둔다든가 '무지개'에 지나친 비중을 두는 것은 4연 전체가 의미하고 있는 핵심을 놓치기 쉽다. 또한 "강철로 된 무지개"에서 '무지개'가 상징하는 것을 무조건 '희망'으로 보아서는 곤란하다. 무지개는 '잠깐 떴다가 덧없이 사라지는 것'의 상징이 될 수도 있기 때문이다. 이런 전제를 가지고 4연이 의미하는 바를 해석해 본다면 다음과 같은 것이 될 수 있다.

시인은 하도 기가 막혀서 눈을 감았다. 눈을 감고 생각해 보니 이제까지

의 노력이 물거품처럼 느껴지고, 추운 겨울이 가면 반드시 '봄'이 올 것이라
는 기대감조차 생겨나지 않는다. 그는 '겨울'('고난'의 상징이다)이 '무지개'
와 같은 것이라고 믿었다. 그럴 경우 무지개가 뜻하는 것은 앞서 말한 바와
같이 '잠깐 떴다가 덧없이 사라지는 것'이다.

그런데 아무리 노력해 보았자 무지개는 사라질 기미가 보이지 않는다. 그
러니까 시인(또는 우리 민족)이 처하고 있는 고난의 상징으로서의 무지개는
비가 온 다음에 하늘에 아름답게 걸려 있는 보통의 그런 무지개가 아니라
"강철로 된 무지개"인 것이다. 강철로 무지개 모양을 만들어놓고 거기다가
'빨주노초파남보'로 페인트칠을 해 놓은 무지개—그런 무지개가 사라질 리
없다. 그러므로 이 구절은 '고난(겨울)은 영원하다'는 의미가 되고, 따라서
'절정'이라는 제목이 뜻하는 것은 '절망의 절정'이 된다.

이상이 필자가 해석해 본 「절정」 4연인데, 이러한 해석과 유사한 시도를
한 이는 박호영이다. 박호영은 "겨울은 봄의 도래를 약속하는, 무지개와 같
은 꿈과 희망의 계절이어야 하겠는데, 이 시대의 겨울은 '강철로 된 무지개'
이기에 그렇지를 못하고 겨울이 쉽게 끝나지 않을 것 같다는 시인의 염려가
담겨 있다"[15]고 주장한다. 필자는 이러한 해석 역시 「절정」의 주제에 가까
이 접근한 해석이라고 생각한다. 그러나 아직도 많은 해석자들이 「절정」의
4연을 모호한 수식에 의해 긍정적 의미로 해석하고 있는 것이 현실이다. 아
마도 이육사 시인의 생애가 보여준 '투지'와 '의지'에 높은 점수를 매겨 이
작품을 어떤 선입관을 갖고 바라보고 있기 때문이 아닌가 한다. 최근에 이
루어진 한 해석을 소개함으로써 이러한 현실을 재확인해 보기로 한다.

> 시인이 걸어가는 이 길, 하늘에까지 닿게 높이 내걸린 이 칼날의 길
> 이 바로 그 '강철로 된 무지개'이다. 칼날처럼 예리한 강철의 다리는 오
> 색으로 영롱한 것이 아니라 백색으로 번쩍일 것이 분명하다. 시인은 자
> 신이 서 있는 '겨울'의 정황이 하얀 칼날 무지개의 꼭대기일 수밖에 없

---

15) 박호영, 「비유와 이미지에 대한 시교육의 방향」, 『시안』, 1999. 봄, 46쪽.

다고 '눈감아 생각'함으로써, 그 단순한 원호의 형식과 그 단일한 채색
으로, 자신을 몰아붙이는 온갖 고통과 마음 속에서 들끓는 온갖 번민을
간결하게 정리하는 한편, 한길로 집중된 자신의 의지를 단단하고 엄혹
한 물질의 형태로 거기서 다시 확인할 것이다.[16)

　상당히 설득력 있는 문장으로 이루어진 해석이지만 시 자체의 문맥에서
벗어나 있는 것이라 아니할 수 없다. 작품이 지니는 서사적 문맥의 순리(順
理)를 벗어나 해석자의 주관이 지나치게 투영된 느낌을 준다. 또 하나의 예
를 들어보기로 하자.

　　이상에서 살펴본 바와 같이, 이육사의 「절정」은 극한 상황에 몰린 한
　독립운동가의 심경과 그 초월을 노래한 작품이다. 여기서 절정이라는
　것은 우리 민족의 수난이 최고조에 달했다는 의미가 아니라, 시대와 대
　결하는 한 인간의 마지막 대결의 지점을 의미한다. 그러니까 억압의 절
　정이 아니라 무한대의 억압과 맞서는 정신의 절정이라고 할 수 있다.[17)

　위의 해석 역시 시인의 투지와 불굴의 정신력을 기정사실화 하여 이 작품
의 주제를 추정하고 있다. 그러나 앞에서 "겨울은 강철로 된 무지갠가 보
다"를 1-3연의 문맥에 맞추어 해석해 본 바와 같이, 이 작품의 주제가 '무한
대의 억압과 맞서는 정신의 절정'이라고 볼 수 있는 근거는 시 자체에서 찾
아지지 않는다는 게 필자의 생각이다.
　그러므로 이육사의 「절정」 전체가 상징적으로 시사해주는 주제는 역시
육체적 피로와 정신적 궁핍 상태에 빠진 한 인간(또는 운동가)의 절망의 극
한 상태라고 할 수 있다. 물론 동양 전래의 잠언(箴言)인 '궁하면 통한다'의
원칙을 받아들여, 시인이 처한 '절망의 절정'이 '궁즉통(窮卽通)'의 원리에
따라 새로운 '통(通)'으로 바뀌어질 수 있을 것이라고 볼 수는 있다. 그러나

---

16) 황현산, 앞의 글, 203쪽.
17) 이남호, 앞의 글, 앞의 책, 118쪽.

그러한 추정은 시 자체의 문맥을 벗어난 추정일 뿐, 「절정」의 시 전문(全文)에 드러나 있는 것은 역시 '절망적 극한 상태'라고 볼 수밖에 없다. 이러한 해석을 뒷받침해주는 근거는 4연의 "겨울은 강철로 된 무지갠가 보다"라는 구절인 바, 무지개를 희망의 상징이 아니라 '잠깐 떴다가 사라지는 것의 상징'으로 파악할 때 이러한 해석은 1-3연의 문맥과 더불어 충분한 설득력을 가질 수 있을 것이다. 또한 '강철'을 차갑고 비정한 느낌을 주는 상징이라든지, 아니면 시인의 굳건한 결의를 보여주는 상징이라든지 하는 식으로 볼 것이 아니라, 글자 그대로의 단순한 의미로 파악할 때 4연의 해석은 훨씬 더 선명해질 수 있다.

또한 「절정」에 나타나는 시인 또는 화자(話者)를 반드시 독립투사나 운동가로 볼 필요도 없다. 마찬가지로 "매운 계절의 채찍"을 '일제의 압박'이나 '민족의 수난'의 상징으로 반드시 해석해야 할 필연성 역시 없다. 인간은 누구나 절망적인 상태에 이를 때가 있다. 일제 시대가 아니더라도 우리 나라의 정치 현실은 늘 불안하였고, 또한 꼭 정치 현실만 가지고 따지지 않더라도 인간은 근본적으로 불행을 안고 사는 존재가 아닐 수 없다.

그러므로 절망이든 희망이든 우리가 처한 상황을 직시하려는 노력이 중요한 것이다. 막연한 낙관주의는 필요치 않다. 시 역시 그래서, 시를 통해(또는 시 해석을 통해) 교훈을 주거나 낙관적 위안을 주려고 기도해서는 안 된다. 「절정」은 시인이 생(生)의 직접 체험을 통해서 느낀 '절망의 절정'을 솔직하게 노래했기 때문에 훌륭한 작품이다. 시인의 직접 체험이 상징적 수사 기교로 정제되어 작품화된 좋은 예라고 할 수 있다.

4. 마무리

널리 인구에 회자되며 애송되는 시들 중 상당수는 마지막 부분에 가서 어떤 '희망' 또는 '희망적 결의'를 보여주는 작품들이다. 한용운의 「님의 침묵」

이나 윤동주의 「별 헤는 밤」과 「쉽게 씌어진 시」, 박두진의 「해」 등이 좋은 예라고 할 수 있다. 특히 시의 작자가 지사적 풍모를 보일 경우 그가 쓴 작품들은 주제를 해석할 때 긍정적이고 희망적인 내용으로 해석되는 경우가 많다. 이육사의 「절정」도 그런 관행에 따라 주제가 해석되고 전체의 내용이 그 주제에 따라 이해되어 왔던 것 같다.

하지만 시는 어디까지나 시 자체의 문맥에 따라 해석되어야 한다. 물론 난해하게 읽히는 구절이 있을 수 있다. 그러나 난해하게 읽히는 구절이라 할지라도 그것이 정말로 난해한 것인가 아닌가 하는 문제가 먼저 판별되어야 한다. 그럴 경우 이육사의 시 「절정」 4연 2행은 난해한 구절이 아니라 복합적인 상징으로 이루어진 인상적인 구절로 이해할 수 있게 된다.

지금까지 대다수의 해석자들이 「절정」을 잘못 읽거나 현학적 수식으로 얼버무려 해석한 것은 '무지개'가 갖는 복합적이고 다의적(多義的)인 상징적 의미를 간과했기 때문이다. 앞서 밝힌 바와 같이 '무지개'는 '희망'과 '덧없음'의 의미를 동시에 내포하고 있는 상징이다. 그런데 '희망' 쪽에만 너무 집착한 나머지 4연 2행의 의미를 복잡하고 현학적인 해석으로 이끌어 억지로 '희망' 쪽으로만 몰아붙였다는 느낌을 지을 수 없다.

어찌보면 「절정」은 단순하고 소박한 자기 고백으로 이루어진 작품이다. 시인의 진솔한 자기 고백이 4연 2행의 "강철로 된 무지개" 때문에 복잡하고 심오한 의미를 내포한 작품으로 해석되어 왔다. 이러한 경우는 역시 같은 시인의 작품 「청포도」의 해석에서도 발견되는데, '청포(靑袍)를 입고 찾아올 손님'을 '조국의 해방' 등으로 해석한 것이 그것이다. '청포'는 '청포도'를 '언어유희(pun)'의 기법으로 변용시킨 수사일 뿐, 거기에 더 이상 상징적이고 복합적인 의미를 내포하고 있지 않는다는 게 필자의 생각이다.

「절정」 4연 2행의 해석이 지금껏 '비극적 황홀경' 같은 모호한 해석의 차원에서 계속 변주(變奏)된 까닭은 '겨울', '강철', '무지개'를 따로따로 떼어서 해석했기 때문이다. 특히 '강철'이 갖고 있는 굳건한 이미지에 미혹되어 많은 해석자들은 시 전체의 서사적 문맥을 벗어나는 해석을 하였다.

　물론 "겨울은 강철로 된 무지갠가 보다"라는 구절은 독자의 입장에서 볼 때 명징하게 읽히지 않는 구석이 많다. 그러나 이 시의 작자가 절망과 극한 상황에 이르러 자기도 모르게 표출해낸 수사적으로 정제되지 못한 구절이라는 점을 감안할 때 작자의 입장을 충분히 이해할 수 있게 된다. 또한 1-3연의 서사적 문맥으로 보아 "겨울은 강철로 된 무지갠가 보다"는 '겨울은 영원하다'는 뜻으로 해석할 수 있다. 이렇게 보면 이육사의 대표시 「절정」은 기·승·전·결의 구성법으로 이해할 때도 의미의 아귀가 딱 들어맞는 작품으로 해석할 수 있다.

참고문헌

김영무, 「이육사론」, 『창작과 비평』 1975. 여름.
김용직 편, 『이육사』, 서강대학교출판부, 1995.
김용직 외 편, 『한국 현대시 작품론』, 문장, 1992.
김종길, 『시에 대하여』, 민음사, 1986.
김학동 편, 『이육사전집』, 새문사, 1986.
김홍규, 「육사의 시와 세계인식」, 『창작과 비평』 1976. 여름.
박두진, 『한국현대시론』, 일조각, 1971.
박호영, 「비유와 이미지에 대한 시교육의 방향」, 『시안』 1999. 봄.
오탁번, 『한국 현대시의 대위적 구조』, 고려대 민족문화연구소, 1988.
이승훈, 『한국 대표시 해설』, 문학과비평사, 1993.
이승훈, 『문학상징사전』, 고려원, 1995.
장도준, 「최종적 행위와 세계인식」, 『연세어문학』, 1985.
장영우 외 편, 『대표시 대표평론』, 실천문학사, 2000.
정한모 외 편, 『한국대표시평설』, 문학세계사, 1983.
황현산, 「하얀 무지개의 꼭대기」, 『현대시학』 1999. 5.

New interpretation of a poem 'jeoljong(絕頂)' by Lee Yook-sa

Ma Kwang Su

There was so many trials as to understand the poem 'jeoljong'(climax) by Lee Yook-sa. But those trials presupposes that this poem's author have the authority of a meaning of this work. Therefore they mistook in the interpretation of this poem, which would be the expression of a tragic ecstasy through the "steeled rainbow". The rainbow used to symbolize the hope toward utopia. So many scholars have conceded that the poet must be endure the hardest situation of that times. However I thought these interpretations had fallen into 'the fallacy of author'. For me poems ought to be interpreted in works themselves. By this supposition, the proper meaning which the poem 'jeoljeong' expresses is not hoping to the future but dispair against the present. "Rainbow" is the symbol of a transient thing, so that the "steeled rainbow" indicates is that the transient thing will be everlasting. Therefore this poet believes that the "winter" is forever.

반근대와 문학의 자율성

— 김동리의 문학적 유기체론 —

정 희 모[*]

---

1. 머리말
2. 김동리 비평의 성격—'문학의 자율성'
3. 순수문학론의 구축—<세대 논쟁>
4. 유기체적 세계관과 삶의 형식—구경적 생의 형식
5. 맺음말—<구경적 삶의 형식>과 허무주의

---

1. 머리말

한국 근대문학사에 있어 가장 문제적인 작가를 들라면 역시 김동리를 들 수 있을 것이다. 그는 1930년대 후반부터 1980년대에 이르기까지 근 반세기에 가깝게 작품 활동을 계속해 왔으면서도 자신의 문학적 경향을 바꾸지 않았고, 역사에 따른 문학사적 요구에도 불구하고 자신의 입장을 견지해 왔던 것이다. 그가 살았던 시기가 일제시대와 해방기, 1950년대의 전후(戰後), 6, 70년대의 개발기를 모두 걸치고 있음을 감안할 때, 이런 그의 모습은 이례적인 것을 넘어 어떤 특별한 신념까지 느끼게 해준다. 문학에 대한 어떤 절대적인 신념, 종교에 가까울 만큼 견고한 자기만의 문학관이 역사의 혼란 속에서도 흔들리지 않게 자신을 붙들어 왔던 것이다.

---

* 연세대 강사

잘 알려져 있다시피 김동리의 이런 문학관은 '순수문학'으로 지칭된다. 이때 순수문학의 뜻은 목적론적 문학에 반대하는 문학주의를 넓은 의미에서 범칭(汎稱)한 것에 해당한다. 그런 만큼 모호하고 불분명한 의미가 그 속에 담겨 있는 셈이 된다. 그러나 순수문학론이란 용어는 그 속에 이미 그것의 대타적 의미(비순수 문학, 불순한 문학)를 내포하고 있고, 그런 점에서 외재적 문학론(목적 문학)에 대항하고자 하는 김동리의 논지를 적절히 대변해주는 말이 되기도 한다. 김동리의 문학관은 문학이 인간의 근원적 존재양태를 드러내주는 예술 장르라는 것, 따라서 존재가 구속되지 않듯이 문학역시 어떤 외적 이념이나 양식에 의해 구속당할 수 없다는 것을 기본으로 한다. 좀 범박하게 말한다면, '문학의 자율성', '문학적 순수성'을 포괄하는 '문학주의'라 할 수 있는데, 이런 기본 입장에 따라 그는 문학의 외재성을 강조하는 모든 이데올로기적 문학에 대항하고 있는 것이다.

그의 문학론이 논쟁적인 것도 이런 순수성에 대한 집착과 관련된다. '문학주의'라고 하는 절대절명의 명제를 앞에 두고 이에 상반되는 모든 문학론에 저항하는 것, 그것이 그의 문학론의 출발이며 결말이다. 그는 평생 4번의 문학 논쟁을 벌리는데, 이 중 3번의 논쟁이 참여적 현실주의 문학에 대항하여 순수문학을 지키고자 한 것이다. 1930년대 말의 <세대 논쟁>과 해방기의 <순수문학론 논쟁>, 1978년의 <사회주의 사실주의 논쟁>이 모두 이러한 성격의 논쟁들이다. 이런 논쟁들은 한쪽에는 변하지 않는 김동리의 문학주의가 자리잡고, 또 다른 쪽에는 시대 상황에 따른 문학의 현실적 대응논리가 자리잡고 있다. 김동리는 평생을 두고 '문학주의'라는 절대 명제를 놓치지 않고 '비문학주의'에 대항하여 온 것이다.

김동리의 문학론은 논쟁을 통해 형성된다는 점에서 많은 문제점을 내포한다. 우선 그의 문학론을 '문학주의'라고 지칭했지만 이조차도 여러 차례의 논쟁을 통해 그때그때 상황에 따라 형성된 것이므로, 실상 그것의 내적 논리에 있어서는 상당한 허술함과 비논리성을 노출한다. 논쟁이란 어차피 상대방을 배제하는 배타적 논리의 담론이고 보면, 그 속에는 타자를 배제하기 위한 상황 대응적 논리가 포함되기 마련이고, 따라서 어떤 일관된 문학 내적 논리보다 상황에 대응하는 임시적이고, 임의적인 편린만을 보여주게 된다. 그의 문학론이 전체를 통틀어 어떤 일관된 체계성을 보여주지 못하는 것도 이 점과 연관된다. 두 번째의 문제점은 그의 문학론이 안고 있는 보수 우익의 정치논리이다. 논쟁적 담론이 어차피 자기 속에 타자성을 인식하는 담론이라면, 김동리의 순수문학론 역시 순수를 떠난 정치의 논리를 담기 마련이다. 그가 문학의 보편성, 영원성을 주장한다 하더라도 그것이 논쟁의 성격으로 변하는 순간, 상황 구속적인 역사성과 사회성 아래 종속된다. 예컨대 식민지 말과 해방기에 그가 주장한 순수문학론은 상대방이 품고 있는 현실 참여의 당위성에 대응하여 비참여의 순수성이 되지만, 한편으로 그것은 어쩔 수 없이 보수우익의 민족주의와 밀접하게 관련을 맺게 된다. 따라서 사실상 논쟁의 성격은 문학적인 것이면서도, 정치적인 것이 되는 셈이다. 기존의 연구가 문학론과 정치론 사이에서 뚜렷한 분별점을 찾지 못했던 것도 이런 특성과 무관하지 않다.

하지만 그렇다고 하여 우리는 김동리의 문학관을 엉성하고 정치적인 자기 수사의 논리라고 무조건 단정지을 수도 없다. 왜냐하면 그 속에는 우리 근대문학사에 담긴 여러 문제들이 심도 있게 내포되어 있을 뿐만 아니라, 그 이론의 성김을 작품의 소설적 공간이 훌륭히 메워주고 있기 때문이다. 그의 문학론에서 문학적 보편성이나 영원성은 단순히 문학 일반의 존재론적 성격만을 지칭한 것은 아니다. 오히려 이런 문학적 보편성은 작품 속에 내포된 인간의 초월적 영원성과 운명성을 함께 포괄한 것이다. 또한 그의 순수문학론은 단지 문학은 순수해야 한다는 문학 원론만을 지칭한다고 보기도 어렵다. 김동리 문학에서 순수성은 바로 구속되지 않은 인간 존재의 보편성을 의미하는 것이 되기 때문이다. 그의 문학론은 문학의 존재조건을 해명하고자 한 것일 뿐만 아니라, 이를 넘어 자연과 인간, 우연과 필연, 순간과 영원을 가늠하는 인간의 존재론이 되기도 한다.

그의 문학론에서 듬성듬성 엮어져 있는 이론들의 간격은 소설들이 메워주고 있는데, 이런 관점에서 문학론을 되돌아보면 새롭게 그의 문학론의 의미를 엮어 낼 수도 있다. 기존의 연구가 가까이 다가가지 못했던 점도 바로 이런 점이라고 보겠는데, 그것은 아마도 김동리 문학론이 지닌 논쟁적 성격 때문이 아닌가 한다. 논쟁적 성격은 어차피 문학론에 관한 담론 내적인 상황뿐 아니라 사회상황이나 역사와 같은 담론 외적인 상황까지를 포괄하게 되는데, 이럴 경우 그의 문학론은 정치적 담론의 성격을 벗어나기가 어렵게 된다. 자칫 잘못하면 김동리의 문학론은 오로지 좌익 측의 문예이론을 극복함에 있는 것처럼 여겨질 뿐만 아니라, 해방기와 전후 문단을 휘어잡은 문단헤게모니의 상징처럼 인식될 수도 있는 것이다.

따라서 이 글은 김동리 비평의 논쟁사적 과정이나 의미보다는 문학론 내부의 과정을 섬세하게 추적해보고자 하는 것을 목적으로 삼기로 한다. 물론 논쟁사적 배경을 무시할 수도 없고, 또 그 점을 이 논문에서 다루기는 하지만, 주된 방향은 그것보다 공시적 입장에서 듬성듬성 비워져 있는 그의 문학론의 간격을 유추와 해석을 통해 될 수 있는 대로 메워보는 데 주안점을 둔다. 그의 논리 속에 드러나 있는 허점은 허점대로 비판하면서, 그가 추구하고자 했던 문학론의 특성은 특성 그대로 살리는 태도가 필요한 것이다. 이를 위해 그의 소설 역시 참고의 대상이 될 것이다. 이 글은 2장에서 김동리 문학론의 이론적 배경을 살펴보고, 3장에서는 <세대 논쟁>과 관련하여 김동리 비평의 전개 과정을, 4장에서는 김동리 문학의 화두(話頭)인 "구경적 생의 형식"이 갖는 의미를 살펴보는 순서로 진행된다.

2. 김동리 비평의 성격 – '문학의 자율성'

1) '문학의 자율성'

김동리 비평의 핵심은 무엇보다 '문학의 자율성'의 확보와 '반근대주의'

로 요약된다. 그는 문학이 인간과 자연 전체를 포괄하는 보다 높은 차원의 정신적 세계를 다루는 것으로, 어떤 목적이나 타율에 의해 규정될 수 없다고 보았다. 말하자면 문학은 어떤 강령이나 구호로 대신할 수 없는 고유의 자기 영역을 지니며, 이런 자기의 고유영역을 통해 자신의 존재방식을 드러낸다는 것이다. 일종의 유미주의적 관점으로 볼 수 있는 이러한 생각은 그가 근대문명에 대해 부정적 입장을 취한다는 점에서도 그 성격이 분명해 보인다. 주지하다시피 미적 근대성은 근대적 기획의 일부분임에도 불구하고, 근대성 자체에 대해 확고한 부정의 입장을 취한다는 점에 특징이 있다. 다시 말해 '문학의 자율성'은 이성의 분화로 말미암은 근대적 의식의 한 유산이지만 근대 자체를 부정해야만 자신을 유지할 수 있는 심미적 이성의 한 특징인 것이다. 따라서 미적 영역의 분화는 근대 자체의 부정성에 대한 인식의 심화와 밀접한 관련을 갖는다고 볼 수 있다. 김동리 문학의 특징인 '문학의 자율성'과 '반근대주의'는 그런 점에서 서로 상호 관련된 의미를 가지고 있다. 물론 그의 '반근대주의'가 전통적 자연관으로 회귀함으로써 모더니즘과 길을 달리하지만, '문학의 자율성'이 이성과 합리성의 생산주의로부터 벗어난다는 것을 강조했다는 점에서도 일정한 의미를 부정할 수 없다.

　김동리가 자신의 문학 활동 전(全) 기간을 통하여 문학이 문학 이외의 어떠한 합리적 이성에 의해 침범 당할 수 없음을 확고하게 보여주었다는 점은 주지의 사실이다. 그가 문학을 사회 개혁의 일 부분으로 보았던 사회주의적 문학관에게 시종 여일 격렬한 반대를 표명했던 사실, 또한 어떠한 문학적 양식이든 문학의 정신을 높이는 형식에 대해서는 열렬한 친화감을 표현했다는 사실 등은 그러한 그의 특성을 뚜렷이 보여준다. 1930년대 말 김동리는 구호비평에 일관하는 카프의 비평관에 반대하여 자신과의 문학적 경향이 다른 최명익, 허준, 이상(李箱)과 같은 작가를 옹호한 바 있다.[1] 그는 이들 작가가 분명히 자신과는 다른 작품 세계를 보여줌에도 인생의 다양한 측

---

1) 김동리, 「신세대의 정신」, 『문장』, 1940. 5, 83쪽.

면을 작품 속에 훌륭히 구현했다는 점에서 이들을 고평(高評) 했던 것이다. 그는 어떤 경향의 문학 작품이든지 인생 문제에 대해 작가적 개성이 드러나는 작품이라면, 높은 문학적 정신을 갖춘 작품이라고 보았다. 그에게 있어 '문학의 자율성'은 문학이 외적 규율에 복무하는 것이 아닌 인생의 다양한 내면적 정신을 표출해 내는 정신적 작용의 가장 높은 차원을 지칭하는 것을 말하기 때문이다.

그러나 김동리가 추구하는 '문학의 자율성'은 그 실질적 내용을 살펴보면 그렇게 단순히 취급될 성질의 것이 아님을 알 수 있다. 주지하다시피 '문학의 자율성'이란 부르조아 사회의 분업화 과정의 한 산물이다. 하버마스가 말하듯이 근대성의 과제는 객관적 과학, 보편적 법률과 도덕, 자율적인 예술의 분화를 통해 이루어졌고, 각 분야는 자신의 내적 논리에 따라 전문적 영역 내에서 현실에 대한 대응 방식을 발전시켜 왔다.[2] 근대적(modertity)이라는 말 자체가 구세대로부터 새로운 것으로 전환하고자 하는 시대적 자의식을 의미한다면, '문학의 자율성'은 미적 영역, 혹은 예술적 영역 내에서의 그러한 자의식을 내포한 말이 된다. 그런데 이런 자의식에는 명백히 두 가지 상반된 의미를 내포한다. 그것은 예술이 삶의 실제로부터 완전히 분리된 자율체로서의 기능을 갖게 되었다는 점과 그럼에도 불구하고 예술이 자본주의적 합리성과는 또 다른 미적 합리성을 통해 자본주의적 비판 양식으로서의 기능을 갖는다는 점이다. 미적 자율성은 사회적 합리성을 벗어난 비실용적이고 비합리적인 성격의 자율체이지만, 오히려 그것은 자본주의적 합리성과 효율성을 벗어나 있다는 점 때문에 자본주의를 거부하고 비판할 수 있다. 예술의 독립된 성격 그 자체가 자본주의적 합리성에 대한 하나의 기능적 타자가 되는 것이다.

그러나 문학사에서 보이는 미적 자율성의 개념은 그렇게 단순치가 않다. 칸트나 쉴러에게 보이듯이 미적인 것이 하나의 선험적 절대성을 지닌다면,

---

2) 이 점에 대해서는 하버마스, 「근대성―미완의 과제」, 윤평중, 『푸코와 하버마스를 넘어서』, 교보문고, 1990, 240~255쪽 참고할 것.

그것 자체가 문학의 유일한 목적이 될 수가 있다. 부르조아 정치 권력 획득기에 명백히 보이듯이 미적 허구체가 가지고 있는 기본적 기능, 즉 개인과 사회에 관한 성찰의 기능이 명백히 후퇴하고, 순수한 미적 경험 그 자체가 절대적인 대상으로 떠오르는 것이다. 예컨대 삶의 실제로부터의 분리가 순수하게 미적 매체에 대한 관심으로 전환하거나, 미적 절대성 속으로 도피하거나, 형식적인 위안 속에 안주하게 되는데, 우리가 말라르메나 발레리의 유미주의를 문학의 자율성의 한 전통으로 보는 것도 이 때문이다.[3] 반면에 계몽주의에 반대하면서 인간 정신의 감성적인 영역, 주관성과 상상력 자체에 문학적 의미를 두는 상징주의 역시 '문학의 자율성'에 바탕을 두고 있다. 뿐만 아니라 부르조아적 도덕과 규범 자체를 무용화시키려는 아방가르드 양식 역시 '문학의 자율성'으로부터 벗어나 있는 것은 아니다.

이처럼 '문학의 자율성'이란 개념은 자본주의적 근대성의 기획 안에 내포된 제도 내의 산물이면서 이 제도를 벗어난 다양한 함의를 내포한다. 문학의 자율성에 대한 물음은 문학의 형식적 존재기반에 대한 물음이기도 하면서 그 안에서 다양한 분화를 가능케 하는 형식 내용적 조건에 대한 물음이기도 한 것이다. 그렇다면 김동리가 추구하는 '문학의 자율성'은 구체적으로 어떤 내용을 함의하고 있을까? 단순히 그가 카프의 목적론적 문학관을 비판했다고 해서 그가 주장하는 '문학의 자율성'이 타당한 의미를 얻는 것은 아닐 것이다.

우선 김동리에게 있어 '문학의 자율성'은 카프에 대항할 논쟁적 테제임에도 불구하고, 이로부터 벗어나 그의 문학관 전체를 포괄해 줄 본질적인 개념을 함유하고 있다는 점을 인식하는 것이 중요하다. 다시 말해 그가 내세우는 '문학의 자율성' 속에는 동양적인 사고에 바탕을 두는 유기체적 문학관을 설명해 줄 개념들이 내포되어 있다는 것이다. 그는 문학이 누구에게도 구속되지 않는 자율적 생명성을 지니고 있다는 생각에서 1930년대 말 풍미

---

3) 자본주의 제도화로부터 완전히 분리된 미적 유미주의의 성격에 대해서는 페터 뷔르거, 『아방가르드 예술이론』, 동환출판사, 1986, 59~69쪽을 참고할 것.

했던 외래사조의 문학관을 비판했고, 또 이로부터 자연과 인간, 존재와 정신을 일치시키는 시적 세계관, 시적 문학관으로 나아갈 수 있었다. 우선 구체적 논쟁을 살펴보기 전에 결론적으로 '문학의 자율성'과 관련된 그의 문학관에 대한 생각들을 간단히 정리해 보자.

먼저 눈에 띄는 것은 그의 비평에 내포된 '문학의 자율성'은 삶과 현실로부터 완전히 분리된 '예술의 독립성'을 의미하는 것은 아니라는 점이다. 그의 문학론은 문학이 삶의 실제로부터 분리되어 있는 것, 문학이 문학 이외에 어떤 다른 것도 되고자 하지 않는 것, 그리고 선험적 판단으로서 미적 고유성을 상정하는 것과 같은 그런 '문학을 위한 문학'과는 일정한 차이를 두고 있다.4) 다시 말해 그가 실용적 목적에 복무하는 문학관에 반대한 것은 분명하지만, 그렇다고 하여 문학이 일상적 삶으로부터 떨어져 나와 미학적 영역의 특수한 경험을 강조하는 절대적 미의 세계로 나아간 것도 아니다. 오히려 그에게 있어 문학은 실제 우리 삶에 있어서 운명적인 것, 영원적인 것들을 환기하는 영적 묵시록과 같은 것이었고, 그런 점에서 문학을 종교나 철학의 영역으로 다가서게 하는 것이었다. 일종의 동양적 신비론의 관점이라 볼 수 있는 이러한 사고는 문학이 현실과 관계하되, 그 현실을 합리적인 근대적 삶의 영역이 아니라 초월적이고 순환적이며, 원형적인 인간 운명의 보편적 현실과 관계되는 어떤 것에 두는 것이다. 이런 관점은 그가 문학을

---

4) 유미론의 이런 관점은 애드가 알랜 포우의 문학관 속에 잘 드러난다. 애드가 알랜 포우는 자신의 문학이 도덕이나 진리를 대상으로 하지 않으며, 순수하게 미의 영역을 대상으로 삼는다고 말한다. 포우에 따르면 이런 미의 영역은 언어적 세계 속에 드러나는데, 이때 언어적 세계는 오성이나 이성에 정초한 것이 아니라, 영혼의 세계 속에 속한 것으로 보았다. 절대적 미는 언어적 세계 속에 암시, 대조, 상징, 환상, 그로테스크한 것으로 드러난다는 것이다. 이런 유미주의의 관점은 현상 세계 속에는 참되고 진실한 것은 찾을 수 없으며, 그 이상은 현실 너머의 피안의 이상 세계를 직관적으로 찾아내어야 한다는 것이다. 특히 유미주의일수록 언어적 현상에 집중하는 것은 언어야말로 이런 직관적 미를 순간적으로 환원시켜주는 유일한 도구이기 때문이다.
최문규, 『현대성과 문학의 이해』, 민음사, 1996, 49~83쪽 참고.

삶의 오묘한 비밀, 숙명론적인 운명을 환기시켜주는 존재 체험의 영역으로 보고 있다는 점에서도 분명해 보인다.

하지만 그렇다고 하여 그가 유미론과 완전히 달라지는 것도 아니다. 유미론이나 상징주의에서 의도하는 이성에 대한 거부, 합리적 세계에 저항을 그의 문학론은 그대로 품고 있고, 이런 점들은 이들 사조와 같이 미적 자율체의 개념을 옹호하는 데로 나아가고 있기 때문이다. 그의 문학론은 카프 이론에 대한 안티테제의 개념도 있지만, 보다 근원적으로는 심미적 주체가 신비스러운 정신의 영역에서 삶과 은밀한 교호관계를 추구하는 미적 상호교감을 노리고, 나아가 현실세계의 이면에 감추어진 삶의 비밀스런 존재성을 해명하고자 하는 의도를 품고 있다. 이른바 미가 자연과 인간의 관계에 있어 운명적이고, 보편적인 인간의 존재 조건을 해명할 길을 열어두고 있는 것이다. 따라서 그에게 있어 미는 심미주의에서 말하는 환원적인 자족성의 개념이 아니라, 삶과 인생의 본질을 밝혀줄 자율적 기능의 매개체가 된다. 말하자면 그는 '예술이나 미가 일상화된 자본주의적 소통성을 넘어 영원하고 참된 삶의 진리를 보여줄 수 있다'는 문학주의의 개념을 피력하고 있는 것이다. 그리고 그런 점에서 '문학의 자율성'은 '목적 합리성'의 이데올로기를 지닌 근대시민사회를 공격하는 무기가 되며, 또한 이성과 합리성에 저항하여 자율적 문학의 세계를 구축하는 유미주의나 상징주의, 모더니즘과 소통할 가능성을 얻게 된다. 그의 문학론에서 주관성에 대한 경도, 문학적 표현성에 대한 강조, 삶과 세계에 대한 자기 성찰성 등은 바로 이런 유미적이면서도 반근대적인 특성을 구체적으로 보여주고 있다.[5]

---

5) 김동리의 전통주의와 반근대주의는 다른 각도에서 해석될 수도 있다. 김철은 김동리 소설에서 보이는 반이성, 반문명적 지향들이 비합리적 힘과 종교적 신비주의에 대한 믿음, 또는 야성적 본능에 기댐으로써 모더니티의 부정적 속성을 치유하고자 하는 파시즘적 사고에 연관되어 있다고 보고 있다. 김철, 「김동리와 파시즘—<황토기>를 중심으로」, 한국문학연구회, 『현역중진작가연구4』, 국학자료원, 1999. 2, 275쪽.

2) 문학적 이론의 배경

김동리의 이런 반근대적 '문학의 자율성'의 개념은 그가 문학적 인식의 바탕으로 삼는 동양적 철학과 사고에 크게 힘입고 있음은 주지의 사실이다. 그는 서양의 사고방식이 관념론이나 물질론의 이분법에 근거해 있으며, 인간주체의 경시로 말미암아 현대문명의 위기가 왔고, 이를 극복할 수 있는 것이 동양의 철학임을 누누이 강조해 왔다. 그리고 이런 주장의 밑바탕에 그의 백형 김범부의 사상이 있음도 잘 알려져 있다. 사실 그의 문학론의 핵심인, '인생과 삶에 대한 구경', '구경적 생의 형식'도 이런 동양적 사상에 기대지 않으면 해명키 어려운 것이다. 하지만 그의 사고가 동양적 사상에 바탕을 두고 있는 점은 반근대의 입장에서 그의 문학론을 탁월하게 만든 것도 사실이지만, 이와 달리 근대적 문학 양식의 확보라는 점에서 여전히 혼란스럽고, 복잡한 의미를 만들어 내는 것도 사실이다. 동양적 유기체론이나 순환론으로 대변되는 그의 문학관을 근대적 양식으로 보아야 할 것이냐, 아니냐 하는 점도 문제이지만, 더욱 큰 문제는 그의 이론이 서양적 유미주의나 상징주의와 중첩되고 분리되는, 미묘한 차이를 보이는데, 이를 분별하기 어렵다는 점이다. 다시 말해 서양적 반계몽 사조들은 계몽적 합리성에 대한 비판과 저항의 의미를 미적 형식(형식 자체의 기법성이나 의사소통 불가능성) 그 자체에 두고 있지만, 김동리는 형식의 문제보다 삶의 형식과 이에 따른 문학적 내용에 두고 있다. 그리고 그 내용은 서양과는 다른 동양의, 인간 삶에 대한 유기체적이고 순환론적 해석이 중심을 이루고 있다. 그가 '문학의 자율성'을 강조하는 것도 바로 이런 내용적 의미가 문학이 어떤 이념에 구속되지 않고 자율적으로 자신을 현시할 때 가장 잘 나타날 수 있다고 보기 때문이다. 앞서 말한 대로 '미적 자율체'에 대한 신념은 반계몽적 문학 양식과 흡사하지만, 그 자율체(문학)의 성격이 삶과 인생을 종합적이고 순환적인 과정으로 본다는 점에서 미적 근대성과는 다른 동양적 신비론과 동양적 직관과 맞닿아 있는 것이다. 일반적으로 김동리의 비평에 대한 평가가 반계몽성에 주목하느냐, 아니면 동양적 문학관에 주목하느냐에 따라 달라지는 것도 이런 그의 특성과 무관할 수 없다.[6]

　김동리의 이런 문학관은 1930년대 말 시대적 환경과 무관하지 않다. 1930년대 말은 일제의 가혹한 탄압과 함께 카프의 몰락이 가속화되고, 30년대 중반 등장한 미적 모더니티의 운동도 별 성과 없이 소멸되던 시기였다. 이에 따라 지도비평의 부재는 심각한 것이었는데, 1930년대 중반 <휴머니즘론>, <지성론>, <세대론> 등은 모두 이런 시대적 분위기를 타개하고자 한 논의였다. 이런 와중에 1930년대 중반부터 <전통론>이 부각되었던 것은 김동리의 등장과 관련하여 볼 때 상당히 의미심장한 부분이다. <전통론>은 30년대 중반의 과도기에 카프비평의 부재를 대신할 제3의 방법으로 등장하는데, 그 핵심은 '민족유산으로서의 전통에 대한 탐구'와 '고전을 통한 현대적 문학의 재창조'에 있었다. 그러나 실제로 <전통론>에 대한 접근은 논리적이고 학문적인 영역보다는 창작 쪽에서 더 활발했고, 그것은 당시 고전에 대한 접근이 이론적인 차원보다 다분히 심정적이고, 직관적이며, 감상적 차원에서 이루어지고 있음을 보여준다.[7] 물론 창작 쪽에서의 전통에 대한 접근도 산문적이기보다 시정신에 가까운 것이었다.[8] <문장파>에서 보이듯 동양적 달관이나 전근대적인 향수는 삶을 논리적으로가 아니라 직관과 달관으로 보고자 했던 그들식의 근대 비판적 심미성이었다. 뿐만 아

---

6) 김동리의 문학론을 서양적인 유미주의나, 혹은 동양적인 유기체론으로 보는 관점은 진정석의 논문과 구모룡의 논문에서 잘 드러난다. 진정석은 김동리의 비평 중 반근대적 성격에 주목하여 김동리의 문학론을 서양의 유미주의적 특성과 유사한 것으로 본다. 반면 구모룡은 김동리의 문학론이 동양의 유기체론과 흡사한 것으로 설명하고 있다.
　진정석, 「김동리 문학 연구」, 서울대 대학원 석사논문, 1992.
　구모룡, 「생의 형식과 반근대주의 문학」, 『한국문학과 열린 체계의 비평담론』, 열음사, 1992.
7) 황종연, 『한국문학의 근대와 반근대』, 동국대 대학원 박사논문, 1991, 69~108쪽.
8) 김윤식, 『한국근대문예비평사연구』, 일지사, 1984, 330~332쪽.

니라 복고주의적 신비론이나 직관론은 상대적으로 카프식의 계몽적이고 합리적 근대 비판에 대한 거부와 비판이 되었으며9), 또한 그것은 1920년대의 <조선주의>와 마찬가지로 카프에 대해 민족주의자들이 갖는 궁여지책의 타자적 논리가 되었다.

이 점은 김동리의 문학론이 어떤 배경을 띠고 있으며, 왜 카프와 같은 사회주의 문학관과의 끊임없는 논쟁을 통하여 성립될 수밖에 없는가를 극명하게 보여준다. 김동리가 <문장파>와 깊은 관련이 있다는 것, 또한 그가 문단의 선배로 삼았던 유일한 이가 동양적 달관과 상고(尙古)적인 것에 대한 애착을 형상화한 이태준이었다는 점은 잘 알려져 있다. 뿐만 아니라 그의 출세작이 복고 지향적인 「화랑의 후예」였음도 이와 관련하여 의미심장한 대목이 된다. 김동리에게 전통지향적 작품은 신인으로서 1930년대 후반 자신의 입지를 세우는 데 유리한 분위기를 제공했으며, 나아가 그것은 자신으로서도 내면화된 백형 김범부의 동양사상과 함께 <문장파>의 전통주의를 만날 수 있는 유일한 공간이 되기도 했던 것이다. 김동리가 그의 전시기를 걸쳐 규범적, 도식적인 타율적인 문학관에 저항하는 것도 바로 이런 자신의 발생론적 배경과 무관할 수는 없을 것이다. 다만 심정적이고 감상적으로 전통에 접근했던 <문장파>와 다르게 김동리는 이를 자신의 문학적 원근(原根)으로 삼았으며, 이를 이론적으로 체계화했다는 점에서 차이가 있다. 김동리는 고전을 즐기는 행위를 '賞心樂事'라는 사사로운 도락의 일종으로 간주한 이태준10)과 다르게, '구경적 생의 형식'이라는 자신만의 문학 개념을 만들어 내기도 했던 것이다. 전통을 문학과 문학론, 삶의 형식과 관련시

---

9) 이는 서구에서 고전주의에 대한 낭만주의의 반동과 비견해 볼만 하다. 규범적이고 도식적이었던 고전주의에 반발하여 낭만주의는 자유로운 자의식, 주관주의, 문학적 표현주의에 강조점을 두었다. 카프에 반발하는 <문장>파의 전통주의 역시 주관주의적이고 문학적 표현주의를 지향한다. 또한 낭만주의가 이성과 합리성에 대한 반계몽의 성격을 노정하듯이 <문장>파 역시 반이성이고, 반계몽적인 성격이 강하다.
10) 황종연, 앞의 논문, 84쪽.

킨 것은 김동리 문학만이 가지는 장점이다.

김동리의 비평은 한편으로 '문학의 자율성'을 모나게 강조하는 순수문학을 지향하고, 또 다른 한편으로 논쟁을 통해 정치 담론적인 민족주의 문학을 지향하고 있다. 전자가 <세대 논쟁>을 중심으로 한 30년대 말의 비평론을 대변한다면, 후자는 문맹 측과의 논쟁을 중심으로 한 해방 이후의 비평을 대변한다. 그러나 실상 이 둘은 1930년대 말부터 해방기에 이르기까지 서로 연속적인 성격을 함유하고 있어, 문학 이론적으로도 뚜렷이 구별되는 것은 아니다. 그에게 있어 진정한 문학은 자연과 인간, 우주가 삶 속에서 하나로 융합되는 구경적 형식 속에 있기 때문이다. 그렇기에 그의 비평은 그 속에 무수히 변조되어 나타나는 정치 논리적인 수사와 삶의 원형을 탐색하고자 하는 문학 논리적인 수사를 구별해 내어야만 한다. 이른바 '순수문학=민족주의 문학'이라는 도식은 30년대 말부터 이어진 그의 문학론의 결론처럼 여겨지지만, 실상 중요한 것은 이 논리의 허점과 강점을 꿰는 일이고, 이야말로 그의 비평을 살펴보는 요체가 된다.

3. 순수문학론의 구축 - <세대 논쟁>

1) 세대 논쟁

시인이며 소설가로 출발한 김동리가 자신의 분야와는 다른 비평과 문학론을 구성하게 된 것은 무엇보다 <세대 논쟁>의 영향 때문이라 할 수 있다. <세대 논쟁>은 1930년대 중반 새롭게 등장한 신세대 작가의 성격을 규명하고자 한 논쟁이었지만, 그 속에는 우리 문학사와 관련된 중요한 문제들이 놓여 있다. 1935년 이후 카프문학은 문단의 실질적인 주도권을 상실하고, 구인회 계통의 감각적 모더니즘 역시 마땅한 문학적 방법론을 보여주지 못했다. 당시는 이른바 문단의 침체기, 혹은 모색기라고 할 수 있는데, <세대

논쟁>은 이런 문단의 침체기에, 카프에 대응하는 새로운 세대의 등장과 이에 따른 '문학적 전통주의'로의 복귀와 '정치적 보수주의'로의 회귀를 선명하게 보여주고 있기 때문이다.

<세대 논쟁>이 이런 문단사적 전환의 의미를 갖는 데는 김동리의 영향이 컸다. 세대 논쟁에서 직접적 대상이었던 신세대 작가들은 논쟁의 당사자로 나서지 않았고[11], 오히려 김동리가 신세대 작가를 대표해서 나섰기 때문이다. 김동리가 신세대 작가의 대표로 논쟁에 참여하게 된 이유는 몇 가지를 들 수 있다. 우선은 신세대 작가들에게 마땅한 비평가나 평론가가 없었다는 점이다. 임화나 김남천의 평론에서 보이듯 기성 평론가들은 신세대 작가들을 무사상적이거나 기성의 아류 등으로 취급하고 있었고[12], 이에 대한 당연한 반론을 문학적 소양이나 문학적 사상에서 어느 정도 자신감이 있었던 김동리가 떠맡았던 것이다. 그러나 실상은 그것만이 논쟁에 참여한 직접적 이유는 아니었다. 무엇보다 중요한 이유는 김동리가 세대 논쟁을 통해 빚어지는 시대적 변화나 문단 추이를 누구보다 날카롭게 포착하고 있었다는 점이다. 세대 논쟁의 밑바탕에는 1930년대 후반부터 문단에 세력을 형성한 순수파, 예술파에 대한 카프출신 비평가의 견제 심리가 깔려 있다. 이점은 임화나 김남천이 신인들을 춘원이나, 민촌, 정지용, 이태준의 아류로 보는데서 구체적으로 드러난다. 대부분 신세대 작가들은 『문장』의 정지용이나 이태준에게는 옹호적이었기에, 기성평론가의 신세대 작가에 대한 공격은 『문장』을 중심으로 한 순수파나 예술파에 대한 간접적 공격이 되었던 것

---

11) 1930년대 후반 문단 세대론의 직접적 대상이 된 신세대 작가들은 김동리, 최인준, 오장환, 정비석, 김영수, 최명익, 김소엽, 박영준, 계용묵, 박노갑, 허준, 현덕 등을 들 수 있다. 이들은 카프의 몰락 이후 구인회를 구성했던 이태준, 박태원, 김유정, 이상, 이무영 등의 작가들 이후에 나온 작가들로 식민지 시기 마지막을 장식했던 작가군이라 할 수 있다.
김윤식, 『한국근대문예비평사연구』, 일지사, 344쪽.
12) 임화, 「신인론」, 『비판』 10권 2호.
김남천, 「신세대론과 신인의 작품」, 『동아일보』, 1939. 12. 14.

이다.[13]

　김동리가 <세대 논쟁>의 성격을 어떻게 보았는가 하는 점은 그의 글 「신세대의 정신」에서 잘 드러난다. 김동리의 입장에서 세대론에 대한 총괄적 글이라고 볼 수 있는 이 논문에서 그는 부제를 '문단 신생면(新生面)의 성격, 사명, 기타'라고 달아 세대 논쟁이 문단의 새로운 변화와 밀접하게 관련되어 있음을 강조한다. 그는 세대논쟁의 대상이 신세대가 아니라 "경향문학퇴조 이후 현저한 변모를 갖게 된 이 땅 문단의 신생면"이라고 규정하고 "이것이 우리 문단 현실이며 세대 논쟁의 대상"이라는 점을 분명히 한다. 말하자면 김동리로서는 카프 퇴조 이후 새롭게 등장하는 예술주의, 순수주의가 단순성, 기성세대의 아류 정도로 평가받고 공격받는 데 대한 심각한 위협을 느꼈고, 그것은 이태준이나 서정주, 자신과 같은 작가들의 존립과도 관계가 되는 것으로 생각했던 것이다. 그리고 그 점이야말로 최명익이나 허준, 현덕과 같은, 자신과 경향이 다른 신세대 작가들을 자신이 직접 옹호하고 나선 이유가 되기도 한다.

　　오늘날의 이 땅 문단신생면(文壇新生面)은 훗일 조선문학사상(朝鮮文學史上)에서 필연적으로 한 진정한 신세대로서 인정되지 않을 수 없는 운명을 띠고 있다. 그것은 어떤 원리로나 주의(主義)가 외부로부터 사조적(思潮的)으로 들어와 피동적으로 덮어 씌워진 것이 아니라 한 절벽에 이르러 꺽이느냐, 일어나느냐 하는 문단생리(文壇生理)의 배수진(背水陣)에서 그것(新生面)이 출발했기 때문이다.[14]

　위 글에서 볼 수 있는 것은 두 가지 면이다. 먼저 절벽 앞에 배수진을 치고 서있는 김동리의 모습인데, 그만큼 세대논쟁에 임하는 자신의 절박함을 표현한 것으로 볼 수 있다. 두 번째는 어떤 외적인 원리나 주의(主義)나 사상이 아닌 전통적이며, 독창적이고, 민족적인 사상을 신세대들이 구현하고

---

13) 김윤식, 『한국근대문예비평사연구』, 일지사, 348∼349쪽.
14) 김동리, 「신세대의 정신」, 『문장』, 1940. 5, 81∼82쪽.

있다는 것인데, 그것은 실상 카프에 대항하는 <문장파>적인 자신의 사상을 피력한 것으로 볼 수 있다. 그가 같은 글에서 세대의 문제가 세계사적 조류를 형성하느냐의 문제가 아니라, 한 민족의 문학으로서 성립여부에 있다고 말하는 것도 같은 맥락의 말이다. 그가 이 글에서 표현한 '세계사적 조류'란 결국 카프와 같은 주의(主義), 사상의 외국 문학 유입을 말하는 것이며, '민족의 문학'이란 외국 사상의 노예가 아니라 우리 것의 주체성을 의미하는 것이 되기 때문이다. 따라서 <세대 논쟁>에서 김동리의 대항 논리는 바로 카프에 대한 타자성에 있으며, 예술의 자율성이나 반근대성의 문제도 이런 맥락에서 이해될 수 있는 성질의 것이다.

그렇다면 그는 세계사적 조류이며, 외국사상의 유입으로 대표되는 카프의 논리를 어떻게 극복하고자 했을까? 카프의 논리를 극복하는 것은 <세대 논쟁>에서 그가 살아남을 수 있는 방법이 되기도 하는데, 그는 유진오의 '순수'라는 개념을 자신의 개념으로 전환시킴으로써 그 방법을 찾았다. 유진오는 「순수에의 지향」(『문장』, 1939. 11)을 통해 30대 작가의 불행과 20대 작가의 행복을 이야기하면서 시대의 절박한 문제에 둔감한 신세대(20대) 작가를 공박했고, 이 때 그가 지향해야 할 문학적 이념으로 내세운 것이 바로 순수(純粹)의 개념이었다. 유진오는 순수를 "모든 비문학적 야심과 정치와 책모를 떠나 오로지 빛나는 문학정신만을 옹호하려는 자세"로, 또한 "문학정신을 인간성 옹호"라고 규정하고, 나아가 그런 지향은 "시대적 고민 속으로 몸을 던짐"으로서 가능한 것으로 보았다.15) 유진오가 말한 '순수'는 문면(文面)으로 보면 상당히 애매 모호한 말이지만, 실상 그 내용은 다분히 시대에 몸을 던지는 '경향 문학적 성격'을 옹호한 것이었다. 김동리는 이런 순수의 개념을 그 내용적 면에서 많은 부분을 바꾸어 놓았다. 즉 유진오는 순수의 의미를 시대와 현실의 문제에 대응하는 작가의 태도로 사용했지만 김동리는 이를 "모든 비문학적인 야심과 정치주의에 분연히 대립하는 정신이며,

---

15) 유진오, 「순수에의 지향」, 『문장』, 1939. 11, 136~139쪽.

68

그에 도전하는 정신"으로 바꾸어 순수의 의미를 반정치성(反政治性)과 동일한 문맥으로 놓고 있다.[16] 김동리 식으로 말하면 '순수'란 카프식의 외래적 이론이나 사상에서가 아니라 각기 제 개성 속에서 발아(發芽)되는 문학적 정신이며, 그것은 작품 속에서만 구현될 수 있다는 것이다. 따라서 김동리나 유진오는 문학이 지향해야 할 목표로 "인간성 옹호"를 거론한다는 점에서 동일하지만, 그 내용은 이미 '현실주의'와 '문학주의'의 뚜렷한 대립을 보여주고 있으며, 이는 이후 김동리가 카프를 넘어 주체적인 동양적인 문학론을 나아가는 단초가 된다.

2) 카프에 대한 비판

김동리의 '순수주의'는 분명히 카프에 대한 대타적 개념이었다. 초기 평론 「문자우상」이나 「문학의 표정」에서 그는 구호나 주의로서 문학적 사상을 삼으려는 문학에 반대한다는 뜻을 분명히 드러내고 있으며, 이때 그 비판의 대상이 되는 것은 물론 카프의 목적주의적 문학관이다. 김동리가 카프의 문학관에 반대하는 것은 우선 자신의 문학주의, 인생주의와 다른 상반된 이념 때문이기도 하지만, 다른 한편으로 외국 사상에 추종하는 우리의 근대적 문학사에 대한 거부와 저항 때문이기도 하다. 김동리가 <세대 논쟁>에서 스스로 논쟁의 앞에 나선 것이나, 그와 문학적 입장이 다른 이상, 최명익, 허준 등을 옹호한 것도 결국 새로운 세대는 지난 세대의 서구 추수적, 이론 추수적 문학 경향을 극복할 수 있으리라고 보았기 때문이다. 김동리는 신세대 작가들이 "외래의 사상이나 주의를 배워 그것이 곧 제 작품의 유일한 내용이 되는" 그런 사대주의를 극복해야 할 책임을 가지고 있다고 본 것이다. 그가 쓴 초기 평론 대부분이 이런 "문자우상"이나 "주의추종"을 비판한 것

---

16) 김동리, 「순수이의」, 『문장』, 1939. 8, 146~147쪽.
　　유진오와 김동리의 논쟁에 대해서는 아래의 글을 참고할 것.
　　이주형, 「김동리<순수문학론>의 반현실주의」, 류기룡 편, 『김동리』, 살림, 1996.

임을 볼 때, 그는 '주의'에의 맹신이야말로 근대 문학을 문학답게 만들지 못하는 주된 원인이라고 보았다. 따라서 그에게 있어 순수 문학은 외래 사상만을 추종하여 문학의 형식과 내용으로 삼는 그런 문학(카프문학)이 아니며, 오히려 각기 개성적 인생의 의미가 작품 속에 유기화되는 그런 주체적인 문학을 의미하는 것이 된다. 말하자면 잘못된 근대성을 통해 침체된 문학을 되살리는 길이야말로 순수문학의 본질이 된다는 것이다

> 이 땅 신문학의 근본이념이 구주(歐洲) 근대문학적 정신에서 출발한 것이고, 구주 근대문학 정신의 대동맥이 곧 인간의 개성과 생명의 고양 내지 그것의 구경 추구(究竟 追求)에 있다는 사실과, 이 땅의 경향문학이, <물질>이란 이념적 우상의 전제하에 인간의 개성과 생명을 예속 내지 봉쇄시켰드라는 사실과를 아울러 생각할 때, 이 경향문학 퇴조 이후의 이 땅의 문단 신생면(新生面)이 그러한 이념적 우상에의 예속으로부터 인간의 개성과 생명의 해방을 고조(古調)하며 나아가서는 그것의 구경적 의의(究竟的 意義)를 추구하게 된다는 것도 그리 이해하기 곤란할 일은 아닌 줄 생각한다.
>
> 그러므로 이들, 신세대적 작가는 전날의 작가들이 어떤 외래의 사상이나 주의를 배워서 그것이 곧 제 작품의 유일한 내용이 되는 것이라고 생각하던 것과는, 작품의 내용이란 개념의 범주(範疇)부터를 달리 하는 것이다. 이들에게 있어서는 그러한 생경(生硬)한 「이데올로기」는 첫째 작품의 내용으로써 용인(容認)되지 않는 것이다. 이들은 진정한 작품의 내용을 구하는 것이니, 그것은 제 개성(個性)과 생명(生命)에서 빚어진 어떤 「인생」이어야 하는 것이다. 한 「인생」—그것은 제 개성과 생명에서 발아(發芽)하여 제 개성과 생활과 운명과 의욕을 유기적(有機的) 「하아모니」 속에 부단히 호흡(呼吸)하며 성장(成長)한 것이어야 하는 것이다. 이들(신세대)은 세상에 있는 모든 사상, 모든 주의를 널리 이해하여 그것을 제 「인생」의 한 세포(細胞)로서 부단히 유기화(有機化)화시켜야 하는 것이다.[17]

---

17) 김동리, 「신세대의 정신」, 『문장』, 1940. 5, 84쪽.

　인용문에서 보이는 내용은 문학의 본래 의미가 개성과 생명의 고양 내지 구경추구에 있다는 것, 또한 경향 문학이 그런 문학의 본질을 왜곡시켰으며, 신세대 작가들은 카프의 문학과는 다른 새로운 문학세계를 개척하고 있다는 것이다. 문학이 '개성과 생명의 구경 추구'에 있다는 말은 같은 글에서 그 근거로 단테, 괴테, 입센, 톨스토이, 도스토예프스키, 발자크, 모파상과 같은 작가를 들고 있음을 볼 때, 그 내용을 대강이나마 짐작해 볼 수 있다. 김동리가 볼 때 이런 작가의 작품 세계는 모두 각기 나름대로의 문학세계를 통해 제 각기 나름대로의 인간성을 옹호하고 있다는 것이다. 상당히 막연하고 모호하지만 일단은 카프 식의 공식주의, 획일주의에 대응된다는 점에서 그 의도를 짐작케 한다. 그런데 문제는 단테, 괴테로부터 비롯된 그런 구주(歐洲)의 근대 문학이 물질주의적 근대에 예속되어, 문학 그 본래의 성격마저도 왜곡되어 간다는 점이다. 조선에서 신세대 작가의 경우 결국 이런 문학의 본질을 회복시키는 것이 그 과제가 된다.

　그렇다면 근대성의 타락과 카프와 같은 경향문학을 동일시하여 보는 그 근거는 어디에 있을까?

　김동리에게 있어 근대성의 억압은 '과학'이라고 하는 물질주의 사상으로 대변된다. 요컨대 물질주의가 인간의 순수한 사고, 정신마저 억압하고 있다는 것이다. 이런 논리는 이후 제3휴머니즘으로 나아가는 단초가 되고 동양주의나 문학 유기체론으로 나아가는 직접적 요인이 된다. 하지만 물질주의를 근대성의 부정적 양상으로 바로 전환시킨 것이나, 또한 물질주의를 카프의 사상으로 바로 대치시킨 것 등에서 보듯 그의 논리는 많은 허약성을 노출하고 있다. 우선 서양의 과학을 물질주의와 동일시하고, 이를 다시 카프와 일치시키는 그의 논리를 잠깐만 살펴보자.

　인용문에서 그가 말한 19 · 20세기의 물질주의 정신이란 실증주의, 과학주의, 합리주의의 철학적 사조를 말하는 것이 될 터인데, 비판의 중심에는 서양의 합리주의, 이성주의가 놓여 있다. 그가 해방 후 쓴 「순수문학의 진의」를 보면 이 점이 분명히 드러나 보인다. 예컨대 순수문학의 본질적 기조가 될 휴머니즘이란 제1기가 소크라테스, 플라톤으로 대표되는 그리스의 고대 휴머니즘이며, 제2기가 르네상스로 표현된 소위 신본주의에 대한 인본주의의 승리가 그것인데, 이런 이성적 인간의 개화도 현대 과학정신의 난숙(爛熟), 즉 '공식주의적 번쇄, 과학주의적 기계관의 산출'로 말미암아 '기계주의', '물질주의'라는 새로운 우상을 만들게 되었다는 것이다. 말하자면 이성적 인간에 대한 신뢰가 오히려 근대의 부정적 양상만을 도출하고 말았는데, 그는 조선에서 보이는 <과학적 세계관>, <진보적 리얼리즘>, <혁명적 로맨티시즘>, <과학적 창작방법> 등이 다 그러한 결과 나타난 증거라고 보고 있다.[18]

외래 사상에서 중세의 신(神)과 같이 인간 위에 군림하는 '과학주의'로 드러나고, 그것이 인간을 억압한다면 그것을 극복하는 비결은 문학에서 '인간주의'를 되살리는 것이며, 그것은 근대에 대한 부정이면서, 문학의 순수성을 살리는 길이 되기도 한다. 김동리의 이러한 사고는 근대성에 대한 극복과 초극을 분명히 의도한 것이긴 하지만, 논리의 전개 과정은 여전히 모순과 오류의 반복으로 이어진다. 예컨대 김동리는 같은 글에서 데모크라시(민주주의)의 발전을 근대성의 초극으로 보지만, 실상 이는 베버가 말하듯 제도의 합리화, 곧 형식적 합리성의 제도적 근대화와 다름 아니다. 또한 카프를 비판하기 위해 과학주의적 기계관이 성행하는 곳은 후진국이라고 지칭하지만, 그것은 현실과 전혀 동떨어진 발언이었다. 뿐만 아니라 '과학주의', '물질주의', '사회주의'를 아무런 매개 없이 그대로 일치시키는 것은 논의의 과정보다는 결과를 무조건 앞세운 판단이었다.

그렇다면 이런 무리한 논리전개에도 불구하고 자신의 견해를 굽히지 않은 김동리의 진정한 의도는 무엇이었을까? 우선 그의 글을 논쟁사적인 입장에서만 본다면 대답은 분명하다. 문학사적으로 보면 카프로 대표되는 사회주의 문학관의 극복이며, 문단사적으로 보면 카프, 문맹과 같은 좌익과의

---

18) 김동리, 「순수문학의 진의」, 『문학과 인간』, 민음사, 1997, 79~81쪽.

논쟁을 통한 문단 헤게모니 획득이 된다. 김동리가 해방 후 좌익과의 논쟁을 통해 문단의 헤게모니를 잡았고, 그것을 이후 한번도 놓치지 않았음을 볼 때 해방 전의 세대논쟁과 해방 후의 문맹과의 논쟁은 그에게서 권력투쟁의 의미 이상을 찾기가 어려울지도 모른다.

하지만 이런 단순논리도 여전히 많은 문제점을 가지고 있다. 그의 문학론이 좌익과의 논쟁을 통해 성립되었으며, 또한 강한 이데올로기성을 내포한다는 점 역시 사실이고[19], 이 점이 나중에 그의 문학론이 단순한 정치적 담론으로 변질하는 하나의 계기가 되지만, 그럼에도 불구하고 그 밑면에 담지된 문학론의 내용은 간단치 않다. 카프 문학의 공리성을 비판하기에 앞서 그의 문학이 담지한 문학의 표현성, 문학의 자율성, 근대 유기체적 문학관 등은 지금의 입장에서 보더라도 여전히 유효한 개념들이고 보면 그의 문학론을 섣불리 '정치주의'나 '순수주의'로 일방적으로 단언할 수도 없는 것이다. 그의 문학론 속에는 여전히 많은 모순과 이율배반이 존재하지만, 그 이면에는 근대문학이 미처 생각지 못한 그런 문학적 개념이 내재되어 있음도 부정할 수 없다. 어떻게 보면 카프의 문학에 대한 끝없는 증오와 공격은 이런 자신의 문학관과 세계관을 유지하고 지속시키겠다는 방어의 심리에서 나온 것인지도 모른다.[20]

---

19) 이 점은 김동리의 비평이 타자의 존재 없이는 성립하지 않는다는 점과 연관된다. 어느 시기를 막론하고 그의 비평활동은 대타의식(카프의 문학관)과 함께 이루어 진다. 이런 타자가 사라졌을 때(1950년 이후) 그의 비평도 힘을 잃게 되는데, 그의 비평이 강한 이데올로기를 담지하는 것도 이에 연유한다. 유양선, 「해방기 순수문학론 비판」, 『실천문학』, 1995. 여름, 400쪽 참고.
20) 김윤식은 소설가인 김동리가 비평활동을 하게 된 이유를 근대적인 카프 문학관의 위협 때문인 것으로 보고 있다. 이러한 관점은 김동리의 문학론을 근대의 초극, 근대성의 극복으로 보고자 하는 시각으로 이어지는데 이 부분을 인용하면 다음과 같다.
"김동리의 문학이 소설과 평론으로 이분화되는 과정이 이 위기감으로 설명될 수 있음은 물론이다. 허무의 늪에 빠져 익사하지 않으려면 이 늪을 메우거나 건너야 하는데, 소설로써 그 방도를 알지 못하였다. 도스토예프스키 문학이 그가 직면한 허무의 늪을 작품으로 메울 수도 뛰어 넘을 수도 있었다면, 그리고 김동리는 해방 후 「순수문학의 진의」와 「본격문학과 제3세계관의 전망」
에서 제3휴머니즘론을 전개한다. 제3휴머니즘론은 '과학'에 의해 억압된 인
간성과 물질화된 현대 문명을 극복하고자 하는 정신사적 지향을 의미한다.
그는 이런 지향을 동양정신 속에서 찾고 있는데, 그에게 동양정신이란 서양
의 과학주의와 물질주의를 넘어, 참다운 '생명주의'를 지향하는 것을 의미
한다. '생명주의'는 자연과 인간의 조화 속에서 인간 스스로의 운명을 찾아
가는 주체적인 인간상과 그 정신을 찾고자 하는 것이다. 따라서 동양적 세
계관이야말로 물질주의적 근대성에 대한 극복의 의미를 지니는 동시에 서
양적 사상에 대한 우리 고유의 주체적인 사유를 내세우는 것이 된다.

　　이것을 좀 더 제3휴머니즘의 각도(角度)에서 말한다면, 이러한 사회형
태(社會形態) 교체(交替)의 객체적(客體的) 조건에서보다 <자유향상(自由
向上)의 욕구>란 생명력(生命力)의 주체적(主體的) 의미에서 생각하려는
것이다. 즉 근대주의(近代主義)의 말로(末路)에서 도달(到達)된 과학 만능
주의(萬能主義)와 물질(物質) 지상주의(至上主義)와 기계(機械) 문명(文明)
주의 등은 고대에 있어서의 신화적(神話的), 미신적(迷信的) 제신(諸神)의
우상(偶像)처럼, 중세에 있어서의 계율화(戒律化)된 전제신(專制神)의 압
제처럼, 또 다시 한 개 새로운 근대적 우상(偶像)이 되어 인간에게서 꿈
과 신비(神秘)와 낭만과 그리고 구경(究竟)적인 욕구(欲求)를 박탈하게 되
었다. 여기서 인간이 과학주의(科學主義), 물질주의(物質主義), 기계주의
(機械主義)를 비판하고 이를 초극하고자 하는 새로운 의욕(意慾)에 도달

그것이 기독교라는 장대한 관념 때문이었다면, 김동리에겐 그것이 불가능하였
다. 그에겐 무당이나 풍수설밖에 없었다. 『사반의 십자가』도 안병무의 지적대
로 도술소설의 일종이었다. 그 대신 그는 평론으로 그 일을 감행하고자 시도하
였다. 『문학과 인간』이 그것이며, 따라서 이 책은 단순한 평론집이 아니고 혼
신의 힘으로 허무의 늪을 건너뛰고 있는 생생한 비약의 장면이 아닐 수 없다.
그를 허무의 늪으로 익사케 하기 위해 육박해 오는 힘이 바로 근대성, 근대정
신, 근대주의 자체였기 때문이다. 해체되고 분열된 근대정신이 일제히 총단합
을 하여 하나의 깃발 아래 뭉쳐진 것이 마르크스주의였다."
김윤식, 「근대와 반근대─조연현론」, 『한국현대비평가 연구』, 강, 1996, 136~
137쪽.

(到達)하게 된 것이며, 이것이 곧 제3휴머니즘이란 표어(標語)로써 대표
되는 제3세계관에의 지향(指向)이라 일컫는 것이다.[21]

> 제3휴머니즘의 본격적(本格的) 출발은 동서정신(東西精神)의 <창조적
> (創造的) 지향(指向)>에서의 새로운 정신적 원천(源泉)의 양성(養成)으로
> 서만 가능할 것이다. 이제 역사적으로 신장하려는 민족정신(民族精神)에
> 입각하여 동양적 대(大)예지(叡智)의 문학을 수립(樹立)하고 제3기 휴머니
> 즘의 세계사적(世界史的) 성격을 천명(闡明)함으로써 민족문학(民族文學)
> 이면서 곧 세계문학(世界文學)의 지위(地位)를 확립하는데 이 땅 순수문
> 학(純粹文學) 정신의 전면적(全面的) 지표(指標)가 있다고 생각한다.[22]

인용문에서 보이듯 그는 서양의 사고에 대한 대타적 의미, 또한 근대성의
핵심으로써 유물론적 세계관에 대한 거부의 의미로 동양적 사고를 지향한
다. 이럴 경우 맑시즘이 근대성인가 근대성에 대한 거부인가가 당연히 문제
가 되지만, 김동리는 이를 과학주의와 물질주의, 기계주의, 공식주의의 결정
체로 보아 근대주의의 연장임을 분명히 하고 있다.[23] 따라서 이런 논리대로
한다면 반근대주의와 반유물주의가 하나로 결합되어 동양적 사유, 동양적
문학관으로 나아갈 근거를 얻게 된다. 다시 말해 '동양문학', '순수문학'이
동일선상에 서고, '서양문학', '카프문학'과 대립하는 것이다. 이성과 합리성
이 서양과학의 근원이었음을 볼 때 이성주의 문학(카프)이 갖는 성격은 무
엇보다 논리성과 합리성이다. 그리고 이런 논리성과 합리성은 인간의 신성
(神聖)과 영원성(永遠性)을 빼앗아 간다. 무엇보다 '근대성이 인간의 꿈과 신
비, 낭만을 빼앗아 갔다'는 표현이 김동리의 이런 생각을 뚜렷이 보여준다.
그는 서양적 문학관에 대한 주체적 회복으로서 동양적 문학관을 꿈꾸며, 이
를 '개성과 생명에의 구경탐구', 혹은 '구경적 삶의 형식'이라고 지칭하고
있다.

---

21) 김동리, 「본격문학과 제3세계관의 전망」, 『문학과 인간』, 1997, 92쪽.
22) 김동리, 「순수문학의 진의」, 앞의 책, 81쪽.
23) 김동리, 「본격문학과 제3세계관의 전망」, 앞의 책, 93쪽.

4. 유기체적 세계관과 삶의 형식―구경적 생의 형식

1) 유기체적 자연관

일반적으로 김동리의 문학론의 핵심은 '구경적 삶의 형식'으로 잘 알려져 있다. 하지만 그것이 담고 있는 내용의 복잡성 때문인지, 의외로 그 의미는 명쾌하게 알려져 있지 않다. 주지하다시피 김동리의 문학관은 동양적 삶과 인생관에 바탕을 두기에 인간과 삶, 세계와 우주를 포괄하는 내용적 체계를 가지고 있다. 그런 만큼 그것은 문학론으로만 한정되는 것이 아니라, 보다 포괄적인 철학적 내용으로 환원될 수 있는 것이다. 따라서 김동리가 품고 있는 이런 철학적 세계를 제대로 파악하지 못한다면 문학론으로서 '구경적 삶의 형식'이 안고 있는 실질적 의미를 모른다는 뜻도 된다. 김동리의 세계 관은 주객일체(主客一體), 천인합일(天人合一), 낙천지명(樂天知命)의 동양 적 자연관에 바탕을 둔다. 즉 인간과 자연이 하나의 유기체적 조화 속에 놓 여 있다는 것, 그리고 그 속에서 인간이 자연적 본성을 깨닫고 그것에 순명 (順命)하는 것, 그것이 그의 철학의 중심이다. 요컨대 천(天), 지(知), 인(人)이 하나로 융화되어 지천(知天), 지인(知人)의 달관하는 인간관과 세계관을 추 구하는 것이 그의 철학의 요체이자 핵심이라 할 수 있다.

김동리의 이런 세계 인식은 인간과 자연의 화해, 즉 인간과 자연에 대한 인식의 전환으로부터 시작된다. 그는 해방 후의 글 「본격문학과 제3세계관 의 전망」에서 부하린의 '유물사관'을 예로 들어 맑시즘의 사유형태를 비판 하고 있는데, 그 비판의 중심은 물질이 실재이며, 물질이 인간의 정신을 규 정한다는 내용이다. 그는 물질이 인간을 지배하게 된 과정을 이 글에서 비 교적 자세히 서술하고 있는데, 그 출발을 서양적 이분법, 즉 플라톤적 이원 론과 기독교적 이원론에서 찾고 있다. 그가 보기에 근대 과학의 문제는 물 질과 정신, 신과 인간의 분리에서 출발하며, 따라서 현대 문명의 문제들도 결국 이런 근본 원리로부터 나왔다는 것이다. 뿐만 아니라 이런 이원론은 신과 인간처럼 과학과 물질, 인간과 자연의 관계를 지배와 종속의 관계로 만든다. 과학법칙이 중세의 신처럼 인간을 지배하고, 인간은 이제 그 노예가 되는데, 이 곳에서 진정한 생명성, 진정한 문학정신은 기대하기 어려운 것이다.

김동리의 이러한 생각은 결국 자연과 인간과의 관계가 인간성의 규정에 절대적 영향을 미친다는 점을 염두에 둔 것이다. 자연과 인간과의 관계에 있어, 물론 인식자는 인간이지만, 그것을 어떻게 규정하느냐에 따라 인간의 위치와 시각이 달라진다. 즉 자연을 살아있는, 생기가 충만한 존재로 보느냐, 아니면 죽어있는, 혹은 고립된 존재로 보느냐에 따라 인간 역시 살아있는 존재가 되느냐, 아니면 죽어 있는 존재가 되느냐로 달라지는 것이다. 따라서 김동리는 자연을 바라보는 인간적 시각의 변화를 요구하고 있는데, 그것은 인간과 자연, 물질과 정신을 통합적이고 전체적으로 보는 관점으로의 전환을 말한다. 예컨대 그는 앞의 글에서 부하린의 '유물사관'이 자연을 '산 자연'이 아니라, '죽은 자연'으로 밖에 보지 못하며, 그 속에서 인간의 생명력 역시 생물학적인 것, 물질적인 것밖에 되지 못한다고 비판한다. 맑스주의의 '유물사관'은 결국 자연과 인간의 관계를 통합적으로 보지 못하고 단선적으로 바라보는 데서 나온 것이다.

김동리의 이런 생각은 흔히 유기체적 세계관으로 많이 알려져 있다.[24] 일반적으로 유기체적 세계관은 자연을 거대한 하나의 생명체로 보고, 그 속에 사는 인간을 자연의 생명 과정에 동참하는 공동의 창조자로 보고 있는 사상이다. 자연은 끊임없이 만물을 생성하는 살아있는 유기체이며, 이러한 자연 속에 사는 인간은 이 대생명의 창조과정에 참여하여 화육(化育)하는 공통의

---

24) 이 점에 대한 논문으로는 아래와 같은 것이 있다.

김주현, 「김동리 문학론의 사상적 기반에 관한 연구」, 류기룡편, 『김동리』, 살림, 1995.

구모룡, 「생의 형식과 반근대주의 미학―김동리의 소설유기론」, 『한국문학과 열린 체계의 비평담론』, 열음사, 1992.

창조자가 된다. 말하자면 유기체적 세계관은 자연을 거대한 생명의 순환과
정으로 보며, 인간 역시 생명의 순환과정의 일부분이 되는 것이다.[25] 따라
서 이러한 사고는 개체와 전체의 유기적인 통합을 목표로 하고 있기에 개별
적 인간을 고립된 인간 모습, 그 자체로 보지는 않는다. 자연과 인간, 물질
과 정신은 서로 대립하는 관계가 아니라, 상호 보존하는 관계이며, 양자는
둘이면서 하나가 되는 것이다. 이런 사고는 김동리의 글에서도 확연히 드러
난다.

> "나는 사람에게 혼(魂)이 있는 것처럼 이 우주에도 혼이 있다고 본다.
> 그리고 사람의 생명은 단순히 부모한테서만 오는 것이 아니고, 그 근원
> 은 천지(天地) 혹은 우주에서 오는 것이라고 본다. 또 나는 사람의 혼과
> 우주의 혼은 근원에 있어 둘이 아니라고 보기 때문에 기도와 치성(致誠)
> 의 효용성을 믿고 있다. 그러나 그 혼의 이름을 신(神), 불(佛), 천(天) 그
> 어느 것으로도 부르고 싶지 않다."[26]

> "사람 속에 내재하고 있는 질서와 법칙은 곧 천(天) 속에 내재하고 있
> 는 그 질서요 법칙이다. 따라서 천명은 인사에 관련된다. 즉 사람이 천
> (天)의 분신으로 한 개 독립된 생명체로 태어날 때, 그 태어나는 조건과
> 상황에 따라 천(天)의 질서와 법칙은 그 생명체의 특유의 것이 된다....여
> 기서 천인합일설(天人合一說)이 나온다. 즉 사람과 하늘이 하나가 된다
> 는 것이다. 다시 말해서 천(天)으로 돌아간다는 뜻이다……. 그만큼 천
> (天)은 신(神)이나 불(佛)만큼 귀의(歸依)의 목표가 덜 되는 셈이다. 이것은

---

25) 자연을 하나의 생명현상으로 보는 대표적 사상은 역시 『주역』의 사상이라 할
수 있다. 『주역』에서는 자연을 하나의 거대한 생명체일 뿐 아니라 끊임없이 그
리고 광대한 영역에서 만물을 생성하는 존재로 본다. 『주역』에서 "하늘과 땅이
교감하여 만물이 화생한다.(天地感而萬物化生)", "하늘과 땅이 교통하니 만물이
형통한다(天地交而萬物通也)"라는 표현은 자연이 만물을 창조하며, 만물을 품
고, 만물을 교통하게 하는 존재라는 점을 극명하게 보여준다. 이런 표현은 결
국 자연과 인간을 분리해서 보는 것이 아니라 근원적으로 한 존재임을 보여주
는 일원론적 관점을 지칭하는 것이다. 곽신환, 『주역의 이해』, 서광사, 104쪽.
26) 김동리, 『나를 찾아서』, 민음사, 1997, 19쪽.

78

인간이 그 주체(主體)요, 현세가 그 본가(本家)이기 때문이다."27)

자연과 인간을 일원론적 관계 속에 품은 이런 유기체적 사고는 문학론과 관련하여 볼 때 근원적으로 두 가지 면에 특징적인 점을 보인다. 하나는 자연과 인간의 생명과정을 모두 과정이론으로 환원시킨다는 점이다. 유기체론에서 생명의 과정은 부단한 창조와 소멸의 연속된 과정으로 본다. 유기체론에서 실체는 현상과 분리되거나, 또는 시공간으로부터 일탈하여 고립된 그 무엇으로 고정되는 것은 아니다. 오히려 사물의 본질이나 실체는 그 변화 과정 속에 있게 된다. 개체는 저마다의 도(道)를 실현하며, 전체는 이 도의 실현 속에 환원된다.28) 만물은 순간에서 순간으로 존재하며, 그때 모든 만물은 곧 불성(佛性)인 것이다. 『주역』에서 "생과 생을 역이라고 한다.(生生之謂易)"29), "역은 그 실체가 없다.(易無實體)"라는 말은 모든 본질이 생성 속에 있으며, 생성은 부단히 계속된다는 점을 보여주고 있다. 동양적 순환

---

27) 김동리, 『생각이 흐르는 강물』, 162~163쪽.

28) <주역>에서 말하는 일원론은 다원론을 포함하는 유기체적 전체를 말하는 것이다. 부분이 전체이며, 전체가 부분이라는 이런 사고는 <생생지위역(生生之謂易)>이란 표현에서 보듯이 끊임없이 변화하는 것만이 진리이기 때문에 절대적 진리란 있을 수 없다. 이른바 진리의 가역성과 상대성을 강조한 것인데, 김동리의 사상에서도 이런 표현은 여러 군데서 볼 수 있다. 그가 다양한 문학적 방식을 인정함에도 절대적 진리만을 주창하는 카프의 논리에 반대하는 것은 바로 이런 진리의 가역성을 무시한 것 때문이기도 하다. 진리의 상대성에 대한 김동리의 표현은 다음과 같다.
"진리가 하나뿐이란 말은 일정한 공간, 일정한 시간, 일정한 객관, 일정한 주관 등을 조건으로 하고 성립된 말이다. 즉 그 경우에 그 진리는 하나뿐이란 말이다. 그러므로 뉴우튼의 진리와 이태백의 진리는 동일한 것이 아니다. 원래 자연이란 어떤 정착된 존재가 아니기 때문에 「그 경우」란 무한한 것이요, 그 경우가 무한함에 따라서 진리의 수효도 또한 무한한 것이다. 그러므로 진리가 하나뿐이란 이 「하나」는 몇 억천만으로 분해할 수 있는 초자연적 소수 「일(一)」이다."
김동리, 「문학의 표정」, 『문장』, 1939. 8, 148쪽.

29) <주역>에 나타나는 이 부분을 번역하면 다음과 같다. "한번은 음이 되고 한번은 양이 된다. 이것을 일러 도라고 한다.(一陰一陽之謂道)" 곽신환, 앞의 책, 99쪽 참고.

론에서 '존재는 존재에 의해 구성되지 않고, 생성에 의해 구성된다'는 것도 이런 과정론적 특성을 지적한 것이다.[30] 결국 동양의 유기체론은 사물의 존재를 본질과 현상, 본체와 형상으로 나누지 않고, 과정적 현존, 그 자체에서 보고 있는 것이다.

두 번째는 생성과 변화는 자연과 인간의 느낌과 상호교감에 의해서 수행된다는 교감설을 내세우는 점이다. 우주가 인간의 인지적 대상이 되는 기계적, 물리적인 것이 아니라 광범위한 순환의 생명체라면 이 생명체에게 창조와 생성의 계기를 만들어 내는 것은 바로 하늘과 땅의 교감, 서로 상통하는 느낌에 의해서이다. 『주역』에서 보듯 "하늘과 땅이 교감하여 만물이 화생한다.(天地感而萬物化生)"나 "교감하여 천하 모든 사물의 이치를 통한다.(感而遂通天下之故)"는 표현은 생명의 창조적 계기가 각 개체의 내재적 계기가 아니라, 서로 교통하고 교감하는 정감에 의해서 이루어짐을 보여준다. 동양적 인식은 유교든 노장이든 주역이든 사물의 합리적 인식 능력보다는 인간의 내재적 감응력과 순수감정에 의존한다. 동양에서 직관을 믿는다 함은 결국 자연과 화해하고, 조화되는 마음이 스스로의 본성과 합치되는 것을 믿는 것인데, 이야말로 자연과 인간의 순수한 감응력이 아니면 불가능한 것이다.

그렇다면 유기체적 자연관은 사물의 법칙이나 이치를 통한 이론이성의 힘으로 사물의 가치를 판단하는 것이 아니라, 자연과 인간의 마음에 내재한 자연감정의 자연스러운 유출을 통해 사물을 판단함을 의미한다.[31] 지식 자체가 가지고 있는 명증함이나 논리성보다는 그 지식을 통한 교통과 교감에

---

30) 김상일, 『화이트 헤드와 동양철학』, 서광사, 1993, 35쪽.
31) 서양의 윤리관이 기독교에서 보듯 억정양성(抑情揚性, 감정을 억누르고 도덕적 본성을 드러냄)이 아니라 오히려 감정을 앙양시킴으로써 정리일관(情理一貫, 감성과 이성을 하나로 꿰뚫음)을 통하여 원융(圓融)세계로 이끄는 것이다. 인간이 자연과 융합, 자연과 화해할 수 있는 것(天人無間, 物心合一)도 이처럼 이론이나 이법(理法)의 세계가 아니라 정(情)을 통해 서로 교감하는 일원론적 가치관을 추구하기 때문이다.
김용옥, 「<동양적>이란 의미」, 『동양학 어떻게 할 것인가』, 통나무, 1985, 201~202쪽.

의해 판단되는 이러한 태도는 동양 사상이 과학적 논리보다도 정감적인 시적 세계에 더 가까이 다가서는 이유가 된다. 삶에 대한 분석과 이론적 검증(철학적 인식)보다도 삶이 순수하게 가지고 있는 경험적 태도(심미적 인식)를 더 중요하게 보는 것이다.[32] 이것이 바로 동양사상에서 철학과 예술이 분리될 수 없는 이유이며, 종교가 예술 속에 융화되는 이유이다.[33]

2) 생명의 구경 추구

김동리의 문학론은 이런 유기체적 세계관의 속성을 풍부하게 담고 있다. 삶의 해석이 이념 속에서가 아니라 자연과 우주, 인간과 운명이 교감하는 심미적 감성 속에 있다면, 우리는 <세대 논쟁>부터 시작된 김동리 문학론의 성격을 어느 정도 해명할 수 있는 기회를 얻게 된다. <세대 논쟁>으로부터 시작된 그의 문학관은 삶의 궁극성을 해명하고자 한 것이었으며, 그것은 우주와 자연의 궁극적 섭리와 크게 다르지 않다. 나의 존재란 궁극적으로 우주와 자연, 사물과 인간이 교감하는 가운데서 드러나며, 문학은 바로 이런 교감의 심미적 표현이 되는 것이다. 초기 이런 그의 문학관이 잘 드러나는 것은 <세대 논쟁>의 핵심적인 글 「신세대의 정신」(1940)에서이다.

그것은 아마 내 나이 여나문살 가령 되었을 무렵이리라. 여름밤으로 흔히 뜰에 자리를 깔고 누어 하늘의 무수한 별을 바라보며 그저 곧장

---

32) 노드롭은 이같은 동양적 직관의 방식을 <심미적 연속>이라 부르고 있다. 이 직관의 방식은 서구의 사고처럼 가정에 의한 연역적 방식이나 정리, 증명의 방식과는 분명한 차이를 지닌다. 깨달음, 도, 열반, 공 등은 궁극의 실재를 파악하기 위한 것으로서 경험의 전체성을 가지고 연속되기 때문에 분별적, 차별적이 아니라 무분별한 정감의 인식으로 어어지는 것이다. 직관은 주객비분의 상태이므로 '보는 나'와 '보이는 대상'의 분별을 필요로 하지 않는다. 오히려 주객이 하나의 정감 속에 융해되고 합일되는데 이는 정서의 교감을 뜻하는 심미적 인식이 아니면 불가능한 것이다.
김하태, 『동서철학의 만남』, 종로서적, 1985, 12～13쪽.
33) 앞의 김용옥 글, 221쪽.

눈물을 쏟은 일이 있었다. 열대여섯 되었을 무렵엔 「주검의 공포」에 사로잡혀 늘 자리에 누어 있을 때가 많았고, 열여덟때는 세계문호(「世界文豪)와 기창작(基創作)」이란 책자에서 「꾀에테」「쉑스피어」「니이체」「타고오르」 등을 소개받음으로 말미암아 문학이란 것과 친하게 되었다. 그때 내 생각으로는 문학이란 사람이 제생명의 구경의의(究竟意義)를 탐구하는 사업이려니 하였다. 이렇게 말하면 그것은 하필 문학적 동기가 아니요, 종교적 그것이라고도, 또는 철학의 형이상학적 그것이라고도 하겠지만, 종교나 철학보다 결국 문학을 취한 것은 문학엔 그런 사상이 인생 혹은 운명을 통하여 구체적으로 형상화(창작)되는 것이었고, 그것이 내 성격에 대단히 맞았던 것이다.

헌데, 역시 그즈음 우리 문단 작가들의 작품을 읽어 본 즉 거기엔 아까 「단테」「꾀에테」「니이체」들의 작품세계에서 보던 바, 또 내가 구하던 바, 그러한 인간의 개성(個性)이나 생명(生命)의 구경(究竟)을 추구하는 세대가 없었다. 나는 불만이었다. 나는 이 뒤에 작품을 쓰면 반드시 사람의 개성이나 생명의 구경의의를 추구할 것이라고 생각하였다.[34]

인용문에서 우선 보이는 것은 자연의 지고무상(至高無常)한 능력에 대한 감탄과 경이로움, 자연현상의 배후에 있는 무형의 불가사의(不可思議)한 신성(神性)에 대한 느낌, 삶과 죽음을 통한 자연과 인간의 경계와 두려움, 그리고 이를 형이상학적 차원으로 환원시켜 삶의 본질을 규명코자 하는 존재론적 철학에로의 관심이다. 김동리는 이런 형이상학적 추구의 노력을 문학적으로 표현하여 '개성과 생명에의 구경추구'라고 지칭했다. 인간은 초자연적 신성(神聖) 앞에 왜소한 존재이지만 문학적 표현을 빌어 자신의 자연적 본성을 규명한다. 삶의 의미와 본질은 이성 일반의 논리적 지식에 의해서 분별되는 것은 아니며, 또한 시, 공간에서 분리된 플라톤적 실체 개념으로는 파악해 낼 수도 없다. 또한 존 로크가 말했듯이 특정한 존재물에서 시간성과 공간성을 분리시켜 추상, 고정화해 놓은 언어적인 일반 술어로서도 표현할 수 없다. 앞서 말한대로 삶은 연속이며, 변화이며, 과정이기 때문이다. 따

---

34) 김동리, 「신세대의 정신」, 『문장』, 1940. 5, 82~83쪽.

라서 삶 속에 현상과 실체는 무의미하며, 삶은 삶 그대로의 무한한 의미를 포용할 뿐이다. 말하자면 그의 생각 아래서는 본질과 현상, 실체와 현상의 분리를 허용치 않는 즉상견성(卽相見性, 나타난 모습에 즉하여 본래 모습을 본다)의 경지가 삶의 실제 모습이 되는 것이다. 이렇게 본다면 그가 형이상학이나 철학보다 문학을 택한 이유가 명백한 것으로 보인다. 삶의 본질은 이념(언어)로 표현되는 것이 아니며, 과정의 형상(문학적인 것)으로 표현되고, 결국 이는 우주와 자연, 인간의 교감을 가장 명백히 드러내는 심미적 사유에 해당한다.

그렇다면 그가 자신의 문학론으로 내세운 '개성과 생명의 구경추구'란 무슨 말인가? 같은 글에서 김동리는 '개성과 생명의 구경 추구'를 다음과 같이 정의한다. "대개 인간의 생명과 개성의 구경을 추구한다 함은 보다 더 고차원적인 인간의 개성과 생명의 개조를 의미하는 동시에 그것의 창조를 지향하는 정신이다." 이 말에서 중요한 것은 '개성과 생명의 개조 내지 창조'이지만 실제 그것이 지닌 구체적 의미는 뚜렷하지가 않다. 단지 이 말에 앞선 수식어 '고차원적'이라는 말이 '삶의 구경 추구'가 높은 차원의 존재론적 성찰을 의미하는 것이라는 점을 보여준다. 하지만 그는 이 말 뒤에 실제 작품의 분석을 통해 그것이 무엇을 의미하는지를 구체적으로 보여주고자 했다.

전기 2작(二作)은 이것(個性과 生命의 究竟追求)의 창조를 시험한 것으로 이제 그 2작 중 「무녀도」 한 편을 실례로서 분석해 보겠다. 「무녀도」가 한 무녀를 주인공으로 삼은 것은 그냥 민족적 신비성(民族的 神秘性)에 끌려서는 아니다. 조선의 무속이란 형이상학적 이념을 추구할 때 그것은 저 풍수설(風水說)과 함께 이 민족 특유의 이념적 세계인 신선관념(神仙觀念)의 발로(發露)임이 분명하다. 「선(仙)」의 이념(理念)이란 무엇인가? 불노불사(不怒不死) 무병무고(無病無苦)의 상주(常住)의 세계다. 그것이 어떻게 성취되는가? 한(恨)있는 인간이 한(恨)없는 자연에 융화(融和)되므로서다. 어떻게 융화되느냐? 인간적 기구를 해체시키지 않고 자연에 귀화(歸化)함이다. 그러므로 무녀 『모화』에게 있어서는 이러한 『선(仙)』의 영감(靈感)으로 말미암아 인간과 자연 사이에 상식적(常識的)으로 가로놓인

장벽(障壁)이 무너진 경우이다.35) [……] 인간의 개성과 생명의 구경을 추
구하여 얻은 한 개의 도달점(到達點)이 이 「모화」란 새 인간(人間)형의 창
조였고, 이 「모화」와 동일한 사상적 계열에 서는 인물로선 「산제(山祭)」의
「태평이」가 그것이다.36)

본문의 내용이 길어 다음의 글 모두를 인용할 수 없지만 「무녀도」를 분석
하는 대강의 내용은 다음과 같다. 우선 그는 「무녀도」에서 무녀를 주인공으
로 삼은 것은 단순히 민속적 신비감에서 그러한 것은 아니라고 말한다. 무
속은 민족 특유의 이념적 세계인 신선사상(神仙思想)을 추구하는 것이며,
그것은 조선에 있어 형이상적 이념의 추구에 해당한다는 것이다. 이 신선의
이념을 김동리는 "불노불사 무병무고(不老不死 無病無苦)의 상주(常住)의
세계"라고 지칭하고 있다.

그렇다면 불노불사 무병무고(不老不死 無病無苦)의 세계란 결국 무엇일
까? 그것은 결국 신(神)의 세계가 아닐까. 신(神)의 세계란 주관과 객관, 정신
과 물질, 사유와 형상의 논리적 이분법을 초월하는 세계이다. 인간의 실천
적 사유나 의지가 미치지 않는 세계인 것이다. 신(神)과 선(仙)의 세계는 신
과 인간, 자연과 인간, 실체와 형상을 하나의 사유체계로서 일원화하지 않
으면 얻어질 수가 없다. 그것은 우주와 자연, 그 속의 인간적 삶을 하나의
공동체적 운명으로 환원시켜야만 생겨날 수 있는 세계이다. "천지와 만물은
본래 나와 일체"(蓋天地萬物 本吾一體)라는 주자의 말처럼37) 천지의 마음
(天地之化)을 나의 마음(吾心之化)으로 받아들이는 것, 둘을 하나로 합치는
관념론적 세계(仙의 세계)인식이 필요한 것이다. 인용문 "한(恨) 있는 인간
이 한(恨) 없는 자연에 귀환함으로써"란 표현이 그것을 여실하게 보여준다.

물아일체(物我一體), 천인합일(天人合一)이라 할 수 있는 이런 경지는 근
본적으로 자아를 개화(改化)시키거나, 확대시키는 관념적 절대성이 없으면

---

35) 김동리, 앞의 글, 91쪽.
36) 김동리, 앞의 글, 91~92쪽.
37) 곽신환, 앞의 책, 305쪽.

불가능하다. 그것은 사회적, 정치적, 이념적, 논리적 틀을 넘어 새로운 전체, 삶, 정신의 초월적 존재를 요청하는 것이다. 이런 초월적 존재에 대한 요청은 그의 표현을 빌어 말하면 '원형적(原型的) 인간에 대한 탐구(探究)'가 되는데, 구체적으로 그것은 우주와 만물 속에 존재하는 보편적인 생명의 근원(보편생명)을 찾는 것을 말한다. 인간 역시 우주의 보편생명 중의 하나인 것이다. 김동리가 <무녀도>에서 굿춤을 추며 예기소에 빠져 죽는 모화의 죽음을 '인간의 율동이 자연의 율동으로 귀화합일(歸化合一)하는 것'이라고 표현한 것은 바로 이런 보편생명으로의 귀환 과정을 말한 것이다. 모화는 선(仙)적 인간으로, 인간이면서 자연의 혼과 일치해야만 하는 존재이다. 따라서 이렇게 보면 '개성과 생명의 구경'은 인간을 이런 보편생명의 한 자연적 존재로 보며, 심미적 구체화(인간형의 탐구)를 통해 그것을 드러내는 것이다. 그리고 이런 인식의 과정은 이성과 지성에 의해서가 아니라, 직관으로 경험하는 고도의 추상적인(김동리의 표현에 의하면 형이상학적인) 철학적 사유가 없으면 불가능한 것이다. 그것은 지식이 아니라 지식을 뛰어 넘는 일종의 삶의 초월적 경험을 의미한다.

5. 맺음말 - <구경적 삶의 형식>과 허무주의

삶의 형이상학적 의미를 구현하고자 하는 것이 김동리 문학의 출발임에 틀림없다. 그리고 그런 형이상학적 성찰은 깨달음, 도(道), 열반(涅槃), 공(空)과 같은 동양적 관념론을 밑바탕에 깔고 있다. 현실과 이상, 주관과 객관, 사유와 경험을 초월하여 자기 존재의 절대성(보편 생명성)을 확보하는 것, 그것은 오로지 주관 속에서 가능한 것이다. 따라서 객관현실을 넘어 주관, 혹은 초주관의 세계를 지향한다는 점에서 동양철학의 특징과 김동리 문학론의 특징은 일치한다. 그렇다면 그런 절대 주관 속에서 구체적 인간의 모습은 어떠할까? 김동리식 성찰의 경우 인간은 두 가지 의미를 내포한다. 하나는 우주와 함께 보편생명을 부여받는 신(神), 보편자의 모습이며, 다른 하나는 그런 절대 존재에 다다를 수 없는 구체적 존재, 개별자의 모습이다.

여기에서 '운명'이라는 문제가 개입되는데, 인간은 신적 모습을 지닌 존재이면서 결코 신이 될 수 없는 이율배반을 품고 있기 때문이다. 우리가 보통 '운명'이라고 말할 때 그것은 인간의 능력이나 의지, 사유나 실천을 초월하는 어떤 힘을 지칭한다. 가장 비근한 예로 출생과 죽음 같은 것을 의미하지만, 김동리는 그것을 다르게 인식한다. 김동리에게 '운명'은 개별적이고 구체적인 개인이 자연적 생명력을 지닌 '보편존재'로서의 자기 인식을 받아들이는 것을 의미한다. 다시 말해 우주가 거대한 생명력의 자기 실현이듯이 인간 역시 자연적 생명력 속의 한 일원임을 깨닫는 것, 즉 인간이 스스로 이런 삶의 위치와 과정을 받아들이는 것을 말하는 것이다. 인간이 보편생명으로서 자연 속에 귀의합일(歸依合一)하여 신의 위치로 나아가는 존재라면, 인간은 이를 끊임없이 추구해야 하는 것이 '운명'이며, 그것이 '삶의 구경 추구'이기도 한 것이다.

김동리의 문학론은 해방 전 <세대 논쟁>에서 '개성과 생명의 구경창조'라는 과도기적 표현을 거쳐 해방 후 문맹 측과의 대결에서 '구경적 생(삶)의 형식'이라는 표현을 씀으로써 완성된다. 김동리의 문학론을 집약하기도 한 이 말은 해방 이후 김동석과의 논쟁이 한창인 1947년 「문학하는 것의 사고」라는 글에서 처음 선보인다.

> 높고 참된 의미에 있어서의 <문학하는 것>이란 무엇인가?
> 그것은 어떤 구경적(究竟的)인 생(生)의 형식(形式)이 아니어서는 아니된다고, 나는 생각한다. …… (중략) ……
> 그것이 위에서 말한 구경적 삶(생)이라 일컫는 것이다. 여기서 인류는 그가 가진 무한무궁(無限無窮)에의 의욕적인 결실인 신명을 찾게 되는 것이다. <신명을 찾는다>는 말이 거북하면 자아 속에서 천지(天地)의 분신을 발견하려 한다고 해도 좋을 것이다.
> 이 말을 좀 더 부연해서 설명하면, 우리는 한 사람씩 한 사람씩 천지

사이에 태어나 한 사람씩 한 사람씩 천지 사이에 살아지고 있다는 사실을 통하여, 적어도 우리와 천지 사이엔 떠날래야 떠날 수 없는 공통된 운명이 부여되어 있다는 것을 발견하게 되는 것이다. 우리는 우리들에게 부여된 우리의 공통된 운명을 발견하고 이것의 전개에 지향하지 않으면 안된다. 우리가 이 사실을 수행하지 않는 한 우리는 영원히 천지의 파편에 그칠 따름이요, 우리가 천지의 분신임을 체험할 수는 없는 것이며, 이 체험을 갖지 않는 한 우리의 생은 천지에 동화될 수 없기 때문이다. 그리고 우리는 우리에게 부여된 우리의 이 공통된 운명을 발견하고 이것의 타개에 노력하는 것, 이것이 곧 구경적(究竟的) 삶이라 부르며 또 문학하는 것이라 이르는 것이다. 왜 그러냐 하면 이것만이 우리의 삶을 구경적(究竟的)으로 완수할 수 있는 길이기 때문이다.[38]

인용문에서 보이는 '구경적 생의 형식'은 우주, 자연, 삶에 대한 초월적 존재론을 추구하고 있다는 점에서 해방 이전의 '개성과 생명의 구경창조'와 크게 다르지 않다. 천인합일(天人合一)을 주장하는 내용이나, 삶의 순환적 과정이 강조되고 있는 점이 유기체적 세계관을 주장하는 해방 전 김동리의 주장과 일치한다. 일반적으로 '구경(究竟)'이라 함은 궁극(窮極), 곧 사리(事理)의 마지막이나 끝을 말한다. 다시 말해 구경(究竟)이라는 것은 모든 것을 규정하는 절대적 근거로서 궁극근거(窮極根據)의 또 다른 표현이다.[39] 이렇게 본다면 문학이 '구경적 생의 형식'이라 함은 생과 삶의 본질, 그것(보편생명으로서의 존재의미)을 추구하는 것이 바로 문학적 양식의 존재 의미가 되며, 또한 방법이 된다는 것이다, 문학은 보편존재로서 삶이 지닌 본질적 의미와 가치를 따져 보는 것이 되어야 하며, 그것이 특별한 다른 이유나 목적 속에 종속되어서는 안된다는 것이 이 말의 또 다른 뜻이다. 따라서 진정한 삶의 본질이 아니라, 시대의 공리성이나 목적성을 좋아가는 문학(카프문학)에 대해서는 일고의 용허(容許)가 있을 수 없다. 왜냐하면 자연적 존재로

---

38) 김동리, 「문학하는 것에 대한 사고」, 『문학과 인간』, 민음사, 1997, 70~73쪽.
39) 신재기, 「작가적 비평의 편협성과 창조적 개성의 절대화」, 『김동리』, 살림, 1995, 667쪽.

서 진정한 자신의 모습, 자신의 본질을 추구하는 문학만이 올바른 것이 될 수 있기 때문이다.

따라서 우리가 이 글에서 알 수 있는 것은 그가 <구경적 삶의 추구>와 <문학하는 것>을 동일하게 보고 있다는 것, 즉 삶의 존재론과 문학의 존재론을 동일 차원에 두고 있다는 점이다. 삶이 운명적임에도 불구하고 보다 높고 고귀한 가치를 추구한다면, 문학이야말로 그런 삶의 형식을 대변해주고 있지 않는가. "높고 참된 의미에 있어서의 <문학하는 것>"이란 표현 속에서 그런 의미의 뉘앙스를 고스란히 담고 있다. 말하자면 삶(生)은 높고 고귀한 영역을 지니며, 문학은 이를 형식적으로 표현해 내는 양식이라는 것이다. 이른바 생의 원리와 문학의 원리가 같은 것, 철학과 문학을 동일차원으로 환원되는 것을 김동리는 추구하고 있다.[40] 또한 그런 점에서 김동리의 윗 글은 삶과 인생이 무엇인가라는 존재론적인 문제와 그 속에 문학이 지닌 가치가 무엇인가라는 문학론적인 문제를 함께 내포하고 있다.

위 글에서 '구경적 생의 형식'은 "우리의 공통된 운명을 발견하고 이것의 전개에 지향하는 것" 내지는 "우리에게 부여된 우리의 이 공통된 운명을 발견하고 이것의 타개에 노력하는 것"이라고 규정되고 있다. 문학이 '구경적 삶의 형식'이라면 이 구경(삶의 궁극적 원리)은 바로 우리의 운명을 발견하고, 전개하며, 타개하는 것이 된다. 그렇다면 우리의 운명이란 무엇일까? 이것은 앞에서 말한 대로 우주의 생명체로 자기 본분, 위치를 확인한다는 것인데, 이 글은 "신명을 찾는다"나 "천지의 분신을 발견한다", 혹은 "우리와 천지 사이엔 떠날래야 떠날 수 없는 공통된 운명" 등의 표현으로 구체화된다. 말하자면 우리의 운명은 자연과 인간의 직접적인 통일 위에 형성되는 삶의 제 모습이라는 것이다.

그러나 이러한 '운명'의 모습은 삶 속에서 명백한 표현으로 드러날 수 있

---

40) 이 점에 대해서는 아래의 글을 참고할 것.
　　　김윤식, 「근대와 반근대—조연현론」, 『한국현대비평가 연구』, 강, 1996.
　　　김윤식, 『해방 공간 문단의 내면 풍경』, 민음사, 1996, 186~319쪽

는 것은 아니다. 왜냐하면 천인합일이나 보편생명에로의 귀환은 주관적 이상의 요구이며, 관념론적 사유 체계의 일환이기 때문이다. "우리에게 부여된 공통된 운명을 발견하고 이것의 타개에 노력하는 것"이란 표현 속에 이런 이율 배반성을 잘 드러내고 있다. 인간의 운명이 천인합일이며, 절대자연에로의 귀환이라면 왜 이의 '지향'이 아니라 이의 '타개'일까? 김동리는 왜 운명의 순응을 이야기하지 않고, 운명의 타개를 이야기했을까? '운명의 타개'란 결국 무엇을 의미하는가? 인간이 지천(知天)하고 지인(知人)한다는 것은 이상론적인 절대 요청이지만, 삶의 현실은 그렇게 이상적으로만 전개되지 않는다. 인간은 신적 세계(天人合一)를 끊임없이 지향하지만 그 신적 세계에 영원히 도달할 수 없다. 그것이 바로 '인간의 운명'에 해당하는 것이다. 그래서 해방 후에 와서 그에게 문학은 바로 '문학'이 아니라 '문학하는 것'으로 변모한다. '문학하는 것'은 '사는 것'이며, 그것은 삶의 본질, 영원성(天人合一)을 추구하는 것이기도 하다.

<세대 논쟁>에서 "개성과 생명의 구경창조"라고 이야기됐던 김동리의 문학론이 해방 후 "구경적 생의 형식"으로 바뀌면서 등장한 것이 바로 '인간의 운명'이란 문제였고, 이 운명 형식의 제기는 김동리의 문학론이 안고 있는 형이상학적인 관념론을 극복하기 위한 하나의 과제가 되었다. 그가 추구하고 있는 것이 절대적 이상 세계라면 그것은 현실적 삶과 거리가 있는 것일 터이고, 내용적으로는 문학보다 철학에 가까운 것이다. 구체적 인간을 대상으로 하는 문학은 당연히 이런 관념적 이상세계와 거리를 둘 수밖에 없다. 하지만 그 이상세계에 도달하고자 하는 과정이 삶이라면, 그것은 바로 인간의 운명이 되며, 당연히 문학의 영역에 속하게 되는 것이다. 해방 후 "구경적 삶의 형식"이란 그의 문학론이 <세대논쟁> 시기의 문학적 보편성이나 당위론을 벗어나 훨씬 삶의 현실에 더 육박하는 것도 이 부분에서이다.

이렇게 본다면 김동리의 문학론은 애당초 삶의 이상을 추구하는 절대성과 그것에 도달할 수 없는 '운명성'을 함께 내재하고 있고, 또한 이념적 초

월성(당위성)으로서의 문학론과 실천 행위(표현성)로서의 문학론이 함께 포괄하고 있다고 볼 수 있다. 그의 문학론이 신앙과 종교에 가까운 듯하면서도 허무주의적이고 비관주의적 색채를 띠는 것도 이 때문이다. 다시 말해 그의 문학론은 이상적 절대성(동양적 절대성)에 대한 지향과 그것이 결코 이루어 질 수 없다는 운명성을 동시에 품고있는, 그런 아이러닉한 모순성을 갖고 있다. 김동리가 인간을 신성(神性)을 지닌 동시에 결코 그 신성에 도달하지 못하는 존재로 규정하고 있음을 볼 때, 이는 당연한 결론이라 할 수 있을 것이다.

참고문헌

김동리, 『무녀도, 황토기』, 김동리 문학전집 1, 민음사, 1995.

김동리, 『역마, 밀다원 시대』, 김동리 문학전집 2, 민음사, 1995.

김동리, 『등신불, 까치소리』, 김동리 문학전집 3, 민음사, 1995.

김동리, 『문학과 인간』, 김동리 문학전집 7, 민음사, 1997.

김동리, 『나를 찾아서』, 김동리 문학전집 8, 민음사, 1997.

류기룡편, 『김동리』, 살림, 1995.

김윤식, 『김동리와 그의 시대』, 민음사, 1995.

김윤식, 『해방 공간 문단의 내면 풍경』, 민음사, 1996.

김윤식, 『한국근대문학사상연구2』, 아세아 문화사, 1994.

김윤식, 『한국근대문예비평사연구』, 일지사, 1984.

한국문학연구회, 『현대중진작가연구4』, 국학자료원, 1999.

신형기, 『해방직후의 문학운동론』, 화다, 1988.

이동하, 『현대소설의 정신사적 연구』, 일지사, 1989.

구모룡, 『한국문학과 열린 체계의 비평담론』, 열음사, 1992.

김윤식, 이주형외, 『한국현대비평가 연구』, 강, 1996.

곽신환, 『주역의 이해』, 서광사, 1977.

김상일, 『화이트 헤드와 동양철학』, 서광사, 1993.

김용옥, 『동양학 어떻게 할 것인가』, 통나무, 1985.

김하태, 『동서철학의 만남』, 종로서적, 1985.

윤평중, 『푸코와 하버마스를 넘어서』, 교보문고, 1990.

페터 뷔르거, 『아방가르드 예술이론』, 동환출판사, 1986.

최문규, 『현대성과 문학의 이해』, 민음사, 1996.

Anti-modernism and autonomic literature
— The theory of orgnicism in the literature of Kim Tongni

Jung Hee Mo

The criticism of Kim Tongni was formed by generation argument the late of 1930s. He considered the notion of new generation writers literature as protection of autonomic and pure literature differently the way of KAPF. So He participated this argument standing under the favor of new generation writers. Afterward Kim Tongni set up his own the way of literature through the controversy. He will try to make autonomic that is different from utilitarian and teleological literature. His literature should not be used for the other purpose at any cost. His position is pure literature that is against literature in KAPF to be an initiative role in 1920s and 1930s. After this he built a theory in literature look like oriental organicism based on the anti-modernism. The literature of Kim Tongni focused on exploration about the final style of life and made of the notion of literature consisted of harmony in nature and human. He insisted on monism to be one nature and human against the Platonic dichotomies in western and he insisted on the way of literature that is the human is converted to nature. His idea is similar to the book of Changes in oriental philosophy. The book of Changes shows the unification the nature and human through the content of all things dont have any essence and the unification of the nature and human and explains the essence of matters is in the process. Human who is similar Kim Tongnis the notion of literature is converted to nature and the notion of literature in Kim Tongni emphasizes the core of human is the process of changing in all things. And human makes the notion of literature approach to the God. But it is obvious that human doesnt approach to the God. On this point his novels express the destiny and insisted on literature that is process to overcome the destiny. Although human looks for holiness like nature anytime, he knows destiny that is he cannot attain to the holiness. Therefore Kim Tongni says what his literature breaks through the destiny. The tendency of decadent in his novels is related to overcome the destiny and not to attain to the holiness.

근대 초기 기행문의 전개 양상과 문학적 기행문의 '기원'

— 국토 기행을 중심으로 —

김 현 주*

---

1. 머리말
2. 공간적 지평의 변화와 '국토' 관념의 형성
3. 근대적 기행문의 전개 과정과 그 특성
4. 맺음말

---

1. 머리말

이 글의 목표는 근대 초기 기행문의 전개 과정을 탐구하여 근대적 기행문의 특성을 추출하고 기행문이 '문학'으로 의식되기 시작한 지점 또는 계기를 부각시키는 것이다. 필자는 우선 시기를 계몽기[1], 1910년대, 1920년대로 나누어 각 시기 기행문의 특성을 추출해보고자 했다. 물론 각 시기들 사이의 경계에는 세 가지 양상으로 중심화할 수 없는 다양한 주변적인 양상들이 있다. 그러나 이 글은 기행문의 역사적 전개를 연속적으로 탐구하는 데 목

---

* 경원대 강사

[1] 이 시기는 구체적으로 신문이라는 근대적 언론기관이 등장하여 새로운 양식의 글쓰기가 등장하던 1890년대 중반에서 1910년 강제적인 한일 병합 이전까지를 지칭한다. 역사 연구나 사회 연구에서 '계몽기'라는 명칭은 더 넓은 시기를 포괄하지만, 문학에서 '계몽기'란 대략 위 시기를 지칭할 수 있다고 본다.

표를 둔 것이 아니라 기행문의 변모와 그 계기를 부각시키려는 의도를 가지고 있기 때문에 주변적 양상들을 자세하게 고려하지는 않았다.

1895년 유길준의 『서유견문』에서 시작한 근대적 기행문은 1920년대에 활발하게 창작된 국토기행물에 이르러 비로소 '문학'으로 성립한 것으로 보인다. 1910년대의 국토 기행은 국토에 대한 여러 가지 인식론적 관심들(interests)을 바탕으로 쓰여졌다. 즉 그것은 중요한 지방 행정 구역을 순회하거나 유적을 탐사하거나 명승지를 여행하면서 국토에 대한 경제적, 역사적, 문화적, 미적 관심을 표명하고 있다. 그런데 1920년대에 이르러 국토를 오로지 심미적 시선으로 바라보는 기행문이 등장했다. 즉 1910년대의 국토 기행과 1920년대의 국토 기행은 국토에 대한 다양한 인식론적 관심들과 무관심한 심미적 시선이라는 측면에서 대별되는데, 국토를 심미화하는 이러한 시선이야말로 기행문이 '문학'으로 의식되는 과정과 깊은 관련이 있는 것으로 생각된다. 그런데 이 글이 계몽기 이래 근대적 기행문의 이러한 변화를 서술하면서 '발전'이라는 용어 대신 '전개'라는 용어를 선택한 이유는 이 과정을 발전론적으로 사고하는 것으로부터 벗어나기 위해서이다. 1920년대에 비로소 기행문이 '아직 문학이 아닌 것'으로부터 '문학'으로 성장·발전했다고 보는 것은 문학중심주의적인 사고일 수 있다. 필자는 문학적 기행문의 출현을 기행문에 잠재되어 있는 다양한 가능성들 중 한 가지 가능성의 발현이라는 정도로 이해하면서 논의를 진행하려 한다.

이 글은 이른바 문학적 기행문의 '기원', 즉 기행문이 언제 어떤 특이점을 통과하면서 문학으로 지위가 격상(?)되었는가를 규명하는 데 관심이 있는바, 이를 위해 이광수와 최남선의 기행문을 주로 참조했다. 특히 이광수는 근대 초기에 최남선과 더불어 기행문을 비롯한 산문 영역 전반에서 가장 활발하게 활동했던 작가인 동시에 소설 이외 산문의 문학적 가능성에 대하여 맨 처음 관심을 보였던 이론가였다. 따라서 이 연구는 비단 기행문의 전개과정을 서술하는 데 머물지 않고 그외 다양한 변두리 산문 양식들의 전개과정을 생각하는 데에도 시사해주는 바가 있을 것으로 기대된다. 끝으로, 이

글이 특별히 '국토 기행'을 텍스트로 선택한 이유는 그것이야말로 근대적 기행문의 전개를 검토하는 데 적절한 자료라고 생각했기 때문이다. 사실 '국토'란 '지구(세계)'라는 지평의 형성과 연관된 매우 근대적인 공간 지평임에 틀림없다. 국토라는 관념의 형성 자체가 이 시기 기행문의 근대성을 형성하는 가장 중요한 배경인 것이다.

2. 공간적 지평의 변화와 '국토' 관념의 형성

이 장에서는 근대적인 공간 지평의 문제를 다룬다. 이는, 간단하게 말한다면, 세계(지구)라는 지평과 국가(국토)라는 지평의 형성이다. 이를 위하여 1) 계몽기 이래 출판된 다양한 지리 교과서들과 신문·잡지의 기사들에 반영되어 있는 변화된 공간 지평을 전대(前代)의 공간 지평과 비교하여 설명했다. 2) 계몽기 이래 국토에 대한 관심과 그 관심의 변화 양상을 살폈다. 3) 계몽기이래 발표된 국토 기행물이 근대적인 국가·국민이라는 관념의 형성과 어떻게 연관되는지를 개괄했다.

지리학이 인간 활동의 모든 현상을 지역적으로 연구하는 학문으로서 본격적으로 소개되고 그 중요성이 대중화된 것은 근대 계몽기에 이르러서였다. 경(經), 사(史), 자(字), 집(集)이라는 동양 전래의 지식 체계 속에서 지리학은 역사학에 비해 존재가 분명치 않은 것이었다.[2] 물론 조선 후기에는 천하(天下) 사상으로부터의 탈피, 지도학의 발달, 지역 연구의 발달, 지리학의 실용화, 과학적 지리학의 발달이 이루어졌던 것이 사실이며[3], 이에 따라 행정적 목적에 의한 관찬(官撰) 지리지(地理誌)나 지도(地圖)적 지리 개념이 발

---

2) 임형택, 「20세기 초 신·구학의 교체와 실학」, 『민족문학사연구』 제9호, 1996, 20쪽 참조.

3) 조선 후기 지리학의 발달은 양난 이후의 시대 정신을 반영하던 사회적·사상적 여건 속에서 파악할 수 있는 양상이다. 이에 대해서는 최영준, 『국토와 민족 생활사』, 한길사, 1997, 21~68쪽 참조.

전했을 뿐만 아니라 자연 환경과 인간 생활의 관계를 탐구하는 인문지리 개념도 등장했다. 이중환의 『택리지』는 이러한 관점에서 쓰여진 최초의 인문지리서라는 평가를 받고 있다.[4] 그러나 지리적으로 고립되어 자급자족을 유지하던 농경사회는 수직적인 차이화와 더불어 이른바 측면적 차이화의 경향이 강하다. 지방 공동체는 지리적인 이웃과 비교하여 문화적·언어적 특이성을 요구하는 경향이 있는데, 이는 고립된 생활 스타일이 문화적·언어적 차이를 고무하기 때문이다. 이러한 전(前)근대적 사회에서는 지배층도 구성원들을 문화적으로 동질적으로 만드는 데 거의 관심이 없다. 그들은 오히려 지역적인 차이를 허용하고 신분적인 구분을 확보하는 것을 통해 지배질서의 안정을 유지했다.[5] 이런 사회에는 근본적으로 지리학적 연구와 교육(대중화)의 동기가 존재하지 않는다. 간단히 말해, 지리학은 근대에 이르러 대륙, 국가, 지역 사이의 소통과 교통이 활발해지면서 그 필요와 가치가 증대했던 것이다.

> 대저 지리학은 인적 생활과 물적 현상, 두 방면의 지식을 결합한 교과이다. 그러므로 국민교육과 현실 생활에 있어서 관계가 중대한 것이다.
> 예전에 교통이 발달하지 않아 문호를 닫고 그 안에서 생활하던 때에는 생활에 직접적 필요를 느끼지 않았으므로 이 학문의 역사가 구원(久遠)함에도 불구하고 유치한 단계를 면하지 못하였다. 근세에 이르러서야 비로소 이를 교과에 편입하게 되었으니 우리 나라 교육이 점차로 발달하게 됨을 기려 축하할 일이다.[6]

---

4) 『택리지』는 우리 나라의 자연 및 인문 환경을 전통적 사상과 지리관에 입각하여 서술한 '한국적 인문지리서'이다. 『택리지』의 내용·체계와 현대 인문지리학과의 차이에 대해서는 최영준, 앞의 책, 69~106쪽 참조.

5) 이에 대해서는 Ernest Gellner, *The Coming of Nationalism and Its Interpretation : The Myths of Nation and Class, Mapping the Nation*, Verso, London·New York, 1996 참조.

6) 安廓, 「高等大韓地誌 序」, 『最新高等大韓地誌』, 鄭寅琥 纂輯, 보성사, 1909(민족문학사연구소 편역, 『근대계몽기의 학술·문예사상』, 소명출판, 2000, 279쪽에서 재인용).

위 글에서 본국(本國)에 대한 지리 지식의 필요성은 무엇보다도 교통의 발달에 의해 지역간의 문호가 개방되어 서로 활발하게 소통하게 된 상황에 말미암은 것으로 이해되고 있다. 세계의 지리에 대해 알아야 할 필요 역시 마찬가지 이유에서 출발한다. "오늘날에 이르러 세계의 열국(列國)은 항로와 철로로 서로 이어지고 외교가 서로 이루어져 아시아와 구라파가 이웃이 되고 황인종과 백인종이 한 가족처럼 되었으니, 각처의 산해(山海)·풍토·정치·산업이 우리와 서로 관련되지 아니함이 없"기 때문에 우리는 "전지구의 지리를 널리 탐구하고 만국의 실정과 형세를 정밀히 살펴서 우리의 사고와 지식을 증대시키지 않을 수 없다."[7] 계몽기의 지리학적 관심은 우리의 공간적 지평이 사해(중국)에서 '5대양'과 '6대주'로, 나아가 '지구세계'로 확장되었으며, 이에 따라 '세계적' 지식이 필요해졌음을 반영하는 현상이다. '세계의 주인이 되기 위해서 가져야 할 지식은 바로 지리학적 지식'인데, 그것은 자연지리학을 바탕으로 인문지리학, 즉 대상 지역의 역사와 산업과 문화와 풍습에 대한 정보로 나아가야 할 것이었다.[8]

사실 서구 사회에서 지리학의 부흥은 십자군 원정의 결과였으며, 이어서 포르투갈인 및 스페인인의 세계 여행과 신대륙 발견에 따른 항로 개척이 이루어졌다. 이런 점에서 서구에서 지리학의 발전이란 애초부터도 팽창의 욕망과 분리하기 어렵다. 그렇지만 서구의 여러 나라들이 식민지의 개척과 확장을 절대적으로 필요로 하게 된 것은 18세기의 산업 혁명에 말미암은 것이었고, 잇따른 19세기는 지구의 지리학적 인식에 있어서 결정적인 단계가 된 시기이다. 이 시기 비로소 대륙 내부에로의 전진이 이루어졌고. 사막이나 양극 지대 등 인간에게 가장 적대적인 지역조차 답사되었으며 해저나 성층권에 대한 탐사도 이루어졌다. 물론 이를 뒷받침한 것은 해상에서는 증기

---

7) 민영휘, 「新訂中等萬國新地誌 序」, 『新訂中等萬國新地誌』, 김홍경 편집, 광학서포, 1907(민족문학사연구소 편역, 앞의 책, 273~274쪽에서 재인용).

8) 계몽기의 인문학적 열망과 그 지평에 대해서는 고미숙, 「근대 계몽기, 그 생성과 변이의 공간에 대한 몇 가지 단상」, 『민족문학사연구』 제14호, 1999 참조.

선, 지상에서는 철도망의 발달, 자동차나 항공기 등 수송 수단의 비약적인
발전이었으며 과학적 조사 방법의 발전이었다.[9] 특히 점령한 식민지를 원
료 공급 및 상품 판매를 위해 활용하기 위해서는 그 지역의 기후, 지형과
지질, 식물·동물적 환경, 생활 양식과 습관에 대한 정보가 필요했던 바, 지
리학은 당연히 자연지리에 대한 탐구에 멈추지 않고 그 지역의 인문지리적
환경에 대한 탐구로 나아가게 되었다. 따라서 그것은 사회지리학, 인구지리
학, 도시지리학, 경제지리학, 정치지리학, 문화지리학, 역사지리학의 내용을
포괄하게 되었던 것이다.

한편, 세계(지구)로의 지평의 확대가 역설적으로 '국가'와 '국토'에 대한
관심을 낳았다는 점에 주목할 필요가 있다. 지금도 세계화 논리가 그 기저
에 강력한 민족주의적 충동을 깔고 있는 경우가 적지 않은 것처럼, '세계'에
대한 인식은 '나' 혹은 '우리'의 경계와 성격을 분명히 해야 한다는 요구와
별개의 것이 아니었다. 그런데 '우리' 나라에 대해 안다는 것은 우리의 시·
공간적 과거와 현재를 안다는 것이고, 이러한 요구는 역사학과 지리학으로
구체화되었다. 계몽기의 지리적 관심은 자주 역사지리학적 경향을 띠었는
데, 이는 근본적으로는 조선 후기의 역사지리학적 전통과 연결된 것이었다.
'우리 강역(疆域)의 연혁과 흥폐는 내부의 성쇠치란과 관련되며, 외부의 중
국·일본의 기세와도 연계된 것'[10]이라는 인식은 지리학을 경국(經國)의 도
(道)와 연결시키고 강역의 문제에 집중했던 조선 후기 역사지리학의 관점을
그대로 이어받고 있는 것이라 할 수 있다.[11] 이러한 사유 속에서는 알아야
할 '지(地)'의 범주가 곧 '강역'이 되고 '지지(地誌)'와 '역사'가 하나가 되는

---

9) 지리학의 역사에 대해서는 홍시환·박인섭,『지리학사』, 대왕사, 1982, 83~99
   쪽 참조.
10) 장지연,『大韓疆域考』序,『大韓疆域考』, 황성신문사, 1903(민족문학사연구소
    편역, 앞의 책, 160~163쪽 참조).
11) 장지연과 김택영이 편찬·정리한『증보문헌비고』「여지고」를 17세기의 신경준,
    18세기의 이만운 등 전통시대의 역사 지리 연구를 총정리하는 입장에서 편찬
    된 것이라고 보는 입장에 대해서는 박인호,『조선후기 역사지리학 연구』, 1996,
    이회문화사 참조.

데, 지리학과 역사학이 표리의 관계라는 말은 곧 이러한 이해를 드러내는 것이다.12) 장지연이 인용하고 있는 바, 이러한 지리학은 '애국심'을 발양하기 위한 것으로서, 이 시기에 지리학이 역사학과 더불어 민족주의적 관념을 반영·생산하는 기제로서 각광을 받았던 것을 알 수 있다.13)

그러나 이러한 역사지리학적 관심과 더불어, 그리고 시간이 지남에 따라 더욱 중요하게 부각된 것은 지리를 '현재'의 '산업, 경제, 종교, 문화' 등의 관심과 관련된 것으로 보는 시각이다.14)『소년』은 계몽기의 다양한 지식에 대한 열망을 반영하는 종합잡지인데, 창간호부터의 편집만 보아도 본국과 세계 각국의 자연과 인문에 대해 아는 것이 이 시기에 얼마나 중요한 지식으로 간주되고 있었는가를 알 수 있다.15) 최남선은 내촌씨(內村氏)의「지리학연구의 목적」이라는 글을 번역하여 싣고 있는데, 이 글에서 지리학이란 "地球表面 現在의 狀態"를 연구하는 학문인데, 이러한 "地理學은 實노 諸學의 基"로서 '地를 궁구치 않고는 殖産, 政治, 美術, 文學, 法敎라는 계단을 오를 수 없다'고 이해된다.16) 이때 지리란 일차적으로 자연적 지리를 지시하지만, 그것은 인간에 의해 창조된 환경, 예를 들어 식산, 정치, 미술, 문학, 법교 등과의 관련 속에 배치됨으로써 현대적 의미의 인문지리학으로 나아

---

12) 장지연,『新訂中等萬國新地支』序,『新訂中等萬國新地支』, 광학서포, 1907(민족
　　문학사연구소, 앞의 책, 275쪽).
13) 장지연,『大韓新地誌』序,『大韓新地志』, 광학서포, 1907(민족문학사연구소 편
　　역, 앞의 책, 269쪽).
14) 역사학 저서와 마찬가지로, 계몽기에 활발하게 출판되었던 역사지리학 교과서
　　들이 1909년에 모두 사용금지 처분을 받았던 것을 상기한다면, 지리학 연구 경
　　향의 이러한 변화가 자연스러운 진행이었다고 할 수만은 없다.
15)「봉길이 지리공부」(창간호~제12호, 총7회),「쾌소년세계주류시보」(창간호~제5
　　호, 총5회),「해상대한사」(창간호~제9호, 총9회),「지도의 관념」(제2호), 당대
　　유명 답사가 헤딘 박사의 내한(來韓) 소식과 그의 약력(제2호~제3호),「북극탐
　　험사적」(제3호~제6호, 총4회) 등. 이외에도 창간호부터 세계 각국의 수도, 유명
　　건축물과 경물, 풍속을 소개하는 사진과 설명을 계속 게재하고 있는 점,『최남
　　선지리지』,『대한지지』,『외국지지』 등의 서적과「한양가」,「경부철도가」,「세
　　계일주가」 등의 가사집을 광고하고 있는 점을 들 수 있다.
16) 內村氏(최남선 역),「지리학 연구의 목적」,『소년』 제12호, 1909. 10 참조.

가게 된다. 내촌씨의 경우처럼, 세계 지리를 연구하고 교육해야 할 필요가 정치, 경제, 문화와의 관련성 속에서 도출되는 것이라면, 본국의 지리에 대한 관심 역시 과거의 역사와 관련된 강역의 문제라기보다는 현재의 현실적인 문제와의 관련성 속에서 형성되어야 할 것이다. 이러한 인식을 구체화한 것은 『소년』에 9회에 걸쳐 연재된 「海上大韓史」인데, 이 글은 반도라는 지리적 상황이 미술, 정치, 법률, 학술, 교육, 상업 등에 끼치는 영향을 이탈리아의 역사에서 확인하고 우리의 경우에 적용하고 있다.[17]

헨리 엠(Henry H. Em)이라는 재미 사학자는, 유진 웨버(Eugen Wever)의 연구를 인용하면서, 경상도 시골의 농부가 언제 그리고 어떻게 '한국인'이 되었겠는가 라는 흥미로운 문제를 제기한 바 있다. 그의 주장을 인용한다면, '19세기 후반 새로운 세대의 정치인들과 지식인들이 내적 동질성과 대외적 자율성의 관점에서 한국을 정의하려 한 시도에 의해서 농민들은 '한국인'으로 변형되었고 비로소 '민족'이 탄생했다.'[18] 우리는 여기에 다소 비슷한 질문을 추가할 수 있을 것이다. 경상도 시골의 농부가 자기가 살고 있는 향촌을 넘어선 공간, 이를테면 저 평안도나 경기도를 언제, 어떻게 '국토'로 인식하게 되었겠는가? 헨리 엠의 의견을 우리의 주제에 적용해 본다면, 다음과 같이 말할 수 있을 것이다. '세계 지리'라는 범주 자체가 이에 동일화되지 않는 '우리 나라 지리'라는 범주를 전제로 하는 것이며, 이는 대외적 자율성의 관점에서 국토를 정의하는 것이다. 한편 도(道), 시(市), 군(郡) 등으로 분류되는 '지방'이라는 범주 자체는 그것들을 하나로 수렴하는 '국가'를 전제로 하는 것이며, 이는 내적 동일성의 관점에서 국토를 정의하는 것이다.

---

17) 최남선, 「해상대한사」, 『소년』 창간호~제9호 참조.
18) 유진 웨버에 따르면, 프랑스 농민은 1880년대가 되어서야 '민족화'(곧 프랑스 국민)되었다. 농민의 프랑스화는 보통교육의 확립과, 지역을 넘나드는 노동력의 이동과 상비군 제도 등을 통한 풍속과 신념의 단일화, 애국주의 이데올로기가 정치적·종교적 갈등을 해소한 이후에야 가능해졌다. 다르게 말하면, 그것은 차별적인 사회적,정치적, 언어적 관습들이 새롭게 창조된 민족적 문화의 지역적인 변종들로 취급되는 근대 국가 체제의 출현 이후에 가능해졌던 것이다.

계몽기 이래 내적 동일성과 대외적 자율성의 관점에서 '국토'를 정의하려한 이러한 시도는, 위에서 설명해 온, 세계 지리와 본국 지리에 대한 각종 교과서들의 발간으로 구체화되었으며, 여기에 신문이나 잡지에 게재된 관련 기사들이나 문학적인 글들을 추가할 수 있을 것이다. 다음 장에서 자세히 살펴보게 되겠지만, 최남선의 「平壤行」에 등장하는 수많은 지역명과 역명, 강과 산 이름은 평안도를 국토 안에 포괄된 것으로 의식하게 해주었으며, 1910년대에 특히 유력한 대중 매체였던 『매일신보』에 연재된 이광수의 「五道踏破旅行」에 실린 주요한 지방 도시와 유적지와 명승지들에 대한 정보는 대중들에게 국토의 관념과 국민의 의식, 즉 '내적 동질성'을 부여하는데 기여했을 것이다. 즉 국토 기행물은 사람들에게 '국토'라는 관념을 형성하게 해줌으로써 그들을 '국민'으로 정의해 주는 것이다.

근대 지식인들의 이러한 노력은 전대(前代) 지식인들의 의식과는 확연한 차이를 보이는 것이다. 우리는 고려시대 초기에 이미 프랑스 혁명 이전의 프랑스보다 강력한 언어적·문화적 통합체를 이루었고, 엘리트들은 그들 자신과 중국인들과의 차이를(정치·언어·관습의 견지에서) 인지하고 있었다고 한다. 그러나 조선시대까지 지역들 사이에는 명백한 언어적·문화적 차이들이 존재했으며 신분적 차이는 문화의 수직적 위계를 공고하게 했다. 그리고 무엇보다도 이 시기의 정부는 구성원들을 문화적으로 동질적으로 만드는 데 거의 관심이 없었다. 조선시대 기행가사의 대표적인 유형인 '관유(觀遊) 가사'는 나라 안의 산천 유적을 두루 구경하며 노니는 것을 제재로 하고 있으며 주요 창작층은 벼슬아치와 선비였다. 그런데 이러한 관유 가사는 대개 심진낙토(尋眞樂土)의식, 즉 참세계를 찾거나 이상세계를 구하는 의식을 드러낸 경우가 대부분이며 여행하는 지방의 인문지리에 대해서는 거의 관심을 보이지 않았다.[19] 즉 기행문이 그야말로 '국토 기행'이라는 관

---

19) 최강현에 의하면, 대부분의 기행가사들은 여행하는 곳의 인문지리에 대하여 본격적인 관심을 보이지 않았으며, 19세기에 이르러서야 「팔도가」, 「팔도읍지가」와 같은 지명(地名) 가사가 출현하여 규방의 아녀자들이나 양반가의 하인배, 일

점 속에서 '국토'라는 관념을 생산하고 대중화하는 데 중요한 기능을 하게 된 것은 근대에 이르러서 인 것이다.

그런데 국토 기행물과 국가(국민) 형성이라는 문제를 논하는 데 있어서 간과하지 말아야 할 것은 이러한 관심을 실현할 수 있도록 한 물질적 기반이다. 그것은 구체적으로는 철도, 도로 등 근대적인 교통 체계와 신문, 잡지 등 근대적인 인쇄 문화의 형성이다. 이것이야말로 내적 동질성과 외적 자율성의 관점에서 국가(국토)를 정의하려는 계몽기 이래 지식인들의 의도를 실현할 수 있게 한 토대인 것이다. 베네딕트 앤더슨이 지적했듯이, 인쇄자본주의(print-capitalism)의 확대에 의한 언어적 동일성의 확인이야말로 민족의 경계를 분명하게 한 것이었으며[20], 근대적인 교통체계의 발달은 지역간의 거리를 축소하고 소통을 활발하게 함으로써 지방 공동체간의 문화적·언어적 차이를 해소하고 중앙으로의 문화적 동일화를 가능하게 만들었던 것이다.

3. 근대적 기행문의 전개 과정과 그 특성

1) 계몽기 : '성찰'로서의 기행문
—『西遊見聞』

『소년』 창간호에서 최남선은 "여행은 진정한 지식의 대근원"이라고 강조하고 있는데[21], 이 시기 그가 현대의 영웅으로 추앙한 존재가 바로 '여행하는 인간', 즉 '탐험가'였다. 그는 용감하게 암흑의 대륙에 발을 내딛어 학술상의 공적과 지리상의 공로를 세우는 콜럼버스나 마젤란이야말로 '인문에

반 서민들까지 국내의 행정 지리와 각 지방의 명산물들을 암송할 수 있게 되었다(『한국기행문학연구—주로 조선시대 기행가사를 중심으로』, 고려대 대학원, 1981, 157쪽 참조).
20) Benedict Anderson(윤형숙 역), 『민족주의의 기원과 전파』, 나남, 1991 참조.
21) 최남선, 「쾌소년세계주유시보」, 『소년』 창간호, 1908. 11.

공헌하는 자'라고 찬양했다.[22] 『소년』이 유명 답사가의 내한(來韓) 소식과 그의 약력을 실은 기사, 미국의 북극 탐험기, '표류기' 소설 등을 지속적으로 실은 이유가 거기에 있었다고 할 수 있다.[23] 그러나 최남선의 경우, '아시아, 유롭파, 아메리카 等 大陸과 支那, 터어키, 쩌잇튜, 쑤릿탠 등 邦國과 崑崙과 히말라야, 럭키 등 山岳과 에니세이, 유우쯔렛, 나일, 미시십피 등 江河'를 내 발로 밟고 내 눈으로 보겠다[24]는 희망을 현실화한다는 것은 현실적으로 거의 불가능한 일이었다.

이러한 세계 탐험에의 열망은 사실 당시의 정치·경제 등 물적 토대의 발전과는 전혀 조응하지 않는 '돌출적' 국면이었다.[25] 계몽기에 세계 여행은 유길준과 같은 특별한 경우를 제외하고는 가능하지 않았다. 당시에는 외국 유학도 매우 한정적이었으며[26], 외국에서의 유학 생활이나 여행 경험을 국내의 잡지나 신문에 기고하는 통로나 관습도 형성되어 있지 않았다.[27] 따라서 『소년』지가 창간호부터 야심만만하게 기획한 「쾌소년세계주유시보(快少年世界周遊時報)」는 세계를 두루 여행한다는 원래의 목표를 달성하지 못하고 국내 여행에 그칠 수밖에 없었으며, 그것도 개성까지밖에 가지 못했다.[28] 더욱이 국내 여행의 경우, 무엇보다도 여행의 물질적 기반이 극히 취약했다. 1900년대만 해도 근대적인 교통체계, 즉 철도화·도로화의 수준이 매우 낮았다.[29] 우편이나 전보 등 통신체계 역시 활발하게 작동하지 못했기

---

22) 최남선, 앞의 글.
23) 「거인국표류기」(제2호), 「로빈손표류기」(제4호~제10호, 총6회).
24) 최남선, 앞의 글.
25) 고미숙, 앞의 글 참조.
26) 미국유학생은 갑오개혁을 전후해 구한말까지는 아주 소수에 그쳤고, 1899~1909까지는 모두 사비유학생으로 총64명에 불과했다. 일본유학생은 1909년에 약 900명에 달하고 있었으며, 대부분 사비유학생이었다. 계몽기 외국 유학생에 대해서는 김성학, 『서구 교육학 도입의 기원과 전개』, 문음사, 1996 참조.
27) 이런 글은 1910년대 후반 『청춘』이나 『학지광』에 가서야 많이 볼 수 있다.
28) 「쾌소년세계주류시보」는 5회에 걸쳐 개성까지의 여행기를 보도하는 데 그쳤다.
29) 1910년 이전에 철도는 경인철도, 경부선, 경의선만이 개통되어 있었으며 근대적인 도로 시설은 더욱 미비했다. 도로는 1911년에야 "도로규칙"을 제정·공포

때문에 신문도 지방의 소식을 전하는 통로를 갖고 있지 못했을 정도였다.[30] 따라서 세계에 대한 관심은 물론이고 국토에 대한 관심마저도 실증적인 차원이 아니라 간접적인 지식 습득의 차원에 만족할 수박에 없었다. 이 시기 지리학 서적이 전대의 지리서나 일본인에 의해 쓰여진 것을 번역하는 수준에 머물렀던 것은 이 때문이었다. 이른바 '번역 지리학'의 시대였던 것이다.

계몽기 인문지리학적 관심의 최대치를 보여주는 것은 역시 유길준의 『서유견문』(1895)이다. 유길준의 경우, 일본의 재발견은 곧 구미 제국에 대한 재발견으로 나아가며 이를 통해 지구 세계라는 지평으로 옮아가게 되었다. 『서유견문』은 총 20편으로 구성되어 있는데, 1편~2편에서는 지구 세계, 6대주와 그에 속한 나라와 산, 5대양, 세계의 강과 호수, 세계의 인종과 각 나라의 물산을 기술하고 있다. 그 뒤에 3편~18편에 걸쳐 구미의 정치, 조세, 교육, 경찰과 군사, 화폐, 법률제도, 공공 기관과 기구, 문화와 풍속, 근대적 문물에 대한 설명이 있으며, 19편~20편에는 구미 각국 대도시의 위치와 경관, 그곳에 있는 주요 기관과 건축물을 소개·설명하고 있다.[31] 먼저, 중국을 중심으로 기껏해야 일본이나 안남 정도를 넘어서지 못했던 공간적 지평이 실로 전지구적인 차원으로 확대되었다는 것을 일종의 세계지리라 할 이러한 내용을 통해 실감할 수 있다. 그리고 『서유견문』의 내용은 일반지리와 특수지리[32], 자연지리와 인문지리를 포괄하고 있으며, 그 체제는 현대적인 인문지리학의 논리적·체계적 구성을 보여주고 있다. 유길준은, 우리가 알아야 할 것은 세계에 대한 총체적인 지식이라고 말하고 있는 듯 하다.

이 책은 '유람遊覽'에서 '견문見聞'을 기록한다는 뜻의 표제를 달고 있는

하고 그에 따라 전국의 도로망을 계획했다(김의원, 『한국국토개발사연구』, 대학도서, 1982 참조).

30) 권보드래, 『한국근대소설의 기원』, 소명출판, 2000, 208쪽 참조.

31) 유길준(허경진 옮김), 『서유견문』, 한양출판, 1995 참조.

32) '일반지리학(General geography)'은 지구 전체를 취급하는 것이고, '특수지리학 (Special geography)'은 지구를 부분적으로 또는 국지적으로 취급하는 것이다(홍시환·박인섭, 앞의 책, 100쪽).

데, 그 말의 뜻을 현재 우리의 용법에서 이해하는 것은 적절치 않다. 먼저
이 책은 시간의 전개를 따르는 보통 기행문의 서사 관습을 채용하지 않고
내용을 논리적인 순서에 따라 체계화하여 서술하는 방식을 따르고 있다. 또
'遊'라고 말하고 있지만 유길준은 실제로 약 2년 동안 미국에서 체류하면서
서구 사회에 대하여 '학습'했다. 그래서 이 책은 '견문'이라는 이름을 달고
있음에도 불구하고 보고 들은 것을 초과하는 내용을 담고 있는 것이다. 『서
유견문』은 우리가 보통 말하는 기행문 혹은 견문록을 넘어서는 것인데, 이는
자기가 보고 들은 것, 즉 감각을 통해 수용한 인상을 넘어서는 체계적이고
분명한 지식에 대한 욕망에 의해 추동되었기 때문이라고 할 수 있다. 『서유
견문』이, 후쿠자와 유키치가 1860~1867년 사이 세 번에 걸쳐 미국과 유럽을
직접 관찰한 경험을 토대로 하여 쓴 『西歐事情』(1866~1869)의 체재와 내용
을 바탕으로 하여 쓰여진 것이라는 점은 이미 지적된 바 있다.[33] 그러나 유
길준의 『서유견문』과 후쿠자와 유키치의 관계는 비단 한 권의 책에만 국한
된 것은 아닌 듯 싶다. 후쿠자와 유키치의 두 번째 저서인 『學問의 勸獎』
(1872~1876)은 수년간에 걸쳐 여러 분책으로 출판되어 모두 370만 부가 팔
렸다고 할만큼 유명한 책인데, 그는 이 책에서 근대적 학문을 과학적 정신에
입각한 분석, 인식, 판단이라는 지적 방법론과 직결시켰다.[34] 유길준은 일본
에서의 유학 기간 동안 후쿠자와 유키치의 저서 등을 통해 감각적인 체험에

---

33) 후쿠자와 유키치와 우리 나라 계몽사상가들과의 관련성은 김성학, 『서구 교육
학 도입의 기원과 전개』, 문음사, 1996을 참조할 수 있다. 『서구사정』은 무엇보
다도 당시 대부분의 일본인들이 그 존재조차 모르던 증기기관, 전신, 가스 등
놀랄만한 산물을 소개한 점에서 획기적이었지만, 그 책의 더 큰 의의는 후쿠자
와 유키치가 서구의 산물이나 사회적 관습 밑에 깔려 있는 무형적인 원리와 정
신에 주목했다는 점에 있다. 그는 근대 서양 문명의 요체를 개인의 자주성, 신
앙의 자유, 자연과학과 기술의 발달, 학교 교육, 사회적 질서, 국민의 복지라고
갈파했다(福澤諭吉(정명환 역), 『文明論의 槪略』, 광일문화사, 1989, 249~251쪽
참조).
34) 후쿠자와 유키치(정명환 역), 앞의 책, 249~251쪽 참조. 유길준과 후쿠자와 유
키치의 관계는 계몽기의 사상적 지평을 연구하는 데 매우 중요한 시사점을 줄
수 있다고 생각되나 이에 대한 더 나아간 연구는 뒤로 미룬다.

의해 얻은 원자료들을 그대로 믿는 것이 아니라 그것을 분류·분석·열거·종합하는 '성찰'의 필요성을 인정하고 수용했던 것으로 보인다. 이런 점에서 보면『서유견문』은 그것이 서술하고 있는 내용보다도 대상을 사유하는 새로운 '방법'의 도입이라는 점에 더 큰 의미가 있는지도 모른다.『서유견문』의 근대적 성격은 조선 후기 지식인들의 기행 산문들과 비교할 때 분명해질 터인데, 예를 들어 18세기 박지원을 비롯한 이덕무, 박제가, 체제공 등 실학자들의 기행문은 실증적이고 경험적인 정신, 꼼꼼한 관찰과 정밀한 표현, 일상적이고 세속적인 사물이나 사건에 대한 관심이 공통적이었다.[35] 이에 비해『서유견문』에서 유길준은 '지구세계'라는 지평 속에서 서양의 정치, 경제, 문화, 풍습에 이르는 다양한 부면에 대한 종합적이고 체계적인 지식을 축적하는 것을 목표로 하고 있는 것이다. 여기에서 우리는 '지식을 통한 세계의 전유'를 목표로 하는 계몽기의 백과사전적인 욕망을 읽을 수 있는데, 이러한 욕망이야말로 이 시기 '교과서'에 대한 요구를 설명해주는 것이다.

2) 1910년대 : '근대적 시각(perspective)'으로서의 기행문
―「平壤行」과 「五道踏破旅行」

기차(근대적인 교통)와 신문(근대적인 언론)이라는 근대적인 매체(media)는 근대적인 국가와 국민을 형성한 물질적 기반이다. 그것들은 인간의 능력

---

35) 조선 후기 기행산문의 성격은 기록문학 작품군(일기, 기행 등)의 출현과 관련하여 논할 수 있다. 기록문학 작품군의 출현은 양란 이후의 시대 정신을 반영하던 사회적·사상적 여건이나 문학사의 여건 속에서 파악될 수 있는 특수한 양상이다. 성리학에 기반한 기존 질서에 대한 회의, 실학 정신의 발전, 양명학의 고증학적 태도의 유입은 인간 스스로가 경험에 의해 확인된 사실만을 정당한 지식으로 인정하려는 실증주의적 정신을 발전시켰고, 이러한 정신이야말로 사실의 소재를 객관적으로 전달하려는 기록문학의 정신과 일치한다. 한편 문학사적으로 본다면 기록문학의 출현은 산문 정신의 앙양과 관련된다. 운문의 주관성, 함축성과 상징성, 귀족적인 고답성을 벗어나 대상인 소재에 대하여 사실적이고 즉물적이며 지시적인 성격을 중시하는 정신이 기록문학을 낳았다(유기룡, 「기록문학의 영역과 형성」, 국어국문학회 편, 『수필문학연구』, 1979 참조).

('눈'과 '발')을 고도로 연장하여 시간과 공간을 축소하는 효과를 발휘함으로써 문화를 동질화할 수 있는 가능성을 획기적으로 확장했으며, 바로 이 가능성을 활용하면서 근대적인 국가와 국민이 구성된 것이다. 이 절에서 대상으로 하고 있는 「평양행」과 「오도답파여행」은 기차와 신문이라는 근대적인 매체가 선택한 퍼스펙티브가 어떤 것이며 그에 의해 사람들의 감각과 인식이 어떻게 변화했는지를 보여준다.

『소년』에 실린 기행문 「평양행」의 맨 앞 문단은 "九月 十九日, 日曜, 前九時 十分 南大門驛發 新義州行 第一列車. 나는 너에게 感謝한다."라는 구절로 시작하여 '나는 다시 너에게 感謝한다'라는 구절로 끝난다.[36] 여기에서 '너'란 최남선이 '4원 3전'이라는 '약소한 사례'를 하고 탄 기차인데, 그는 평양이라는 '러버(님)'를 만날 수 있도록 자기를 싣고 가주는 것이 고맙기만 하다고 쓰고 있다. 최남선은 경의선 기차를 타고 남대문—평양 구간을 가는데, 제목이 '평양행'임에도 불구하고 평양역에 도착하는 것으로 글이 끝나는 이유는 이 글의 목표가 평양을 보여주는 데 있는 것이 아니라 평양까지의 '행(行)'을 보여주는 데 있기 때문이다. 기차의 선로를 따라가는 이 여행기에는 무려 백여 개의 지명과, 수십 개의 역명, 철교와 터널명, 강과 산의 이름이 등장한다.[37] 최남선은 그저 역과 철로 주변으로만 이루어져 있는 세계를 보여주고 있는 셈인데, 이는 이 여행의 주체가 사실은 '나'가 아니라 '기차'라는 근대적 기계임을 분명하게 표현한다. 즉 이 여행에서 나는 내가 보고 싶은 것을 보는 것이 아니라 기차가 보여주는 것, 기차 안에 앉아 볼 수 있는 것만을 본다. 나의 시선은 기차가 선택하고 제한하는 퍼스펙티브를 벗어날 수 없는 것이다.

---

36) N.S., 「평양행」, 『소년』 제12호, 1909. 10, 133~134쪽.
37) 경의선은 원래 러·일 전쟁 수행의 필요에 의해 군용으로 계획된 것으로서 1906년 4월부터 운행하였다(김의원, 앞의 책, 500~503쪽 참조). 「평양행」에는 경의선이 '6년 전 군용철도로 있을 때'를 회상하는 대목이 나오는데(147~148쪽), 이는 최남선의 착오인 것 같다.

마음은 몸을 따르고 몸은 汽車를 따라 龍山新開地의 宏壯한 日本宮舍
와 日人市井을 놀라면서 새로 짓난 龍山驛舍 엽헤 暫時 멈춘 後 뒤ㅅ 거름
으로 義州ㅅ 집아 平壤집아 어서 보자하고 나아갈 새 沿江 上下에 第一 盛
榮하다하야도 우리 눈엔 그 모양이 貧寒한 漁村갓흔 龍山 · 麻浦와 近江
部曲에 第一殷富하다하야도 汽車에선 그 家宅이 亂雜한 豚柵갓흔 東幕 ·
孔德里를 보고 불상한 이 사람아 게어른 이 사람아 하야 한번 弔傷하고
서 半空에 높히 쌔여난 度支部煉瓦製造所煙突에서 쏨어 나아오난 黑烟이
무슨 意味가 잇난 듯하야 近世文明과 烟突의 關繫며 二十世紀 以後의 機
關과 原動力 등 問題를 생각하난데 水色驛에서 停車치 아니한 汽車가
······ (후략) ······38)

맨 앞 구절만 보아도 시선을 이끌어 가는 주체가 '기차'라는 것을 알 수
있는데, 이 완벽한 의미의 기차 여행은 기행문에 여러 가지 변화를 초래한
다. 그것은 말이나 가마를 타고 가면서 보거나 걸어가면서 보는 것이 아니
라 달리는 기차에서 본다는 데에서 생기는 변화이며, 또 기차에 의해 새로
운 안과 밖이 만들어진 데서 생기는 변화이다.

이 글에서는 당연히 역과 철로 주변의 모습만이 묘사되는데, 이것은 걸으
면서 보는 것과는 상당히 다른 모습으로 드러난다. 이는 일단 기차의 속도
에 의해 발생하는 것인데, 속도에 의해 대상들은 시선에서 재빨리 벗어나게
되고 따라서 세밀하게 묘사될 수 없다. '일본의 궁과 시장이구나' 하고 지각
하는 사이에 기차의 창에는 용산역 건물이 나타나고 기차는 거기에서 잠시
섰다가 곧 나아간다. 이렇게 빠르게 앞으로 나아가는 기차는 사람들로 하여
금 기차 밖의 풍경을 연속적으로 변화하는 그림(파노라마)으로 체험하도록
하며 사람들은 기차 밖에 있는 사물들의 냄새를 맡을 수 없고 소리도 들을
수 없다. 따라서 달리는 기차에 앉아서 하는 여행에서 우리는 걷거나 말을
타고 갈 때만큼 공간을 밀도 있게 경험할 수 없는 것이다. 한편 '한창 번영
하고 있다고 하는 것'과 '풍성하고 넉넉하다고 하는 것'도, 달리는 기차에서

---

38) N.S., 앞의 글, 134쪽.

보면, 가난한 어촌이나 난잡한 돼지우리 같이 보일 뿐이다. 그런데 이러한 착시(?)는 기차의 속도감에 의해서 생기는 것만은 아니다. 그것은 무엇보다도 기차가 만들어 낸 안과 밖의 분리에 의해서 생긴다. 아도르노에 의하면 자가용 승용차 문화야말로 안과 밖의 완전한 분리를 만들어낸 것이지만, '달리는 기차 안의 나'와 '저기 문루 위에 앉아 담배를 피우고 있는 허술한 지게꾼' 역시 완전히 분리되어 있다.[39] 기차 안의 나에게 기차 밖의 모습은 그저 풍경 이상의 것이 아니다. 우리는 여기에서, 고진이 말한 이른바 내면적 인간에 의해 발견된 풍경을 떠올릴 수도 있을 텐데, 어쨌든 '마음은 몸을 따르고 몸은 기차를 따른다'는 최남선의 말은 결코 허황한 유물론이 아닌 것이다.[40] 기차가 만들어 낸 새로운 풍경에 하나 더 추가한다면, 그것은 바로 객실 안의 풍경이다. 기차의 객실은 일본인과 조선인, 남성과 여성, 어른과 아이가 함께 앉을 수 있고, 옆에 앉은 모르는 사람들의 얘기도 자연스럽게 귀동냥할 수 있는 새로운 공간이다. 한편 기차는 새로운 예절을 만들어내고[41] 새로운 신호 체계도 만들어낸다.[42]

「평양행」은 '오백 오십 리 머나먼 길을 일순천리(一瞬千里) 나르난 듯한 기차가 생'[43]김으로써 쓰여질 수 있었다. 이 글에서는 기차가 여행의 주체이자 주제이며, '철도지(鐵道誌)'가 곧 여행의 안내서이다. 기차라는 문명기계는 이전에 감각할 수 있었던 것을 못 하게 하는 동시에 이전에 감각할 수 없었던 것을 할 수 있게 해준다. 이 글에서 '나'의 시각 경험은 기차라는 기계가 선택한 퍼스펙티브에서 벗어날 수 없는 바, 이 글은 기차가 쓴 글인

---

39) N.S., 앞의 글, 138~141쪽 참조.
40) 철도가 변화시킨 시간과 공간의 문제에 대해서는 볼프강 쉬벨부쉬(박진희 옮김), 『철도여행의 역사』, 궁리, 1999를 참조할 수 있다.
41) 이를테면 '나'는 옆 칸에서 장죽을 물고 담배를 피우는 여자에 대해서 꼴불견이라고 생각한다.
42) 달리는 기차가 대낮에 인공적인 전기 조명등을 켜는 것은 곧 터널을 통과하게 된다는 신호이며, 승객들은 이 신호를 해석하고 창문을 닫는 조치를 취해야 하는 것이다.
43) N.S., 앞의 글, 133쪽.

셈이다.

「오도답파여행」은 이 시기 국토에 대한 국민(의 관심을 표방하는 신문)의 관심을 적극적으로 반영하는 1910년대의 대표적인 기행문이다. 이 글은 이광수가 『매일신보』의 기자 신분으로 충남, 전북, 전남, 경남, 경북을 거쳐가는 여행을 기록한 글인데, 1917년 6월 26일 조치원에서 보낸 제1신에서 8월 18일 경주에서 보낸 제52신까지 통신문 형식으로 연재되었다.[44] 다섯 도를 여행하면서 쓰여진 이 기행문 역시 철도는 물론이고 근대적인 도로, 항만의 건설이 없었다면 쓰여질 수 없었을 글이다. 특히 1910년대 중반에는 도로가 철도의 노선을 보완함으로써 거의 모든 중요한 지방 행정 구역이 가깝고 또 그만큼 쉽게 도달할 수 있는 곳이 되었으며, 그것은 한편 서울이라는 중심으로 수렴되었다. 즉 근대적인 철도망과 도로망은 지방으로의 분산과 서울로의 통합을 동시에 이룩한 것이다.[45]

이 글에 나타난 이광수의 국토에 대한 관심은 대략 3가지로 나눌 수 있다. 첫째는 경제부 기자의 시선인데, 이는 근본적으로 개발자의 관심이다. 여정이 '도(道)'라는 행정 단위에 의해 경계지어지는 것에도 나타나는 바, 그가 이 여행에서 주로 만나는 사람은 해당 지역의 공무원(도 장관, 군수, 경찰서장)과 유지(실업가, 은행가)와 각종 사회 단체의 대표자들이며, 관심을 가지

---

44) 이광수는 1917년 5월 하순 귀국하여 6월 14일로 『무정』의 연재를 끝냈다. 6월 26일 『매일신보』의 기자 자격으로 오도답파여행을 떠났는데 충남·전북·전남·경남·경북으로 다섯 개 도를 답파할 예정이었으나 건강상의 이유로 경주에서 금강산 행을 포기하고 중지하였다(「연보」, 『전집』 제20권, 277쪽).

45) 이광수는 서울―조치원―공주―부여―강경―군산―이리―전주―이리―송정리―광주―목포―삼천포―마산―삼랑진―부산진―동래온천―해운대―삼천포―진주―부산―마산―대구―경주까지 기차를 주로 하고 부차적으로는 도로와 해로를 이용하여 이동하고 있다. 참고로 덧붙이자면, 1917년까지 철도는 호남선(대전~목포), 경원선(용산~원산), 군산선(이리~군산), 평양탄광선(대동강~승호리), 평남선(평양~진남초)이 추가로 개통되었다. 근대적 도로는 1911~1917년 10월까지의 제1기 도로건설사업기간 동안 약 2,694km가 추가로 건설되었으며, 이로써 중요한 지방 행정 구역은 도로에 의해 연결되었다(김의원, 앞의 책 참조).

고 방문하는 곳은 물산진열장과 양잠학습소 등이다. 또 그가 해당 지역에 대해서 보도할 가치가 있다고 생각하는 정보는 주요 산업과 특산물, 그리고 향후의 발전 계획 등이다. 국토에 대한 그의 생각은 대체로 이러한 시야를 벗어나지 않는다.

> 鳥致院 公州 간은 거의 빨간 山뿐이다. 잔디까지 벗겨지고, 앙상하게 山의 뼈가 드러났다. 저 山에도 原來는 森林이 있었으련마는, 知覺 없는 우리 祖上들이 松蟲으로 더불어 말끔 뜯어 먹고 말았다. 무엇으로 家屋을 건축하며, 무엇으로 밥을 지을 作定인가. 道路 左右便에 늘어 심은 아카시아가 어떻게 반가운지. 이제부터 우리는 半島의 山을 온통 鬱蒼한 森林으로 덮어야 한다. 모든 山에 森林만 茂盛하게 되어도 우리의 富는 現在의 몇 갑절이 될 것이다. 十年의 計는 植木에 있고, 百年의 計는 교육에 있다고 하거니와, 現今 朝鮮에서는 植木과 敎育이 同時에 一年計요, 十年計요, 百年, 千年, 萬年計일 것이다.46)

「오도답파여행」은 무엇보다도 개발에 대한 욕망이 추동한 여행의 기록이다. 산→삼림→건축 자재와 연료원→식목의 필요성→국부(國富)로 나아가는 이러한 생각을 이끌어 가는 것은 전형적인 국토개발자의 시선이다. 여기에는, 사람과 자연을 자원으로 인식하는 것이야말로 이전 시기 우리에게 결여되었던 것이며 현재 우리에게 가장 필요한 것이라는 의식이 반영되어 있다. '자연'은 '인민'과 마찬가지로 '자원'으로 파악되어야 하는 것이다.47) 이러한 시선에 의해서, 국토는 활용되어야 하고 그러므로 면밀하게 조사·계획·개발되어야 할 대상이 된다. 그리고 이는 '지방'의 특성에 맞게 이루어져야 할 것인데, 이러한 부분화야말로 역설적으로 '국가'라는 '전체'에로의 구성적 통합을 전제한 것이다. 이 글에서 부(富)가 궁극적으로 국부(國富)라

---

46) 이광수, 「오도답파여행」, 『매일신보』, 1917. 6. 26~8. 18(『이광수전집』 제18권, 삼중당, 1963, 126쪽에서 재인용. 앞으로 본문에서 이 글을 인용할 때에는 『전집』의 면수를 표시함).
47) 이광수, 앞의 글, 144쪽.

는 차원에서 논해지는 것은 이 때문이다.

다른 하나는 문화부 기자의 관심인데, 이는 주로 유적을 탐방할 때 나타난다. 여기에서 국토는 무엇보다도 과거의 역사·문화의 흔적을 간직하고 있는 공간이다. 이광수는 이 여행에서 부여, 전주, 경주 등 고도(古都)에 배어있는 옛 왕조의 흔적을 찾기도 하며 이순신 등 역사적 인물과 관련된 유적을 살피기도 한다. 여기서 그는 유적과 관련된 사실이나 전설을 보도하는 태도를 보이는 한편 역사와 유적을 다른 식으로 전유하는 태도도 보인다. 그는 고적으로부터 역사를 읽는 것만이 아니라 그것의 '맛'을 느끼는 데에도 관심이 있다. 중간에 노래가 삽입된다거나[48] 유적이 불러일으키는 상념에 젖어들면서 상상력을 불러일으키는 부분이 이러한 추론을 가능케 한다.

> 山(부여의 扶蘇山 : 인용자)에 기와 조각이 한 벌 깔렸다. 그날밤 火焰에 튄 것이다. 御爐의 향내 맡던 것이요, 南薰의 太平歌 듣던 것이다. 여기는 大闕 자리요, 여기는 妃嬪이 있던 데요, 달 맞은 迎月臺, 달 보내는 送月臺는 여기 여기요, 공 차던 蹴鞠場이 여기, 歌舞하던 무슨 殿이 여기, 七百五十年의 榮華가 一夜에 사라질 때 扶蘇山 전체가 온통 불길이 되어 七月의 밤하늘과 泗沘水를 비칠 때 그때의 悲壯 慘憺한 광경이 눈을 감으면 보이는 듯 하다. 그때에 榮華의 꿈에 醉하였던 九重의 宮闕이 온통 驚惶하여 울며불며 엎드러지며 자빠지며 이리 뛰고 저기 굴고 하던 양, 꽃같이 아름답고 細柳같이 軟弱한 數百의 妃嬪이 黑煙을 헤치고 送月臺의 비낀 달에 落花岩으로 가던 양, 숫고개와 泗沘水로 暴風같이 말려 드는 羅唐聯合軍의 乘勝한 鼓喊 소리가 귀를 기울이면 들리는 듯 하다.[49]

이광수는 부여가 나당연합군에 침략 당했을 때의 풍경을 마치 영화의 한 장면처럼 생생하게 형상화하고 있다. 그러나 이 역사화(歷史畵)는 역사적 사실들 간의 전후관계나 인과관계에 대한 상상력을 소거한 자리에서 감정

---

48) 백마강을 여행하는 배에 동승한 한 미인이 부른 3곡의 노래를 싣고 있다.(앞의 글, 134쪽)
49) 이광수, 앞의 글, 131쪽.

이입을 통한 극적 장면화를 선택하고 있다. 따라서 이것은 오로지 슬픔과 아름다움이 공존하는 '비애미'를 발생시킬 따름이다. 19세기 말르낭이라는 프랑스 학자가 이미 민족 국가(nation)란 '민족, 언어, 물질적 이익, 종교적 근친성, 지리, 군사적 필요'에 뿌리내리고 있는 것이 아니라 사람들이 공유 했던 영광이나 비애, 그 중에서도 특히 비애의 감정에 뿌리내리고 있다고 말한 바 있지만, 당나라와 연합한 신라에 의해 몰락한 부여가 명실상부하게 민족의 상처로 의식되도록 하는 것이 동시에 상상적 공동체로서 민족 국가 를 형성하는 과정이기도 했다고 할 수 있다. 이광수가 미륵사 석탑을 돌아 보며 "기타 지방에서는 인민들조차 차지(此地)의 유래를 모르는 것이 슬프 다. 시인, 사가(史家), 미술가 같은 이가 이러한 땅에 임하여 선조 유적을 광 휘(光輝)하게 함이 어떠하뇨"라고 말하는 것 역시 이러한 의미를 담고 있는 것이다.50) 어쨌든 「오도답파여행」의 특성은 국토에 대한 다양한 관심들이 서로 견제하고 제한하면서 공존한다는 것이다. 즉, 문화부 기자가 유적이 불러일으키는 이러한 감상에 마냥 젖어드는 것을 제어하는 것은 앞에서 말 한 바 경제부 기자의 시선이다. 그는 "懷古의 淚만 흘림도 부질없으니 道廳 이나 찾아가서 잘 살아 갈 方針이나 듣자"51)라고 말하며 감상을 거두어들 인다.

세 번째 시선은 자연에 대한 심미적 시선이다. 여기에서 국토는 무엇보다 도 아름다운 자연 경관이다. 이러한 시선은 이광수가 기자 업무(?)를 잠시 접어두고 해운대에서 '휴가'를 즐기던 때 가장 두드러지게 나타난다. 여기 에서 이광수는 개발자와 탐방자의 관심을 잠시 거두어들이고 시인이 된다. 그는 산과 바다를 갖춘 해운대의 풍광을 더욱 빛나게 하는 청풍과 명월을 찬미하며, 그 위에 더해진 일엽편주와의 일체감을 노래하고 있다.

　　一葉舟가 碧波 위로 소리없이 지나간다. 내가 그 一葉舟인지, 그 一葉

---

50) 이광수, 앞의 글, 146쪽.
51) 이광수, 앞의 글, 137쪽.

舟가 낸지, 알 수가 없다. 이런 美景을 對하면 기쁠 듯도 하건마는, 나는
도리어 深刻한 悲哀를 깨달았다 …… (중략) …… 莨山絶頂에 자루를 박
고 도는 北斗星을 바라보고, 실 풀리듯이 솔솔 풀려나오는 골안개를 바
라보고, 明月을 바라보고, 葉舟를 바라보고, 淸風에 옷소매를 날리며, 벌
레 소리에 눈물을 흘리며, 나는 失神한 사람 모양으로 혼자 徘徊하였다.
이 어인 悲哀인고.52)

　　이광수는 위 인용문 바로 앞에 해운대의 풍광이 불러일으킨 감격을 네 수
의 연시조로 형상화하고 있기도 한데, 이는 낭만적 서정의 유출이라고 할
수 있다. 그는 공간에 대한 일체의 실제적 관심들(interests)로부터 벗어남으
로써 그것의 감각적 아름다움을 느낄 수 있게 된 것이며, 그 황홀한 미적
체험으로부터 자연스럽게 시적 형상화가 가능해진 것이다. 시는 일종의 ‘실
신’ 상태, 즉 현실로부터의 고양의 산물이기 때문이다.53)

　　‘관광’이 소위 국민적 관심사가 된 데에는 신문 등 근대적 매체의 역할이
컸다고 할 수 있다. 사실 아름다운 자연 경관을 둘러보며 시인의 감정에 젖
어들고 그러한 시정(詩情)을 글로 쓰고 또 그러한 글을 읽는 문화란 전대에
는 일부 집단만이 즐길 수 있는 것이었다. 그런데 신문이나 잡지라는 매체
의 발전과 확산에 따라 그러한 문화는 점차 대중적인 것이 되었다. 훗날 현
진건은 이광수의 이 글을 읽고 “나도 細모래판에 미쳐 뛰어보리라. 淸風에
옷소매를 날리며 눈물을 흘려보리라. 그리고 나도 그런 시를 읊으리라. 그
런 글을 지으리라”는 동경을 품고 해운대에 갔다는 말을 하고 있는데, 이광
수의 글에 의해 해운대는 현진건에게도 일상의 생활의 벗어나 시인이 될 수

---

52) 이광수, 앞의 글, 164쪽.

53) 여기에서 산출되고 있는 것이 미이며 그것도 비애미라는 것은 여러 면에서 의
　　미심장하다. 계몽기의 역사적 상상력은 본래적으로 ‘미’를 산출하도록 의도된
　　것이 아니었으며, 그것이 부수적으로 산출하는 미도 비애의 아름다움은 아니
　　었다. 그런데 「오도답파여행」에서는 역사와 자연이 매우 ‘심미화’되고 있으며,
　　이로부터 공통적으로 비애미가 산출되고 있는데, 이는 뒤에서 살필 『금강산유
　　기』의 미적 성격과 구분되는 점이다.

있는 아름다운 곳으로 상상되고 기억되었던 것이다.54) 그러나 이러한 효과
는 비단 현진건 같은 '작가'에만 한정된 것이 아니다. 「오도답파여행」의 내
포 독자가 신문의 독자, 즉 국민 대중이라는 것을 감안한다면, 이 글이 많은
사람들로 하여금 해운대를 일상에서 벗어나 시인의 감정을 느낄 수 있는 곳
으로 상상하게 했으리라는 것을 짐작하기는 어렵지 않다. 즉 이러한 글들이
관광을 대중적 관심사로 만들고 명승지를 대중적 관광지로 만든 것이다. 이
런 의미에서, 관광이란 그 자체로 매우 근대적인 문화인 셈이다.

「오도답파여행」이 신문 기자의 통신문이라는 점은 이 시기 국토 기행의
특징을 살피는 데 중요하게 고려해야 할 사항이다. 『소년』이 1년 동안 겨우
200 명의 독자를 확보했을 정도로 영향의 범위가 작은 잡지였던 반면55), 신
문은 "신분이나 지역의 구별을 뛰어넘어 <국민>으로서의 단일성을 전제
한 새로운 매체"로 등장했다.56) 따라서 신문은 '국민'을 독자로 하며, 국민
이 공유할 가치가 있는 내용을 보도(함을 표방)한다. 이러한 신문이 중앙의
정계의 추이를 다루는 데 무게를 두면서 정론과 계몽에 중심을 두던 체제에
서 벗어나 사회의 다양한 부면으로 관심을 분산시키고 자신의 독자적인 영
역을 사실 보도에서 찾기 시작한 것은 1910년대 중반에 들어서였다.57) 「오
도답파여행」은 신문의 이러한 변화, 즉 사회적 관심의 확대와 취재 체제의
성립 등을 확인하게 해주며 이 당시 국토에 대한 국민의 관심(을 표방하는
신문의 관심)이 무엇이었는지를 보여준다. 국민에게 국토는 개발되어야 할

---

54) 빙허, 「朦朧한 記憶」, 『백조』 제2호, 1922. 2.

55) 최남선, 「1주년 기념사」, 『소년』, 제2년, 제10권.

56) 권보드래, 앞의 책, 208쪽.

57) 권보드래, 앞의 책, 205~220쪽. 권보드래에 의하면, 1910년대에 들어 신문에서
정론과 계몽의 입지가 축소되면서 신문은 사회의 다양한 방면에 관심을 분산
시키기 시작했고 자신의 독자적인 영역을 사실 보도에서 찾기 시작했다. 신문
과 신문기자는 사진기와 사진기사로 비유되면서 사회의 만반 상황을 '듣고 보
는 대로 기재하는 것'을 적극 표명했다. 신문의 이러한 변화는 1910년대에 대
부분의 민간 신문이 폐간된 뒤 유일하게 신문으로서의 명목을 이은 총독부 기
관지인 『매일신보』에 의해 진행되었다.

자원이기도 하고, 역사의 흔적을 간직한 문화적 공간이기도 하며, 아름다운 자연 경관이기도 한 것이다.

3) 1920년대 : '심미적 가상'으로서의 기행문
　　—『金剛山遊記』

1920년대에 쓰여진 이광수의『금강산유기』[58]나 최남선의『尋春巡禮』[59], 『白頭山觀參記』[60] 등은 민족주의 의식을 드러낸 대작 수필로 평가받고 있는데, 기행문이 체계적인 지식을 제공하거나 시의성(時宜性)이 있는 정보를 전달하는 실용적인 문장에서 벗어나 드디어 문학적인 것으로 대우받게 된 것이 대략 이 시기 경이다. 여기에서는 기행문의 지위 상승이 어떤 메커니즘을 통해 이루어지는지를 부각하는 데 중심을 둘 것인데, 이는 소설을 제외한 산문이 어떤 과정을 거쳐 '문학'으로 주목받게 되었는지를 해명하는 데에도 시사해주는 바가 적지 않다.

앞의 글들 중 최남선의『심춘순례』등은 사실 '그의 조선주의를 실천하기 위해 행하여진 다른 목적의 문장'이었다.[61] 그것들은 후대에 다른 시선에 의해 문학으로 정의되었던 것이지 당시에 최남선이 문학 작품을 목표로 하고 쓴 것은 아니라는 얘기다.[62] 그는 민족의 역사와 정신의 근본을 찾아내

---

58) 이광수, 「금강산유기」,『신생활』1922. 3~1922. 8(본문에서 이 글을 인용할 때
　　는『이광수 전집』제18권에서 인용함).
59) 최남선,『심춘순례』, 신문관, 1925.
60) 최남선,『백두산근참기』, 한성도서주식회사, 1927.
61) 조연현,『한국현대문학사』, 성문각, 1969, 153쪽.
62) 조연현은 최남선이 위 작품들을 통해 '근대적인 수필문학의 기초를 확립'했다
　　는 점을 강조하였다. 그는, 이 기행문들이 조선주의를 실천한다는 목적을 위하
　　여 쓰여진 것이지만 '학술적인 역사 탐구나 전문적인 철학적 체계가 아니고 우
　　리 민족의 역사와 사상에 대한 많은 지식을 가진 한 교양인의 기행록으로서,
　　평이한 일반적인 문장과 문학적인 표현 방식에 의거해 표현'되었기 때문에 수
　　필일 수 있다고 말한다(『한국현대문학사』, 성문각, 1969, 153~157쪽 참조). 이
　　를테면 조연현은 김진섭의 수필론에 의거하여 최남선의 글을 문학으로 '발견'
　　하고 있는 것이다.

기 위해서 국토를 탐사했으며 이러한 태도는 『심춘순례』 "序文"에 명확하
게 표현되어 있다.

> 朝鮮의 國土는 山河 그대로 朝鮮의 歷史며, 哲學이며, 詩며, 精神입니
> 다. 文字 아닌 채 가장 明瞭하고 正確하고 또 자미잇는 記錄입니다. 朝鮮
> 人의 마음의 그림자와 生活의 자최는 고소란히 쏙쏙히 이 國土의 우에
> 박여잇서 어쩌한 風雨라도 磨滅식히지 못하는 것이 잇슴을 나는 밋습니
> 다.63)

　최남선은 국토를 조선인의 정신과 생활의 자취가 새겨져 있는 일종의 '기
록물'로 파악하고 있다. 따라서 그의 임무는 국토 혹은 산하의 자취들—'기
록'—에서 조선의 역사, 철학, 시, 정신—'의미'—를 해석해 내는 것이다. '산
하 그 자체가 역사, 철학, 시, 정신'이라는 말의 의미는 그러한 것인 바, 이는
소위 문화지리학적 탐구에 속할 것인데, 이러한 지리학적 탐색의 정신적 근
간이 되는 것이 바로 '조선주의'라는 사상이다. 최남선의 경우, 국토는 곧
살아있는 박물관이며, 국토의 순례는 곧 국토의 '독해'인 것이다.

　그러나 이광수는 최남선과는 다른 태도를 보여준다. 그는 금강산을 해석
할 가치가 있는 어떤 의미를 담고 있는 기록물로서 대하고 있는 것이 아니
다. 『금강산유기』는, '유기'라는 표제에 이미 드러나는 바 어떤 실제적인 목
적도 가지지 않은 여행의 기록, 아내를 동반한 주유(周遊)의 기록이다. 여기
에 나타난 이광수의 시선은 「오도답파여행」의 시선 중 해운대에서의 시인
의 시선과 가장 가까운데, 이를 자연에 대한 '심미적' 태도라고 부를 수 있
을 것이다. 아름다움은 해운대에 '내재'한 것이 아니다. 앞 절에서 언급했던
현진건은 이광수의 '시'에 감동하여 자기도 '시'를 얻으려고 해운대에 찾아
갔다가 '너절한 산문'만을 얻을 수 있었다. 그는 해운대의 풍광에 대하여
'산도 그저 그렇고 바다도 그저 그렇다. 이까짓 경치야 아무 해변에서도 볼

---

63) 최남선, 「巡禮記의 卷頭에」, 『심춘순례』, 신문관, 1925, 1쪽.

수 있다'고 불평했다.[64] 해운대의 아름다움은 그것을 보려는 사람에게만 보인다. 즉 이는 시선의 문제이지 결코 실재의 문제가 아닌 것이다.

『금강산유기』에는 국토 개발자의 시선이 아주 제한적으로만 나타나고 있다. 그것은 이광수가 금강산으로 들어가기 전 기차를 타고 가면서 밖의 피폐한 산야를 바라보는 때에 한정되어 있는 것이다. 유적 탐방자 혹은 문화부 기자의 시선은 궁예나 마의 태자의 흔적을 확인하는 곳 등에서 계속 나타나지만 역사적·이념적 상상력은 곧 미적 상상력에 자리를 내주게 된다. 예를 들어, 이광수는 수미암(須彌庵)을 등정하면서 마주 보이는 산 위 바위들의 모습과 배치를 보고 마치 궁전의 터 같다고 느끼게 되는데,

> 혹은 이것(바위들이 배치된 모습 : 인용자)을 어떤 옛 王宮의 빈 터라고 보고 혹은 佛寺, 혹은 道觀의 옛 터라고 볼 수 있습니다. 그러나 나는 이 宮殿을 總稱하여 須彌宮이라고 부르고 싶읍니다. 開闢紀元 몇 年에 須彌라는 아름다운 女王이 滿朝百官을 거느리고 많은 宮女의 護衛 속에 이곳에서 갖은 風樂을 치고 놀았다고 想像합니다 …… (중략) …… 이렇게 想像할 때에 내 눈 앞에는 神仙같은 사람이 보이고 仙樂이 들리는 것 같습니다. 燈明塔 위에서는 自枯香의 香氣로운 불길과 煙氣가 오릅니다. 鐘臺 위에서는 殷殷한 種소리가 납니다. 나는 이곳을 일컬어 自然의 古蹟이라고 하였습니다.[65]

이광수는, 바위들의 모습을 역사적이거나 종교적인 건축물의 흔적이 아니라 '아름다움'을 표상하는 궁전의 흔적이라고 상상하고 싶어―'부르고 싶어'―한다. 그는 미의 궁전을 바탕 화면으로 하고 그 속에 아름다운 사람과 아름다운 풍경과 아름다운 음악이 어우러진 장면을 오버랩한다. 여기에서 그가 하는 일은 바위들의 모습에서 촉발된 상상력을 바탕으로 아름다움의 '감각적 가상'을 만들어 내는 것이라고 할 수 있다.

---

64) 빙허, 앞의 글.
65) 이광수, 앞의 책, 60쪽.

그런데『금강산유기』전체가 사실 이와 마찬가지의 메커니즘에 의해 형상화되었다.『금강산유기』에는 여정의 서술과 풍광의 묘사가 매우 정밀한데, 이를 통해 구성된 금강산의 모습은 작가의 심미적 이상이 투영된 감각적 가상일 뿐이다. 이광수에 의하면, 금강의 아름다움의 본질은 "복잡과 통일의 조화", 즉 '얼른 보면 錯雜한 듯 하되 자세히 보면 계통과 질서가 있고, 더욱 자세히 보면 무수한 小 統一을 합하여 보다 큰 통일을 만들고, 또 그것이 합하여 내금강 전체가 一大 통일을 이루었다'는 데 있다.66) '복잡과 통일의 조화미'라고 했지만 여기에서 초점은 '복잡'보다는 '통일'에 있으며, 그것은 무엇보다도 '계통과 질서'가 있는 통일이다. 그런데 계통과 질서, 그리고 통일이라는 성격 그 자체는 금강산에 실재하는 것이 아니라 작가의 심미적 이상이 투영된 것이다. 심미적 이상이란 무엇을 아름답다고 느끼는가와 관련된 문제인데, 조화와 통일의 미를 지향하는 이러한 미의식은『금강산유기』안에 약 60여 곳에 있는 110수 가량의 '시조'에 의해서도 표현된다. 정격을 유지하는 시조란 본래 조선시대 사대부들의 미적 이상이 투영된 형식으로서 조화와 균형의 아름다움을 표상한다. 이광수의 이 글에서도 시조는 대개 정격을 유지하고 있으며, 금강산을 주유하던 시인과 처사의 이야기가 삽입되거나 감정이 격해진 경우에만 정격이 파괴되거나 연시조로 나타난다. 이야기가 들어가는 경우, 이야기의 주인공이 시적 화자로 등장하기도 하는데, 이 때에도 화자와 원래의 서술자는 분리되지 않는다. 따라서 시조들은 모두 서술자의 심미적 동경을 효과적으로 표현하는 데 이바지한다고 해야 할 것이다.67) 예를 들어, 마찬가지로 금강산을 주유한 기록이라 할지

---

66) 이광수, 앞의 책, 31쪽.

67) 금강산의 심미화는 단지 이광수의 문제만은 아니다. 예를 들면 최남선의 본격적인 금강산 기행문인『楓嶽記遊』의 서두에서도 이와 같은 성격을 볼 수 있다. "造化의 일대 文章인 金剛山은 인류 공통의 미적 大財產이요, 우주 장식의 최고급적 一物일 것이다. 홀으로 朝鮮 及 朝鮮人만이 專有 독점한 양으로 제 집안 자랑을 삼을 것은 아니다 …… (중략) …… 혹은 性靈 發揮 혹은 神韻 挈住, 혹은 造形, 혹은 寫音的 모든 방면으로 金剛美만한 것을 靈現, 活現, 具現, 全現하여 美의 使徒로서 최고의 문화의 殿宇에 참렬케 하려 함이 金剛山으로써 朝

라도 조선조 정철의 「관동별곡」은 여정의 서술이나 풍광의 묘사에 있어서 요약과 생략이 두드러진데, 이는 「관동별곡」이 대상을 제시하려는 의도를 가진 것이 아니기 때문이다. 「관동별곡」은 무엇보다도 작자의 주자학적 이념에 의해 통일성을 확보하며, 따라서 '주자학적 이념과 관련이 없는 부분은 과감히 요약·생략함으로써 주제를 뚜렷이 부각하는' 것이다.[68] 「금강산유기」는 '조선주의'라든가 '주자학'이라든가 하는 이념에 의해 통일되어 있는 것이 아니다. 그것은 굳이 말한다면 미라는 이데올로기에 의해서 통일되어 있는 것이다. 즉 그것은 금강산을 복잡과 통일의 조화미를 가진 것으로 보려는─만들려는─작가의 의도에 의해서 통일성을 확보한다.

그런데 이러한 자연의 심미화는 애초부터 역사와 사회를 괄호 안에 묶어 두는 작업을 통하여 형성된다. 그는 만폭동 등정에서 신라의 사선(四仙) 이후 금강산에 노닌 유명한 풍류객으로 명종조 초의 양봉래(楊蓬萊)를 거론하면서,

> 그(양봉래 : 인용자)는 淸州人으로서 登科하여 守領도 지내고 하다가 飄然히 塵世를 버리고 金剛山에 들어 處士로 날을 終하니, 外金剛 神溪寺의 動石洞과 이 萬瀑洞포에 그의 遺跡이 있읍니다. 나는 그러한 사람을 崇拜도 아니하고 도리어 社會에 대한 義務를 逃避하는 者라 하여 攻擊도

鮮人에게 付畀하신 攝理主의 徵意가 아닌가하는 의식을 가지기는 진실로 철나기 비롯한 때부터의 일이다"(『시대일보』, 1924, 『육당 최남선전집』 제6권, 현암사, 1973, 392쪽에서 재인용). 위 글에서 최남선은 금강산을 신에 의해 만들어진 하나의 '작품'으로 본다. 최남선에 의하면, 금강산의 본질적인 가치는 무엇보다도 '미'적인 데 있다. 그는 금강산의 미를 언어로, 음악으로, 조형으로 형상화하여 전하는, 미의 사도가 될 것을 주장하고 있다.

68) 조세형, 『가사장르의 담론 특성 연구』, 서울대 대학원, 1998, 169쪽 참조. 조세형에 따르면, 기행가사는 가사 장르 중 '대상제시형'에 속하므로 외적 관찰의 시점이 주류를 이루는 등 대상을 객관적으로 기술하려는 태도를 보이지만 실제로는 화자의 관념을 통하고 또 화자의 관념이 투사된 담론 특성을 보인다. 즉 여정의 기록이라고 하더라도 기행가사의 담론 주체는 단순히 사실을 객관적으로 묘사하는 데 의도를 두지 않고 여행 체험을 자신의 관점에 따라 제시하려는 목적에서 담론을 조직한다(134쪽 참조).

하고 싶지마는, 그가 이 大自然의 美를 理解하고 熱愛한 아름다운 심정은
사모하지 아니 할 수가 없읍니다. 더욱 우리 民族의 心情이 무디고 식어
先人의 敏感을 다 잃어 버려 제 집에 있는 自然의 美景을 돌아볼 줄도 모
르는 오늘날에 그를 사모함이 간절합니다.[69]

이광수에 의하면, 대자연의 미를 '이해'하고 '열애'할 줄 아는 능력이야말
로 선인에게는 있었지만 현재의 우리에게는 결여된 '아름다운 심정'이다.
양봉래가 자연의 아름다움을 사랑할 수 있는 능력을 가졌다는 사실은 그의
사회로부터의 퇴각에 면죄부를 주도록 하는 데에서 나아가 그를 '사모'의
대상으로까지 격상시킨다. 이광수의 심미적 생활에 대한 동경은 사회를 등
진 일개 처사를 사모하는 수준을 넘어서, 만폭동의 물 소리, 바람 소리, 바
람 맞아 우는 소나무와 절벽의 소리를 들을 수 있다는 이유로 늙은 바위를
부러워하는 경지에까지 이른다.

"松風은 거문고요 / 萬瀑水 琵琶로다 / 千劫에 아뢰는 曲調 / 뉘 있어 들
었던고 / 神仙이 虛辭이오며 / 바위뿐인가 하노라 / /바위야 늙은 바위 / 네
身勢 부럽고야 / 天樂에 醉하여서 / 白雲에 누웠으니 / 骨髓에 엉킨 기운이
/ 淸風인가 하노라"[70]

이 시조에서 바위는 바람과 폭포가 만들어내는 아름다운 노래를 들을 수
있다는 점에서 신선을 넘어서는 존재이며, 그런 점 때문에 시적 화자의 부
러움을 산다. 다른 곳에서도 그는 풀뿌리와 나뭇잎이 아름다운 자연 속에서
일생을 즐기고 있는 것으로 보는데, 이러한 심미적 생활에 대비할 때, '공
명', '부귀', '제국'과 '자유와 평등'의 의의와 가치는 무로 돌아간다.[71]

---

69) 이광수, 앞의 책, 41~42쪽.
70) 이광수, 앞의 책, 42~43쪽.
71) 이광수, 앞의 책, 52~53쪽. 한편 『금강산유기』에 가장 뚜렷한 자취를 남기고 있
　　는 사상은 '불교'라고 할 수 있을 터인데, 불교 역시 모든 역사적이고 사회적인
　　것을 무로 돌린다는 점에서 미와 같은 기능을 한다. 그는 특히 '인생의 고락과

『금강산유기』가 금강산의 감각적 가상화를 목적으로 하고 있다는 말은 심미적인 시선에 의해 포착되어 형상화되었음을 지적하는 것이다.『금강산유기』는 전대에 금강산에 부여되었던 유교적이거나 종교적인 이념들을 걷어냄으로써 형성되었으며, 국토에 대한 다양한 관심들 중 심미적 가치를 특권화하는 구도 속에서 쓰여졌다. 즉『금강산유기』에는 역사와 자연을 심미화하고 심미적 생활을 동경하는 작가의 태도가 삼투되어 있으며, 그것은 질서와 체계를 가지고 통일되어 있는 것이 아름답다는 이광수의 심미적 이상이 투영되어 만들어진 감각적 가상이다.

4. 맺음말

유길준의『서유견문』은 근대 수필의 역사를 거론하는 글에서 여러 번 그 기원으로 언급된 바 있다. 그러나 그의 선구적인 언어의식 말고는 그것이 어째서 '근대적'인지 해명된 바가 거의 없다.『서유견문』의 내용과 체제는 계몽기의 공간적 지평이 실로 지구와 세계의 차원으로 확대되었음을 보여주는 동시에 감각적 인상을 넘어선 체계적이고 종합적인 지식에의 열망을 반영하고 있다. 그것은 서구의 근대적 학문을 성립케 한, 이른바 확고한 지식에 이르기 위한 방법으로서 성찰의 정신을 토대로 하고 있으며, 이는 계몽기에 과학적 지식의 전달을 목표로 하던 교과서의 체제를 미리 보여주고 있는 것이기도 하다.

「평양행」과「오도답파여행」은 기차와 신문이라는 근대적 매체의 등장·발전과 관련된다. 철도, 도로라는 근대적 교통체계와 신문, 잡지라는 근대적 대중매체는 모두 지역으로의 분산과 중앙으로의 집중이라는 근대의 메커니

생사가 모두 空華일 뿐'이라는 공사상에 가장 깊은 전율을 체험한다. 이광수의 불교사상과 심미적 이상의 관련성은 매우 복잡한 문제일 것이나, 여기에서는 이렇게 간단히 지적하는 것으로 넘어가고자 한다.

즘을 가능하게 한 물질적 토대이며, 이를 통해 근대적인 '국가'와 '국민'이 형성될 수 있었는데, 최남선과 이광수의 국토 기행 역시 같은 기반 위에 성립하고 있는 것이다. 기차와 신문이라는 근대적 매체가 선택하여 제공하는 새로운 시각은 사람들의 감각과 인식에 새로운 지평을 열어준다. 「평양행」은 우리의 시선이 기차라는 근대적 기계가 선택한 시각으로부터 벗어날 수 없으며, 그에 의해 우리의 감각적 인식이 어떻게 변화하고 있는지를 잘 보여준다. 「오도답파여행」은 국민의 시선을 표방하는 신문이라는 매체가 선택한 시각을 보여주며 그에 의해 국토가 어떤 관심들에 의해 포착되고 있는지를 보여준다.

1920년대의 국토 기행 역시 국토에 대한 다양한 시각을 보여준다. 최남선의 국토 기행물은 국토를 민족의 정신과 생활의 자취가 새겨져 있는 기록물로 보며 이로부터 민족의 역사·철학·정신이라는 의미를 찾아내려 한다. 이는 문화지리학적 관심에 의해 쓰여진 기행문인 것이다. 한편 이광수의 『금강산유기』에서 국토는 해석할 가치가 있는 어떤 의미를 담고 있는 기록물이 아니라 오로지 감각적 아름다움을 가진 존재로 향수된다. 국토는 그간 거기에 부여되었던 다양한 이념과 관심이 소거됨으로써 오로지 심미적 대상으로 향유되는 것이다. 여기에서 금강산은 조화와 통일이라는 고전주의적인 미적 이상을 구현하고 있는 미적 표상이 되며, 이광수는 미적 표상으로서의 금강산을 통해 심미적 생활에 대한 동경을 표현하고 있다. 즉 『금강산유기』는 대상의 심미적 가치를 새로이 '발견'함으로써 이루어졌는데, 이는 동시에 대상에 덮씌워져 있는 과거와 현재의 여러 가지 이념을 거두어내고 다양한 실제적인 관심들을 사상하는 과정이었다고 할 수 있다.

기행문에는 여러 가지 가능성이 잠재되어 있다. 간단히 말해, 그것은 시가 될 수도 있고 산문이 될 수도 있다. 세계지리 교과서(또는 백과사전)를 지향한 『서유견문』, 신문이나 잡지의 기사를 지향한 「평양행」, 「오도답파여행」 등이 산문적인 방향으로 나아간 것이었다면, 『금강산유기』는 사를 지향한 기행문이었다고 할 수 있다. 한편 1920년대에는 이것들과 상당히 다른 성격을 가진 기행문도 등장하고 있음을 확인할 수 있다. 앞장에서 예로 들었던 현진건의 「몽롱한 기억」은 궁극적인 관심이 여행하는 인간 자신에게로 향해 있는 기행문이다. 이에 대하여 자기 성찰적 기행문이라는 이름을 붙일 수 있을 텐데, 여기에서 여행은 자아의 정신적 성숙 혹은 성장의 물질적 계기이다.[72] 그렇다면 이러한 기행문의 정신은 성장 소설을 그 원형으로 하고 있는 근대 소설의 정신과 그리 멀리 떨어져 있는 것이 아닐 것이다.[73]

이광수는 「문학이란 何오」를 필두로 한 문학 관련 글에서 시, 소설, 극 이외의 '산문'에 대하여 지속적으로 많은 관심을 보였다. 이광수는 이 장르를 '논문', '(문학적)논문', 또는 '엣세이'로 불렀는데, 그는 과거의 한문학 작품 중 '기행문'은 '서(序), 기(記), 묘지명(墓誌名)'과 더불어 이 장르에 속할 것이라고 보았다.[74] 기행문이 '에세이', '감상문'과 더불어 창작과 같은 대우를 받아야 한다는 의견은 다른 글에도 보이는 바[75], 1920년대에 이광수는 『금강산유기』를 비롯한 기행문을 문학작품으로 의식하고 썼음에 틀림없다. 그리고 20년대 이래 '문학작품'으로 강렬한 조명을 받은 기행문은 이광수류의 시적 기행문이었다. 김윤식은 일찍이 1920년대의 기행 수필들의 '산하=민족의 얼, 혼, 정신의 육화'는 국가의 현실적 상실을 보상받으려는 낭만적

---

72) 1920년대 초 새로운 산문의 경향에 대해서는 졸고, 「한국 근대수필 형성과정 연구」, 『한국문학평론』, 1999. 가을호 참조.
73) 김예림, 「1920년대 초반 문학의 상황과 의미─서사 장르의 상관성을 중심으로」, 『1920년대 동인지 문학과 근대성 연구』(『상허학보』 제2집), 깊은샘, 2000 참조.
74) 이광수, 「문학에 뜻을 두는 이에게」, 『개벽』 제21호, 1922. 3(『이광수전집』 제16권, 53쪽.) 이광수는 '논문'을 「문학이란 何오」에서부터 중요한 장르로 부각시키고 있는데, 이때 논문은 비평을 포함한 것이었다. 「문학에 뜻을 두는 이에게」에서 비평은 따로 독립하고 (문학적)논문은 시, 소설, 극과 함께 창작으로 취급되었다.
75) 이광수, 「조선문단의 현상과 장래」, 『동아일보』, 1925. 1. 1(『이광수 전집』, 1963, 94쪽). 이광수는 이 글에서 '에세이, 紀行文, 感想文 같은 것' 역시 창작과 같은 대우를 받아야 한다고 말했다. 기행문이 에세이에 속하는 것이 아니라 그것과 다른 어떤 것으로 설정되어 있다는 점이 눈에 띄는데, 이는 이 시기에 그가 '엣세이'를 특히 강조하고 창작으로도 실천한 것과 관련하여 좀더 깊이 생각해 볼 문제이다.

아이러니에 불과하다고 비판을 한 바 있다.[76] 민족의 '얼'이니 '혼'이니 하는 것들과 자연의 '미'라는 것의 이데올로기를 살펴보면, 그 안에 '병적인 동경과 열망'의 함량이 거의 비슷할지 모른다. 역사와 현실을 괄호 안에 묶어버림으로써 성립되는 자연의 심미화란 낭만적 아이러니의 한 양상이라고 할 수 있기 때문이다. 그런데 여기에서 짚고 넘어가야 할 것은 이러한 심미화의 태도가 비단 기행 수필만이 아니라 한국 근대 수필문학 전반의 성격으로 연장된다는 점이다. 즉 한국 근대수필이 산문 정신보다는 시 정신, 리얼리즘보다는 낭만주의, 이성보다는 감성, 인식보다는 미에 중점을 두는 경향을 가져왔다고 할 수 있다면, 그러한 경향의 '기원'이 바로 1920년대 초 다양한 산문 양식들이 드디어 '문학'으로 격상하던 그 지점에 있는 것이 아닌가라는 의문이 생긴다. 물론 이 문제에 답하기 위해서는 근대적 산문(문학)의 형성과 전개에 대한 좀더 폭넓은 연구가 필요할 것이다. 이후의 과제로 남긴다.

---

76) 김윤식, 「역사·철학·시로서의 산하—낭만적 이로니의 문제점」, 『수필문학』, 1977. 8 참조.

A study on the unfolding aspects of the accounts of travel during the early modern period in Korea

— With a special reference to the beginning of the literary accounts of travel

Kim Hyun Joo

The ultimate purpose of this essay is to study the unfolding aspects of modern prose in Korea. As an example, this essay studies the unfolding aspects of modern accounts of travel during the early modern period (1895～1920's) in Korea, and finds out the beginning of a literary accounts of travel. In other words, the purpose of this essay is to find out that when and how did the literary accounts of travel show up.

Since the period of enlightment the geograpical views of the korean people were epochally changed. For the first time they have become cosmopolitans and koreans, and then were concerned about the globe and the national land. Especially the building up of the modern political nation accelerated the interests in the national land. The formation of the modern traffic networks and the modern mass media system were material bases of the ideology of nation and national land. Also the modern accounts of travel was based on the same.

Yoo Gil Jun's 『Seo-Yoo-Gyunmun西遊見聞』(1895) was the first modern account of travel to the western world. But 『Seo-Yoo-Gyunmun』 isn't only a plain account of travel, but also a book written by modern reason. Yoo Gil Jun already stayed in Japan and was taught from Hukujawa Yukichi(福澤諭吉), Enlightment thinker in Meiji(明治) dynasty period. Therefore Yoo Gil Jun wrote modern human geography with the spirits and methods of the modern science.

The modern traffic networks including the train have made possible centralization of the national land. And the modern mass media including the newspaper have been professedly for the people's eyes. They made modern political nation and the modern nationality. Then they also made possible travels around the national land and holding accounts of the travel in common. Choi Nam Seon's 「Pyungyang-Haeng平壤行」(1909) and Lee Kwang Soo's 「Odo-Dappa-yuhaeng 五道踏破旅行」(1917) were written by the train and the newspaper, and showed the modern perspectives and modern sensibility formulated by them. These accounts of the travel revealed the people's various interests in the national land, for example natural resources, cultural inheritances, beautiful landscapes etc.

The accounts of the travel that we have said above are not yet a literature. But we can't see the exact time when did the literary accounts of travel appear. The purpose of this essay is to show a certain oppertunity in which the literary accounts of travel had begun. Lee Kwang Su's 『Gumgangsan-Yugi金剛山遊記』(1922) was written by the new discovery of the aesthetic values. But this aesthetic values isn't only that of the Gumgangsan itself but also a projectiles of the author's aesthetic ideal, namely the ideal of the beauty of the harmony and unity. And the aesthetic value of the object exercises a privilege at a considerable sacrifice, for instance various understandings.

I hope that This study of the literary accounts of travelpromotes the understanding of the korean literary prose.

한국 근대시의 근대성과 모더니즘*

유성호[**]

1. '근대성' 논의의 함의
2. 근대 전환기의 시—근대적 주체의 형성과 그 한계
3. 1930년대의 모더니즘 시—미적 근대성의 방법적 수용
4. 마무리—근대시에 나타난 '근대성'의 성격

1. '근대성' 논의의 함의

최근 우리 학계에 뜨거운 화두이자 쟁점으로 대두되었던 이른바 '근대성 (모더니티)' 논의는, 그것이 텍스트 분석의 차원이었든 아니면 그 동안의 리얼리즘 미학이 일정하게 견지했던 사회주의적 전망에 대한 대체 담론의 차원이었든, 이제 논의의 정점을 지나 새로운 논의의 틀을 만들기 위한 잠복기에 접어든 감이 없지 않다. 예상치 못했던 현실 사회주의의 급작스런 해체는, 사회주의적 자장 안에서 문학의 실천적 국면을 고민했던 많은 이들로 하여금 보다 원론적이고 근원적인 범주에 대해 천착하게끔 만들었는데, '근

* 이 논문은 1999년도 한국학술진흥재단의 연구비에 의하여 연구되었음
** 서남대학교 국어국문학과 교수

대성' 논의는 그 가운데 가장 대표적인 사례라고 할 수 있다. 물론 이는 지난 시대의 지식인들이 가졌던 단순하고 명료한 도식에 대한 일정한 자기 반성을 내포하는 것이었다. 그 결과 이제 우리 시대는 단순성과 명료성에서 복합성과 불투명성을 핵심으로 하는 인식과 해석의 장으로 급속히 편입되고 있다.

이러한 일정한 자기 반성과 대안적 사유 방식의 마련이라는 두 마리 토끼가 이를테면 '근대성' 논의의 장(場) 안에서 뛰놀고 있었던 셈이다. 그러나 '근대' 혹은 '근대성'이라는 개념 및 범주가 워낙 모호하고 광범위한 데다가, 그것을 해석하고 평가하는 이에 따라 그 편차도 여간 큰 게 아니어서, '근대성' 논의는 하나 하나씩 원론적 탐색을 진행해 가기보다는 일정 정도 논쟁의 형식을 띠면서 전개되기에 이른다.

물론 우리가 보편적으로 합의하면서 사용하고 있는 '근대(近代)'라는 범칭(汎稱)은, 정치적으로는 '민족 국가(nation-state)'를 전제로 하고 사회 경제적으로는 자본주의적 생산 양식을 지향하는 일련의 의식적·물리적 시스템을 가리키는 개념이다. 그리고 거기서 나아가 인간의 의식 및 사유 체계를 전일적으로 규율하는 일정한 사회적 시스템의 실체도 포함하는 개념이다. 또 오해의 소지가 많이 있는 입장이기는 하지만, "오늘날에는 전 세계의 모든 사람들이 함께 하는 생생한 경험—공간과 시간의 경험, 자아와 타자의 경험, 삶의 가능성과 모험의 경험—방식이 존재"[1]한다면서 그 경험의 실체 모두를 '근대성(modernity)'으로 포함하려는 견해에 비추어볼 때, 우리의 현재에 거대한 그늘을 드리운 '근대'의 의미망은 매우 큰 것이 아닐 수 없다. 따라서 그것은 자본주의적 생산 양식이 지배하는 시대라는 평면적인 규정을 넘어서, 자본주의적 제(諸) 기획과 그에 저항하는 온갖 비(非)자본주의적 기획 사이의 치열한 경쟁의 역사[2]로도 규정될 수 있는 것이다.

---

1) M. 버먼(윤호병 외 역), 『현대성의 경험』, 현대미학사, 1994, 12쪽.
2) 하정일, 「20세기 한국문학과 근대성」, 『20세기 한국문학과 근대성의 변증법』, 소명출판, 2000, 169쪽.

물론 지금 국제 사회에서 연쇄적으로 일어나고 있는 냉전 종식의 현상과 세계화 논리로 말미암아 위로는 WTO와 같은 범지구적 차원의 조직이 강화되고 아래로는 지방간 직접 교류가 활발해지면서, '민족 국가'는 해체 단계에 접어든 것이 아니냐는 포스트 모던 성향의 분석 경향이 없지 않은 것이 사실이다. 그러나 최근에는 이런 현상을 '민족 국가'의 해체 단계의 그것이 아니라 체질 강화적 측면으로 보는 해석이 힘을 얻고 있다. 과거에는 '민족 국가'만이 국가 사이의 교섭 주체였던 데 비해서, 이제는 교섭 진행 과정이 다변화되고 있을 뿐이라는 것이다.

그런 점에서 우리 시대는 '근대 이후'가 아니라 근대의 '절정'인 동시에 근대의 가장 화려한 '황혼'이기도 하다. 최근 서양에서조차 거의 완성 단계에 접어든 '근대'를 스스로 회의하고 성찰하는 신화 해체 작업을 행하고 있다는 것은, 고전적인 '좌/우' '진보/보수'의 경계선마저 회의와 재구축의 대상으로 삼는 경향과 함께, 서구적 근대의 '절정'과 '황혼'을 동시에 표상하는 대표적인 현상이다. 그런 점에서 '근대'는 서구적 합리성의 숙주이기도 했지만, '근대 이후'를 기획하는 이들에게는 서구적 근대가 관철해온 이러저러한 역기능들에 대한 반성적 성찰의 계기를 제공하는 과녁이기도 했던 것이다. 이러한 반성적 회의와 재구축의 사례들은 식민지와 분단 체제에서 '근대'를 맞이하고 살아간 우리에게도 시사하는 바 적지 않다.

특히 근대적 계몽에 내장된 불유쾌한 총체성에 대한 비판에도 불구하고 포스트모던 담론에 지나친 인식론적 상대주의와 정치적 무정부주의의 위험이 도사리고 있다는 비판을 행한 하버마스의 견해나 앤소니 기든스와 울리히 벡의 이른바 '성찰적 근대성'은 우리의 근대 인식에 복합적이고 의미 있는 준거를 제공하고 있다. 이들의 견해에 따르면, 현재 겪고 있는 '근대'의 위기는 근대 사회 질서의 해체로부터 시작된 것이 아니라, '근대성'의 결과들이 보다 더 급진화되고 보편화된 것에서 비롯되었다. 그들은 이러한 상황을 '후기' 혹은 '제2의' 근대성으로 이해하고, 과거의 '해방의 정치'와 새로운 '삶의 정치'의 적극적인 결합을 모색하고 있다. 이들이 행하는 '근대' 안에서의 근대 극복 논리는 식민지와 분단이라는 왜곡된 조건 속에서 근대를 맞이하고 육화한 우리에게는 매우 아픈 성찰을 제공하고 있는데, 그 까닭은 우리가 한번도 근대성의 효율성을 회의하지 않고 맹목적인 근대 추종의 역사만을 이어왔기 때문이다.

또한 알랭 투렌의 견해도 참조할 만한데, 그는 현재의 서구 사회가 포스트 모던 사회가 아니라 의사 결정 과정을 독점하는 기술 관료 집단과 이로부터 소외된 민중 계급의 첨예한 갈등이 프로그램화된 사회라고 보고 있다. 이 프로그램화된 탈(脫)산업 사회에서 비판적 사유의 해방적 잠재력은 여전히 유효하며, 타락한 도구적 이성을 회복시킬 수 있는 새로운 '주체'의 구성은 지금의 '근대성'이 마주하고 있는 실천적 과제라는 것이다.

결국 이들이 꾀하고 있는 과제들, 이를테면 '근대성'에 내장된 억압적 성격은 거부하되 그 해방적 성격은 비판적으로 계승함으로써 위기에 직면한 '근대성'을 새롭게 재구성하려는 의도들은 우리에게 시사하는 바 크다고 할 수 있다. 우리가 최근 들어 '근대'를 다시 탐색하고 다시 성찰하고자 하는 이유가 바로 여기에 있다.

그런 의미에서 우리의 근대문학, 특히 근대 전환기와 1930년대에 창작되었던 근대시(近代詩)의 세계는 우리 문학의 근대성 구현 정도를 가늠하는 중요한 척도가 아닐 수 없다. 그러나 근대성의 '해방적' 기능과 '삶의 정치'적 성격을 고려할 때 이 시기의 역동성은 그 자체로 '근대성'을 온전하게 구현한 것이라고 보기는 어렵다. 중세적 질곡에서 벗어나기 시작한 이른바 '근대 전환기'의 시에서는 근대적 주체를 발견하고 설정하는 방식으로서 '근대성'의 징후에 한껏 다가갔지만, 그것이 세계의 총체성에 대한 인식을 기획하고 실천하는 비판적 주체에는 현저하게 미달하는 것이었으며, 1930년대의 역사적 모더니즘의 경우는 미적 근대성의 한편을 세련되게 형상화하는 데 그 역할이 한정되었고 식민지 근대를 거부하고 거기에 저항하는 미적 주체에 의한 해방의 근대성과 미적 저항이 부족했던 것은 사실이기 때문이다.

　이 글에서는 이같이 우리의 근대시에 나타난 '근대성'의 불구적 국면들, 이를테면 근대적 주체의 형성 과정과 그것의 비판적 주체에의 미달 과정, 그리고 미적 근대성의 불철저하고 표피적인 수용 과정에 대한 반성적인 검토를 통하여 한국 근대시의 역사적 성격의 한 측면을 밝혀보려 한다.

2. 근대 전환기의 시 ─ 근대적 주체의 형성과 그 한계

　우리가 흔히 '근대 계몽기' 혹은 '근대 전환기'라고 부르는 이 첨예한 문학사적 이행기는 우리 시사에서 가장 역동적인 체질 개선이 이루어졌던 시간대가 아닐 수 없다. 우리가 서정시의 '근대성'을 형태적으로는 고전 시가의 율격적 구속을 거부하고 새로운 시대의 호흡에 맞는 새로운 율동을 창출해내는 것으로 보고, 내용적으로는 개체적 경험과 감성의 자유로운 발로를 억압하는 규범적 관습과 제도를 타파하면서 아울러 역사적 추이에 대한 균형적인 시적 인식을 확보하는 것3)이라고 할 때, 이 시기는 이러한 전환기적 징후를 가장 풍요롭게 표출한 문제적 공간이라고 할 수 있다. 이와 같이 근대 전환기에 이루어진 전이적(轉移的) 성격은 우리 근대시 연구에서 매우 강렬한 학문적인 관심을 초래하고 있는데, 그것이 바로 이 시기(1905~1919)에 씌어진 시편들에 나타난 '근대적 주체'의 성격에 관한 것이다.

　'근대적 주체'의 형성 과정과 그 성격을 중심으로 근대 전환기를 이해할 경우, 우리는 이 시기를 바라보는 전혀 새로운 지형도를 얻게 된다. 먼저 그것은 고전 시가와 근대 자유시 사이의 교량적 매개항을 '신체시'라는 과도적인 양식으로 설정하려는 시사적 관행과의 결별을 가져온다. 이 시기의 시적 선편을 쥐었던 육당(六堂) 시학은 형식에서의 새로움을 보이기는 했지만, 근대 자유시에 이르는 장르 의식까지는 가지지 못한 '근대적 주체'의 미달

---

3) 윤영천, 「근대 서정시의 확립과 낭만주의」, 민족문학사연구소 편, 『민족문학사 강좌 하』, 창작과비평사, 1995, 79쪽.

양식이기 때문이다. 그래서 육당의 준(準)정형시인 '신체시'는 근대 자유시로 나아가는 발전적 순기능을 했다기보다는 자연스런 발전 경로를 상당 부분 억압한 역기능의 측면이 더 많았다고 할 수 있다.

또 다른 하나는 1919년 동경 유학생들의 문예지였던 『창조』로 근대 자유시의 기원을 확정하려는 비역사적 태도의 수정으로 나타난다. 『창조』 이전에 『태서문예신보』나 『학지광』은 물론, 근대적 주체의 서정에 기반을 둔 자유로운 율격의 서정시가 왕성하게 이 시기를 수놓았다는 것을 밝힘으로써, 이 시기가 근대 자유시의 결여태가 아니라 풍부한 가능태였다는 사실이 일반화되기에 이른 것이다.

그러나 이러한 시사적 재인식에도 불구하고 우리는, 이 시기에 형성되고 착근되는 '근대적 주체'가 1920년대의 시인인 만해나 소월, 상화와 갖는 차별성에 주목하지 않을 수 없다. 그것이 바로 이 시기의 '근대성'이 내장하고 있는 상대적인 불구성이며, 식민지 근대가 열리는 시기에 우리 서정시가 가지지 않을 수 없었던 미학적 한계이니까 말이다. 육당 시학을 '서정'의 차원으로 극복했다는 안서(岸曙) 김억(金億)의 경우도 이러한 '근대적 주체'에 대한 새로운 의식을 내용과 형식의 유기적 연관성에 대한 철저한 탐색으로까지 이어가지 못했다[4]는 해석이 근대 자유시의 형성 과정에서 이제는 보편적인 합의에 이르렀다고 할 수 있다.

> "死의 恐怖, 苦痛, 死의 逸樂"을 뒤에 맞즈며
> 가랴느니, 그래도,
> "살지 아니하면 아니된다!" 바램의 標대로 가지 아니할슈 업나니 대
> 개 이는
> 죽음은 暗黑, 悲哀, 苦痛, 絶望, 戀愛, 煩悶, 孤獨, 寂寞을 超越하야
> 意識의 空虛, 온갖의 忘却, 無反應의 靜止, 無抵抗의 漠漠世界로써니,
> 오오 生의 欲望! "살지 아니하면 아니된다!"
> 죽음과 맛나는 그 刹那, 그 瞬中, 아아 '生'의 實在, 眞存在를 알기만 하

---

4) 정한모, 「한국 현대시 연구의 반성」, 『현대시』 1집, 문학세계사, 1984, 39쪽.

면
살랴는 것이, 온갖 萬物의 바래는 바의 깃본 웃음이여라.
靈魂! 내 가슴에 잇느냐? 업느냐?

— 김억, 「내의 가슴」 중에서

1915년에 발표된 이 작품에서 시적 주체는 '적자생존'이나 '우승열패' 같은 것으로 특징지어지는, 당시 세계를 주름잡던 제국주의 논리인 '사회진화론'에 그 인식의 토대를 두고 있다. 그래서 시적 주체는 현실 세계를 매우 냉혹한 세계로 파악하고 그로부터 억압받는 내면적 상황을 밀폐된 '刹那'로 퇴행시키고 있다. 시적 주체가 반복하여 강조하고 있는 '살지 아니하면 아니된다'는 명제는 사실상, 정서적으로 근접해 있는 '죽음'에 대한 이끌림을 역설적으로 표현한 것이다. 이 같은 비관주의적 인식과 자기 분열의 양상[5]은 '근대적 주체'가 자기 인식과 세계 인식을 동시에 통합하는 국면과는 매우 다른 것이다. 이는 세계의 일방적인 폭력에 대해 수세적으로 그 질서를 승인하고 퇴행하는 주체의 모습으로 시가 점철되어 있기 때문이다. 이는 중세적 질서를 그대로 승인하고 시의 표면에서 개성적 자아를 소거했던 중세 시가와는 정반대의 역(逆)편향이라고 할 수 있다. 이러한 양상은 1920년대 초기 감상주의 시편에서도 이어져 '근대적 주체'의 결여 형식으로서 감정 과잉의 현상을 낳게 된다.

결국 근대성에서 핵심이 되는 것은 '주체'의 문제이다. 우리가 말하는 '근대성'의 함의에는 근대적 인간이 자신에 대한 인식과 실천의 자율성을 획득하고 거기에서 확보된 에너지로 세계를 이해하고 전유한다는 기획이 포함되어 있다. 이때 인간은 기존의 전통과 영향력으로부터 벗어나 인간의 이성과 의지로써 자유롭게 자신은 물론 세계를 인식하려는 주체로서의 인간이다. 이 자율적인 존재로서의 인간은 독자적인 자기 정체성을 갖게 되고 여

---

5) 정우택, 「한국 근대 자유시 형성과정과 그 성격」, 성균관대학교 박사학위논문, 1998, 136~137쪽.

기에서 근대의 가장 중요로운 가치인 개인의 ‘자유’가 생성되는 것이다. 그 ‘자유’를 근간으로 하는 ‘근대적 주체’의 사유나 행동의 범주가 바로 근대성의 한 핵심이다. 우리 근대시는 이러한 ‘근대적 주체’의 내부에서 발화적 양식을 취하는 것이다.

그러나 중세적 사유와 미의식으로부터 벗어나려는 활발한 운동 과정으로서 근대시 형성 과정이 갖는 의미가, 중세적 규범으로부터의 자유나 경험의 개별성과 정(情)의 긍정, 개아(個我)의 욕구 및 일상적 삶 자체의 가치 추구 등과 같은 탈(脫)중세 지향의 심화와 더불어 그들을 유기적으로 통합한 삶과 세계의 전체상에로 나아가야 할 역사적 국면에 놓여 있었다[6]는 점을 감안한다면, 김억의 이러한 개인적 차원의 영탄 또한 앞서 말한 1920년대의 시인들의 선구적 맹아 역할을 했다고 보아도 좋을 것이다. 그와 같은 관점에서 우리는 개인적 서정의 발로와 기존의 율격으로부터의 해방 자체가 근대성의 핵심적 지표가 되는 것은 아니라는 사실에 주목하여, 진정한 ‘근대적 주체’의 정립 과정이 바로 근대성의 획득 과정임을 인정할 수 있는 것이다.

그럴 경우 우리는 이 시기를 이해하는 데 있어 ‘개화가사→창가→신체시→근대 자유시’라는 형식 중심의 편의적 도식이나, 또 ‘근대성’의 획득 자체가 시의 역사적 발전의 징표인 듯이 이해하는 편향에 대한 극복의 가능성을 갖게 된다. 이 또한 서구의 발전 모델을 추수하는 무매개적 발전 사관의 흔적이기 때문이다. 따라서 우리는 우리 시가 근대성을 획득해가는 과정에 대해 강력한 연역형 이념형을 상정할 것이 아니라, ‘근대적 주체’의 다양하고도 미세한 차이에 따라 편제되는 철저하게 복합적인 현상을 투시해야 한다. 그럴 경우 ‘계몽에서 서정으로’ 또는 ‘정형시에서 자유시로’의 ‘내용 / 형식’ 분리론에 의거한 발전 도식이 가지고 있는 치명적인 단선성(單線性)을 극복할 수 있을 것이다.[7]

---

6) 김흥규, 「부서진 세계 안의 자유와 절망」, 임형택·최원식 편, 『전환기의 동아시아 문학』, 창작과비평사, 1985, 205~206쪽.

　이러한 복합성을 견지할 때, 최소월(崔素月), 김여제(金輿濟), 현상윤(玄相允)에서 황석우(黃錫禹), 주요한(朱耀翰)으로 이어지는 우리 시의 '근대적 주체'의 성립 과정 및 그들끼리의 혼돈 양상을 이해할 수 있게 된다.

> 南國의 바다 가을 날은
> 아즉도 따뜻한 볏을 沙汀에 흘니도다
> 저젓다 말넛다 하는 물 입술의 자최에
> 납홀납홀 아득이는 횐나뷔
> 봄 아지랭이에 게으른 꿈을 보는 듯.
>
> [……]
>
> 珊瑚珠 시골에 들너오는
> 먼 潮水의 香내에 醉하여
> 金바람의 압수레에 부듸처
> 허엿케 이러나는 적은 물결을
> 前에 놀던 꼿으로만 역여
> 납홀납홀 춤추며
> 天涯먼곳 無限한 波濤로.
>
> 아아! 나뷔여, 나의 적은 나뷔여
> "너 홀로 어대로 가는가.
> 너 가는 것은 滅亡이라.
> 바다는 하날과 갓치 길매

---

7) 오성호는 근대시 형성 과정을 근대적 주체와 계몽적 이성의 심화와 전진 그리고 왜곡과 후퇴가 동시적으로 일어나는 과정으로 보고, 그것을 동경 유학생들의 신원과 정서, 당대의 제도 등을 통해서, 그리고 구술적 전통에서 문자문학의 주류로 재편되는 문학 제도의 흐름을 통해서 찾고 있다. 이 논의는 '계몽'과 '서정'을 대척적으로 바라보아 전자에서 후자로 단선적으로 발전해간 것이 근대시의 흐름인 것처럼 설명해왔던 종래의 발전모델에서 한 걸음 더 나아간 복합적 시선의 논의여서 주목을 요한다. 오성호, 「근대 시문학사 기술의 문제점과 앞으로의 기술 방안」, 『현대문학이론연구』 8집, 현대문학이론학회, 1997.

暴惡한 波濤는
너의 藝術을 파뭇으려 할지라.
무섭지 안이한가 나뷔어
검은 海藻에 숨은 고래는
너를 덥석 삼키려,
기다렷다 벌컥 이러나는 큰 물결은
너를 散散 바쉬려"

— 최소월, 「潮에 蝶」 중에서

최소월의 이 같은 작품이 함의하는 것은, 말할 것도 없이, 근대적 주체의 자기 인식과 가치 판단이 세계를 인식하고 판단하는 기준으로 개입하고 있다는 사실이다. 자기 인식과 세계 인식을 동시에 행하고 있는 이 시기 최상급의 시편이라고 할 수 있다. "납흘납흘 아득이는 흰나뷔"와 "暴惡한 波濤"는 바로 흉포하고 황폐한 세계에 내던져진 '주체'의 내면과 '외계'의 상황을 그대로 은유하고 있다. 연약한 나비가 파도에 휩쓸릴 개연성을 안고도 물결을 넘어 "납흘납흘 춤추며 / 天涯먼곳 無限한 波濤로" 가려는 의지를 보이는 대목에서 근대 전환기의 시적 주체들이 견지했던 '근대적 주체'로서의 가능성과 한계를 동시에 보인다. 자신의 의지와 심미안으로 세계를 이해하고 전유하려는 안목이 가능성이라면, 철저하게 비관적인 세계 수용으로 일관되어 있다는 것이 한계이다.

이 시기에 활발하게 창작되는 창가나 신체시 그리고 자유시를 통틀어 그것의 중심은 민족주의적 열정에 있었다고 할 수 있다. 식민지의 갈등과 위협이 철저하게 가시화되고 깊어지는 시점에서 그러한 열정이 '근대적 주체'의 개화보다는 그것의 유보와 함께 또 하나의 집단적 경험으로 해소하는 역기능을 가져다 주었다는 것은 기억할 만하다. 그것의 역사적 실상이 바로, 1920년대에 대타적 영역을 거느린 채 펼쳐졌던 프로문학과 민족주의 문학이었던 것이다.

3. 1930년대의 모더니즘 시—미적 근대성의 방법적 수용

1930년대는, 잘 알려져 있듯이, 식민지 근대가 '경성'이라는 공간을 중심으로 왜곡된 형태나마 화려하게 개화한 일종의 자본주의적 난숙기(爛熟期)라고 할 수 있다. 이 시기의 시사적 지형은 1920년대에 줄곧 경험했던 프로문학과 민족주의 문학의 동시적 지양이라는 요청에 의해 펼쳐지게 된다. 그 핵심에 선 이들이 바로 『시문학』과 '구인회'를 구성했던 일군의 순수서정시인들 혹은 모더니스트들이었다. 특히 후자는 세계적 동시성으로서의 모더니즘을 자신들의 미학 혹은 방법으로 받아들여 식민지 근대에서 '미적 근대성'의 영역을 일구려는 의지와 노력을 보여준다.

원래 '미적 근대성'은 근본적으로 반(反)부르주아적 태도를 띠면서 부르주아의 가치 척도를 혐오하고 폭동, 무정부주의, 묵시록에서 자기 은폐에 이르는 극도로 다변화된 수단을 통해 자신의 역겨움을 표현하는 일련의 미적 개념이다. 따라서 '미적 근대성'을 규정하는 것은 그것의 긍정적인 열망들보다는 부르주아 근대성 이를테면 진보의 원리, 과학과 기술의 활용 가능성에 대한 신뢰, 측정할 수 없는 시간, 돈으로 계산 가능한 시간에 대한 관심, 이성 숭배, 추상적인 인본주의 틀 안에서 정의된 자유의 이상 등 문명의 핵심적 가치로 보존되고 증진되어온 근대성에 대한 철저한 거부 및 부정적 열정이라 할 수 있다.

따라서 그것은 19세기 전반기 서구 사회에서 문명사의 한 단계에 속하는 것으로서의 근대성과 미적 개념으로서의 근대성이 분화된 이후 이 두 가지 근대성 사이에 화해 불가능한 균열이 생기게 되었을 때, 후자의 성격을 띠었다. 전자가 부르주아 계급에 의해 주도된 과학과 기술의 진보, 산업혁명, 그리고 자본주의에 의해 야기된 광범위한 사회 경제적 변화의 산물임에 비해 후자는 부르주아 근대성에 대한 철저한 거부 및 소멸적 열정으로 특징지어지는 것이었기 때문이다. 그래서 '미적 근대성'이란 그것이 비록 문학의 자율적 존재 형식에 대한 승인 위에서 발원한 개념일지라도, 자본주의의 구조적 심화가 이러한 자율성을 근본에서부터 억압하면서부터 일련의 저항적 맥락을 띠게 된 것이다.

그런 점에서 모더니즘은 '미적 근대성'과 비슷한 개념이기는 하지만, 그보다는 훨씬 제한된 의미를 지니게 되는 개념이다. 그것은 19세기 말엽에서 20세기 전반에 걸쳐 서구 예술을 풍미한 전위적이고 실험적인 예술 운동에 한정되는 것이기 때문이다. 따라서 르네상스 때부터 시작되었다 해도 과언이 아닌 '근대성'과 비교해 볼 때 역사적 모더니즘은 기껏해야 반세기 정도의 역사를 지니고 있을 뿐이다.[8]

그러나 우리의 1930년대 모더니즘은 근대성의 보편성과 식민지 현실의 특수성이 그 안에 변증법적으로 매개되어야 한다는 당위적 명제를 충족시키지 못한 것이었다. 그래서 서구 이론과의 대비를 통해서 한국의 모더니즘을 옹호 또는 평가 절하했던 원전 확인형의 연구나 작품에 나타난 기법을 중시하여 그 의의를 부각시키는 기법 중시형 연구[9]보다는, '보편성 / 특수성' '미적 저항 / 순응'을 당대의 미적 주체들이 어떻게 그려나갔는가를 탐색하는 것이 훨씬 더 이 시기를 현재화하는 안목이 된다. 그 자료가 되는 목록이 바로 '구인회'나 그 구성원들인데, 정지용(鄭芝溶), 김광균(金光均), 김기림(金起林) 등이 그들이다.

우선 정지용은 감각적인 충실성과 선명한 이미지 구축을 제1의 모토로 내건 서구 모더니즘의 한국적 적자(嫡子)이다. 그러나 그는 다소 거칠게 알려져 있듯이, 선명한 회화적 기법으로 일관한 감각주의자는 아니다. 거기에 그는 우리의 전통적 정서, 이를테면 '향수'라든가 '천진성' 혹은 '무욕(無慾)'의 철학 등을 결합시킨 일종의 '정신 지향적' 시인이었기 때문이다.

---

8) M. 칼리니스쿠(이영욱 역), 『모더니티의 다섯 얼굴』, 시각과 언어, 1993, 53~54쪽.

9) 박헌호, 「'구인회'를 어떻게 볼 것인가」, 상허문학회, 『근대문학과 구인회』, 깊은샘, 1996, 33쪽.

시를 구축하는 형식적 원리는 가장 감각적·서구적·근대적이었던 데 비해, 그 안에 담긴 시적 주제나 정조는 가장 정신적·동양적·전근대적인 것이었다는 점에 정지용의 남다른 특색이 있다. 이 점에서 그는 서구 취향으로 경도되어버린 김기림이나, 언어로 그림을 그려 거기에 감상성과 상실 의식을 짙게 채색한 김광균과는 다른 경지를 보여준 셈이다. 그는 전통적 정서가 가질 수 있는 감상 과잉의 가능성을 철저하게 배격하면서, 사물 자체의 감각적 실재를 절제된 정서와 결합시켜 파악·표현하려 한 이지적이고 섬세한 의장(意匠)의 시인이었다. 그런 점에서 그의 모더니즘은 철저히 방법적인 것이었고, 그것은 감각과 정신을 높은 형상적 차원에서 통합하는 데서 완성된다. 그 같은 '감각적 실재'와 '절제된 정서' 사이의 균형과 통합을 극명하게 보여주는 대표작이 다음 시편이다.

> 琉璃에 차고 슬픈것이 어린거린다.
> 열없이 붙어서서 입김을 흐리우니
> 길들은양 언날개를 파다거린다.
> 지우고 보고 지우고 보아도
> 새까만 밤이 밀려나가고 밀려와 부디치고,
> 물먹은 별이, 반짝, 寶石처럼 백힌다.
> 밤에 홀로 琉璃를 닥는것은
> 외로운 황홀한 심사 이어니,
> 고흔 肺血管이 찢어진 채로
> 아아, 늬는 山ㅅ 새처럼 날러 갔구나!

— 정지용, 「琉璃窓 1」 전문

죽은 아들에 대한 비통한 마음을 모티프로 했다는 이 작품에서도 정지용은 정서와 의식의 흐름을 통어하고 절제하는 서정적 주체의 이지적인 모습을 잘 보여준다. 그럼으로써 이 시는 이 시인을 우리 시의 한 정상으로 올려놓기에 족한 이른바 '절제의 시학'을 드러내 보인 작품이다. "琉璃에 차고 슬픈것(자식의 영상)"이 어른거리다가 그것이 나중에 "山ㅅ 새"가 되어 날아가는 과정(죽은 자식을 떠나보내는 의식ritual)을 '고요함(靜)→움직임(動)', '차가움(寒)→따뜻함(溫)', '참음(忍)→발산(!)', '결빙(結氷)→해빙(解氷)'의 과정으로 치밀하게 묘사하고 있는 것이다. 그 사이사이에 입김을 불고 유리를 닦고 눈물을 짓고 황홀해 하는 과정을 개입시키면서 그 같은 행위와 눈물이 결국 "寶石"으로 응결되는 과정을 상상적으로 배치하고 있다. 따라서 이 작품은 지나치게 감상이 과잉되는 경향이나 또 지나치게 정서가 배제되는 사물화의 양 편향을 동시에 경계하면서, 서정적 주체의 감각과 의식 그리고 정서의 미세한 변화 과정을 잘 전달해주는 명편(名篇)이다.

이처럼 정지용은 정서의 절제를 가능한 한도까지 밀고 나가 먼저 사물 그 자체의 감각을 투명하게 부각시키려 하였고, 그것을 시인의 정신이나 태도와 등가 관계에 배치하고자 했던 모더니스트였다. 당대의 비평가인 김환태(金煥泰)가 "그의 시는 일대 감각의 향연"이라고 한 것이나, 김기림이 "우리 시 속에 현대의 호흡과 맥박을 불어넣은 최초의 시인"으로 그를 평가한 것은 바로 이 대목을 중시한 견해일 것이다. 이처럼 사물 자체의 감각적 충실성을 시에 담은 작품 경향은 「바다」 연작으로 대표되는 그의 초기 시편들을 통해 여러 차례 구체화된 바 있다.

이러한 시 세계를 두고 그의 시에 역사 의식이나 현실 지향성이 빈곤하다고 지적하는 것은 매우 타당하다. 또한 그의 시에 나타나는 절제된 정서가, 시인 자신의 생의 형식을 정직하게 드러내지 못하고 미학적 차원에서만 구축되고 있다는 사실도 지적될 수 있다. 그만큼 정지용은 감상 과잉에서도 벗어나 있지만, 역사적 차원의 현실 인식에서도 비껴나 있었던 시인이다. 그러나 그의 초기작 중 「카페 프란스」, 「슬픈 인상화」, 「고향」 등에 시선이 머물게 되면, 작품의 정조나 주제 의식이 소박한 개인적 차원에 그치는 것이 아니라, 집단적 경험에 깊이 매개되어 있음을 알 수 있다. 그는 "남달리 손이 흰"(「카페 프란스」) 식민지 지식인으로서, 그리고 "고향에 고향에 돌아와도 그리던 고향은 아"(「고향」)니었던 실향 의식을 지닌 근대인으로서 매우 구체적인 정서를 표현했던 것이다. 다만 자신의 그러한 정서가 생경하게 노출되는 것을 극도로 혐오하였고, 그에 따라 사물의 감각적 묘사를 우세종으로 배치했던 것뿐이다.

그러나 정지용의 전체 시편들을 우리 근대 문학사의 지평에 놓고 볼 때, 그가 일관되게 추구했던 것은 현실 개입이나 정치 의식이 아니라 그것들로부터의 격절과 초월 혹은 자기 소외였고, 따라서 그는 실천적 열정보다는 심미적 의장과 감각을 중시했던 시인임에 틀림없다. 이러한 현실과의 일정한 격절과 초월은 그가 가톨릭에 귀의한 후 씌어지는 이른바 '신앙 시편'에서도 고스란히 관철된다.

그 동안의 연구들에서는 이때의 '신앙 시편'들을 감각 지향의 초기 시편이나 정신 지향의 후기 시편에 비해 뒤떨어지는 세계이자 그 둘 사이를 가르는 깊은 심연으로 규정하고 있는데, 우리는 오히려 그들 사이에 지속적으로 전개되고 있는 '초월' 지향과 '감각' 지향의 일관성을 관찰해야 할 것이다. 따라서 그의 '신앙 시편'은 농밀한 감각 추구와 현실 초월이라는 이 시인의 두 가지 기율이 직접적으로('사물'의 매개와 간접화를 통하지 않고) 드러난 사례라고 할 것이다.

따라서 이 같은 궤적으로 진행된 정지용 시의 모더니즘은 그 시적 육체에서 역사와 현실을 유보하고 배제함으로써 얻게 된 방법적인 것이었다고 할 수 있다. 그래서 그는 자신의 감각으로 빚은 새로운 미학지대(美學地帶)를 건설하여 그 안에 자족한 것이다. 이는 현저하게 비판적 이성을 매개로 하는 식민지 근대의 이상적인 '근대적 주체'로서는 매우 아쉬운 점이라고 할 수 있다. 또한 식민지 근대에 대한 총체적 인식과 거부의 열정을 핵심으로 하는 '미적 근대성'의 기율과 그의 시가 많은 부분 어긋나 있는 것도 바로 이 부분이다. 응전과 거부가 아니라 초월과 격절(隔絶)의 모더니즘이 그의 몫이었기 때문이다.

	등불 없는 空地에 밤이 나린다

수없이 퍼붓는 거미줄같이
자욱-한 어둠에 숨이 잦으다

내 무슨 오지 않는 幸福을 기다리기에
스산한 밤바람에 입술을 적시고
어느 곳 지향없는 地角을 향하여
한 옛날의 情熱의 창랑한 자최를 그리는 거냐

끝없는 어둔 저으기 마음 서글퍼
긴- 하품을 씹는다.

이-내 하나의 信賴할 現實도 없이
무수한 年齡을 落葉같이 띄워보내며
茂盛한 追悔에 그림자마저 갈갈이 찢겨

이 밤 한 줄기 凋落한 敗殘兵되어
주린 이리인양 비인 空地에 홀로 서서
어느 먼-都市의 上弦에 창망히 서면
腐汚한 달빛에 눈물 지운다.

— 김광균, 「空地」 전문

1920년대 시인들이 보였던 감상과 영탄의 방출이 현실 부정과 환멸의 소
산이었듯이 김광균의 비애나 눈물 역시 식민지 현실, 그것도 낯설기 짝이
없는 식민지의 타율적 도시와의 양상에 절망하고 그것을 부정하는 정서에
서 유래된 것은 틀림없다. 그런데 이 작품에서는 시적 주체의 심적 고통을
유래케 하는 사회적 역학은 나타나 있지 않다. 다만 일방적인 소외 의식 및
소통 가능한 타자의 부재 그리고 그로부터 유래하는 밀폐감과 내면적 황폐
감 등이 감각적 은유를 통해 잘 나타나고 있다.

이 작품의 배경은 도시의 밤이다. 김광균의 시에 나타나는 시간적 배경은
아침은 거의 없고 '오후'나 '황혼' '밤'이 대부분인데, 그것은 그것들이 생성

의 시간이 아닌 소멸과 침잠의 시간이기 때문이다. 이러한 '소멸 / 침잠'은 김광균 시의 근본적인 서정적 충동의 모티프이다. 김광균이 딛고 있는 서정적 충동의 근본 모티프가 생성 지향적인 비판 의식보다는 소멸 지향적인 상실 의식이기 때문이다. 따라서 이 작품에는 '어느 곳 지향없는 地角'을 '追悔'에 싸여 걷고 있는 '敗殘兵'의 의식 세계가 도시의 '腐汚'에 오버랩되면서 슬픈 소시민의 초상이 드러나고 있을 뿐이다.

현실은 본질과 가치를 결여하고 훼손과 상실이 가득한 것으로 보일 때 인간의 삶은 이데아를 열망하는 것으로야만 의의와 가치를 가진다는 것이 낭만주의적 세계 인식이라 할 때, 김광균이 찾고자 했던 시적 출구는 그런 태도를 일정하게 갖는다. '지금 여기'가 아닌 익명성으로서의 '먼 저기'를 지향하는 것도 그러한 현실 인식이 배태한 시적 지향의 실체화인 것이다. 이 점이 그의 시를 낭만주의와 절연한 모더니즘으로 일반화할 수 없는 장애가 된다. 그러나 우리는 오히려 1930년대의 경성이라는 도시 공간의 던져준 공허감과 소외 의식 또는 타자 부재와 상실 의식 등이 그의 감각적 은유를 토한 시적 상관물들을 통해 잘 나타나 있다고 말할 수 있다. 이 점에서 명징한 이미지만을 추구했던 이미지즘보다는 비극성과 자전적 화자의 정직성이 잘 드러나 있다고 할 수 있는 것이다.

그러나 이미지가 그 자체가 무슨 내용을 가지는 것이 아니라 무엇인가를 전달하는 도구라는 사실은, 그의 시가 심각한 결여 형식임을 말해주고 있다. 이미지즘의 창시자인 파운드의 정의에서도 드러나듯이, 이미지는 "한 순간에 지적, 정서적 복합체를 제시하는 어떤 것"[10]이기 때문이다. 그런 점에서 김광균의 근대 인식은 지적, 정서적 복합체를 드러내는 것이 아니라 매우 표피적인 것이었고, 부르주아 근대성이 침윤시켜 놓은 각양의 부산물에 대한 미적 저항으로는 미달한 것이다. 그만큼 그의 시는 대상에 대하여 자폐적인 단절감과 상실 의식 그리고 그럼으로써 얻어지는 주체의 초월성

---

10) David Perkins, *A History of Modern Poetry*, (Cambridge : Harvard University Press, 1976) p.333.

을 욕망하고 있는 것이다. 이처럼 '심미적 격절'(정지용)과 '낭만적 상실 의식과 초월'(김광균)로 나타나는 한국 모더니즘은 '이미지'의 선명함과 현실에 대한 부정적 인지(認知)라는 차원에서 멈춰버린다. 이에 비해 김기림은 근대 문명에 대한 표피적 상찬(賞讚)의 논리로 나아간다.

> 푸른 독수리의 忠實하기 짝이 없는 鋼鐵의 傳令아 너는 지금 모―든 들우헤서 XX의 祝祭의 第一列에 參與하기 위하야 모―든 人口속에서 XX의 불길을 치질하기 위하여 큰 나팔을 볼이 미여지게 불며 너의 수만個의 다리는 벌판을 주름잡으며 성큼성큼 뛰여간다.
>
> — 김기림, 「오― 汽車여」 중에서

> 移民들을 태운 시컴언 汽車가 갑자기 뛰여들었음으로 瞑想을 주물르고 있던 鋼鐵의 哲學者인 鐵橋가 깜짝 놀라서 투덜거립니다. 다음 驛에서도 汽車는 그의 수수낀 로맨티시즘인 汽笛을 불테지. 그렇지만 移民들의 얼굴은 車窓에서 웃지 않습니다. 汽關車를 버리운 연기가 산냥개처럼 검은 철길을 핥으며 汽車의 뒤를 따라갑니다.
>
> — 김기림, 「북행열차」 중에서

김기림의 근대에 대한 표피적인 인식은 '기차'라는 시적 대상에서 잘 나타난다. 기차는 근대 문명의 상징으로서 '속도'와 '여행'을 동시에 실현시킬 수 있는 대상이라는 점에서 그의 관심이 '기차'로 쏠리고 있는 것은 자연스럽다. 곧 근대 문명에 있어서 기차는 "푸른 독수리의 忠實하기 짝이 없는 鋼鐵의 傳令"이다. 이러한 기차에 대한 찬가는 곧 '근대'에 대한 거의 맹목적이고 표피적인 인식의 소산이 아닐 수 없다. 뒤의 작품에서 '기차'는 이민들을 태우고 역으로 돌아오고 있는데, 강철의 철학자인 철교가 다 놀랠 정도로 그것은 매우 경이로운 표상 그 자체인 것이다. 또한 "太陽보다도 이쁘지 못한詩, 太陽일수가없는 설어운나의詩를 어두운病室에 켜놓고 太陽아 네가 오기를 나는 이밤을새여가며 기다린다."(「太陽의 風俗」)라고 노래한

경우에 있어서도, 김기림의 문명 인식은 그것을 통해 결국 새로운 시대의
열릴 것이라는 낙관적인 감정을 노출하는 데 주로 바쳐진다.

> 30年代 初期의 詩壇으로 돌아오면 거기서는 또한 이와는 다른 風景의
> 羅列을 구경할 수 있었다. 즉 그 주위에는 여러 種類의 肥滿症이 汎濫하
> 고 있는 것을 보았다. 우선 너무나 肥滿한 情緖가 있었다. 다음에 過剩된
> 主題의 橫行이 있었다. 壓倒된 興奮의 暴行이 있었다. 十八世紀的 感情을
> 오늘도 오히려 十九世紀的인 모양으로 아무렇게나 노래부르는 泰平한
> 할미새도 있었다. 詩壇의 한 구석에는 李朝五百年의 꿈이 그대로 잠자는
> 和平한 마을도 있었다. 저 주책없이 늘어놓는 多辯을 들었느냐? 이러한
> 너무나 肥滿한 病的인 肉體들은 대체 어디서 그들의 脂肪質을 攝取하였
> 던가? 그것은 結局 詩는 一時的 感興의 쓰레배끼에 지나지 않는다는 인
> 습을 骨子로 한 낡은 詩論에서 그 不均衡한 營養을 얻은 것이다.

"너무나 肥滿한 情緖"와 "過剩된 主題의 橫行" 다시 말하면 감상주의와
편(偏)내용주의를 극복한 지점에서 모더니즘의 생산적 기능은 시작된다고
보는 그의 시각은 이 「午前의 詩論」에 잘 나타나는데, 결국 그러한 생각이
그의 시세계의 편향을 낳은 것이다. 그 "不均衡한 營養"을 벗어버리는 적극
적인 역할을 자임한 김기림의 모더니즘이 띤 정조는 그래서 명랑성이나 밝
은 문명 찬탄으로 이어지고 있는 것이다. 그가 비록 나중에 자신의 시작에
대한 일정한 반성을 행하고는 있지만, 한국적 모더니즘의 선편을 틀어쥔 논
객이자 시인으로서 그가 취한 것은 문명의 현란함을 근대의 자기 규정성과
등가의 관계에 놓는 일반화의 오류였던 것이다. 결과적으로 문학 예술은 경
제나 다른 토대에 의해 규정되기는 하지만, 과학이 누리는 것보다 한결 폭
넓은 상대적 자율성을 누린다[11]는 점에서 볼 때 그의 모더니즘은 사회와
예술 사이의 이러한 복합적 연관을 사상해버린 채 현실의 압도적인 변화를

---

11) A. S. 바즈케즈(이승훈 역), 「자본주의와 예술의 운명」, 이승훈, 『모더니즘 시론』,
　　문예출판사, 1995, 338쪽.

소박하게 수용해버린 다소 부박한 것이었다.

우리가 잘 알 듯이, 서양 문예사조에서 모더니즘이란 20세기 초반에 활성화되어, 19세기를 지배한 리얼리즘이나 자연주의의 전통에 대한 반(反)명제로 시작되었다. 그러나 이제 그 모더니즘은 그러한 역사적 실험성과 전위성 혹은 실험 의지를 상당 부분 상실하고, 고급화된 형식 미학의 예술 경향으로 통칭되고 있다. 기원적으로 모더니즘을 자본주의적 근대성에 근거한 예술적 관습에 대한 저항이라고 할 때, 1930년대의 모더니즘 시에 나타난 것은 '근대'를 회의하고 비판하는 '미적 근대성'이나 식민지적 특수성에 대한 '내면화된 부정'에까지 이르지 못한 것이었다. 오히려 근대의 외연과 보조를 맞춰가는 궤적이 우세했던 것이다.

그러나 한동안 부르주아의 퇴폐와 개인주의가 반영된 부정적이고 형식주의적이고 외래 추수적인 문학으로 폄하되었던 모더니즘에 대한 정당한 가치 복원과 재인식은 매우 긴요한 것이다.[12] 최근의 모더니즘 논의는 "오늘날 민족문학의 위축은 그동안 민족문학론이 민족사의 특수한 과제에 대한 문학적 응전의 측면을 지나치게 강조한 나머지 근대성이라는 인류사의 보편적 경험이 제기하는 문제에 적절하게 대응하지 못했던 사실과도 무관하지 않"[13]다는 문제의식으로부터 출발하고 있으니까 말이다. 한동안 예술적 심미성으로의 도피로 오인되기도 했던 모더니즘은 브래드베리(Bradbury)의

---

12) 문덕수, 『한국모더니즘시연구』(시문학사, 1981)를 시작으로 박인기, 『한국 현대 시의 모더니즘 연구』, 단대출판부, 1988 ; 서준섭, 『한국모더니즘문학연구』, 일 지사, 1988 ; 김용직 편, 『모더니즘 연구』, 자유세계, 1993 ; 한국현대문학연구회 편, 『한국문학과 모더니즘』, 한양출판, 1994 ; 이승훈, 『모더니즘 시론』, 문예출 판사, 1995 ; 김유중, 『한국 모더니즘 문학의 세계관과 역사의식』, 태학사, 1996 ; 상허문학회, 『근대문학과 구인회』, 깊은샘, 1996 ; 문혜원, 『한국 현대시와 모 더니즘』, 신구문화사, 1996 등이 잇따랐다.

13) 진정석, 「모더니즘의 재인식」, 『창작과 비평』 1997. 여름, 152쪽. 이 글은 같은 필자의 「민족문학과 모더니즘」(『민족문학사연구』 11호, 창작과비평사, 1997)에 이은 작업으로 '리얼리즘 / 모더니즘' 이분법의 인식을 뛰어넘어 양자를 '근대 성에 대한 미적 대응'을 기준으로 포괄하는 '광의(廣義)의 모더니즘' 개념을 제 시하고 있다.

150

말대로 "리얼리즘은 삶을 인간화했고 자연주의는 그것을 과학화했으며 모더니즘은 그것을 다원화, 심미화"했다는 적극적인 인식의 대상이 되기 시작한 것이다. 이 안목은 결국 모더니즘이 외면적 실재뿐만 아니라 내면적 실재를, 눈에 보이는 현실뿐만 아니라 보이지 않는 인간의 실재를 보여줌으로써 인간의 삶에 좀더 균형을 꾀한다는 점에서 폭넓은 세계 인식의 성격을 띤다는 점을 주장하고 있는 것이다.[14]

결국 우리는 역사적 모더니즘이 기법 지향적인 형식주의가 아니라 '주관적 보편성'에 의해 물적, 정신적 토대가 빈약하기 짝이 없었던 우리 근대에 대한 응전을 그 나름으로 담당해 왔던 이념이자 방법이라는 인식을 확산해야 한다. 그럴 경우 우리는 모더니즘을 근대 이후 인간의 삶과 인식을 반영한 인식론이자 표현 방법으로 이해할 수 있게 된다. 그것은 근대의 경험을 미학적으로 재구성하는 이념형이며, 단일한 실체로 파악하기 어려운 포괄적인 개념으로서, 세계의 탈(脫)신비화에 기여하고 언어에 대한 집중적 관심으로 형식미학적 진보에 기여하기도 하였던 것이다.

그러나 우리는 이러한 긍정적 가능성에도 불구하고 우리의 역사에 나났던 모더니즘 시는 근대적 주체의 미성숙성, 이를테면 감각적 심미성, 낭만적 비애, 명랑성의 극대화 등의 편향으로 그 육체를 형성하였고, 그래서 그들에게 모더니즘은 세계관이나 인식론 혹은 자기를 규정하고 실천하는 기율이 아니라 다소 방법적인 수용으로 그쳤던 것이다.

4. 마무리 – 근대시에 나타난 '근대성'의 성격

우리는 1990년대 중반을 고비로 시의 리얼리즘에 대한 관심이 이른바 우리 문학에서의 '근대성'의 실현과 그 역기능에 대한 심층적 탐구로 급속히

---

14) Bradbury, *Modernism*, Penguin Books, 1991. p.99. 이종대, 「근대적 자아의 세계인식」, 상허문학회, 『근대문학과 구인회』, 깊은샘, 1996, 52쪽에서 재인용.

전이되고 있는 중요한 전환기적 경험을 치른 바 있다. 이는 그 동안 리얼리즘으로 대표되던 주류 비판 이론에 대한 강력한 자기 반성이며, 하나의 이념형과 대척점에 있는 일체의 미학적 입장을 사문난적(斯文亂賊)으로 취급하곤 했던 경직된 풍조에 대한 반성의 반영이기도 하다. 또한 그것은 과학성과 합리성을 근간으로 하는 비판적·종합적 근대 이성이 실종되고 도구적 이성의 횡행에 따르는 비인간화 현상에 대한 일정한 반성적 화두를 던진 계기가 되었다고 할 수 있다. 따라서 '근대성'에 대한 학문적 천착은 그것의 명암이라는 두 측면에 대한 이중적 탐색의 의미를 띠는 일종의 자기 반영적 논리로 나타난 것이다. 더불어 그것은 동일한 이념형과 문제 의식을 공유했던 집단에서 벗어나 타자와의 대화적 관계를 모색할 수 있게 된 계기도 마련해주었다.

이 같은 논의 과정에는 대개 세 가지의 배경이 있다고 할 수 있다. 하나는 근대 기획이 일정한 내적 모순을 드러내었기 때문에 이를 반성적으로 인식해야 한다는 요청이며, 두 번째는 현실 사회주의가 자본주의적 근대에 대한 진정한 극복이 아니었다는 반성이고, 세 번째는 자본주의적 근대 자체도 어떤 질적인 변화를 경험하고 있다는 진단이다.[15] 그래서 근대성 논의는 '민족주의/세계주의'라는 이분법을 일거에 깨뜨리고 나아가 '리얼리즘/모더니즘'이라는 분법(分法) 역시 부분적으로 무력화했던 것이다.

이와 같이 학문적 관심으로 구체화되었던 시의 근대성 논의는 우리에게 많은 시사와 새로운 자각을 주었음에도 불구하고, 왜 '근대성'이 문제적인 범주가 되는가에 대한 성찰은 부족한 채 현재진행형으로 우리 앞에 있다. 그것은, 어찌 보면, 리얼리즘 문학을 전범으로 내세우려 했던 이념적 욕구의 전략적 자기 수정이라는 측면이 강했기 때문이기도 하고, 정반대로 리얼리즘이라는 주류 미학을 극복해보려는 대척적 요구에서 급격히 분출했던 것이기 때문이기도 하다. 따라서 우리는 이제 근대성 논의를 자신이 가지고

---

15) 이광호, 「문제는 '근대성'인가」, 이문열·권영민·이남호 편, 『한국문학이란 무엇인가』, 민음사, 1995, 210쪽.

있는 배타적 이념형으로 복속시켜 해소할 것이 아니라, '근대성'이라는 보편성 속에 존재하는 문학적(시적) 개별성의 성격들을 찾아내어 그것을 질서화해야 한다. 그것은 '근대문학=리얼리즘=민족문학'이라는 도식을 넘어서 서정적 주체들의 다양한 자기 실현과 타자성 실천이 곧 '근대성'의 핵심적 내포라는 인식 위에서 가능할 것이다. 다시 말하지만 연구자 스스로의 자기 성찰 곧 타자성의 실천이 결여될 경우, 우리는 또 한 번의 계몽주의적 배타성에 빠질 수 있다.

우리가 살핀 '근대성'은 근대적 주체를 정립하고 그를 통해 세계에 대응하는 부정성의 미학으로 작동한 것이다. 도구적 합리성이 지배하는 사회에서 의사 소통은 비(非)의사 소통을 통해 가능해진다고 볼 때, 모더니즘의 '방해의 미학'16)으로서의 역할은 시대적인 구분을 넘어선 다소 불온한 성격을 띠기 때문이다. 그러나 우리의 역사적 모더니즘 텍스트들은 이러한 '방해의 미학'과 그리 높은 친연성을 보여주지 못하였다. 아이스테인손의 지적대로 모더니즘을 근대 계몽주의 기획의 계승이면서 동시에 그것에의 반발로 생각할 때, 우리의 그것은 이 같은 양면적 활력의 심각한 결여 형식이었던 것이다. 그렇게 우리 모더니즘은 세계사적 보편성과 한국적 특수성이 어지럽게 얽힌 채로 역동한 역사적 실재이자 현재에도 끊임없이 문학적 경향과 지표에 개입하고 있는 규범이자 사조이자 방법이다.

한국 근대시에 나타난 '근대성' 논의는 이제 새로운 단계에 접어들고 있다. 대개 내용상의 개성 발견 그리고 형식상의 자유시 구현에서 근대성의 징후를 찾아내는 현상 기술적인 단계에서, 그것들이 진정한 '근대성'의 성취에 값하는 것인지에 대한 인식론적, 미학적 탐색이 전개되고 있는 것이다.

우리가 살핀 근대 전환기의 시는 그 자체로 '개성'과 '주체적 판단'을 근거로 하는 근대적 주체의 형성 과정을 잘 보여주고 있다. 그러나 시대 상황

---

16) A. 아이스테인손(임옥희 역), 『모더니즘 문학론』, 현대미학사, 1996, 5장 참조.

을 총체적으로 바라보는 비판적 주체로서의 정립 과정에는 현저하게 미달한다는 점에서, 이 시기의 시적 주체들은 과도기적 성격에 머문다. 그러나 중세적 형식의 탈피라든가, 세계사적 문명에 대한 감수성 그리고 새로운 주체를 형성하려는 근대적 의욕의 진원지로서 이 시기의 문학사적 몫은 중요한 것이다.

1930년대 모더니즘 시는 이미지의 구체성 그리고 리얼리즘에 대한 대타적 자기 인식 그리고 형상화의 세련성 등에서 단연 한국 근대시의 미학적 수준을 올린 케이스이다. 그러나 이들 역시 '경성'으로 대표되는 당시 식민지 근대에 대한 막연한 비판 의식에 머물렀을 뿐, 내면화된 부정이라든가 저항으로 대변되는 '미적 근대성'의 구현에는 이르지 못한 채 식민지 근대에 수세적으로 편입되어 갔다고 할 수 있다.

이를 통해 우리는 한국 근대시가 이룬 '근대성'의 함의는 불구적인 것이었고, 그 중심에는 식민지 근대의 중층적 모순이 개입되어 있다고 말할 수 있다. 또한 우리는 근대시에서 미적 주체의 정립과 그것의 현실 대응적 성격이 매우 밀접한 관련이 있음을 알 수 있고, 우리 근대시에 나타난 근대성이 대안적, 저항적 성격보다는 방법적, 체제 친화적 성격이 더 강했다고 말할 수 있다.

참고문헌

김교봉 외,『근대전환기 시가 연구』, 국학자료원, 1996.

김병택,『한국근대시론연구』, 민지사, 1988.

김성윤,「한국 근대자유시 형성기 연구」, 연세대학교 박사학위논문, 1999.

김신정,「정지용 시 연구」, 연세대학교 박사학위논문, 1998.

김영민,『한국문학비평논쟁사』, 한길사, 1992.

김용직 외,『한국 현대시사의 쟁점』, 시와시학사, 1991.

김우창,『시인의 보석』, 민음사, 1993.

김유중,『한국 모더니즘 문학의 세계관과 역사의식』, 태학사, 1996.

김유중,『김광균』, 건국대학교출판부, 2000.

나병철,『모더니즘과 포스트 모더니즘을 넘어서』, 소명출판, 1999.

문덕수,『한국모더니즘시연구』, 시문학사, 1981.

문혜원,『한국 현대시와 모더니즘』, 신구문화사, 1996.

박인기,『한국 현대시의 모더니즘 연구』, 단대출판부, 1988.

상허문학회,『근대문학과 구인회』, 깊은샘, 1996.

서준섭,『한국모더니즘문학연구』, 일지사, 1988.

오성호,「근대 시문학사 기술의 문제점과 앞으로의 기술 방안」,『현대문학이론
     연구』8집, 현대문학이론학회, 1997.

유성호,『한국 현대시의 형상과 논리』, 국학자료원, 1997.

유성호,『상징의 숲을 가로질러』, 하늘연못, 1999.

유종호,『시란 무엇인가』, 민음사, 1995.

윤영천,「근대 서정시의 확립과 낭만주의」, 민족문학사연구소 편,『민족문학사
     강좌 하』, 창작과비평사, 1995.

이문열 외 편,『한국문학이란 무엇인가』, 민음사, 1995.

이승훈,『모더니즘 시론』, 문예출판사, 1995.

이승훈,『한국 모더니즘 시사』, 문예출판사, 2000.

임형택 외 편, 『전환기의 동아시아 문학』, 창작과비평사, 1985.

전정구, 『언어의 꿈을 찾아서』, 평민사, 2000.

정우택, 「한국 근대 자유시 형성과정과 그 성격」, 성균관대학교 박사학위논문, 1998.

정한모, 「한국 현대시 연구의 반성」, 『현대시』 1집, 문학세계사, 1984.

조달곤, 「김기림 연구」, 동아대학교 박사학위논문, 1991.

조정래 외, 『1930년대 한국 모더니즘 작가연구』, 평민사, 1999.

최원식, 『생산적 대화를 위하여』, 창작과비평사, 1997.

하정일, 『20세기 한국문학과 근대성의 변증법』, 소명출판, 2000.

허윤회, 「언어의 물질성과 초월의 가능성」, 『민족문학사연구』 16호, 소명출판, 2000.

A. 아이스테인슨(임옥희 역), 『모더니즘 문학론』, 현대미학사, 1996.

J. 마리땡(김태관 역), 『시와 미와 창조적 직관』, 성바오로출판사, 1982.

M. 버먼(윤호병 외 역), 『현대성의 경험』, 현대미학사, 1994.

M. 칼리니스쿠(이영욱 역), 『모더니티의 다섯 얼굴』, 시각과 언어, 1993.

David Perkins, *A History of Modern Poetry*, Harvard University Press, 1976.

Modernity and Modernism in Korean modern poems

You Sung Ho

The discussions of modernity in Korean modern poems come to a new phase. The traditional approaches that the researchers find the originality and the symptoms of modernity in free-style poems now give way to the epistemological and aesthetic ones focusing on how the poems accomplish the achievements of modernity. The poems in the age of modern formations show the individuality and the subject's judgement based on the construction of modern subject. But this poems shows the transitional features, because the critical subject is lacking in the ability to see the era in a total vision. We should pay attention to modern poem's growing out of the traditional forms of Korean medieval poems, the sensibility of world civilization and the writer's will to form modern self. Aesthetic modernity in 1930s modernist poems (for example, the concreteness of image, the critical self-knowledge toward realism and the sophisticated aesthetic form) elevate Korean poems to the high aesthetic level. But these poems limit their criticism to the colonial modern world represented by 'Gyung-sung'(the capital city in the colonial age) and doesn't show the internalized negation or aesthetic revolt and are easily assimilated into the modern colonial system. The achievements of Korean modern poems cripple in some measures, because there are overdeterminate contradictions of the colonial modern Korea. We can find that the aesthetic subject in modern poems has much to do with the colonial conditions and find that the formation of modernity reveals the characteristics of approving the colonial system rather than showing the revolt against the colonial oppressions.

심련수의 시세계

김 경 훈[*]

1. 서 론
2. 초기시의 창작 경향
3. 현실에 대한 인식(1)
4. 현실에 대한 인식(2)
5. 결 론

1. 서 론

20세기 초반은 우리민족이 일제의 식민지침탈로 말미암아 국권을 상실하고 망국노로 갖은 설움을 겪던 불행의 시기였다. 이 시기, 일제의 식민지로, 대륙침략의 군량(軍糧)기지로 전락한 조선반도는 말할 것도 없고, 이웃 나라인 중국의 동북지역에 넘어온 조선인들에게도 일제의 강도 높은 수모가 가해졌다. 하지만 정치적, 경제적, 군사적 억압을 반대해 일어난 여러 가지 항거는 끊임없이 지속되어 광복을 위한 밝은 길을 터놓았다. 그런데 그러한 간거하면서도 영광된 역사는 이러저러한 요인 때문에 사적(史的)으로 남아 내려온 자료로는 얼마 되지 않고 많이는 인멸(湮滅)된 상태이다. 물론 일부 소중한 사료들이 빛을 보게 되어 민족사의 공백을 메우는 경우도 더러 있기

---

* 연변대학교 교수

는 하다. 현대문학사에서 윤동주와 같은 경우는 그 전형적인 예가 된다 하겠다. 여기서 요즘 연변에서 발굴된 또 하나의 소중한 자료도 이와 맥락을 같이 하는 것으로 판단된다.

이 글은 바로 심련수(沈連洙, 1918~1945)의 다양한 작품세계 중 대표적이라 할 수 있는 시세계에 대해 집중적으로 살펴봄으로써 그러한 공백 메우기의 작업의 한 과정이 되고자 한다.

이런 목적으로부터 출발하여 이 글에서는 심련수의 시 작품을 우선 초기작과 후기작으로 나누고[1], 그 속에 내재되어 있는 세계인식을 주로 후기작을 중심으로 여러 측면에서 나누어 살펴보면서 시인의 정신세계에 대한 초보적인 정리를 하고자 한다.

심련수에 대한 연구는 그 자료 발굴이 일찍한 것과 마찬가지로 아직까지 극히 희소한 편[2]이고 이것마저 연구 시각의 협소함과 방법상의 문제점을 안고 있는데 대체로 본격적인 연구라기보다는 소개의 정도에 그치고 있다는 인상을 지울 수 없다. 한편, 발굴된 심련수의 자료는『20세기 중국조선족 문학사료전집 1』(연변인민출판사, 2000. 7)에서 전면적으로 정리되었지만 시인의 생애에서 창작 연대와 기타 사항에 대한 주석이 제대로 되어 있지 않아 여러 가지로 연구에 애로가 있었음을 밝히고자 한다.

---

1) 시기 구분은 동흥중학 졸업 시기인 1940년 12월을 분계선으로 사회진출 여부를 가장 크게 고려하였다. 이는 단순하고 천진한 중학시절과 일본 유학을 통해 얻게 되는 사회에 대한 인식이 성격적으로 크게 다를 수밖에 없다는 점과, 실제 창작된 작품의 경향이 이 분계선을 전후해서 많이 달라 있다는데 근거를 두었다. 한편, 시인의 세계에 대한 인식이 실제 체험적인 요소가 중요한 근거가 된다는 점을 고려할 때, 시조라는 형식적 틀에 기대고 있어 일종의 퇴영적 표현이라는 느낌을 지울 수 없는 기행시초 부분은 이 자리에서 언급하지 않기로 한다. 더불어 이번 연구의 자료는『20세기 중국조선족 문학사료전집 1』(연변인민출판사, 2000. 7)을 근거로 삼고 한자 표기는 되도록 그대로 살리고 철자법은 이해의 편이를 위해 현재의 것으로 바꾸었음도 밝히고자 한다.
2) 현재 이곳에서 찾아 볼 수 있는 것으로는「문단에 솟아난 또 하나의 혜성—심련수론」(김룡운,『20세기 중국조선족 문학사료전집 1』, 연변인민출판사, 2000. 7) 한편 뿐이다.

160

2. 초기시의 창작 경향

　심련수의 초기 시 창작은 한마디로 절제되지 못한 젊음의 맹목성과 미숙
한 작품의 구성으로 특징적이라 할 수 있다. 이는 다음의 예문에서 몇 가지
로 나누어 살펴볼 수 있다.

① 생각하면 4년 전
　 새 기쁨 받은 곳
　 돌아다보면 눈에 익은
　 우리들의 學舍로다
　 이끼 낀 기와벽돌
　 교육의 전당에
　 새일군 많이 납소
　 모아들게 젊은이여
　 아늑한 숲 속
　 넓게 굳은 磐石 위에
　 역사같은 우리 모교
　 길이길이 빛납소서.

　　　　　　　　　　　　　　　—「모교」 전문

② 봄을 잊은 듯 하던 이 땅에도
　 소생의 봄이 찾아오고
　 녹음을 버린 듯이 얼었던 강에도
　 얼음장 내리는 봄이 왔대요

　 눈 위의 마른풀 뜯던
　 불쌍한 양의 무리
　 새풀 먹을 즐거운 날
　 멀지 않았네
　 넓은 땅무지에단

신기루궁을 짓고
새로 오신 봄님맞이
잔치놀이 한다옵네

—「대지의 봄」 1, 2연

③ 띠잉…… 띠잉……
　여운은 길게
　짙어가는 暮色을
　혼들어놓는다
　쓰림에 가슴 쥐고
　젖어누운 저 拓土야
　기대튼 이 하루도
　보람없이 가버린다
　띠잉…… 띠잉……
　음향은 굵게 길게
　이 땅의 모든 설음
　모아 울어주려무나.

—「이역의 晚鐘」 전문

④ 꺼졌다
　타던 불은 남김없이 사라져
　싸늘한 재무지만이
　옛일을 하소한다
　마음에 타는 불길
　하늘에 닿거늘
　다 탄 뒤 이 자리를
　어느 뉘가 보련고
　그 무엇이 남을는고.

—「불탄 자리」 전문

①에서는 젊음의 혈기가 뚜렷한 목표 없이 일종의 맹목성을 띠고 분출되고 있음을 잘 드러내는 작품이다. 물론 깊이 없는 시상의 산발적인 발산은 중학시절의 시기에 씌여져 아직 미숙한 세계관에서 비롯된 어쩔수 없는 것이기는 하다.3) 그러나 인간이나 자연에 대한 분명한 시적 판단이 부재한 초기시들의 일반적인 부족점이 이 작품에서 그대로 드러나고 있음은 지적되지 않을 수가 없다.

이러한 초기 창작의 미숙한 부분은 ②의 경우 어디까지나 천진하고 여린 동시의 어조에 의해 더욱 확연해지고 있다. 왜냐 하면 이 시기 비교적 잘된 동시 가운데 윤동주의 「오줌싸개 지도」와 비교할 때, 어린이의 시선을 빌었음에도 지극히 강렬한 현실적 인식이 작품의 심층에 깔려서 시적 분위기를 좌우지하고 있음을 상기한다면 위의 예문이 갖추고 있는 시선은 미숙한 어린이의 것 이상이 아니기 때문이다.

물론 ③의 경우를 보면 상기한 예문에서의 맹목성과 천진함을 드러내는 작품 외에도 어느 정도 현실의 모순을 언급하고 있는 작품도 초기 시 창작에서 보여지나 현실에 대한 파악은 이후의 시작에서 보여지는 깊이에는 이르지 못하고 있다. 즉, 현실의 모순에 대한 인식은 표면적인 것에 이르고 있으며 그것에 대한 적극적인 시적인 대응은 아직 없다는 말이다.

이는 ④의 경우도 비슷하다. '불탄 자리'라는 일종의 모순에 대한 관조적인 자세만이 엿보일 뿐 그것이 화자의 세계인식의 측면에서 어떤 성격을 갖는지는 전혀 나타나지 않는 것이다.

그렇다면 초기시에서 심련수의 작품은 일부 어조까지 포함해서 세계에 대한 인식이 천진한 동심의 시각에 기초하여 표상적인 데에 머물고 있음을 알 수 있다. 즉, 시적 대상에 대한 접근에서 그 표상에만 주목하고 있음을

---

3) 맹목적인 젊은 충동은 일종의 정서적 에너지 낭비벽이라고도 할 수 있겠거니와 이는 시상의 산발적인 발산과 함께 이후 시 창작에서 이른바 남성적인 톤으로 특징되는 거친 표현에 이어진다. 그 대표적 예가 「暴想」이라고 제목한 작품에서 까닭없이 '네로' 같은 폭군이 되어 칼을 들고 '민가에 아낌없이 불을 지르고' '무상의 법열'을 느끼는 상상에서 놀랍게 엿보인다.

발견하게 된다. 이는 시인의 미숙한 세계관에서 비롯된 것으로, 이러한 표상을 넘어서서 그 내면에 숨은 비밀을 캐는 작업은 습작의 수준으로 특징되는 초기 시 창작을 벗어난 이후의 작품들에서 시도되고 있다.

3. 현실에 대한 인식(1)

후기 작품들에 이르러 심련수의 시는 많은 면에서 초기와는 다른 특징을 보인다. 이는 주로 현실에 대한 시적인 대응을 중심으로 여러 가지 측면에서 분석할 수 있는 것으로 이 부분에서는 그 중 현실에 대한 적극적인 자세를 살펴보고자 한다.

1) 고향과 농민

심련수의 후기 작품에서 가장 비중있게 다루어지고 있는 대상의 하나로는 고향과 농민을 들 수가 있다. 그런데 사실 초기의 작품에서도 이러한 소재가 많이 나타나고 있어 고향과 농민에 대한 애착 내지 사랑이 그의 작품의 주요한 주제적 요인의 하나가 되어 있음을 어렵지 않게 판단케 한다.

① 내 잊지 못할 하나의 흐름인 너
　　거친 땅 간도의 품을 흐르는 힘찬 동맥
　　마른 입 마른 목 추겨주는 생명수야
　　너는 가장 믿음성있고 든든한 나의 동무였다
　　내 어린 가슴에 작은 염통이 뛰고
　　몽롱한 이상에 새 빛이 비칠 때
　　귀에 들린 힘찬 소리는
　　틀림없이 네가 웨친 고함이었다
　　…… (중략) ……
　　가노라 멀리멀리 이 발길 가는 곳 산을 넘고 물을 건너 이 마음 맞는데

로
해란강이 주는 소리 귀에 고이 간직하고
이 몸이 한 몸숨을 해란과 약속하오.

—「해란강」

② 나의 고향 앞호수에
외쪽 널다리
혼자서 건너기는
너무 외로와
님하고 달밤이면
건느려 하오
나의 고향 뒷산에
묵은 솔밭길
단 혼자서 오르기는
너무 힘들어
님 앞선 발자국 따라
함께 오르리오
나의 고향 가슴에
피는 꽃송이
쓸쓸히 선 것이
너무 서러워
님하고 그위로
자주 갈테요.

—「고향」 전문

①의 경우에는 초기에 씌여진 작품으로, 소년의 성장에 젖줄기의 모성적 역할을 충분히 해내고, 나아가 고향과 이 땅의 우리민족의 생명수로 작용한 해란강을 노래함으로써 소박하면서도 짙은 고향애를 작품 전면에 풍기고 있다. 또한 ②의 경우는 일본 유학 시절에 씌여진 것으로, 고향에 대한 애틋하면서도 안타까운 향수를 절절히 표출하고 있다. 특히 일본이라고 하는 이

국 생활에서 느낄 수 있는 고향의 여러 가지 상황에 대한 새로운 인식은 홀
로 받아 안기에는 너무 슬프고 큰 일종의 충격이었으리라. 그 때문에 화자
홀로의 시선으로는 그곳에 가까이 하기 어려워 '님'이라고 하는 동반자를
내세워 그같은 슬픔이나 충격을 조금이라도 덜려는 심사를 엿보이는 것이
다.

　고향에 대한 사랑은 그 속에 살고 있는 인간에 대한 사랑으로 이어지기
마련이다. 그리고 심련수의 경우 그것은 개인적인 것과 마을 공동체적인 것
과의 혼합된 내용으로 나타난다.

①　손에 호미
　그의 몸에는 땀이 함빡 흐른다
　평화의 동상 같고 仁王이 선 것 같은
　그 얼굴 그 자세는
　20세기 젊은이다
　×　×
　20억 여의 목숨을 쥔 그를
　어찌 힘이 없다 하며
　무지타 하랴
　그는 사악을 버리고 기만을 던졌다
　오직 그의 앞에는
　조, 벼, 콩만이 보일뿐.

　　　　　　　　　　　　　　　　　—「밭머리에 선 남자」 전문

②　苦에서 고생으로 돌아가신
　가엾은 우리 할아버지
　할아버지의 할아버지부터
　물려주신 가난에 싸여 지내시며
　자손까지 끼칠가봐 애쓰신 일
　…… (중략) ……
　일로 굳어진 갈구리 같은 커다란 손

166

충혈된 눈으로 그때를 바라볼 뿐이웨다
괭이와 호미자루 낫자루에 장알박힌 손바닥
막일에 다슬어 이지러진 손톱
터갈라진 손등과 서리바람에
닳아터진 열손가락, 찢어져 펄럭이는 흰옷
진흙투성이된 헌 버선과 짝고무신
아하—이 손, 이 팔, 이 버선과 이 신을 두고
누가 늙으신분이라 할까
어느 나라 늙은이가 뉘 집 늙은이가
이렇게 참혹하게 일을 하다
참혹하게 돌아갔을까요

—「돌아가신 할아버지」

시인이 살고 있었던 고향은 지금에는 많이 달라졌지만 당시의 엄혹한 현실적 상황에서는 한마디로 고(苦) 그것 외에는 특별한 게 없었다. 특히 농촌의 경우, 그 속에서 생계를 위해 허덕이는 농민들의 고통이란 이루 형용할 수 없는 것이었다. 따라서 농민의 위대한 근면성과 순박성에 대해 세기적 찬양을 하면서도 그 일생의 운명적 비극에 대해서는 '참혹하다'는 표현 외에 더 수식할 말을 찾지 못하는 것이다.[4] 말하자면 개인적인 비극과 마을 공동체, 나아가 민족적 비극이 동일한 것으로 되어 있었던 시기에 가장 비극적인 운명의 희생자로 농민을 꼽은 것이다. 이는 그곳에서 생활하면서 어쩔 수 없이 느끼는 경험적인 것이기도 하겠지만 보다는 실제에서 출발하여 현실적인 모순을 파악할 줄 아는 시인의 비평적인 시적 안목에서 비롯되는 점이라고 볼 때 이 시인의 긍정적인 시관을 엿보게 한다.

---

4) 작품에서 확인된 할아버지의 비참한 죽음이지만 심련수 자신도 길에서 죽음을 당했다는 사실을 되새길 때 가족적 운명의 비참함에 대해, 나아가 이곳의 조선족의 비극적인 과거에 대해 안타까움을 금할 수 없게 만든다.

2) 타향의식

고향에서의 비극적인 현실인식은 인간에게 짙은 고독감을 줌과 동시에 그곳에서 탈출하고픈 생각을 자아내기 마련이다. 더구나 진취적인 청년의 모습이 학구적인 열의와 함께 일종의 청춘의 미래로 간주되던 시기는 더 말할 것이 없게 된다. 심련수의 유학도 그런 의미에서 긍정적인 것으로 받아들여진다. 그렇지만 그러한 떠나감은 역시 또 하나의 고독을 감수해야 하는 대가를 요구하는 것으로, 심련수가 적지 않은 작품을 통해서 드러내었던 타향의식은 이런 점에서 해석이 가능하다.

> 보금자리 옮겨놓은
> 이 마음의 나그네
> 머물던 자리마다
> 情雨를 흘렸다
>
> 비내리는 이향거리
> 어두워 밤이 되면
> 차디찬 객방에
> 旅愁가 찾아오고
> 어설프게 새로운
> 이 마음의 구석에는
> 앞날의 宿題
> 자꾸만 불어나네

—「異鄕의 夜雨」 1, 2연

비내리는 타국에서의 거리, 그것도 밤이 되고 차거웁기까지 한 객방에 가두어진 화자는 무엇을 느꼈을까? 당연히 외로운 고독과 쓸쓸함이었을 것이다. 그런데 그런 느낌은 기약이 없는 앞날에 대한 어두운 전망과 더불어 더욱 암담한 것으로 마음을 옥죄었으리라. 그 때문에 불어나는 '앞날의 숙제'

는 힘에 버겁기만 하였으리라.

  일본에서의 그러한 타향의식은 당시 우리의 청년 학도들이 공통히 느끼던 당연한 것이었지만 생각을 좁혀보면 사실 어느 정도 심련수 개인의 것이기도 하다. 그런데 아래의 예문에서는 그러한 개인적인 요인 외에도 보다는 민족 공동체적인 의식이 작품의 내면에 깊이 잠재해 있음을 발견할 수가 있을 것이다.

        잘살려고 고향 떠나
        못사는게 타향살이
        간 곳마다 필친 心荷
        뜰 때마다 허실됐다

        흐뭇할 품을 찾아
        들뜬 마음 잡으려고
        동해를 둘러서 어선에 실려
        대인 곳은
        막막한 벌판이었다

        싸늘한 북풍받이 허넓은 곳
        땅장막을 차고 누워
        떠돌던 몸 쉬이려던 심사
        불쌍한 유랑민의 꿈이었다
        서글퍼 가엾던 부모형제
        헐벗고 주림을 참던 일
        지금도 뼈아픈 눈물의 기록
        잊지 못할 拓史의 혈혼이었다

                                —「만주」전문

        길손이 잠못 이루는
        이 한 밤

胡窓의 희미한 등불
더욱이나 서글퍼요

칼자리 틈눈에는
뭇손의 旅塵이 절어있고
칼자리 난 목침에는
旅愁가 아득히 배었구나.

지난손 홧김에
애꿎이 태운 담배꽁다리
구석에 타고있어
마음 더욱 설레인다

어두운 이 밤길에 달리는 旅車
왈그락덜그락
胡馬의 발굽과 무거운 바퀴
이 마음 밟고 굴러가누나.

— 「旅窓의 밤」 전문

　시인이 살다 간 이 곳의 사람들은 지금에는 이 땅의 주인된 느낌으로 살아들 가고 있지만 당시까지만도 식민지 모국이나마 그리워하고 언젠가는 돌아간다는 의식으로 생활하고 있는 편이었다. 그 때문에 삶의 터전을 새로 닦고 그 속에서 새로운 삶을 개척하였지만 그 피어린 과정에서도 마음 깊은 곳에 늘 깔려 있는 것은 이곳에 대한 철저한 타향의식이었다. 일종의 집단무의식이라고도 할 수 있는 이러한 의식은 뒷날에 조선족으로 불리고 있는 이곳의 우리민족 특유의 뼈에 사무치는 과거의 아픔 중 일부이다.

　타향의식은 이 시기의 윤동주의 시와 비교할 때, 훨씬 강렬하게 드러나는 것으로 현실의 모순을 둘러싼 시인의 시적인 대응에서 하나의 중요한 내용을 이룬다. 말하자면 윤동주의 시가 그러한 민족적 설음에 대해 「슬픈

족속」 등과 같은 예외적인 작품을 내놓고는 「아우의 인상화」나 「또 다른 고향」, 「새벽이 올 때까지」 등에서처럼 대체로 그 아픈 심적 과정에 대해 개인적인 느낌을 통한 은유적, 또는 암시적 수단으로 표현하고 있다면 심 련수의 작품에서는 아픔의 내적인 원인에 대해 어느 정도 직설적이기까지 한 표현으로 보여주고자 한 것이다.

3) 토속적인 자연의식

거의 모든 시인이 자연을 외면하고 시를 쓰지 않듯이 심련수의 경우에도 자연은 중요한 시적 소재가 된다. 특히 그의 경우 자연은 특별한 사회적 의 미가 별로 부가되지 않은 토속적인 의식에 의해 받아들여지고 있다.[5]

> 깊고 고요한 원시림 속
> 맑고 깨끗한 못가에
> 나는 나의 고독과 같이 섰나니
> 거룩한 聖林이 거꾸로 잠겨있고
> 허깨비 같은 내 그림자만이
> 이따금 움직일뿐
> 開壁이 가진 침묵을 지키고 있다
> 나는 지금까지 아끼고 아끼던 물건을
> 거울알처럼 잔잔한 물 위에 던졌나니
> 그것은 인간이 제일 탐내는 황금이었다
> 그러나 이때까지의 요염한 그 빛은
> 여기 와서는 사라져버리고
> 다만 내가에 뒹구는
> 허드레돌멩이로 되었다
> 아! …… 끝내 귀중한 침묵을 깨뜨리고

---

5) 이 점은 심련수가 만필 「農人記抄」 등 글에서 자신이 농민의 아들임을 강조하 면서 은연중 자연에 묻혀 사는 농민적 의식을 드러내고 있는 데서 더욱 분명해 진다.

아끼던 **僞寶**를 던지고보니
이 마음 통쾌하여라
둥글게 둥글게 일어나는 파문이
기슭에 와 부딪칠제
이름 모를 **眞寶**를
새로 얻은 것 같구나.

―「心紋」 전문

　인간의 욕심이란 있을 때는 끝이 없이 팽창하는 것이지만 일단 버린 뒤에
는 더없이 마음이 개운해지고 있기보다 없을 때 오히려 마음이 더욱 충만된
느낌이 들도록 만든다. 구태여 불교적인 시각을 동원하지 않더라도 이는 이
미 일상의 상식처럼 돼있는 철리이기도 하다. 하물며 종교적인 것에 대한
뚜렷한 거부감을 안고 살아간 심련수의 경우, 자연은 어디까지나 사회―종
교적인 색채가 가미되지 않은 순수한 것으로 인식되고 있다. 말을 바꾸면,
그러한 자연과의 동질감을 드러내는 세계인식에는 모순된 사회에 대한 거
부가 강하게 작용하고 있는 것이다. 이것을 당시의 현실적 모순과 연관시킬
때, 자연을 매개로 한 문학적인 대응의 한 방식으로 이해할 수 있고, 순수
자연의 측면에서 논하더라도 동양적이면서 보다는 조선적인 자연관에 기초
해 있음을 발견하게 된다.
　또 조선 반도의 대부분이 농경사회였었고, 간도를 중심으로 한 조선족의
집거구는 더 말할 나위없는 철저한 농경지역이었음을 되돌아본다면 그러한
자연관은 심련수가 표방하고 있다시피 순수한 농민적인 것에 다름이 아니
라고 판단된다. 이 점은 초기 작품으로 추정되는 아래의 예문에서 더욱 분
명하게 엿볼 수 있을 것이다.

보아도 싫지 않고
들을수록 듣고 싶은 샘물
쉼없이 솟아나는

유리색 찬물
나는 찾으리라
내 생활에서도 그와 같은 샘물
그와 같은 모든 것을
어두운 밤 길섶에서
한줄기 샘물을 얻었을 때
그 얼마나 반갑던가
그 얼마나 즐겁던가.

—「샘물」 전문

4. 현실에 대한 인식(2)

심련수의 시 작품에서 세계를 바라보는 몇 가지 특징적인 시각은 그의 작품세계, 특히는 후기 작품을 중심으로 한 대표적인 작품들의 기본적인 내용을 이루는 부분이다.

1) 외로움과 방랑

심련수 시에서 시적 상상력의 근본이 되는 영감을 대표하는 특징적인 대상 중 새가 나온다. 그것도 홀로 하는 외로운 새가 나타난다.

내 가슴에 깃들인 한 마리 새
오늘도 이른 새벽 먼동이 틀제
어데론가 외로이 날아갔기에
무엇인가 잃은 듯 섭섭하여라
······ (중략) ······
어두운 저녁바다 작은 섬에서
앉았다 쉬어오는 젖은 몸뚱이
낯설은 해협의 비옷에 배어

무거워 지친 모습 애처로와라

— 「외로운 새」

극히 드물기는 하지만 화자의 또다른 모습이라고도 할 수 있는 '새'에 대한 노래는 비록 이국의 특정 환경에서 비롯된 고독의 상징물로 비쳐지지만 그 속에 숨어 있는 현실적 감각은 대체로 부정적인 것으로 시인의 세계인식의 대표적인 내용의 하나가 된다. 이는 '새'를 외롭게 만드는 현실적 불합리에 대해 어느 정도 생각을 깊이 했다는 반증으로도 되는 바, 작품의 내적 구조에서는 시인의 현실적 고뇌와 시적 대상 사이의 인과적인 밀착된 관계로 특이하다고 할 수 있다. 물론 화자는 그러한 고통적인 현실의 상황에 정적인 자세로 굳어져만 있는 것은 아니다.

거짓과 허위를 벗어던진 알몸
오—내게로 돌아온 자연
그 무엇에 얽매우랴
거짓없는 감촉이 감사하다

돌부리를 차 피가 난대도
잊지 못할 영겁의 시련
따대앉은 상처에는 새살이 돋아난다
벗으라 무거운 신을
뒤축높은 군떡게를
끊으라 죄이는 들메
그 발목에 피가 돋으리라

— 「맨발(2)」 전문

현실적 고뇌를 감내하고만 있기보다 거기로부터의 탈출을 꿈꾸는 보다 적극적인 것으로 자세를 드러내고 있는 데서 이 시기 기타 시인의 경우에 비교해 보다 남성적인 양상을 나타냄을 알 수 있게 한다. 물론 이러한 특징적인 자세 내지 목소리는 앞부분에서 언급했던 맹목적인 청춘의 분출과 연관이 되는 것이므로 전부를 긍정할 수는 없게 한다. 이는 그러한 탈출이 목표가 불분명한 방랑에 이어짐을 발견한다면 더욱 수긍이 가는 것이기도 하다.

> 나는 가련다 정처없이 또
> 이 발길 가는 곳 어데나
> 맞아줄이 없는 낯선 땅
> 머물 곳 정함없는 타향에서
> 호을로 헤매고저 또 떠나노라
>
> 떠나는 나그네길 서글퍼도
> 안갈 수 없는 방랑의 신세
> 어제 머물던 오막살이엔
> 박꽃이 수없이 피었건마는
> 서리 전에 굳을 열매
> 과연 몇이나 될고

—「放浪」 전문

2) 거울 부재의 자아

우리 현대시사에서 거울이미지는 여러 시인에 의해 여러 가지로 표현된 바이지만 심련수의 경우에는 그것이 부재한 것으로 나타난다.

> 한줴기 식은밥에 눈물이 엉키었고
> 한오리 걸친 옷에 한숨이 배었고
> 한걸음 옮기는데 혈육이 줄었나니
> 눈 감고 생각하면 서리치듯 현실
> 아! 무엇 때문에 그다지도 고달프던가
> 그 쓰라림에 맺힌 입맛을
> 무엇으로 회복할까

사지를 오그리던 환멸의 공포
아! 무서운 죄악의 보복
끔찍한 죄의 試驗……
…… (중략) ……
그러나 참으로 진정으로
깨끗한 물이 없고
말끔히 닦을만한 쪼박이 없고
간소하도록 가난한 해탈 속에서
방종하도록 야성으로 자란 몸
자연 그대로가
절제된 구속보다 나으리니
캄캄한 글방 안칸에서
거울없는 화장실을 찾아
영원히 성스럽고 변함없는
고독한 내 맵시를 가꾸리라

—「거울없는 화장실」

거울은 흔히 자아의 자기 성찰의 수단으로 애용되어 왔고, 그 자아의 분열 상태를 스스로 깨닫게 하는 기능도 함은 여러 시작에서 발견할 수 있는 것이거니와 심련수의 경우에는 어디까지나 화장의 도구라는 단순한 기능만 수행하는 것으로 인식되고 있음을 위의 예문에서 알 수 있을 것이다. 조금 이색적이라면 거울을 매개로 한 인간의 가식 또는 허위 의식에 대한 거부감을 드러낸다는 점이 있기는 하다. 그렇다면 거울 부재의 의식 내지 욕망은 현실에 대한 부정적 인식의 또 하나의 주요한 내용이 되는 것이다.

하지만 거울 부재 의식은 역시 자아 분열이나 자아 성찰의 기회가 주어지지 않았음을 말해주는 것이 된다. 이는 윤동주가 '밤이면 밤마다 나의 거울을/손바닥으로 발바닥으로 닦아 보'면서 '슬픈 사람의 뒷모양'(「참회록」)을 발견하는 것과는 극히 대조적인 것이다. 세계에 대한 인식에서 다양한 갈래의 경로가 잘 트이지 않음은 이 시인의 시적 인식의 세계의 단순성을 불러오는 중요한 원인이 되는 것이기도 하다.

3) 행복과 운명

시적인 세계는 현실적인 모순이 주된 소재가 되는 경우에도 일정한 목표로 향한 밝은 내일이 희구될 때가 많다. 이는 시인이란 개인적인 느낌을 주된 정서로 노래하면서도 어떤 집단의 의식 세계와 욕망을 대표하기 마련이라는 사실에서 다양한 목소리를 내는 특별한 가수이기도 하기 때문이다. 구체적으로 시의 장르적 특성에서 볼 때, 현대적 실험시들을 제외하고는 대체로 소설에서의 가독성보다는 가창성이 더욱 중요시되었다는 말이다.

이러한 노래의 후렴구에 해당하는 부분에는 흔히 시인의 세계에 대한 삶의 자세가 개괄적으로 드러나곤 하는데 그것은 곧 시인의 행복관과 직결되는 경우가 많다. 심련수의 경우, 행복관은 제목에서부터 직접적으로 독자들에게 전달되는 작품에서 잘 드러난다.

불행을 행복으로 아는 행복은
참다운 나의 행복
불우한 인생이나마
힘차게 살려는 욕망
무엇보다 크고도 즐거운 삶
하나에서 백까지 있는게 없어도
불평을 묻기 싫은 천치 같은 행복감을
온—천하사람이여 가지고 싶거든
오라—그리고 믿으라—네 마음을
가질 것 없고 줄 것 없는 그것부터
오로지 한없는 행복의 씨
苦를 낙으로 아는
미련하고 둔감한 그것으로써
알 수 없는 철학의 철학을 찾아내라
진리에서 진리를 얻으려는 노력을

미련하다 웃지 말라
세상은 모든 것이 행복뿐인 것
그 누구 불행에서 눈물짓는고

—「행복」 전문

　불행을 행복으로 안다는 것, 그것은 우선 인내의 미학이요, 다음은 참다
운 행복으로 바꾸어 올 줄 아는 창조의 미학이기도 하다. 또 현실적으로 '불
우한 인생이나마/힘차게 살려는 욕망'은 허황된 욕심을 버리고 내적인 충실
을 꾀하는 동양적인 사고의 관성을 드러내는 것이기도 하다. 이는 불행하고
불우한 것이지만 '크고도 즐거운 삶'으로 이해하려는 자세에서 '공(空)'의
사상까지 떠올리게 하는 순간이기도 하다. 세속적인 모든 것의 허위와 가식
을 꿰뚫어 볼 때, 그것은 더는 인간을 유혹하고 구속하는 것이 아니라 일순
간에 사라져버리는 헛된 것밖에 더 될 게 없다. 물론 시인의 세계에 대한
인식은 완전한 종교적 경지에 이르러 있는 것은 아니다. 이는 다음의 예에
서 일종의 운명론적인 세계관을 드러내는 데서 엿볼 수 있다.

싸아느란 길바닥
언제나 차거운 감촉
걸어도 걸어도 매양 같은
개미 채바퀴 돌 듯
되돌아치는 인생의 일생
한발만 자칫하면 절벽!
딴눈만 청청 팔면 추락!
언제나 두근거리는 가슴
운명은 질서없이
순환하는 길손이더라

—「길손」 전문

　무질서 속에서 두려움을 느끼고 순환하는 속에서 끝없는 무가내의 허탈

178

감을 맛보면서 운명이란 것에 대해 일종의 비관에 잠기고 있는 것이다. 그런데 부정적으로는 이러한 느낌이 인간을, 시인과 작품을 침체된 분위기에 빠뜨리는 결과를 가져오겠지만 긍정적으로는 이것만으로도 당시 현실의 모순에 대한 고발이 된다 할 수 있다.

4) 대륙적 기질 혹은 우주적 시각

대륙적 기질이라고 하면 작품에서 흔히는 드넓은 시야와 심원한 철리를 담고 있는 경우를 뜻한다 하겠다. 심련수의 시에서 이러한 특징은 여러 곳에서 나타나는 바이지만 그중 대표적인 것만 들어본다.

① 쉴새없이 밀려드는 사나운 물결
　　육지의 테두리를 깨물어뜯는
　　마지막 발악을 그대여 보는가

　　북극의 北原에서 백곰이 울고
　　극광이 휘황하는 설원에서
　　북으로 북으로 진군하는 에스키모인들
　　누구의 힘으로 막을소냐
　　…… (중략) ……
　　최후의 승리가 승리라면
　　구태어 못가질 것 무엇이냐
　　지열이 식으면 달굴 수 있고
　　궤도와 지축이 破歪되면
　　바꿀 수 있으리니
　　地球星이 우주 간에
　　있을 때까지는
　　우리의 心熱을 수혈할 수 있고
　　인류의 역사를 살릴 수 있다

—「인류의 노래」

② 지친 隊商이 건느겠지
　　폭열에 목마른 낙타와 사람
　　沙原에는 세기가 답보만 한다
　　…… (중략) ……
　　울창한 열대림 맹수들의 울음소리
　　아마존강에 떠내린 주검의 떼
　　대서양 서쪽 기슭은 기름에 엉키어
　　파도조차 맥없이 사라지노리
　　潮風도 비린내에 절어붙는지
　　빠나마 해협에는 해풍도 안불더라

—「지구의 노래」

대륙적인 기질 또는 우주적인 시각은 일상의 경우, 폐쇄적이고 단순한 자족적인 삶의 자세가 아니라 여러 가지 비교를 통한 실속있는 성장을 가능케 하는 개방적이고 복합적인 삶의 자세와 연관된다. 또한 문학작품의 경우, 독자에게 보다 읽을거리가 보다 풍부한 메뉴를 제공하며 시에서의 상상의 기반을 더욱 넓게 다질 수가 있게 한다. 위의 예문에서 알 수 있듯이 시인의 그러한 대륙적 또는 우주적 시각은 앞에서 지적했던 시적 내용과 목소리의 단순함을 어느 정도 무마하고 나아가 극복할 수 있는 가능성으로 이어지는 것이 된다. 다만 시인의 요절은 그같은 가능성에 대해 영원한 종지부를 찍음으로써·안타까움을 더해줄 뿐이다.

5) 死의 찬미 또는 저주

심련수의 시작에서 특징적인 것은 죽음에 대한 노래가 많다는 점이다. 또 그러한 노래는 긍정적인 것과 부정적인 것이 엇갈리는 복합적인 것으로 돼 있어서 더욱 주목을 하도록 한다.

① …… (상략) ……

고단한 생의 품에 안겨
허우적거리는 짧다란 생애를
끼끗이 벗어던진 死의 미
시원하게 잊어버린 통쾌의 미
모든 죄과를 벗어나니
微塵만치도 남김없이 갚았나니
미워하고 죽이려던 적도
죽었다면 애잔히 떠오르는
순간의 심사
死로써 적을 정복하는 아름다움이여
아끼지 않고 받으리라
나는 언제든지

—「사의 미」

② 짧다란 생애에
가느다란 수명이 났다가 살다가 죽는 것을
일생의 일끝에서 광대하다가
'사'라는 이름으로 청산하는 것
사! 사! 사! 죽음!
한 번 났다가 죽는 것 그저 그렇다

—「死」 마감부분

③ 누구를 찾아서
험한 길 헤맸던고
가시에 찢긴 살
오! 무참한 청춘의 피!
아깝잖을 피라면
한방울도 남김없이
흘려버리런마는……

—「明暗」 전문

④ 또 하나 죽는구나
　새파란 목숨의 慘死다
　주검으로 주검을 부르고
　오고! 가고!
　또 한대의 영구차가
　모퉁이에서 카브를 꺾는다
　헤드라이트
　한쪽만 켠 헤드라이트
　毒光을 뿜으면서
　대낮에 거리를 질주한다
　늘어진 死體를 무겁게 싣고
　유령이 핸들을 모로 돌리며
　달린다 달린다
　또 웃으면서
　핸들에다 또 표를 어이고저
　참사의 죄악사는 누가 쓰는지
　또 터져나오는 울음에 섞여
　한줄기 고함이 고막을 찌르더라.

—「幻魔」 2연

　네 작품 전부가 일본에서 씌어진 것이지만 죽음에 대한 생각의 복합적인 내용을 짐작케 한다. 구체적으로, ①과 ②의 경우는 죽음에 대해 열렬히 찬양하고 있는 것으로, 맹신에 가까운 격조 높은 노래는 앞부분에서 지적한 맹목적인 젊음의 에너지 낭비벽에서 비롯되는 것이기도 하겠지만 창작의 시기를 고려할 때 사무라이의 死觀과 같은 일본적 영향의 결과가 아닌가 의심케 한다. 다행스러운 것은 ③과 ④의 경우에서처럼 얼마 뒤, 죽음의 부정적인 측면에 대해 생각하면서 강렬한 거부감을 드러내고 있어 모순되고 혼란된 현실 속에서의 참된 자아의 성숙에 어느 정도 자체의 정화 능력이 있음을 보여주고 있다. 그렇다면 시인의 죽음의식은 혼란상을 거쳐 극복의 과정으로 보다 발전되었다고도 할 수 있겠다.

182

5. 결 론

　지금까지 심련수의 시 작품에 대해 여러 가지 측면에서 분석해 보았다. 그 중 초기작은 대체로 일부 어조까지 포함해서 세계에 대한 인식이 천진한 동심의 시각에 기초하여 표상적인 데에 머물고 있음을 알 수 있었다. 즉, 시적 대상에 대한 접근에서 그 표상에만 주목하고 있음을 발견하게 되는데 이러한 결함들이 제대로 극복되지 못할 경우, 곧 일종의 정서적 에너지의 낭비로 전환되어 이후의 거칠고 맹목적인 남성적 톤으로 이어지고 있는 것이다. 물론 이러한 결함은 시인의 미숙한 세계관에서 비롯된 것이고 이러한 표상을 넘어서서 그 내면에 숨은 비밀을 캐는 작업은 습작의 수준으로 특징되는 초기 시 창작을 벗어난 이후의 작품들에서 많은 부분 극복이 되고 있었다.

　그렇다면 후기작을 중심으로 살펴볼 수 있는 시인의 세계인식은 어떠한가?

　우선 몇 가지 중요한 의식을 중점적으로 분석할 때, 초기에서 후기 작품에 이르기까지 가장 비중있게 다루어지고 있는 시적인 대상의 하나로 고향과 농민이 있으며 이들에 대한 애착 내지 사랑이 그의 작품의 주요한 주제가 된다. 이는 고향에 몸을 두고 있을 때도 그러하지만 유학 시절에는 공간적으로 절절한 향수로 더욱 짙게 나타난다. 한편 고향의 인간들에 대한 사랑은 개인적인 것과 마을 공동체적인 것과의 혼합된 내용으로 나타나 있으며 대체로 비극적인 분위기로 파악하고 있어 시인의 비평적인 시적 안목을 드러내기도 한다.

　다음, 이러한 비극적인 현실인식은 탈출의식에 이어지는데 유학과 같은 떠나감을 통해 탈출에 성공한 듯이 보이나 그것 역시 또 하나의 고독을 감수하는 대가를 강요당하게 된다. 그리고 그러한 개인적인 고뇌는 한걸음 나아가 회귀의식과 같은 민족 공동체적인 욕망 내지 의식이 작품의 내면에 깊이 잠재해 있음을 발견할 수가 있었다. 타향의식은 이 시기의 윤동주의 시와 비교할 때, 훨씬 강렬하게 드러나는 것으로 현실의 모순을 둘러싼 시인의 시적인 대응에서 하나의 중요한 내용을 이룬다.

이와 더불어 시에서 중요한 소재가 되어온 자연을 대상으로 심련수의 작품은 역시 나름대로의 특징을 보였다. 한마디로 그의 작품 속의 자연은 특별한 사회적 의미가 별로 부가되지 않은 토속적인 의식에 의해 노래되고 있었다. 즉 자연과의 동질감을 드러내는 그같은 세계인식에는 모순된 사회에 대한 거부가 강하게 작용하고 있었다. 이것을 당시의 현실적 모순과 연관시킬 때, 자연을 매개로 한 문학적인 대응의 한 방식으로 이해할 수 있고, 순수 자연의 측면에서 논하더라도 동양적이면서 보다는 조선적인 자연관에 기초해 있음을 발견할 수 있었고, 개인적인 요인을 감안하면 또 일종의 농민적인 자연관이기도 하였다.

세계에 대한 인식에서 두 번째로 중요시되는 점은 세계를 바라보는 시인의 몇 가지 특징적인 시각으로 이는 후기 작품을 중심으로 한 대표적인 작품들의 기본적인 내용이었다.

우선 그중에서도 외로운 방랑자의 시선을 주목하였다. 외로움만 따로 생각할 때, 심련수 시에서 시적 상상력의 근본이 되는 영감을 대표하는 특징적인 대상으로 고독한 새가 나온다. '새'는 화자의 또 다른 모습이기도 하는데 그 '새'를 외롭게 만드는 현실적 불합리에 대해 시인은 어느 정도 깊은 사색을 하고 있었으며, 이를 작품의 내적 구조에서 시인의 현실적 고뇌와 시적 대상 사이를 인과적인 밀착된 관계로 설정하고 있었다. 물론 화자는 그러한 고통적인 현실의 상황에 적극적인 자세로 대응하고자 한 여러 가지 노력을 보였고 이는 방랑자의 모습에서 집중적으로 찾아볼 수 있는 것으로, 여기에는 이 시기 기타 시인의 경우에 비교해 보다 남성적인 모습이 덧붙혀지기도 했다.

하지만 현대시사에서 많이 나타났던 거울이미지는 심련수의 경우 부재한 것으로 파악되었다. 거울은 여타 시인의 경우처럼 여러 가지 기능을 갖는

것이 아니고 화장의 도구라는 단순한 기능만 수행하는 것으로 인식되고 있었다. 조금 이색적이라면 거울을 매개로 한 물화적(物化的) 인간의 가식 또는 허위 의식에 대한 거부감을 드러내고는 있어 현실에 대한 부정적 인식을 드러내는 다른 하나의 주요한 내용이 되고 있었다. 하지만 거울 부재 의식은 역시 자아 분열이나 자아 성찰의 기회가 주어지지 않았음을 말해주는 것으로 윤동주의 경우와는 극히 대조적이었다. 이처럼 세계에 대한 인식에서 다양한 갈래의 경로가 잘 트이지 않음은 시적 인식의 세계의 단순성을 초래하는 중요한 원인이 되었다.

그렇다면 심련수의 시작이 내재하는 세계인식의 명암은 어떤 성격의 것인가? 세계에 대한 삶의 자세와 직결되기 쉬운 행복관부터 본다면, 심련수의 경우는 불행을 행복으로 간주하는 인내의 미학, 창조의 미학을 내비치고 있었다. 이러한 것들은 헛된 욕심보다는 내적인 충실을 꾀하는 동양적인 사고의 관성을 느끼게 하며, 일견 '공(空)'의 사상까지 떠올리게도 하였다. 물론 세계에 대한 그러한 인식은 종교적 경지에 이른 것은 아니었다. 한편, 조금 부정적인 측면에서 명암의 어두운 측면을 들여다 볼 때, 일종의 운명론적인 세계관이 엿보였다. 여기에서 대표적인 내용은 혼돈과 그것의 악성적인 순환에서 지칠대로 지친 심성이 빠져버리기 쉬운 운명에 대해 비관이 자리잡고 있었다. 이러한 느낌은 작품의 분위기를 침체된 것으로 만드는 결과를 가져오겠지만 역으로 그 자체로 당시 현실의 모순에 대한 고발이 될 수도 있었다.

세계를 인식하는 과정에 보여주는 시인의 시각에서 대륙적 기질 또는 우주적인 시각은 심련수의 시가 갖고 있는 또 하나의 특징이었다. 이 대륙적 또는 우주적 시각은 이 시인의 작품의 부족점으로 지적할 수 있는 시적 내용과 목소리의 단순함을 어느 정도 무마하고 나아가 이를 극복할 수 있는 가능성으로 판단되었다.

심련수의 시작에서 특징적인 것으로는 또 죽음의식이 있다. 그런데 이 의식은 얼핏 긍정적인 것과 부정적인 것이 엇갈리는 복합적인 것으로 돼 있었다. 이런 내용의 작품은 전부가 일본에서 씌어진 것으로 우선 죽음에 대해 열렬히 찬양하면서 맹신에 가까운 높은 격조를 나타내고 있었다. 이는 앞에서 지적한 바 있는 맹목적인 젊음의 에너지 낭비벽에서 비롯되는 것이기도 하겠지만 창작 환경을 고려할 때 일본적 사관(死觀)의 영향이 작용하지 않았나 의심되었다. 하기는 이러한 현상이 지속적인 것은 아니고 계속되는 창작에서 죽음에 대해 강렬한 거부감을 드러내고 있어 모순되고 혼란된 현실 속에서나마 참된 자아의 성숙에 어느 정도 자체의 정화 능력이 있음을 발언하고 있었다. 즉, 죽음의식은 혼란상에서 극복의 과정을 거쳐 보다 발전된 양상을 보였다.

심련수의 시세계는 아직까지 거의 논의가 제대로 되지 않은 상태에 있다. 또 단순하면서도 복합적인 모습으로 점철된 여러 가지 특징들에 대해서는 보다 깊은 분석이 필요하다. 이 글이 그런 요구에 어느 정도 부응하고자 하는 노력을 보일 수 있다면 다행스럽게 생각한다.

참고문헌

기초자료

심련수,『20세기 중국조선족문학사료전집(1) 심련수문학편』, 연변인민출판사,
        2000.

참고자료

김윤식·김현,『한국문학사』, 민음사, 1996.
김재용 외,『한국근대민족문학사』, 한길사, 1997.
김용직,『한국근대시사(상,하)』, 학연사, 1999.
김용직,『한국현대시사(상,하)』, 한국문연,1998.
김재홍,『현대시와 열린 정신』, 종로서적, 1987.
김경훈,「외롭게 대화하는자-윤동주론」,『20세기 중국조선족문학선집(4)』, 연
        변인민출판사, 1999.

A Study on Poetry of Shim Ryun-soo

Kim Kyung hoon

I attempt to investigate a poetic world of Shim Ryun-soo(沈連洙, 1918~1945), and then fill up a literary history of Younbyun in early half of 20th centuries. For these purposes, I make a distinction of poems of Shim Ryun-soo to two part. First part that has written in early period, stayed certain representative level that based on the juvenile mind. His poems written in this period has masculine tones, and his juvenile mind turns up extravagance of affective energies.

But second part that has written in late period, shows an originality of his own world. Poetic objects of these works are mainly his native place and peasants, and love and affection to these objects is main theme of his works. But these emotions are expressed in mood of tragedy in connection with social-historical conditions in those times. Especially, in this respect, his way of a view of the world could be called a vagabond's eye.

And on the one hand, the aesthetics of his work could be called that of endurance and creation in which he consider unhappiness to happiness. This aesthetics contains an oriental thinking that is supposed to pursue rather inner fulfillment than vacant desire. On the other hand, his works are characteristic of consciousness of death. This consciousness is a complex product of both positive and negative mien to mortality, but he develops to overcome this consciousness. So, his vision of world becomes continental or cosmic too.

188

서평

이상운 · 소설 · 소설론 · 소설창작론 · 소설창작
차승기 · 길 안에서 길 찾기

소설 · 소설론 · 소설창작론 · 소설창작

─ 조정래 저. 『소설창작. 나와 세계가 만나는 길』(2000. 10. 한국문화사) ─

이 상 운*

사람들은 흔히 창작을 설명할 수도 가르칠 수도 없는 신비로운 과정이라고 생각한다. 이는 예술의 전 장르에 걸쳐서 막연하지만 넓게 유포된 견해이다.

과연, 어떤 측면에서 보면 예술 작품이란 별이 탄생하기 이전의 우주 가스와 같은, 예술가 내부의 카오스적 에너지의 산물인 듯이 보이기도 한다. 혼돈 상태의 카오스를, 질서 있고 아름다운 코스모스로 만들어 내는 과정을 어떻게 설명하고 가르친단 말인가?

그러나 다른 측면에서 보면, 예술 작품이란 극히 지성적인 성찰과 탐구의 산물이기도 하며, 대단히 기술적이고 기능적이기까지 한 노동의 산물이기도 하다.

그러니까 비록 사람들이 자신의 내부에 창조적 에너지 자체를 발생시킬 방법을 가르칠 수는 없다고 하더라도, 그 에너지를 작품으로 탄생시키는 과정에는 교사가 끼여들 수 있는 것 아닌가?

소설을 쓰는 '작가' 조정래와 이름이 같은, 소설을 연구하는 '교수' 조정

---

* 소설가

래는 후자의 입장을 취한다. 그는 창작이란 설명하고 이해할 수 있는 과정이며, 그러한 설명과 이해를 통하여 소설 이론을 정립할 수 있을 뿐만 아니라 실제 창작에도 유용한 도움을 주고받을 수 있다고 보는 것이다.

그의 저서 『소설창작, 나와 세계가 만나는 길』은 그러한 믿음의 결과물로서, '소설 창작의 원리와 실제'라는 부제가 어느 정도 말하고 있듯이, "소설 창작을 위한 입문서"이자 "소설 자체와 소설 창작 과정에 대한 이론서"를 의도하고 집필된 것이다.

저자는 '서문'에서 이 책의 집필 동기를 다음과 같이 밝히고 있다.

> "소설론을 전공하는 학자로서 소설 원론과 서사이론을 연구하는 동시에 소설론과 소설창작을 강의하면서 새삼스레 발견한 점이 있다.
> 소설 이론에 대한 연구는 소설창작의 원리에서 출발해야 하겠다는 것이다. 실제 작품에서 동떨어진 추상적 이론정립은 소설에 대한 실제적인 이해에 별로 다가서지 못할 듯하다는 발견이다.
> 그래서 소설의 원론적 고찰을 위해서도 창작의 원리에 대한 연구가 필요함을 깨달았다. 동시에 창작을 원하는 지망생들에게도 이론적이고 체계적인 학습이 필요하다는 것을 알았다."

따라서 이 책은 소설의 미적 특질과 창작 메커니즘을 이론적으로 따져 정립하는 한편, 그것을 실제 작품의 분석·이해 및 창작에 구체적으로 적용하는 방식을 모색하는 전략을 취하게 된다.

저자는 그러한 목적을 달성하기 위하여 소설에 관한 다양한 이론들을 소개하고, 그 이론들을 「감자」(김동인), 「수난이대」(하근찬), 「녹천에는 똥이 많다」(이창동), 「배암에 물린 자국」(윤대녕), 「아내의 상자」(은희경) 등의 작품 분석을 통하여 구체적으로 예증하며, 이러한 논의가 실제 소설 습작에 도움이 될 수 있도록 그와 관련된 아주 흥미로운 '연습문제'까지 달아 놓았다.

이러한 서술 체계를 취하고 있는 이 책은 본격적인 논의에 앞선 예비 단계로서 소설 창작에 왜 이론이 필요한가, 소설은 왜 쓰는가, 소설 창작 입문자의 현재 창작 수준을 가늠하는 방법은 무엇인지 등을 말한 뒤에, 이른바 형식주의자들 특히 미국 신비평가들이 체계화시킨 소설의 미학 범주들을 하나 하나 다루어 나간다.

그 항목들은 우리가 익히 잘 아는 주제, 체험, 인물(성격), 플롯, 배경, 서술, 문체 등이다. 그래서 '주제'란 '왜?'라는 실존적 물음의 산물이며, '나'로부터 출발하는 '체험'이 의미 있게 되기 위해서는 그를 통하여 세계와 타자에 대한 통찰에 이르러야 한다는 것, 생생하게 살아 있는 '인물'을 창조해 내야만 한 편의 소설이 감동을 줄 수 있다는 것, 흥미롭고 극적인 소설이 되기 위해서는 인과론적 인식의 산물인 '플롯' 만들기에 유념해야 한다는 것, 소설에 구체성을 더하기 위해서는 '배경'의 묘사에 충실해야 한다는 것, 신비평가들이 소설 미학의 핵심으로 얘기한 '서술' 방법의 다양성과 그 각각의 효과는 어떠한지, 그리고 '문체'란 작가의 개성이 드러나는 의상 같은 것이라는 점…… 등등이, 이론 검토와 작품 분석과 창작에의 적용이라는 삼각형 속에 통합적으로 논의된다.

이렇게 하여 저자는, 이 책을 읽는 독자들이 세 가지 이점을 가질 수 있으리라고 기대하고 있다. 그 세 가지란 또 한 번 반복하자면, "소설이 독자에게 미치는 영향력의 과정에 대한 원리적 이해"와 "한층 더 효과적이고, 실제적인 창작 능력 양성," 그리고 "가장 중요한" 것으로 "삶에 대한 더 깊은 이해력의 획득" 등이다.

저자의 이러한 기대는, 이 책의 장점인 친절하고 쉽고 꼼꼼한 설명, 이론적 검토와 동시적으로 진행되는 작품 분석, 그리고 창작 입문자에게는 매우 유용하게 보이는 구체적이고 다양한 글쓰기 연습 거리의 제공 등으로 인하여 그 성취에 이르고 있다고 생각된다.

물론 우리는 이 책이 지닌 한계를 말할 수도 있다. 특히 나 자신 소설을 쓰는 사람으로서 아쉽게 생각하는 점을 얘기하자면, 저자가 정통적 소설 양식에 너무 충성을 바치고 있지 않은가 하는 것이다. 앞서 말한 것처럼 이 책이 미국 신비평가들이 체계화시킨 형식 범주들을 편애하고 있다는 것이다.

이 책이 대상으로 상정하고 있는 독자들이 소설의 이론적 탐구와 창작을 지망하는 '입문자'들일 것이라는 점에서는 이해할 수 있는 일이다. 왜냐하면 대체로 동의하듯이 신비평의 개념들이 소설의 초보적 이해에, 특히 소설의 형식적 특질을 이해하는 데 유용한 것이기 때문이다.

그러나 이 책이 소설에 대한 이론적 이해 및 실제 창작 능력의 양성과 함께, "가장 중요한" 것으로 "삶에 대한 깊은 이해력의 획득"을 지향하고 있는 바라면, 그 의도에 육박하기 위하여 신비평적 소설 미학이 놓치고 있는 문제점에 대해서도 논의가 있어야 하지 않았을까?

예컨대 '플롯'에 대한 논의를 보면, 오늘날의 어떤 작가들에게 있어서는 타파의 대상인 바로 그런 모델이 별다른 반론 없이 당연시되고 있는 것이다. 그러니까, 아리스토텔레스의 『시학』에서 비롯된 이른바 '처음과 중간과 끝'의 빈틈없는 인과적 짜임만이 제대로 된 플롯이라고 가르치고 있는 것이다.

물론 오늘날의 모든 통속소설과 본격소설의 상당수가 그러한 가르침을 따르고 있는 것은 사실이다. 그러나 숫자적 우위란 단지 그런 현상이 있다는 사실을 나타내는 지표일 뿐, 반드시 그래야만 하고 또 그러는 것이 늘 옳다는 것을 말하는 건 아니다.

그런 맥락에서 정통적인 플롯의 해체에 골몰했던 폴란드 태생 미국 작가 저지 코진스키의 자기 변론은 음미할 만하다. 그는 우리가 흔히 '자연스럽게' 여기는 '서사적 인과성'이란 가짜라는 인식을 가지고 있다. 그는 단절적인 삽화들로 채워진 자신의 한 소설에 대한 인터뷰에서 다음과 같은 말을

194

하고 있는데, 우리는 이를 통하여 플롯에 대한 탐구가 결코 단순히 기교적인 문제가 아니라 실존·언어·서사·사회 등에 대한 치열한 성찰의 결과일 수 있음을 목도하게 된다.

"이 소설의 순서는 주인공이 회상하는 과거의 내용에 따라서 순환적이기도 하고 나선적이기도 하다. 이는 우리의 기억이 우연적으로 선택되는 것이지 질서정연한 것이 아니라는 점, 그리고 우리는 우리가 왜 어떤 과거는 기억해내면서 다른 건 기억하지 못하는지 말할 수 없다는 점, 그리고 어떤 원칙에 근거하여 그렇게 되는 것인지 찾아보려고도 하지 않는다는 점, 등등에 철학적인 근거를 두고 있다.

인간의 기억이 무작위적이라는 사실은, 인생의 매 순간이란 그것이 정서적으로 의식되지 않는 한 지나간 시간의 물결과 함께 흘러가 버린다는 것을 말해 준다. 그러니까, 한 인간의 역사라는 것도 실은 다른 사람들의 창조물인지도 모르며, 또한 우리는 고작 훈련받은 대로 우리 자신을 보고 있는 것인지도 모른다.

하지만 그처럼 훈련받은 규율을 우리의 의식 안에서 없애버릴 수 있는 철학으로 무장되어 있지 않는 한, 달리 말해서 자연적으로 결정되어진 인생에 대한 개념을 거부할 수 있는 철학으로 무장되어 있지 않는 한, 개인은 결국 잘 팔리는 개념, 말하자면 인생은 예측이 가능하다는 덫에서 헤어나올 수가 없을 것이다.

인생이 예측 불가능하다는 것은 너무나도 당연함에도 불구하고, 오늘 날 유행하고 있는 대중문화는 인생의 패턴과 예측 가능성을 마구 팔아먹고 있다. 이것은 결국 인간을 미망에 빠뜨릴 뿐이다."

아무튼, 다소간 기교적인 면에 편중된 소설이론이건, 언어철학적이거나 혹은 역사철학적인 통찰을 배경으로 한 소설이론이건, 그와 같은 지성적 탐구가 실제 소설 창작과 결코 무관할 수 없으며, 때로는 한 작가의 세계관과 창작 방법을 근본적으로 변화시켜 놓을 수도 있다는 것은 분명하다고 생각된다.

 하지만 내 경험으로 보건대 작가들 중에는 그런 류의 책에 대하여 본능적인 반감을 가진 자들이 더 많은 듯하다. 그들은 창작 행위를 이론적인 탐색 따위와 무관하게 '무의식적으로' 진행되는 과정이라고 막연히 생각하고(그러니까 그런 생각조차도 거의 '무의식적으로' 하고) 있는 듯하다.

 당연히 그것 자체가 문제될 것은 없다. 그것을 나무랄 일도 아니다. 하지만 만약 어떤 이론 혐오 작가가 창작이란 이론과는 아무런 관계도 없으며 자신도 이론 따위란 아무 것도 가지고 있지 않다고 공언한다면, 그런 발언은 확실한 무지의 소산으로서 비판받아야 한다.

 아무 이론도 가지고 있지 않다니. 그런 사람이 어디 있는가? 이론 따위와는 무관하다고 생각하는 자는, 자신이 훈련받고 교육받은 모종의 이론을 실천하고 있으면서도 그것을 자각하고 있지 못할 뿐이다. 이를테면 이론 혐오 작가들은 대체로 체험 혹은 감성 우월주의라고 하는 자신의 실천 지침을 비자각 상태에서 실천하고 있는 것이다.

 그 과정은 자신도 모르는 사이에 몸으로 익혀서 실천하는 모든 행위를, '자연스럽고 당연하다'고 믿게 하는 이데올로기의 은밀한 작동 방식과 같다. 이글턴의 말을 빌리자면, 그와 같은 이론에 대한 거부 내지 반감은 남의 이론에 대한 반발과 자기가 가진 이론의 망각을 뜻할 뿐이다.

 그런 저런 맥락에서, 나는 소설 창작을 남다른 체험과 감성의 산물로만 보아서 당연하다는 듯이 지성적 논의에서 배제해 버리는 우리 작단의 지배적인 풍토가 개선되기를 바라는 마음 간절하다.

 그렇게 되기 위해서는 작가 자신부터 달라져야 하겠지만, 작가를 몰이론적이고 몰지성적인 '어떤 신기한' 상태에서 창작을 행하는 사람으로 단정해 놓고 있는 비평가 및 학자들의 편견도 해소되어야 할 것이다.

 다소 말단적인 예시로 들릴 수도 있겠지만, 나는 한국의 작가들이 조로하는 것도 반지성적인 창작 풍토가 한 원인이라고 생각한다. 우리 소설 문학사에서 작품 활동의 말년에 대표작을 내놓은 작가가 거의 없다는 사실은 시사하는 바가 크다. 지성은 세월과 더불어 점점 더 깊이를 더해갈 수 있지만, 체험과 감성이란 세월과 함께 고갈되어 버리는 것이다.

물론, 소설과 소설 창작을 두고서 이루어지는 온갖 논의들이라는 것이, 그 자체로 작품이 되는 것이 아니라는 점을 잊어서는 안될 것이다. 극히 형식주의적인 다양한 기교들을 익히거니 혹은 거창한 역사철학적 이념과 문학의 상관성에 대하여 치열하게 탐구할 수는 있지만, 그렇다고 해서 작품이 생산되는 것은 아니다.

어떤 종류의 이론과 이념도, 작가 내부에 들끓는 창조적 에너지 자체를 생산해 낼 수는 없는 일이다. 창작에 대한 이론적 논의가 작가의 원초적 창조의지조차도 만들어낼 수 있는 양 교조적으로 되지 않는다면, 그러한 논의는 활발하면 할수록 좋은 것이라고 나는 생각한다.

끝으로, 소설 쓰기 및 그와 관련하여 이 책이 가지는 의미에 대하여 저자가 표명한 믿음(혹은 소망)을 인용해 둔다.

"소설을 쓰는 과정은 험한 산을 오르는 과정과 같다. 그 험한 길을 걷는 과정은 힘들지만, 원하는 정상에 이르렀을 때의 즐거움은 말로 표현할 수 없다. 그 즐거움을 위하여 우리는 험로를 헤쳐나간다. 아무리 산길이 험하더라도 오르고 또 오르면 자기가 원하는 곳에 이를 수 있다. 하지만, 길을 잘못 들어섰다면, 걷고 또 걸어도 원하는 지점에 도달할 수 없을 것이다. 험한 산길을 가자면 이정표가 필요하다. 그 안내자 혹은 이정표의 구실을 하는 것이 창작 이론서이다."

길 안에서 길 찾기

— 한수영, 『소설과 일상성』(소명출판, 2000) —

차 승 기[*]

1

언젠가부터 우리 주변을 둘러싸고 있는 공기가 무겁게 느껴지기 시작했
다. 아니, 우리가 우리 앞에 있는 공기를 마시며 살아갈 수밖에 없다는 영락
없는 현세성이 새삼 무겁게 느껴졌다고 말하는 것이 더 합당할지도 모르겠
다. 어딘가 먼 곳을 바라보며, 그곳의 공기를 앞서 숨쉬며, '지금―여기'에
그 숨을 토해내는 것이 곧 살아 있음의 징표로서 여겨지던 시절이 있었다.
'지금―여기'는 속악한 것, 부정되어야 할 것으로 여겨졌기 때문에 '다음―
거기'를 열망했고, 그 열망이 강렬하고 진정할수록 '지금―여기'를 포함하
는 동시에 초월하는 보다 완전한 상태는 아름다울 수 있었다. 또 그 아름다
운 완전성에 비추어 봄으로써, '지금―여기'에서 해방될 것, 승화될 것, 억압
될 것이 각각 나뉘어질 수 있었다. 이러한 순환은 다시금 우리를 움직이게
하는 충일된 생명력을 제공해주었다. 그런데 언젠가부터 우리 주변을 둘러
싸고 있는 공기가 무겁게 느껴지기 시작한 것이다. 우리를 '지금―여기'와
'다음―거기'로 보내고 돌려놓는, 그럼으로써 우리에게 새롭고 신선한 공기

---

* 연세대 강사

를 끊임없이 제공해주던 이 거대한 원환이 깨어져 버린 것이다. 그리하여 어느 순간 우리는 무거운 몸으로 '지금—여기'에 묶여 있는 우리 자신을 발견하게 되었다. '지금—여기'가 무겁게 느껴지는 것은, 해방될 것, 승화될 것, 억압될 것을 구별할 수 있도록 해주었던 그 어떤 특권적인 조망대(眺望臺)도 사라져버렸기 때문이다. 그래서 그토록 뚜렷하게 가치적으로 구별되었던 것들이 무구별적으로 평준화되고 전복되고 뒤섞여 저마다 해방될 것을 요구하는 소용돌이들을 일으키고 있으며, 그 소용돌이들이 우리를 집어삼키고 있기 때문이다.

그러나 따지고 보면 이 소용돌이도 원환으로 존재한다. 차이가 있다면, 이전의 원환이 '지금—여기'와 '다음—거기'의 뚜렷한 존재론적, 가치적 위상차이에 의해 운동할 수 있었던 데 반해, 현재의 원환은 이질적인 것들의 차이와 갈등이 만들어내는 소규모의 반복되는 폭발이 운동할 수 있게 만든다는 데에 있을 것이다. 이렇게 볼 때, 상대적으로 말해서, 이전의 원환이 수직적인 순환운동이었다면, 현재의 운동은 수평적인 차원에서 이루어진다고 해도 좋을 것이다. 수평적인 운동인 동시에, 우리 자신도 이미 휩쓸려 들어가 있는 흐름이기 때문에, 우리 감각에는 훨씬 더 구체적이고 물질적인 운동으로서 느껴지기도 하고, 역설적이게도 우리를 해방시키는 운동으로 느껴지기도 한다. 이전에는 실재한다고 생각했던 존재론적이고 가치적인 격차가 한편으로는 '우리'라는 신성한 울타리를 경계로 안과 밖(또는 주체와 대상)을 나누도록 만들고, 그 울타리를 개개인의 무의식에까지 심어 놓았다는 것을 깨닫게 된 것도 이 역설적인 해방의 소용돌이 안에서였을 것이다. 그리하여 내적·외적으로 억압되었던 것이 새롭게 가치평가될 수 있었던 것도 이 소용돌이 안에서였을 것이다. 그러나 이미 이 수평적인 다수의 소용돌이 역시 절대적인 의미에서 수평적이거나 이질적인 것은 아니다. 이질적인 소용돌이들 전체를 감싸안을 만한 거대한 구심력이 존재하고 있으니, 그것이야말로 모든 단단한 것들을 녹여버리는 자본의 용광로일 것이다.

이른바 90년대 이후 새롭게 발견되었다고 하는 '일상'은 이처럼 작고 큰 소용돌이들 속에서 그 소용돌이를 숨쉬지 않으면 안 되는 개인들에게 중요하면서도 곤란한 조건으로 놓여져 있다. 일상은 바로 이러한 소용돌이들이 움직이고 서로 충돌하는 장으로 놓여 있기 때문이다. 한편으로는, 거리를 두기에는 이미 우리 자신 깊이 빠져 있기도 하고 우리를 지속시켜 주는 필수불가결한 조건이 되기도 하는 것, 그렇지만 다른 한편으로 크고 작은 소용돌이들의 (긍정적이건 부정적이건) 역동성을 사물화된 관계들로 전환시키고 그 속에서 마침내 우리 자신의 '존재'를 망각하게 하는 가공할 괴물이기도 한 것이 바로 일상일 것이다. 이처럼 전적으로 거부할 수도 인정할 수도 없는 것이 일상이라고 한다면, 지금 취할 수 있는 태도로서, 말하자면, 일상을 비판하는 동시에 구제(救濟)하는 길 외에 다른 것을 떠올리기는 쉽지 않을 것이다. 젊은 평론가 한수영의『소설과 일상성』(소명출판, 2000)은 바로 이 길의 가능성을 문학 속에서 찾고자 하는 그의 최근의 고민의 산물이라고 할 수 있겠다.

2

일상은 나날이 '반복'되기 때문에 일상이다. '다음—거기'에 도취되어 있을 때, 일상은 반복되어 왔고 반복되고 있으며 또 반복될 것이기 때문에 무가치한 것으로 여겨졌지만, 오히려 그것은 반복되기 때문에 '언제나—이미' 우리의 피와 살이 되어 있었다. 그러나 피와 살은 그만큼 실감나는 우리의 '실재'이지만, 스스로를 사유하지는 못한다. 따라서 한수영이 「'일상성'을 중심으로 본 김수영 시의 사유와 방법 (1)」에서 언급했듯이, 일상이란 "창작의 근원적 토대가 되는 시·공간이면서, 동시에 일상생활의 시·공간이 강요하고, 또 시적 주체 스스로 '빠져 있는', '일상적 공공성'으로부터 탈출하여 진정한 성찰에 이르기 위해 끊임없이 발버둥치도록 만드는 저주의 대상이기도"(『소설과 일상성』, 79쪽[이하에서는 쪽수만 표기]) 한 것이다. 즉, 발딛고 있지 않으면 안 될 영원한 '이 세계'인 동시에, 정작 세계에 대한 총체적인 조망이 불가능하도록 가로막는 장애물이기도 한 것이 일상이다.

한수영은, '다음-거기'를 중심으로 운동했던 원환이 깨어진 이후, 그리고 '다음-거기'를 향한 투사(投射) 속에 녹아들어 있던 '지금-여기'의 그림자가 드러난 이후, '지금-여기'의 운동 방식과 그 속에서의 주체의 구성 과정을 살피는 것을 자신의 주된 과제로 삼고 있는 듯하다. '일상성'이라는 키워드를 지니고 있는 그의 일련의 글들(「'일상성'을 중심으로 본 김수영 시의 사유와 방법」, 「소설과 일상성」, 「1990년대 문학의 일상성」, 「리얼리즘과 일상성」)은 채만식, 염상섭, 김수영으로부터 90년대 작가들에 이르기까지 각자 자기 시대의 '지금-여기'를 탐구하고자 한 중요한 작가들을 다루고 있다. 그런데 이들을 다루는 데 있어 '일상성'이라는 개념이 키워드가 된 것은, 비단 그 작가들의 작품에서 일상적인 삶의 세계가 큰 비중을 차지하고 있기 때문만은 아닌 듯 싶다. 오히려 지금의 우리를 압도하고 있는 일상의 무게를 견디면서, 일상적인 우리를 존재하게 만드는 힘의 정체를 묻고자 하는 한수영 자신의 이론적 관심이 강하게 투사되고 있기 때문인 것으로 보인다.

예컨대, 그는 염상섭의 후기 단편들을 다루면서, 염상섭 소설에서의 '일상성'이 지니는 "본격적인 리얼리즘의 구현"(105쪽) 가능성보다는 오히려 그것이 "당대 소설의 중심적 흐름이 역사와 삶에 내재해 있는 일상의 관성과 힘을 무시하고 곧장 추상과 보편, 혹은 이념적 지향의 무매개적 낙관으로 치달을(sic.) 때 그러한 흐름에 일정한 제동을 걸고 소설과 일상의 관계에 일정한 균형 감각을 회복하도록 이끌어주는 역할"(105쪽)을 했다는 사실에 더 큰 의미를 부여하고 있는 것이다. 그리하여 "리얼리즘이란 세부묘사의 충실성 외에도, 전형적 상황하에서 전형적 인물의 진실된 재현"이어야 한다는 엥겔스의 명제에서도 그 동안 흔히 간과되어 왔던 '세부묘사의 충실성'에 강조점을 찍고, 그로부터 "중세문학의 보편성을 허물고 동시대의 풍속과 체험, 시공간의 당대성을 풍부하게 담아내던 근대문학 초기의 역동성"(168

쪽)을 중요한 계기로서 포착한다.

말하자면, 그에게 '일상'이란 일차적으로, 근대 문학 일반이 지니고 있는 리얼리즘적 정신이 뿌리내리고 꽃피우기 위한 필수불가결한 조건이다. 이 조건은, 형이상학적인 이념이나 윤리적 규범이 지배하던 시대에는 억압되었던 것이다. 그 시대에 문학은 이념이나 규범들을 저 아래까지 실어 나를 수 있는 효과적인 운송수단에 지나지 않았다. 그러나 그토록 가치 있었던 것들이 더 이상 개개의 '나'에게 진정성을 갖지 못하는 근본적인 '유명론(唯名論)'의 시대에 비로소 문학은 '일상'에 그 뿌리를 내리게 되었다고 할 수 있을 것이다. 매일매일의 삶에 기초하지 않는다면, 문학은 쉽사리 개념적이고 추상적인 언어로 환원될 수도 있으며, 저 공허한 이념의 세계 속에서 스스로를 상실할 수도 있다. 더욱이 애써 획득한 구체성의 영역을 한갓된 불모지로 방치할 수도 있다.

그러나 한수영은, 일상이 "분명히 우리가 숨쉬고 살아가는 현실의 시공간 안에서 전개되고 있지만, '일상'이 우리에게 표상하는 것, 우리가 '일상'을 통해 읽어내고 인식하는 것이 모두 사실이거나 진실이 아니라는 점"(147쪽) 역시 분명히 하고 있다. 즉, 우리를 둘러싸고 있는 일상은 '언제나-이미' 사물화되어 있기 때문에, 그저 현상하는 것 그 자체에만 머물러서는, 참된 것을 발견하기는커녕 무비판적으로 현실을 승인하는 데에서 그치고 만다는 것을 충분히 의식하고 있는 것이다. 더욱이 일상의 구조 속에서 작동하는 규율은 우리 신체를 그 효과의 장(場)으로 삼고 있기 때문에, 즉 우리 신체는 '원인'이기 이전에 이미 '결과'로서 존재하기 때문에, 감각을 통해서 주어지는 가장 직접적이고 구체적인 듯한 자료조차도 그 직접성과 구체성이 심각하게 훼손되지 않을 수 없다. 그리하여 다시금 초월적인 관점이 요청된다.

이 문제를 해결하기 위해 한수영은 종종 "일상과 비일상의 관계에 대한 변증법적 인식의 중요성"(147쪽)을 강조한다. 그것은 때로는 "일상과 역사의 변증법적인 통일"(105쪽)로 표현되기도 한다. 비일상(또는 역사)이 일상과 변증법적인 대립관계에 놓인다면, 그 비일상(또는 역사)이란 일상 속에 묻혀 있는 개별적인 존재자들에게 존재 물음을 불러일으키는 위기의 순간이자 비약의 순간으로서 존재할 것이다. 다르게 표현하자면, 이념이 현시하는 장소라고 할 수도 있을 것이다. 아마도 한수영은 일상/비일상(역사)의 변증법을 통해, 감각적 구체성을 놓치지 않으면서도 역사의 이념이 관철되어 가는 과정을 포착할 수 있으리라고 여기는 듯하다. "물신화된 일상성을 극복하고 현실의 진정한 국면을 인식"(126쪽)할 수 있도록 만드는 것이 예술의 존재이유 중의 하나라고 주장하는 대목 역시 그러한 생각을 반영하고 있는 것으로 읽힌다. 얼핏 보면, 일상/비일상(역사)의 변증법은 현상/본질이라는 낯익은 이분법의 재생산처럼 여겨지기도 한다. 그러나 우리는 이러한 시각을 적극적으로 해석하여 현대 사회에서의 문학예술의 존재방식에 대한 질문으로 기능전환시킬 수도 있을 것이다.

일상이 문학이 뿌리내려야 할 근본적인 조건이라면, 또한 문학은 그것이 '일상−그 이상'일 때만 문학일 수 있을 것이다. 여기서 '그 이상'이란 어떤 동일한 가치척도에 의해 측정될 수 있는 정도의 차이를 말하는 것이 아니라, 다만 '흘러넘침'이나 '초과(超過)'의 의미를 가질 뿐이다. 그러나 역시 그것이 '그 이상'인 한에서 (어떤 의미에서든지) 초월적이라는 사실은 부인할 수 없다. 그렇다면 일상을 초월한다는 것은 일상적 세계를 총체적으로 조망할 수 있는 어떤 특권적인 높이에 도달한다는 것을 의미하는가? 이런 의미의 초월이라면, 특권적인 주체의 권좌를 이름만 바꾼 채 다시 끌어들이는 것과 같을 것이다. 그와는 달리, '흘러넘침'이나 '초과'로서의 초월은 우리의 일상적인 지각의 관습이 동요되는 순간, 다시 말해서 마치 우리의 일상적인 삶이 우리가 익히 알고 있던 것보다 더 많은 이야기를 만들어내는 것처럼 여겨지게 되는 순간을 나타내는 것이다. 이렇게 볼 때, '일상−내재성'과 '일상−초월성'은, 어느 하나를 선택함으로써 다른 하나를 폐기하거나 아니면 어떤 위계질서 속에서 서로 다른 지위를 차지하는 관계라기보다는, 문학 그 자체를 존재하게 하는 근본적인 두 계기로 여겨져야 할 것이다.

사실 '일상'이란 것은 개념을 통해 파악된 사태와 흡사하다고 할 수 있을 것이다. 이미 말했듯이, 일상은 반복되기 때문에 일상이다. 단 한 번도 동일한 하루는 존재하지 않았지만, 반복되는 일상적 행위는 그 차이들을 마모시켜 매일매일 '언제나 동일한 것의 반복'을 구성해낸다. 이와 마찬가지로 개념은 객체로서의 모든 개별자들을 분해하고 분류하고 종합함으로써 무미건조한 '개념 덩어리'로 구성해낸다. 우리는 개념을 통해 객체를 '우리의 대상'으로 만들어 붙잡고자 하지만 언제나 객체는 개념으로부터 미끄러지고 개념을 넘쳐나고 개념을 배반한다. 이렇듯 미끄러지고 넘쳐나고 배반하는 것, 어쩌면 이것이 우리에게 아름다움으로 현상하는 것들의 참모습일지도 모른다. '언제나 동일한 것의 반복'으로만 여겨졌던 일상적 행위 또는 사태가 어느 순간 '유일무이한', 따라서 다른 어떤 것(개념)으로도 대체될 수 없는 개별적 행위 또는 사태로 다가올 때, 비로소 문학(예술)이 생성되는 것이 아닐까.

더욱이 이 일상적인 반복의 구조를 초과하는 것처럼 보이는 것들은, 일상을 일상으로 존재하게 하는 것임에도 불구하고 정작 일상에서는 망각되는 초월적인 사태라고 할 수도 있을 것이다. 이는 자본주의 사회에서 현상하는 '교환가치와 사용가치로의 가치의 분열'과도 상응한다. 개개인이 상품을 사용하는 순간 실현되는 사용가치는 늘 명목적인 교환가치에서 미끄러지고, 넘쳐나고, 배반한다. 그 상품을 사용하는 종합적인 과정 내부에서 실현되는 가치는 결코 교환불가능하기 때문이다. 그리하여 골드만은 근대 자본주의적인 사회 구조와의 상동적인 관계하에서, 소설을 "타락된 사회에서 타락된 방법으로 진정한 가치를 추구하는 형식"이라고 규정했거니와, 교환가능한 영역에서 그 영역을 통해 교환불가능한 것에로 넘어가는 것, 일상적인 반복 속에서 그것을 통해 반복불가능한 것에로 넘어가는 것이 이러한 '초월'의 참뜻일 것이다.

그러나 다시금 반복하자면, 사용가치의 세계, 비일상(역사)의 세계, 비개념적인 세계는 독자적인 세계로 구성될 수 없다. 교환가치/사용가치, 일상/

비일상, 개념/비개념은 서로 그 나름의 대립되는 세계를 구성하는 것이 아니라 모두 우리의 '이 세계'에 내재하고 있는 것이다. 이 각각의 대립쌍 중에서 참되다고 여겨지는 것들로 긍정적인 세계를 구성할 수 있는 듯이 상상하는 것은 낭만적인 유토피아주의에서 그리 멀지 않을 것이다. 더욱이 사용가치, 비일상, 비개념 등이 그 자체로 긍정적이거나 참된 것으로 고정되어 있는 것도 아니다. 요점은 각 대립쌍들의 불일치, 비상응, 균열을 통해 '이 세계'를 구성하는 주관적이고 객관적인 원리를 반성하는 것에 있을 것이다. 그리고 문학이 '지금—여기'에 뿌리박고 있으면서 '그 이상'의 것을 추구한다면, 문학이 추구하는 '그 이상', 그 초월은 다름 아닌 '지금—여기'를 반성하는 방향에서 이루어질 것이다. 이렇듯, '다음—거기'가 아닌 '지금—여기' 안에서 '지금—여기' 안으로 반성적 초월이 이루어질 때, 일상에 대한 비판과 일상의 구제가 동시에 가능하지 않을까.

3

　한수영은 90년대 이후 무거워진 일상의 무게를 견디면서 일상적인 우리를 존재하게 만드는 힘의 정체를 묻고자 한다. 그가 던져준 질문을 되새기면서 거칠게 이런저런 생각들을 풀어보았지만, 여전히 일상의 비판과 일상의 구제, 또는 '일상—내재성'과 '일상—초월성'의 문제는 그 어떤 자명한 해답도 허락하지 않는 듯하다. 그럼에도 불구하고, 일상과 비일상의 변증법의 작동방식은 부단히 탐구되어야 하고 검증되어야 할 필요가 있다고 생각된다. 이 글 서두에서 표현했던 조잡한 비유를 다시 사용하자면, 크고 작은 소용돌이들이 서로 충돌하고 뒤섞이는 장으로서의 '일상' 속에서 문학이 자신의 자리를 찾고 스스로를 새롭게 구성해내기 위해서도 이 변증법은 회피할 수 없기 때문이다.
　우리 앞에 잘 닦여져 있는 포장도로는 '일상'의 존재방식을 보여주는 듯

하다. 많은 사람들의 셀 수 없을 만큼 많은 발걸음이 만들어낸 길의 최소한의 자연성, 그리고 앞서간 누군가의 발자국 위에 다른 누군가의 발자국이 놓이고 또 그 위에 다른 발자국이 놓임으로써 형성되는 길의 깊이를 포장도로는 알지 못한다. 어느 시인의 말처럼 "포장을 하고 난 뒤 그 길에서는 / 깊음이 사라졌다"(정현종, 「깊은 흙」). 지금 우리를 둘러싸고 있는 '일상' 역시 단순히 자연스러운 반복만으로 형성된 것이 아니라는 점에서 포장도로를 닮았다고 할 수 있을 것이다. 더욱이 포장도로 자체가 우리 '일상'을 공간적으로 조직하는 중요한 그물망으로서 기능한다고 할 때, 포장도로는 '일상'이 우리 생명의 리듬과는 무관하게 오히려 그것을 변형시키면서 형성된 것임을 상기시켜주기도 한다. 여기서 주목해야 할 것은 우리에게 일상은 출발점이 아니라 결과물이라는 것이다. 그러므로 일상을 출발해서(떠나서) 그것과 대립되는 비일상의 세계로 넘어가는 것이 아니라, 결과물로 존재하는 일상의 구조를 비판하면서 동시에 일상의 구조에 의해 억압된 삶의 역동성을 구제하는 것이 중요하다. 말하자면, 포장되어 있는 길 '안'에서 다시금 길을 찾아가는 것이 중요하다고 하겠다. 그리고 『소설과 일상성』의 저자는 이러한 '길 찾는 길'에서 그 자신의 소중한 오솔길을 발견하리라 기대한다.

김명석 · 『단층』 4호에 대하여

李彙唱 · 閑 日(小說)
金化淸 · 하 늘(小說)
金利錫 · 空 間(小說)
崔求遠 · 灰 燼(小說)
韓周現 · 傳 說(小說)
楊雲閒 · 神 話(詩)
黃順元 · 무지개가있는소라겁떼기가있는바다(詩)
金朝奎 · 馬(詩)
兪恒林 · 小說의 創造性
楊雲閒 · 詩의 附近

『단층』 4호에 대하여

김 명 석*

1. 『단층』 4호를 다시 읽기까지

『斷層』은 1937년 4월 평양에서 창간되어 9월에 제2호, 다음해 3월에 제3호가 발간된 동인지로서 지난 1976년 경문사에서 출간한 영인본을 통해 그 내용이 널리 소개된 바 있다. 이후『단층』은 3호로서 종결된 것으로 알려져 있으며, 단층파의 문학을 대상으로 하는 초기 연구들1)은『단층』제4호의 존재 여부에 대해서 언급하고 있지 않다.

필자가『단층』4호에 관심을 갖게 된 계기는 단층 동인의 하나인 유항림에 대한 작가론을 집필하면서 전기적 자료를 수집할 때였다. 단층 1, 2호에 두 편의 소설만을 발표했을 뿐인 유항림은 김남천의 추천으로『인문평론』 12호(1940. 10)의 신인작가 특집에 「부호(符號)」라는 단편을 발표하면서 중앙문단에 진출한다. 작품 소개에서 김남천은『단층』4호에 나온 유항림의 '고-고리에 대한 노-트'를 읽고, "유씨가 현재 경험하고 있는 정신상태에

---

* 명지대 교수.

1) 이강언, 「『단층』지의 심리소설 기법」,『한사대국어교육연구』 3집, 1980.

　　홍성암, 「<단층>파의 소설 연구」, 한양대 석사논문, 1983.

대해서 어떤 적지 않은 전환같은 것이 있지나 않을까하는 것을 예기"한다고 하면서 유항림이 "단층파 최초의 이단자"가 될런지도 모른다고 지적한다. 이를 근거로『단층』4호의 존재를 인정하지만 자료의 유실로 찾아볼 수 없다는 주장이 나오게 된다.[2]

그러나『단층』4호는 쉽게 발견되지 않았고 그 결과 김남천의 같은 글에 있는 "오래간만에 나온 氏等의 동인지에 유씨가 소설을 쓰지 못하고 노-트를 썼다는 것도 흥미있는 일"이라는 구절을 근거로 김남천이 말하는『단층』4호는 실은 3호임이 틀림없다고 보는 입장도 등장하게 된다.[3] 하지만『단층』3호(1938. 3)에 수록된 유항림의「개성·작가·나」는 제목도 다르고, 위와 같은 부제도 없으며, 김남천이 지적한 전환과 관련된 내용도 포함하고 있지 않다. 더구나 시기적으로 만 2년이 지난 글을 예로 들면서 현재 진행 중인 정신적 전환을 운운한다는 것이 부적절하다. 따라서 필자는「고-고리에 대한 노트」라는 또 한 편의 평론이 쓰여졌을 것이며, 그렇다면 그것은 김남천의 말대로『단층』4호에 발표되었을 것이라는 확신을 가지게 되었다. 이에 따라 자료를 찾던 중 김기현 교수(순천향대 국문과)가 1960년대에 작성한 도서카드를 통해 고려대도서관에서『단층』4호를 소장하고 있다는 사실을 확인하게 된 것이다.

『단층』4호의 사본을 입수한 후 게재된 작품의 목록을 확인해 본 결과 그곳에는 필자가 찾던 유항림의 평론이「소설의 창조성」이라는 제목으로 실려 있었고, 그 내용은 고골리의 문학에 대한 씨의 견해가 주축을 이루고 있었다. 따라서 김남천이 말한 유항림의 '고-고리에 대한 노-트'임이 분명했다. 한편『단층』4호에는 황순원의「무지개가있는소라겁떼기가있는바다」와「대사(臺詞)」라는 시가 눈에 띄었다. 그 외에도 김조규의「마(馬)」이외 다섯 편의 시는 다른 책에서는 찾아볼 수 없는 귀중한 작품이었다.

---

2) 이상갑,「'단층파'소설 연구」,『한국학보』66호, 1992. 봄.
　　김애란,「1930년대 심리소설 연구」, 대구대 석사 논문, 1992.
3) 신수정,「<단층>파 소설연구」, 서울대 석사논문, 1992. 8.

황순원의 두 작품은 『황순원 전집』 11권 『시선집』(문학과지성사, 1985)에도 수록되어 있으나 몇 구절이 부분적으로 차이가 났고, 황순원 작품 연보에도 『단층』이라는 소재만 밝혀 있을 뿐 4호라고 명기되어 있지는 않았다. 이는 전집을 간행할 때 『단층』 4호를 직접 참조하지 않았음을 알려준다. 김조규의 작품 경우에도 그의 해방전 작품을 집대성한 『김조규시집』(숭실대학교 출판부, 1996)에도 수록되어 있지 않고, 작품 연보에도 누락되어 있어 『단층』 4호에 발표한 사실조차 알려져 있지 않았음을 확인했다. 따라서 현재 고대 도서관에 소장된 『단층』 4호는 남한에서 구할 수 있는 이 동인지의 유일본으로 추정된다.

2. 서지적 특성과 동인의 성격

『단층』 4호의 표지는 '斷層'이라는 잡지의 제호 하단에 균열된 대지의 사진을 배치하여 제목에 어울리도록 디자인하였고, 우측 하단에는 불어로 서지사항을 붙였다. LA DISLOCATION라고 제호 아래 "L'ESPRIT NOUVEAU DE LA LITTERATURE COREENNE(한국 문학의 새로운 정신)"이라는 소개문을 붙이고, Librairie Pacmoun(박문서관)이라고 발행처를 밝혔다.

총 127쪽으로 출간된 『단층』 4호는 권말의 판권에 의하면 소화(昭和) 15년, 즉 1940년 6월 20일에 인쇄하여 6월 27일 발행으로 되어 있다. 편집 겸 발행인은 노익형(盧益亨), 인쇄자는 이상오(李相五)이며, 경성의 대동인쇄소에서 인쇄하고, 박문서관을 발행소로 한다. 정가는 40전으로 매겨져 있다.

이러한 사실은 단층이 이전의 평양 시대를 마감하고 중앙문단으로 진출하고 있음을 보여주는 듯하다. 그러나 1937년 4월에 발행된 1호의 경우에도 인쇄소는 평양 기신사(紀新社)이지만 발행소인 단층사의 주소는 경성부 인의정(仁義町) 17번지로 되어 있으며, 경성의 대중서원(大衆書院)에서 총판을 맡는다. 평양에서 인쇄하고 서울에서 발행하는 체제는 3호까지 이어진다.

이와 같이 단층은 일찍부터 중앙 무대와 독자를 의식하고 만들어졌다. 반면 책 곳곳의 광고를 살펴보면 실제 제작에 있어서는 여전히 평양을 기반으로 하고 있음을 알 수 있다. 표지 다음 장에는 평양 대화정(大和町)에 있는 다방 세르팡의 전면광고가 실려 있고, 그 외에도 다방 방가로, 태안양행, 평안양화점, 평남직조상회 등등 대부분의 광고주가 평양에 소재하고 있다. 단 하나 판권 우측에 있는 황순원 단편집이 근일 한성도서주식회사에서 발행된다는 광고만이 예외이다. 한편 동인지임에도 불구하고 많은 광고를 게재하여 물질적 지원을 받고 있음은 발간을 위한 경제적 측면에도 많은 신경을 기울였음을 암시해준다. 물론 이는 평양 상권의 후원 아래 가능한 일이었다.

한편 『단층』은 디자인에도 주의를 기울여서 단층을 상징하는 이승범(李升範)의 표지사진 외에도 많은 삽화를 집어넣었다. 목차 다음 장에는 세 마리의 말과 함께 들판을 지나는 문학수(文學洙)의 권두화(卷頭畵)가 전면을 장식하고, 또한 다섯 편의 소설 앞머리에 각각 그림을 삽입해 놓았다.

목차 다음에는 본문이 시작하기 전에 짤막한 권두언이 있어 전문을 아래에 인용해본다.

第二次歐洲大戰의黑雲을 보면서 支那事變收拾의 奔忙하든 巨人王精衛氏를 爲始하여 諸星들이 支那新中央政府를 드디여 三月三十日을 契機로 南京에서 力强한 産聲을 울리게 되었다. 이는 곧 東亞新秩序建設에 巨大한 出發이다.

只今 이러한 巨大한歷史的變轉期에 直面한 우리들은 지금까지의 모든 變遷을 미루어보아 가장 根幹的인問題가 文化에劃期的인 出發이 있어야 한다는것은 重言할必要도 없을뿐더러, 將次 가저올 世界的日本文化의性格을 創造하는데 無限한空白이 가로놓여있다. 여기에 우리는 무엇으로 채워야하는가를 가장 두려워하는 同時에 더욱이 기뻐하는바가있다. 그러고 이러한課題만이 새로운文化創造의 契機이며, 우리는 여기서 反省하고 整理하고 形成하여야만 된다는바를 굳게 믿는바다.

　권두언의 내용은 그 무렵의 시대적 분위기를 반영하고 있다. 더구나 하단
에 '황국신민의 서사'가 붙어 있기조차 하다. 그러나 이는 당시 잡지 간행을
위해서는 어쩔 수 없는 일이었다. 권두에서 거창하게 내세우는 새로운 문화
창조라는 시대적 과제와는 다르지만 이들 동인에게 문단에 새로운 문학의
바람을 일으키려는 열정이 있었던 것은 분명하다. 김이석은 「동인지『단층』
에서」(『서울신문』, 1959. 5. 28)라는 글에서 다음과 같은 회고담을 전해준다.
평양에서 옵셋 인쇄공장을 경영하면서 밤이면 서문통 네거리에 있던 태양
서점이란 헌책방에서 너댓명이 머리를 마주대고 둘러 앉아 문학이야기에
열중했는데 이들이 단층 동인의 전신이다. 그들은 강변을 산보하며, 양식당
에서 우유차를 마시며, 혹은 육수집에서 선배들과 어울리며 밤늦도록 문학
이야기에 몰두한다. 이후 우리 문단에서 프로문학이 쇠퇴하고, 순문학도 반
성과 재건을 생각하면서, 구인회를 비롯한 새로운 동인이 등장하면서 신인
작가와 동인지가 활기를 띠게 되고, 이러한 배경 아래『단층』이 탄생한 것
은 1936년경이다. 그들은 새로운 문학으로서 문단과 층계를 지어보겠다는
기백으로 지명을『단층』이라고 붙이게 된다. 그후『단층』은 오영진을 통하
여 서울 박문서관에서 일체의 경리를 맡아 주도록 되었으나 일제의 탄압에
의해 호의도 입어보지 못한 채 다른 언론기관과 함께『단층』도 희생되고 만
다.

　한편 이석훈의 「문단풍토기 : 평양편」(『인문평론』, 1940. 8)에서는『단층』
을 아래와 같이 소개한다. "연전부터 평양을 모태로 나오는『단층』은 그 질
과 양으로 보아서 장차 크게 발전하고 좋은 싹을 가지고 있는 것은 기쁜 일
이다. 동인 유항림, 김이석, 최정익(명익씨의 슈弟), 김화청, 김매창 등 제씨
는 모두 광성중학 출신으로 그들이 학교와 연령을 같이(물론 동갑은 아니
나)하고, 문학적 코스를 같이 한 듯한 것은 무변화와 단조의 흠도 없지 않지
만, 반면에 하나의 문학운동에로 구체화하고 비약할 가능성이 있는 것이 주
목되는 것이다. 심리주의적 모더니즘의 작풍이 사치한 남감리교계의 광성
중학의 교풍과 아울러 생각할 때 흥미를 주며 특히 유항림, 김이석 등은 비

상한 재인이므로 꾸준이 정진만 한다면 앞날은 크게 기대될 것이다." 이와 같은 당대의 지적은 단층파 동인의 성격을 잘 설명해 준다.

최재서는 「단층파의 심리주의적 경향」4)에서 단층파의 의도를 "社會的良心과 理論을 가지면서도 그것을 信念에까지 倫理化시킬 수 없는 인테리의 懷疑와 苦悶을 心理分析的으로 그리랴는 것이 共通된 傾向"으로 규정했다. 이 평론은 『단층』이 비록 지방에서 발행된 무명 신인들의 동인지였지만 일찍부터 중앙 문단의 주목을 받고 있음을 알려주며, 이후 단층파를 평가하는 출발점이 된다. 백철 역시 1930년대 후반의 문학적 양상의 하나로 '심리소설과 신변소설'을 들면서, 『단층』의 동인으로 참여한 문학인들의 작품 경향을 주로 심리주의적 경향으로 파악하면서 유항림의 「區區」를 인용하여 자의식의 과잉으로 고민하고 퇴폐하는 작가의 모습을 지적했다.5) 김윤식·정호웅의 소설사에서는 1930년대 모더니즘 소설의 형성과 분화를 다루면서 단층파와 지식인 문학, 전향문학과의 관계를 설명한다. 이들은 생활도 갖지 못하고 이데올로기에 대한 확신도 없는 인텔리의 타락에 시대의 중압이라는 연막을 쳐, 그 위에 사회적 양심을 비추는 것이 단층파였다고 규정하고, 그들의 독자성으로 개성을 제시했던 유항림을 단층파의 가장 뛰어난 작가로 평가한다.6) 특히 이 글은 서울 중심주의와 평양 중심주의의 대립에 대하여 주목하는데, 이를 발전시켜 단층파의 비관주의적 집단의식을 구체적으로 분석한 신수정의 「<단층파> 소설연구」는 식민지 시대 평양의 자본주의적 배경에 대한 사회사적 접근을 통해 단층 동인의 성격을 밝히는데 기여한 바 크다.

---

4) 최재서, 「단층파의 심리주의적 경향」, 『문학과 지성』, 인문사, 1937, 185~187쪽.
5) 백철, 『신문학사조사』, 신구문화사, 1968, 517~518쪽.
6) 김윤식·정호웅, 『한국소설사』, 예하, 1993.

3. 작품 해설

『단층』4호에는 이휘창의 「한일(閑日)」, 김화청의 「하늘」, 김이석의 「공간
(空間)」, 최구원의 「탄진(炭塵)」, 한주현의 「전설(傳說)」 등 다섯 편의 소설이
있으며, 시로는 황순원의 「무지개가있는소라껍떼기가있는바다」, 김조규의
「마(馬)」 등의 작품이 있고, 끝으로 유항림의 「소설의 창조성」, 양운한의 「시
의 부근(附近)」 등 두 편의 평론이 실려 있다. 이 글에서는 구체적인 작품 분
석은 다음 기회에 보다 본격적인 논문으로 미루고, 작품과 작가에 대한 간략
한 소개를 통해『단층』4호에 대한 이해에 도움을 주고자 한다.

『단층』1호에서 3호까지 수록된 작품을 장르별로 구분해보면 시 6편, 소
설 15편, 평론 1편, 수필 1편이라는 사실에서 쉽게 볼 수 있듯이, 이 동인지
는 소설을 중심으로 하고 있다. 마찬가지로『단층』4호에도 다섯 편의 단편
이 수록되어 지면의 대부분을 소설에 할애하고 있다.

먼저 이휘창(李彙唱)은 앞서『단층』1호와 3호에 「기사창(騎士唱)」과 「헤
라양(孃)」을 발표한 바 있다. 그러나 다른 잡지에서는 작품을 찾을 수 없다.
「한일(閑日)」은 제목 그대로 인텔리 청년의 휴일 하루를 묘사한 작품이다.
주인공 이군은 구라파어라는 사과밭 아래에 안일히 기를 펴고 누워 "실지
의 행동보다도 과정의 상태에서 풍부함을 얻어 느끼는 현대 청년의 하나"
이다. 그의 머리는 그날 아침 일어난 여러 가지 사건, 잠 깰 때부터 방을 침
입하여 온실과 같은 평온을 깨뜨린 아그립파, 일원(一圓)이라는 짐을 실어
온 마루야마 부인의 속달 편지에 관한 생각으로 복잡하다. 아그립파를 두고
"힘이 모든우에서 야만스럽게 세력을 부리는 어느옛날의 용감무쌍한 하나
의장군이라고만 생각하고있든 저 석고상의 주인공이 일개국가를 움직이는
정치가였다는것이 금일의 신문보도의 상항과 흡사하다. 지금 저편구라파에
서 한팔을 높이 올려내밀고 전차대의세력을 자랑하는 사나이도이십세기의
아그립파가 아니면 무엇인가. 그뿐인가 동서에 이 아그립파의 자손들이 얼

마나 우쭐우쭐들하고있는 때이냐. 북행렬차에 몸을싫고 고향을 도라보지도 않고 달리는 청년도 하나의 적은 아그립파일게다."라고 생각하는 주인공을 통해 1930년대 후반에서 1940년대로 이어지는 파시즘적 시대상황을 은유하고 있다. 또한 마루야마 부인의 편지로 전해온 일원 화폐를 두고는 "貨幣야말로 무한한 自由를 가질 수 있는 있으나 固定된 物品과 交換하는 運命을 질머진 가련한 自由"라고 하면서 교환가치만 추구하는 자본주의적 현실과 욕망을 비판한다.

김화청(金化淸) 역시 『단층』에서만 작품을 찾을 수 있는데 「별」(1호), 「스텡카·라아진의노래」(2호), 「담즙(膽汁)」(3호) 등을 매호에 연달아 발표했다. 「하늘」은 생의 의욕 상실로 자살을 기도했으나 실패한 주인공 정우의 갈등을 그리고 있다. 주인공의 미적 감각의 상실은 예술가로서의 자신의 존재에 대한 회의로 연결된다. 거기서 "문득 나는 나라는존재를 얼큼(얼마만큼－필자) 갖었는냐 나는 얼마큼 나로써감각하고 살아가고있느냐 나는 아름다움을 감각하는기능이있나 예술가일려는 내가 美를모르지않느냐 습성에서건 무엇에서건 나는 아름다움을 느끼기보다는 아름다움을 생각하지않을까 점점 무서워졌다."는 고백이 나온다. 주인공은 근히와의 만남을 통해 감각을 관념으로 대신하려는 습성에서 벗어나 아름다움을 몸소 느끼고 순간을 꽉 잡으려는 열망과 생명력을 회복하고자 한다.

김이석은 1914년 평양 출생으로 광성고보를 졸업하고, 연희전문 문과 재학시에 『단층』 발간에 참여하게 된다. 『단층』 1호에 「감정세포의 전복(感情細胞의 顚覆)」을, 3호에 「환등(幻燈)」을 발표했다. 「공간」은 소설가소설로서 작가가 작품 속에 개입하여 창작의 전말을 해명한다. 무명 작가와 여가수의 동거 생활을 다루는 전반부는 작가의 체험을 토대로 무능하고 나태하며 반성할 줄 모르는 생활을 자기고발하고 있다. 주인공은 문학 입문기의 정신을 잃고, 유행가 작사자로, 그것도 다른 사람의 이름으로 발표하는 대필가의 신세로 몰락한 자신의 모습을 자조한다. 작가는 작품 중반에서 소설을 멈추고 이제까지 이야기한 것이 소설임을 밝힌다. 제목에서 밀하는 '공간'은 현실과 분리된 작품 속의 세계를 의미한다. 작가는 자기 소설에서의 인물의 부재를 지적하고, 등장인물인 란연의 약력을 소개하면서 소설을 속개한다. “우리도 당신의 소설만 팔리게 된다면야……” 하면서 훌륭한 소설가가 되기를 기대하며 희생을 감수하는 란연이에게 의존해야만 하는 기생충적 존재로 전락한 그에게 써야 할 문장은 기어코 써지는 법이 없이 이 저녁도 밤거리를 방황하며 란연이 돌아오는 버스만 기다리고 있다. 생활인으로서의 작가의 절망을 다루면서 현실의 작가와 ‘공간’ 속의 작가는 결국 분리되지 않는다.

최구원(崔求遠)의 「탄진(炭塵)」 역시 지식인의 고독을 섬세한 심리탐구로 묘사하는 작품이다. 주인공 영수는 다방에서 만나 흠모하던 정체불명의 여성이 H의 조카 영희라는 사실을 알고 기뻐하지만 취중의 실수로 일어난 정숙과의 사건에 때문에 영희를 떠난다. 자신을 멀리하는 이유를 몰라 애태우는 영희에게 사랑에 대한 궤변과 이론만 늘어놓고 있는 영수의 이중성이 폭로된다. 생각과 욕망의 불일치, 즉 조그만 쾌락에 몸을 맡기고 본능에 정복당했다는 자책이 주인공의 갈등의 원인이다. 그는 무의미한 사념으로 생활이라고 하는 것에 외부에서 조소당하는 것이 자기라는 생각에 부끄러워한다. 작가는 외부사건 전개보다는 삽입된 일기, 편지를 이용한 내면 묘사에 치중하면서 관념의 문제와 생활의 문제와의 연관을 보여준다.

한주현(韓周現)의 「전설(傳說)」은 인물의 내면심리를 중심으로 한 실험적인 작품이다. 『단층』 4호에서 처음 등장한 이 신예작가는 부분 부분 의식의 흐름 수법을 사용하여 소설을 전개하고 있다. 교수인 영빈, 작가인 동일의 의식과 무의식이 교차하는 가운데, 함께 등장한 기업가인 성우의 여성 편력과 욕망이 그려진다. 특별한 사건 없이 전개되는 듯하던 줄거리는 영빈의 양딸인 주경이가 성우의 사생아인 옥히임이 밝혀지는 내용과 영빈을 만나러 오던 동일이 화재에 갇힌 영빈을 구하고 대신 죽는 장면, 성우에게 봉변을 당할 뻔한 주경이가 병원에 입원한 장면으로 결말을 처리한다.

이상에서 살펴본 바와 같이 단층파의 소설은 해체된 플롯과 환경과의 반

응이 약화된 인물을 특징으로 하는 모더니즘적 경향을 띤다. 서사성이 약화
되어 내면의식과 외부사건의 관계가 역전된다. 모더니즘 소설은 일상사 속
에 감추어진 근본적 상황에 주목하고 삽화들보다는 중간에 끼어드는 내면
의식을 주로 형상화하는데, 이는 외부환경과 반응하지 못하고 내면의식에
만 집착하였던 1930~40년대 룸펜지식인의 무력화된 삶의 양상과 깊은 관
련이 있다.

  시에서는 일찍부터 동인으로 활동한 양운한과 김조규 외에 황순원이 합
류했다. 양운한(楊雲閒)은 「신화」를 비롯하여 총 아홉 편의 시를 발표한다.
양운한은『단층』지 1호부터 「계절판도(季節版圖)」, 「황혼의 심상」, 「녹엽」,
「파랑문」 등을 연속적으로 발표해왔고, 그 외에도 이미 1935년『조선문단』
4월호에 「대동강」을 발표하는 등 시인으로 활발히 활약해왔으며,『단층』 동
인으로 활동하던 시기에는 주로 모더니스트적인 작품을 썼다. 한편으로는
「시예술의 한계성」(『조선중앙일보』, 1935. 11. 22~27), 「시와 사상」(『조선중
앙일보』, 1936. 2. 11~16) 등 시에 관한 다수의 평론을 가지고 있었다.『단
층』 4호에 함께 수록된 평론 「시의 부근」도 창작과 이론을 병행한 그의 왕
성한 활동의 산물이다. 그는 해방후에는 서울에 머무르다가 6·25중에 월북
한 것으로 알려져 있다. 「시의 부근」에서는 시와 산문의 경계를 다루면서
시는 산문일수도 운문일 수도 있다는 점에서 독립성을 가진다고 주장한다.
역사적으로 자유시는 운문세계에서 산문세계로 건너가는 교량에 해당한다.
또한 현대시는 지적 경향이 있어 주지와 추상에이 주를 이루지만 궁극적으
로 시는 설명의 극한임을 지적하고 있다.
  「馬」를 비롯하여 총 여섯 편의 시를 수록하고 있는 김조규(金朝奎)는 이
미 2호와 3호에 「부두(埠頭)」, 「묘(貓)」 등의 시를 발표하면서 양운한과 함께
단층 동인이 지향하는 시세계를 대표해 왔다. 1914년 평남 덕천 출생인 그
는 1937년 숭실전문학교 문과를 졸업한 후 함경도 성진에 있던 보신학교에
서 교편 생활을 시작한다. 1938년경부터 김조규는『단층』,『맥(貘)』의 동인

으로 활동하게 된다. 단층 동인기의 그의 시적 특징은 '지식인의 좌절의식과 모더니즘 수용'으로 요약되는데, 단층파의 소설에 대한 최재서의 지적에서와 같이 심리주의적 · 초현실주의적 기법과 경향을 수용하여 시인의 내면의식의 단면을 묘사하는 실험적 탐색 과정에 있다.[7] 1940년을 전후하여 그는 간도 연길현에 있는 조양천(朝陽川) 농업학교의 영어교사로 떠난다. 이후 1941년에는 만주 신경에 있던 만선일보(滿鮮日報) 편집국에서 국장인 박팔양, 기자인 안수길 등과 함께 일하게 된다. 따라서『단층』4호에 수록된 시는 만주로 떠나기 직전에 쓴 것으로 보인다. 시기적인 이유뿐만 아니라 만주로 옮긴 이후 그의 작품 세계도 민족의식에 눈을 뜨며 조금씩 변화를 가져오는데, 4호에 수록된 시들은 이전의『단층』2, 3호의 시세계에 여전히 맞닿아 있기 때문이다.

　황순원 역시 평양 부근인 평남 대동군에서 1915년에 출생하여 숭실중학을 졸업했다. 소설가로 알려졌지만 초기에는 시인으로도 활동하면서 이미『방가』(1934),『골동품』(1936) 등 두 권의 시집을 펴낸 바 있다. 따라서 오래간만에『단층』4호를 펴내면서 같은 평양 출신으로 연배는 비슷했지만 문단 경력이 많았던 황순원을 영입한 것으로 보인다. 수록된 두 편의 시중「무지개가있는소라껍데기가있는바다」에서는 우윳빛 구름과 무지개라는 이상과 폐병을 앓는 소년의 현실 사이의 괴리와 고독을 다룬다. "진정 水平線은 少年에게 넘우 험악한 날개였다"는 표현처럼 접근할 수 없는 이상과 절망적 현실의 경계인 수평선이 놓여 있고, 바다 주위의 서정적 소재가 주는 센티멘털한 분위기와 검은 바다, 검은 밤으로 상징되는 절망적 이미지가 대립되는 가운데 모든 존재는 소멸되고 '소라껍때기의 무지개'만이 홀로 울고 있는 것으로 마무리한다. 앞서 말한『황순원 전집』과 비교해 보면『단층』4호의 원시 3행인 '少年이 섯는 물기슭에'가 '소년이 섰는 바다 기슭에'로 된 것을 확인할 수 있는데 작품의 의미에는 큰 변화가 없다. 한편「대사(臺詞)」를 보

---

7) 권영진,「김조규의 시세계」, 숭실어문학회 편,『김조규시집』, 숭실대학교 출판부, 183~189쪽.

면『단층』에서는 12행에서 16행이 "퉁소를 부는 / 少女야 / 내게는 / 씰크헽도 단장나마 / 없단다"인데『전집』에서는 "피리를 부는 / 소녀야, / 내게는 뚜껑만 남은 / 만년필 한 자루밖에 없단다."로 되어 있어 모든 것을 잃은 상실감과 특히 뚜껑만 남은 만년필 한자루를 통해 작가로서의 무력감과 한계를 부각시킨다. 또한 마지막 24행에서 29행의 "퉁소를 거두고 / 개게 끌려 나서는 / 눈먼 少女의 뒤를 닮아 / 나는 또 / 이 낯설고 어둡은 / 골목을 깨나가자"라는 구절이『전집』에서는 "피리를 거두고 / 개에게 끌려 나서는 / 눈먼 소녀의 뒤를 따라 / 나는 또 / 이 낯설고 어두운 / 뒷골목을 빠져나가야 하리."로 되어 있다. 눈여겨 볼 부분은『단층』에서는 끝부분이 "나는 또 어둡은 골목을 깨나가쟈"는 식의 종결어미를 선택하여 행동을 지향하는 보다 적극적인 의지를 엿보이게 하지만,『전집』에서는 "뒷골목을 빠져나가야 하리"라는 데 머물고 만다. 내용상으로 볼 때나 또는『전집』에 밝혀져 있는 1940년 오월이라는 창작일을 기준으로 보면 오히려 전집에 수록된 것이 작가가 따로 보관해 오던 초고이고,『단층』에 수록된 것이 발표를 위해 최종적으로 손질된 것이 아닐까 생각된다. 황순원은 두 편의 시에서 모두 작가의 서정적 세계가 보여주는 시어와 이미지들을 나열하여 작가의 내면과 조응시키면서, 동시에 청년기의 좌절과 인생의 고뇌에서 벗어나려는 소망을 노래하고 있다.

한편 1호와 2호에 소설을 썼던 유항림은 3호에 이어 이번에도 평론을 발표하여 단층파 문학의 이론적 토대를 구축하고자 한다. 필자는 그동안 단층파에서 유항림의 위치에 대해 특별히 주목하여 작가에 대한 전기적 연구를 통해 유항림의 생애를 재구하고, 그의 해방전 소설과 분단 이후의 창작 활동을 전반적으로 조명한 바 있다.[8] 이에 따라 유항림 소설의 모더니즘적 특성을 그동안의 연구자들이 종종 지적해 온 심리주의적 기법의 혁신에 기댄 사조적 문제로만 처리하지 않고, 자본주의 시장의 확대와 함께 밀어닥친 근대적 일상의 경험과 이에 대한 비판이라는 측면에서 고찰하였다. 아울러 유

---

8) 졸고, 「유항림론」, 『연세어문학』 28집, 1996. 2.

항림이라는 한 작가의 운명을 통해 1930년대 후반의 문학적 경향이 해방과 분단을 거치면서 어떻게 변모하는가를 살펴봄으로써, 유항림 한사람만이 아니라 단층파의 다른 동인들, 나아가 재북, 월북이라는 경로를 통해 북한 문학사로 편입해 들어간 최명익·박태원·허준 등과 같은 모더니스트들의 행로를 추적하고자 한다.

　해방 후의 유항림은 최명익이 중심이 된 평양예술문화협회의 멤버로 참여한다. 1945년 10월에 결성된 이 단체에는 유항림뿐만 아니라 김조규·이휘창 등 단층 동인이 다수 참여한다. 회장을 맡은 최명익 역시 단층 동인이었던 최정익의 형이다. 순수 문학예술단체를 지향했던 이 단체는 이후 평남 지구 프롤레타리아예술동맹과 대립하다가 북조선 문학예술총동맹으로 통합된다. 최명익·유항림·김조규 등 처음에 민족 진영의 평양예술문화협회를 구성했던 주요멤버들도 문예총이 발족되고 그것이 확대 강화됨에 따라 어쩔 수 없이 공산당 편으로 돌아서고, 김화청·김이석·이휘창 등은 무소속으로 남게 된다.[9]

　그렇다면 유항림의 변모의 단초는 어디서 찾을 수 있는가. 여기서 앞서 김남천이 유항림을 '단층파의 이단자'로 지목하게 만든 이른바 '고-고리에 대한 노트'인 「소설의 창조성」에 주목할 필요가 있다. 이 평론은 김남천의 말대로 고골리 연구의 간략한 소묘이자 유항림의 문학적 사고의 출발점을 보여주는 글이다. 유항림은 당시의 문단에 대해 "主題의 喪失이란 歎息이 아모런 情熱도 없이 되푸리되고, 一顧의 價値도 없는 世態文學論이 盛行되고 藝術品이 되기 몇 步인가 前에 멎어버린 天邊風景이 레알리즘의 擴大(?)의 貢獻이 있고— 대관절 虛榮心이란 것을 除하고 보면 무엇 때문에 文學을 하는지 몇 사람이나 意識하고 다시 追求하고 있는가"하는 의문을 제기한다. 또한 소설은 "現實을 眞實에까지 끌어올리려고 加工한 情神의 意匠이고 따라서 作家에 依한 現實의 飛躍"이라고 하면서, 이러한 '現實의 飛躍

<hr>

9) 이기봉, 『북의 문학과 예술인』, 사사연, 1986, 39, 197쪽 참조.

으로서의 虛構性'을 '픽숀(Fiction)'이라 부른다. 그리고 단순한 이야기(스토리)의 환상미도 뛰어난 인생관찰의 타당성도 한 편의 소설이 빚어내는 인생편도(人生編圖)에 비하면 보잘 것 없다며, 사실 있는 것 이상의 어떤 진실을 찾아 멈출 줄 모르는 정신의 능동성을 강조한다. 이 점에서 그는 고골리를 현대문학에 있어서 자신이 말하는 '픽숀'을 가장 깊이 이해하고 그것을 의식적으로 활용한 최초의 작가라고 단언한다. 그런데 사실 단층에 발표된 그의 소설은 앞서 그 자신이 비판한 작품들과 비슷한 평가를 받고 있지 않는가. 이 점에서 작가 자신의 확신에 찬 주장과는 달리 이 시기는 새로운 작품세계를 열어나가기 위한 모색기였다고 보여지며, 아울러 해방후 작가가 보여주는 변모를 이해하는 실마리 정도로 평가해야 할 것이다.

이상으로 『단층』 4호의 내용에 대한 간략한 소개를 마친다. 이제 『단층』 4호의 재발굴을 계기로 이때까지의 『단층』 연구 결과와 어떤 관계를 가지며, 나아가 1930년대 후반 문학사 연구에 있어 어떤 역할을 하는지가 앞으로 보다 구체적으로 밝혀야 할 과제가 될 것이다.

閑 日

李 彙唱

　休暇중의 일요일이란 그렇다고하여서 별달리 더 유한할것이 도모지없음이 도리혀 마음이 허전하다 그러면서도 한편으로는 어쩐지 휴가우에 휴가를 가하는듯하여 알수없이 무엇인가 풍부하여지는듯한 감동을 마음에 느끼기도하는것이 또한 턱 없고 이상하다. 가령 넓은 유리창안에서 뒤짐을지고 마음대로 거닐고있노라면 밖에풍경을 내다보기에 부자유스러운 아무런것도 없으나 그렇나 그러고 있다가 문득 유리창의 깨저터저나간 간이 있어서 그앞에 설때면 웬일인지 마음이 한층더 흡족하여지는것은 밖에풍경이 좀더 또렷히 보힌다든 신선한 공기가 들어온다든 그런 사실의첨가보다도 형상이 없는 마음의풍부하여짐을 차지하는 까닭일게다.

　이제 우리들의 짧은이야기를 만들어내일 李군도 이런 휴가중의 일요일을 앞두고 아직 잠드러있었다. 춘기휴가가 거이끝나려는 어떤 일요일아츰 이였다. 아츰이라면 대개가 으레히 아홉시나 여덟시를 생각할것이나 실상은 지금 화탕한 봄햇빛이 누리우에 퍼질대로 퍼저서 벌서 오정이 가까워오고 있는 이때를 아츰이라고 하는것은 다름이아니라 바로 우리李군의 주관을 빌어서 말하는 것이다 라는것은 요사이 그는 남켠창으로 비끼는 해빨이 침대우에 따뜻히 깃들때에야 비로서 기침하는 휴가다운 나날을 맞었든것이니

어쨌든 자기가 자리에서 이러나 날을맞는 그때를 아츰이라 생각하는 그의
태연한 견해를 그의 이야기를 쓰는 여기에서 애써 배격해야할 리유는 없지
않은가. 지금 그가 잠자고있는 방은 東京교외에 흔히있는 어떤 아파—트의
우층 동편옆구리에 붙어있는 방으로 삼면으로 넓은창들이 터저있었으며 커
—튼을 열어재친채로 자버린 유리창을 거처서 온화한 햇빛이 방안에 고요
하게 가득차있었다. 방안에 놓인것이라고는 저편모새기에 무던히 웃마당이
넓은외에 별다른특점이 없는 테불이 하나 그옆에 목제의 무미한 의자가 한
개 앉어있을뿐 아모것도없이 뷘 방바닥과 힌종이우에 손수연필로써서 지은
이달의 일요표외에 붙어있는것이라고는 하나도없는 힌 담벽우를 지금 드려
빛이우는 창살그림자가 시간에 따라 자유스럽게 자리를 옴기고있을뿐 이
다. 테불우에 정연히 가려놓은 言學書類들이 바로지금 햇빛을 받아서 한층
더 정연하게 눈에들기는하나 그것들도 이방안의 주인이 어학을 한다는것을
알리는밖에 인간李군의 정신을 설명하는 아무런 움직임도 색갈도 이방안공
기에서는 찾을수가 없다. 마치도 화초가없는 온실인듯싶은 이방안에서 李
군의 정신은 어떤 화려타할 꽃을 피우고 있는가 마는가.

　지금까지 그는 만이년동안을 구라파語공부안에서 살았다. 중학을 나와서
처음에는 롱림학교를 들어갔든것을 약한체질우에 질머지우는 여러가지 실
습과 섬세한두뢰로 그냥 즐기고만있을수 있는것이 결코아닌 가지가지 머리
쌀앞은 과목에 지처서 뛰처나온후에 들어온데가 바로 그가 지금 단이고있
는 어떤 외국인경영의 어학교로 불란서어를 중심으로 영어 라텐어 히랍어
를 마음대로 즐기고있었다. 그렇나 롱림학교에서 어학공부로 자기를 옴겨
감에 그의안에 어떤 생각의전향이 있었드냐하면 그런 일스러운것은 아모것
도 필요치않은것이 당초에 농림학교에로 들어갈때에도 무슨 자기생활의 사
명을 꼭 농촌생활속에 인식하여서 전민족의 팔활이 들어있다는 농촌의 진
흥을 의욕하였다든가 또는 숨어있는 자연의 위대한 법측을 발견하여서 인
간의 유용한 도구로 쓰겠다든가 하여튼 자연을 대상으로 자기의 생활을 계
획한것이 하나도 아니였고 차라리 아름다운 사과밭아래에 안일히 기를펴고

누어서 가는대로의 눈을 자유스럽게 즐길수있듯이 그윽한 자연의 품안에 몸을 두겠다는 것이였었으며 그리고 그가 구라파語공부를 잡엇을 때는 벌서 그안에 역시 하나의 사과밭을 보았든것이였었으니 그에게는 구라파語라는것이 새로운 하나의 사과밭이면 족하였고 따라서 그의안에 아무런 취미의 변동이 있을법하지 않었으며 그저 체질에 따라서 물흐르듯이 탄탄히 자기가 움직이였을 뿐이였다. 그렇다면 의아스러운것은 만약 그가 그렇게 자연을 그리워했음에도 불구하고 단지 롱림학교라는 과정이 몸에 맛지않었다면 실지로 촌으로 도라가서 마음대로 살을게지 웨하필 구라파語라는것을 또 붓잡었느냐고도 할수있을것이나 그것은 그렇지 않은것이 李군도 역시 실지의 행동보다도 과정의 상태에서 자신의 풍부함을 얻어느끼는 현대청년의 하나이였든가부다.

이렇게 하여 구라파語라는 새로운 사과밭아래에 누은 그는 마치 탐스러운 림금의 알알 을 처다보고 눈을 즐기듯이 현란한 구라파文化의 결실에 매일같이 경탄하고 상탄하고 있었을 뿐이니 아무런 마음씨의노력이 필요치 않었으며 그저 어학공부를 하는 그날그날의 시간만이 있으면 족하였다. 그러니 이런 李군의 방안을 방금 우리들은 삶이고 무엇인가 헛잡은듯한 느낌이 없은바 아니였으나 역시 방의모습은 어떤모로든지 그방안의 주인을 이야기하여주는것으로 이방안의 무미무색한 모습도 그의 생활의 모든의미로써의 반영이였을것이다. 아무런 색갈도 없는 방안에서 그는 무미함보다도 안일함을 적막함과함께 자유스러움을 느꼈든것일게다. 어쩌다는 자기의방안이 너무나 적막한듯이 보힐때도 없지않어서 그런때는 혹시 마음에드는 물건이나 그림을 드려볼때도 있었으나 막상 그렇게하고 보면 그것으로 의하야 방안의 색갈이 고정되여버려 여유가없이 빈약하게 되는듯하여 웨그런지 싫었고 그것이 방안의 전체의 공기를 지배하는듯 느껴질때도 있어서 그것들에게 자기자신이 지배받는것 같어저서 그럴때는 비록 그것들이 자기의 손으로 갓다가 놓은것이고 또 자기마음에 거슬리지않는 것임에도 막론하고 자기를 사로잡는듯한 두려움에 가까운 감정까지를 가질때가 있어서 몇시간이 못가서 집어치우는 것이였다. 자유를 사모하여 구속이 두려웠고 적만안에서 안일할수있는 李군이였다.

그렇나 이제 나는 오늘아츰 그의 방안에는 바로지금 그가 잠자고있는 침대에서 정면으로 마조치는 저편벽우에 아그립파의 顔面石膏像이 아모것도 없는곳에 혼자 호기있게 걸려있다는것을 이야기하야할때가왔다. 지금까지 이것이 있는것을 모르는체하고 이야기를 진행시켜온 리유는 무엇보다도 우에 말한바같은 李군의 방을 알리려는데서였었으니 그렇게 하려면 아다싶이 이방안공기의 성질로써는 저 호기있는 아그립파의 얼굴이 걸려있다는것을 이야기만 하여놓아도 그것만에게 방안전체가 지배받어서 진정한 그의 방안 바탕이 어제밤에 극히 우연히 일이 이러나서 생기게된 이 아그립파에 의하야 집밟히고 문질리워버릴것이 그의 이야기를 쓰는 여기에서 본의가 아닌게아닌가 접허서였다. 우연이라면 참말로 우연이였으니 단몇시간전에 일어난 일로 지금 잠자고있는 그가 얼마않있어서 잠이깨처지는 눈에 저 아그립파의 얼굴을 대한다하여도 그자신도 믿기어려우리만치 당돌한감에 놀랄것이다. 어제밤일 이였다. 거리에서 저녁을 마추고 도라온 그가 日記를 펴놓고 혼자 테불앞에 고요히 앉어있노라니까 누군가가 랑하를 것는 발거름소리가 그리공고한 건축이 되지못하는 이집을 뒤흔드러놓으리만치 엄청나게도 큼에 놀라서 그가 펜을들었든 팔을 그만 아연히 놓아버렸을때는 벌서 그의방 또아우에 이또 놀라웁게도 요란한 거이 야만스러운 노크가 떠러저나리고 있었다. 다음순간에는 아연하여 움직이지도 못하고 앉어있는 그가 응답할 여유도없이 또아가 벌컥열리면서 康종삼이가 불숙 방안으로 들어섰는데 한옆구리아래에 무엇인가 신문지로 싸서 둥구마한 커다란것을 안고있었다.

「그게 뭐이게」혼자 고요히 앉어있든중에 모든것이 놀라웁고 의아하기만한 李군은 반사적으로 의자에서 이러나면서 단박에 이렇게 물을수밖에 없었다.

「갖어왔쉐다」 갖어오기는 또 무었을 갖어왔을까. 그가 성큼성큼 방가운데까지 거러드러와 스스로 자리를 잡고 앉어서 활발스럽게 신문지를 몇장이나 풀어헤치는 동안 우리李군은 앉지도못하고 선채로 손가락을 입에물고 물끄럼히 드려다만 보고있었다. 여기에서 잠깐 李군과 康과의 친분을 이야기한다면 지난하기휴가에 고향으로 갔다가 얼마큼 늦어서 돌아온 李군이 이전에있든 숙소보다 좀더 한적한 곳을 찾으려고 몇날이나 교외로 두루싸단니는 끝에 지금그가있는 이곳에까지 흘러와서 물색하든 도중에 저편에서 사각모를 단정히 쓴대로 신문짐을 지고 석간을 도루면서 뛰여온 康과 만났든것이였다. 처음에는 그저 길을 물으려든것이 서로 얼굴을 갓가히 대하자 같이 소학교를 한반에 단닌 사이라는것을 알었을때는 반가운듯이 악수를 하고 판에밖힌 인사를 주고받으야했든 것이며 이 우연한 회우의 경로를 李군이 이야기하였드니 그렇다면 바로 자기배달구역안에 있는 아파―트에 그런방이 하나 븨였든데 아직있을게라고 하면서 과분하다 생각되리만한 친절로써 정령히 그곳에 다려다주기까지한 곳이 지금 그가 잠드러있는 이방이였다. 그후로 康은 그의방을 종종 찾었는데 그것이 어떤때는 근면하고 성실한 고학생다운 태도에서 영어같은것을 물으려올때이기도 하였고 또 어떤때는 고향을 떠러저서 이국에 나와 있는 몸들이 어쨌든 서로 동향인을 그리워하는 감정에서 나오는 극히 순진한것이기도 하였다. 이런때는 그리 훌륭치못한 음식물이나마 사이에 놓고 서로나노면서 추억이랄까 동경이랄까 둘이 다같은 고향을 생각하며 밤이 깊어가는때도 있었다.

「근데 그게 뭐요」너무 의외의 일에 의아함과 불안함과 두려움까지를 품고 李군은 다시 이렇게 뭇는것이였다. 고요히 앉어있든 탓인지 불숙 들어온 康이며 그가 옆구리에 끼고 들어온 물건이며 모두가 무서운 침략자만 같었다. 康은 신문지를 활작 풀어헤치고 히멀숙한 석고상하나를 두손으로 받처올리면서

「벌서 언제부터 가저온다든걸 약속리행이 늦어서 않됐쉐다」

이렇게까지 나오는 그의 말을 듣고 李군은 약속이란 말에 당황하여지면서 그 히멀숙한 석고의 얼굴을 드려다 보는것이였다. 생각하면 康이 이방에

왔을때마다 혹 둘의이야기가 끊어저서 종용하여질때면 흔히 두손을 적적하
게 비비면서 방안을 휘 도라다보고는 반드시 방이 너무 한산하여 적적하지
않느냐고 위로를겸한 탄식을 하는것이였었으며 그럴때는 李군은 그저 말을
받어 웃으면 康은 그李군의 웃음끝에는 자기가 무엇하나 가저오겠다고 이
야기하는 것이였다. 이런때는 李군은 거절도 대견스럽고 그렇다고 반갑게
승락하는것도 아닌 자기도 아지못할 쓸쓸한 웃음을 짓는것이 예사였는데
康은 그웃음을 어떻게 해석하였는지 하여튼 그는 지금 약속이란 말을 서슴
치않고 내부쳤든것이였다. 이런 그의 극히 순진한 친절을 李군은 받어드릴
권리를 자기안에 찾을수없었든 탓인지 그것이 도리혀 귀찮고 어쩐지 무섭
고 두렵기만 하였다.

「그런데 그건 어쩌자고 갖어왔소」 이렇게 어지간히 어조를 높히며 딱하
지않으냐고 비란하듯이 웨치는것이 그의 康에대한 전력의 대항이였다. 그
렇나 康은 李군의 비란을 도리혀 사양이라 해석하는것이였으며 자기의 행
위에 만족을 느껴 자만이 부끄러웠든지 얼마큼 얼굴을 붉히기까지하며 그
러나 흠연히 입을연다.

「그러면 되려 황송하웨다. 머 때무든 헌거예요. 내방에 걸엇든걸 그냥 갖
어온건데요」

「마음에 들어 걸어두엇든걸 내게주면 어떻거우」

「그럼요 그야 싫어서 버리는걸 리형께 올린다든가 그런 실례된일은 않함
네다. 또 그런거야 올려서 내게무슨 보람이있소. 그런데 리형 나오늘밤 북
지로 가오. 그래서 내 무얼하나 드리기도 싶구해서……」

오늘밤에 떠난다는것을 듣고 그는 떠나는 시각이 돌연하다는것 보다도
북지로 간다는사실 그것이 놀라웠다. 북지행의 의사를 요사히 그에게서 간
간 듣기는하였으나 학업이 끝나면 도라가는곳은 으레히 고향이라 생각하고
있는 李군에게는 그의 북지행이 자기로써는 생각도 못해볼것의 일인것 같
았다.

「그만 정말로 북지로 가게 결정되였소.」

「언제두 말한대루 고향가는건 여간 답답한노름이 아니웨다. 모든정세가
불리해서 마음대루 기를 펼수없구 또 친족들두 퍽 따뜻한거긴 하지만 제마
음대루 무얼할라면 그게또 되려 시끄러운거기도 한거거든요. 그래서 고향
을 생각하면 낯익은 산천이 몹시 그립기는해도 그보다두 그게 나를 매장할
라구 계획하는 무덤터같이만 생각되는건 웬일이오. 그래 이번 지나가는데
두 집에 알리지두 않었웨다. 집이라야 다늙은 어머님과 병신형님이 한분 계
시지만 어째 만나는게 무서워서 가서 자리를 잡구 후에 어떻게든 할작정이
웨다」

　여기까지 이야기를한 그는무엇을 할려는지 석고상을 들고 성큼이러섰다.
　「북지로 가구말갓쉐다. 황무한땅에 가서 발드려보지못한 곳에 제집을 짓
는게 사내로써 해볼만한게 아니요」

　이러면서 그는 주머니에서 준비하여 가지고온 못을 끄내여들고 방안을
휘삶인후에「저기가 좋쉐다」벌써 석고상을 들고 테불우에를 올라갔고 아
그립파를 벽에 든든히 걸어놓고 이편을 향하여 도러서드니 그는 테불에서
나려오지도 않고 그냥서서 李군을 나려다보면서 이야기하는 것이었다.

　「아그립파라는 유명한 장군의 얼굴이랍니다. 용감하고 과단성있게 생긴
품이 썩 좋아서 사다부첫드니 너처럼생겼다구들 간간 동무들이 히롱하는데
사실좀 그런것두 같지않소 허허 이걸 보시면서 제생각나거든 어데서든 용
감하게 살고있다고 생각해 주시요 리형」

　손을털며 테불에서 나려선 康의 얼굴과 그가 걸어놓은 아그립파의 얼굴
을 번가러 바라보면서 李군은 아모말도 못하고 란처스러운 얼굴로 뒷머리
를 긁으면서 서있을 뿐이였다. 이게 어제밤일이였다.

　고요한 음악소리에 흔들리워 잠을 깨듯이 따뜻한 봄햇빛을 감각하면서
눈을 뜨는 李군은 충분히 휴식한 몸을 질겁게 뼈치면서 자리안에서 상반신
을 뒤틀어 어린애처럼 기지개를 펴든차에 스스로 가는 시선이 빈 방안을 자
유스럽게 달리다가 걸핏 저편벽우에 마조처서 아그립파의 얼굴을 발견하자
벽우에 떡 걸려있는 그석고상 못지않게 그의 전신이 마치 경련이나 이러난

사람처럼 꼼짝도 못하고 응결하였다. 아연히 뜬 그의 두눈에 것잡을수도없는 놀라움과 두렴움이 보한것은 李군자신도 어찌변명할수 없으리라. 뷘 자기방안에 호기있게 걸려있는 이 난데없는 얼굴, 꾹다물은 세찬 입술아래에 뭉처진 튼튼한 턱, 그턱으로 모혀진 두볼편의 뭉쿨한 근육을 쫓아올라가서 엄청나게 크게떠진 두눈, 눈우에는 투터운 철판같은 살진이마가 얼굴을 보호하려는 물건같이 붙어있고 그아래로 비대한 코가 엄숙히 자리를잡고있는 이 서먹한 얼굴을 바라보면서 방금 잠을깨였을뿐인 그는 어쩐지 두려운 권력밑에 자기가 놓여진듯하기가 잠시동안, 그러자 마음한편으로는 지나치게 엄숙한권력에 도리혀 어처구니없는 웃음이 터저나오는때에 가지는 조소의 감정을 느끼면서 — 이건 웨이러시우. 순간에 다행히도 어제밤의 일이 생각에 살아올라와서 — 아 그랫드랬습니까, 억개를 들처올리여 이렇게 우습광스럽게 목소리를내며 포리시넬風의 제스츄어를 지여 웃어버릴려는 것이였었으나 잠깨일때에 침입받은 두려운 감정은 어찌할길없고 이런행위가 어째 허세같기만하다. 이런행위의 효과도 잠깐 떠올랏든 물거품가치 힘없이 사라저버리는것을 또렷히 느끼면서 자리밖으로 나오는 그는 담배를 찾어부치는수밖에 없었다. 아그립파에서 시선을 피하여 담배를 내뿜는 그는 아직도 얼굴에는 태연한 허장의웃음이 남어있기는 하였으나 자기머리우에 걸려있는 아그립파의 기세의압력을 물리칠길 없었으며 뷘 자기방의 전체의공기가 저석고상의 호기있는 호흡에 지배를 받는것만 같았다. 어쩌다는 감방에 들은 죄수와도가치 자기가 처참하여지는듯이 느끼기도하는것은 쓸데없이 연약한 李군의신경의 소위뿐인가. 그는 드디어 그것을 벗겨내리워 버리려고 테불우로 올라서려고 하였으나 순간에 그렇게까지 하지않으면 못견디는 라약한 자기인가 벗겨내리워버릴 필요는 어데있느냐 문득 반발이 생겨 아그립파의 얼굴에 싱글싱글 조소를 보내며 마조서있노라니까 또한편으로는 그것을 성큼 떼여앓버리고 그러고서있는 자기의 간사함을 알어차린다. 이처럼 완전히 사로잡히면서 어쩌는 도리도없는 그에게 때마침 테불우에 놓여있든 人名辭典이 눈에 띠였다는것은 참말로 천행이 않을수없었다. 안일한

휴식처에 들은듯이 그는벌써 여유도도히 의자에 걸처앉어서 익숙한 솜씨로
페지를 뒤치면서 천천히 담배를 빤다. Marcus Vipanius Agrippa(63−12 B.C.)
羅馬의將軍이며政治家 卑賤에서立身하야軍隊에들어가 옥타비우쓰의將軍
이되여 가리야其他의外征에從軍하야 紀元前三十七年에執政官이되다. 以來
로政治方面에手腕을發揮하야 功績甚多. 有名한 羅馬의판테온은二十七年그
의建造한바. 十七年씨리야總督이되고 自十八年至十三年아우그쓰쓰와함께
護民官이되여 國事에盡瘁하다. 그의세번째의妻는 아우그쓰쓰의 딸이였다.
「아그립파의 肖像」大政治家로써著名한故로 羅馬時代에그의肖이 數種製作
되여 世界名種美術館에所藏되여있다. 日本에는 石膏의複製가輸入되여서
美術學生의데쌍의모델로많이씨여진다.』― 힘이 모든우에서 야만스럽게 세
력을 부리는 어느옛날의 용감무쌍한 하나의장군이라고만 생각하고있든 저
석고상의 주인공이 일개국가를 움직이는 정치가였다는것이 금일의 신문보
도의 상항과 흡사하다. 지금 저편구라파에서 한팔을 높이 올려내밀고 전차
대의세력을 자랑하는 사나이도이십세기의 아그립파가 아니면 무엇인가. 그
뿐인가 동서에 이 아그립파의 자손들이 얼마나 우쭐우쭐들하고있는 때이
냐. 북행렬차에 몸을싫고 고향을 도라보지도않고 달리는 청년도 하나의 적
은 아그립파일게다. 이런생각에 잠겨서 얼굴을 싯고난 李군은 습관이였든
지 수건을 든채로 남켠창문앞에 가선다. 봄햇빛이 드려빛이는 유리창을 거
처서 이또 따뜻하게 봄볓을받은 밖이 내다보힌다. 바로 창아래 植木商의뜰
에는 철기얼은 나무들이 벌써 꽃을 피우고있다. 복사나무아래를 지나가는
園丁의 철기를맞아 새로가라입은 옷도 유란스럽게 봄색이 돈다. 나무들을
하나하나 눈을 건니면 식목상뜰울타리를 넘어 저편에는 고요한 養魚場이
눈을 기다리고 있었다. 고요히 담겨있는 못까에 움직이는것이라고는 하나
도없이 몇개이든 낙시대가 조용히 느리워저있다. 조용한 낙시대와 별달리
분간을 가릴수없이 조용히 앉어있는 남녀로소의 낙시대의 주인공들의 그림
자가 못물까에 가만이 담겨있다. 하나하나의 사람들을 삶이면 제각기 각양
각색이기는하나 못까를 둘러쌓고 가만히 앉어있는 그들은 그들만의 세계를

만들어서 밖에서보는 누구나가 범접할수없는 딴세상의사람들 같었다. 못까
에 빛이운 그림자가 사람이 아닌것가치 앉어있는 그들도 무엇인가가 남긴
그림자만 같다. 멀리 잃어버린 엣날에대한 추억이랄까 아지못할 락원을 꿈
꾸는 동경이랄까 안온한곳을 찾는 도피이랄까 李군은 한숨아닌 긴숨을 그
윽히 내쉬며 아득히 봄하늘을 내다본다. 온화한 봄햇빛이 그를 안는다. 가
득찬 봄햇빛이 양어장의못까를 낙시대의 주인공들을 식목상뜰의 나무나무
들을 거처서 李군의 방안을 그리하야 온천하를 싸안었다. 그는 그 봄의품에
안기듯이 창을열고 창턱에 걸처앉어서 얼마든지 시간은 지나간다—
　「리상 속달왔세요」창아래 뜰에서 하녀가 봉투하나를 높이올려내밀며 처
다보고 있었다. 「아이 어쩌면 저렇게 한유하게 앉어계실까. 이바요 여자한
테서 왔세요. 아하 날도좋은 일요일, 아이 부러워」하녀는 봄하늘을 처다보
고 부신눈을 스스로 감고는 몸을 느른히 비꼬면서 무료스럽게 기지개를 편
다. 그러고있는 하녀의 마치 봄빛에 취한듯한양을 李군역시 취한듯이 나려
다보면서 대답은 극히 대스럽지 않었다
　「아 지금 식당으로 나려갈테니 그리로갓다주어. 필시 경히한데서 왔을게
라」
　태연히 신문을 찾어들고 시선의절반을 신문지우에로 던지고 층층게를 골
라집흐면서 식당으로 나려가고있는 그의 머리안에는 이봄에 양화를 공부하
겠다고 동경온 사촌누이동생인 경히의 생각이 범연히 돌고있을뿐이였다.
남자와도 그러려니와 더욱이나 여자와의 교제란 전연없다싶이하는 그에게
여자에게서 속달편지같은것이 왔다면 경히외의 다른누구일수 있을까. 아닌
게아니라 몇날전부터 그는 명목만은 안내자격이기는 하였으나 나어린 경히
에게 도리혀 끌리다싶이하여 거리를 나단녔는데 처음온 경히보다도 오히려
자기가 이도시에 낯서른자인듯이 뒤따러 단녔든것이였다. — 어짜자고 또
속달일랑 띠웠을까. 대저 모든일에 흥을가지기 좋아하는 시절에 들어있는
어린처녀이니 어느극장의 입장권을 삿으니 어느거리모퉁이로 오라는 것인
가 또 혹은 신문에서라도 광고를 보고 어느전람회장에를 안내하라는 것인

가, 하여튼 식사나 편히 마춘후에 뜨더보기로 하자.

 식당테불들은 이미 아모도 앉어있는 시람이없어 모다 븨엿는데 저편 창 옆테불우에 이아파트에 동숙하고있는 화가M이 올라서서 그림하나를 벽에 걸고있다가 그가 들어서는 인기척에 이편을 도라다보고 인사를 건닌다. M의손을 돕든 하녀가 갖다주는 봉투를 받으며 식사를 청하면서 李군은

「아그립파의 석고상하나 안가지실려우」

 이렇게 무의식중에 이야기를 건니는 서슬에 방금 자기방안에 붙어있는 아그립파의 얼굴이 불숙 생각에 사라올라오고 따라서 그동시에 지금에 자기가 배아터놓은 말을 의식하자 이렇게까지 아그립파를 처치해버릴려는 의사가 자기안에 있었든가 또다시 생각은 아그립파에로 달린다.

「여보 그림이 되지않었다 생각하면 똑똑이 그렇게 말할법이지 그런 듣기에도 쑥스런 풍자는 정말 말어주오. 이래뵈도 아그립파를 졸업한진 류년이외다. 당신 아그립파가 뭔줄아오, 그림에도초보 데쌍도 맨처음시작할때 붓잡어그리는게 아그립파의 성고상이라는 거요. 어김없이 군형있고 우뚝우뚝 모두가 제자리에 붙을대로만 붙은 얼굴이 처음그리는자에게 제일 편리하게 생겨먹은 모형이거든요. 물론 알고 그렇시갓기에 이런말이지만」

 테불우에서 그냥 손짓을 해가면서 퍼붓는 M의 이야기를 들으며 — 아그렇든가, 벌써 李군은 그의편잔에 랑해를 얻어야겠다는 여유도 가질사이없이 문득 경히를 생각해내며 손에들린 속달봉투를 드려다보니 필경 누이동생에게서 왔으리라고만 생각했든 이게또 퍽낯서른 글씨로 씨워저있는고로 불시에 발신인의 일홈을 찾으니 아지도못할 マルヤマ・ソノコ라고 씨여저 있었다. 그가 당황히 봉투를 찢고 내용을 끄내여 펴치니 깨끗한 여자용편전 지갈피에서 틀림없는 一圓짜리 누런지페한장이 나왔을때는 그는 앞만 내다보다가 정신잃은 사람처럼 방안을 휘 도라다보았다. 과연 현실인가.

 "李樣, 실례된일은 모다 용서하세요. 생각나시겠지만 언젠가 병원에서 빌엇든겐데 돌리는게 늦어서 미안합니다. 그렇지만 이 미안할것을 제가일부러 만드른게라고 자백하겠서요. 속히 돌리는게 웨그런지 서운하여서 그랬

습니다. 용서하세요 얼마든지 갚어드리겠세요. 이렇게 말슴올리고싶어서 그랫다면 유한한 녀자의 부질없는 소위라고만 돌리시겠습니까. 녀자혼자 앉어있는 봄날의 일요일도 생각에 넣으세요. 제가 갚어드릴보수 (이것은 얼마든지 과소평가하여도 좋습니다)보다도 당신의 빈시간의가치가 적다고 생각하실때면 채권자인 당신은 언제나 받으러 찾어오십시요. 기다리는 マルヤマ・ソノコ"

오늘 아츰식탁에서 李군을 놀라게한 이 マルヤマ・ソノコ라는 여자는 그가 불민증으로 間間가는 병원에서 몇번인가 만난 삼십대의 요염한 미망인인데 이런 놀날만한 편지가 이야기안에 뛰처드러오게된 경로를 알리기에 구구히 설명을 느리는것보다 李군의 어떤날의 日記를 펴기로 하자.

『나에게는 不眠症이란 알수없는것이다. 오늘도 醫師는 아모생각도 모다 버리고 허심히 즐거운 코-쓰를 잡어서 긴散步를 하라고 신중한 얼굴로 處方을 하였으나 그것은 실로 우서운일이 아닐수없는것이 해결하기에 골란한 생각이며 착잡하여 번민스러운 생렴을 한시라도 가저보는길이 있는 나인가. 허심한 긴散步를 하라면 이런散步야말로 나의 全日常生活이 이런것외에 아모것도 아니라고도 할수있음에야. 거침없이 漠漠히 터저나간 바다물결과 눈알이 허황스러웁게 정처없이 달리는 창공을 앞두고 태양빛줄기가 무수히 흘러나리는 平坦한 모래밭이 얼마든지 계속되는듯한 그런곳에 임자가 말하는 무슨 구뢰와 번민이 있을줄아는가 敏腕doctor 그대여. 차라리 無思無慮其樂陶陶의境地일지니 嗚乎라 歡樂과寂漠이 하나가 되는곳에 내탈이 있는가보오. 잠을 못이룰때도 나는 괴로워 뒤채는법이란 도시없이 도리혀 무한히 안일한 바탕에 놓이여 그곳을 虛스럽게 浮動하는것이 안타까울 뿐이다. 눈에드는것이라고는 황황한 전등불빛까지도 모두가 厚子로 부스러저 녹아없서지는지 眼前에는 無色의情景이 전개되고 귀에들리는것이라고는 시계의초침소리 까지도 모두가 나의 숨결소리로 還元되여 가슴속에 슴여들음으로 벌써 떠러처놓고 들을수있는것이라고는 하나도 없어진다. 自由의歡樂과 寂漠의悲哀가 그바탕에서 얼켜흘러 얼른거리기는하나 그것들도

形態는 가릴수없고 그것을 두줄기흐름이 리유를 모르게 비상히 분주히 交
錯하여 燃燒하여버리는곳에 피여오르는 형상없는 꽃·꽃들의 믿을바없는
아름다운 향기와 색갈과 음향이 내몸의 주위를 쌓고흘러 나의몸의 전체의
機構를 흘러내린다. 그대가 말하는 구뢰와 즐거움이란 무엇을 말하는가. 나
의웃음이 불어오고 눈물이 흘러나리는 바탕은 이런곳이라는것을 그대는 아
는가. 冗然而醉하고 恍爾而醒하여 그런바탕을 나는 出入하는데 추호의 나
의의욕도 그것에 도모지 干涉할수없으니 대체 어떠한 超意慾의 보히지않는
손그림자가 나를 그곳으로 인도하는고. 冷情한慈悲의품을 벌리는 故鄕山
川, 時間의母胎ㅡ

　「나」와 그「나」가놓여저있는방탕과를 가릴수없는 이런 世界, 이것을 둘러
친 「내」가 결코 볼수없는 장막을 두려운 運命의손은 苛酷히도 찌저나리고
侵犯할때가 있다. 그럴때는 「나」를 意識못하였든 「나」는 「나」라는 바탕에
뛰처드러온 相對만을 전체로 찾이하는데 그때는벌써 「나」는 그相對의 뒤로
喪失되여 相對의 相對인 「나」의 그림자만이 남어서 珍奇한 쇄도우풀레이를
演出한다. 그러면 「나」라는 實體는 어떤곳에서 어떤光線을 받어서 이런그
림자를 지여내는고. 잃어버린 「나」여

　오늘도 マルヤマ夫人의 교태가 흩으는 눈동자를 드려다보며 「일원한장
빌려주세요」이렇게 뻔히 작란을 꾀하자는 말을 들으면서도 나의 앞에 나온
夫人의 힌팔목을 보앗을 순간 어쩌는 도리도없이 혹함이되여 「에 그렇게
하시지요」 벌써나는 책임과권리가 없는 허수아비행위로 입을 열었고 그랬
을때는 이미 주머니에서 一圓紙幣한장이 나왔을 때이였다. 녀자의 살내음
새에 취하여 휘황한 순간이기는 하였으나 一圓의支出, 이러고보면 이건 一
大事件이 되지않었느냐. 내가 알바없이 내가 저질러버린 행위가 이번에는
一圓의支出이란 事實로써 나에게 干涉하려든다. 그러나 아무런 책임과 권
리를 찾을수없는 나의 一圓의支出이란 나의행위라는것 보다도 マルヤマ夫
人 그사람의행동의 나라는世界안의 延長일뿐이다. 그러면 나는 역시 알수
없는 燃燒狀能에서 一圓을 支出하였으며 一圓이 흘너드러간 マルヤマ夫人

안에 어떤 添加가 생겨나는지도 나의 알은곳않으며 단지 事件의形骸가 제
대로 조용히 남어서 언제는 나의 世界안의 흙이 되여버리리라』

　이렇듯 李군이 말하는 그의 알수없는 련소상태에서 흘러나가버리고 말은
一圓이 지금은 대차관계라는 세상의 떳떳한 연분을 가지고 삼십대의 미망
인의 란숙한 육체로써 유혹하는 글발과함께 속달봉투안에 들어서 오늘 휴
가중에있는 그를 급기야 찾어왔든 것이였다. 一圓의反拂, 물론 레사로운 대
차관계일수도 있다. 그러나 떳떳히 레사로운 채권자일 바로 李군자신이 한
편손에 속달봉투와 한편손에 一圓紙幣를 쥐고 아츰식탁에서 어찌할바를 모
르고 당황한 꼴을 감추지도 못하고 앉어있는것은 웬일인가. 살내음새가 듬
뿍담긴 힌팔목을 매끼다싶이 내미는 부인의 로골적인 교태에 혹함이되여
어찌할수도없는 순간에 본능적으로 흘러나온 행위가 대차관계라는 엄연한
존재를 성립시킴이 되여버렸고 그뒤에는 이런 란잡한 음모가 숨어있었든가
아러차리는 그는 구원을청할 하나의 나무닢도 찾을수없이 망막한 바탕에서
몸서리치면서 紙幣와봉투를 못가질것이나 가진듯이 드려다보는것이였다.
자기는 도모지 책임과권리를 가질수없는데 그것들을 자기에게 강요하면서
무겁게 매달린다. 자기로써는 극히 용랍할수있는 자유스러운 행위가 단조
가 되였으나 그것의 뜻하지않은 연장에는 점점 무거운 짐이 실리는것 같었
다. 부인의 편지내용이 귀밑에 요염히 속살거려 적적한 육체를 불질으듯 흥
분시켜 전신의기능이 부인의 젓가슴을 갈망하면 동시에 그것이 전신을 내
려누르려는 지란한 짐같이만 생각이든다. 손에들린 一圓紙幣에 쫓아 자기
가 회수하여 맛당할 떳떳한 권리를 가질수있기는커녕 도리혀 무거운 책임
을 강요하는 물건같다. ― 휴가중의 일요일아츰 일원의권리라면 세상의 무
엇과도 바꿀수있는 一圓貨幣 (물론 マルヤマ夫人宅으로가는 택씨를 잡어탈
수도있는 一圓貨幣), 貨幣야말로 무한한 自由를 가질 수는있으나 固定된 物
品과 交換하는 運命을 절머진 가련한 自由가 아니냐.

　그는 억개를 들처올리며 팔을느러치고 자기방으로 올라가려고 이러섰다.
언제나 그에게는 자기의방안만은 어지러운 외게에서 떠러처 고요히 간직해

둔곳같이 생각되였고 자기방안에 들어앉을때만은 뷘 방안이 모든것을 삼켜
버려 씻처버린듯한 마음의 평정함을 얻는것이였다. 지금 멍하니 다리를 내
집는대로 층층게를 골라집으며 올라가고있는 그의 두눈에 알수없는 동경빛
이 가득히 흘으고있는것도 그런탓일게다. 옴기는 다리가 스스로 원하는곳
을 찾어가는듯한 양이 담담스럽기까지하다. 그러나 이렇듯 찾어온 자기의
방문또아를 그가 열엇을때 그를 기다리고있은것은 결코 안온한 자기방안이
아니였고 저편벽에 불숙 걸려있는 아그립파의 초상의 방안가득히 너울거리
는 그림자들이였으니 그는 방문을 열은 순간 얼굴을 찝으리며 고개를 떠러
치고 허덕이는사람처럼 저편의자우에 몸을 놓았을 뿐이였다. 고향을 빠저
나가 시원히 달리는 康의모습을 아그립파우에 바라보며 느른히 몸을놓고
걸처앉어있는 그의 얼굴에는 자기도 어데론가 마음대로 달리고싶은 려수의
정과함께 적지않은 피뢰의빛이 흘러나리고 그의 두손에는 아직 손달봉투와
一圓紙幣가 쥐연진대로 있었다. 팔을 느러치고 앉어있는 그에게 一圓紙幣
가 그윽히 무거워보히고 그의 머리우에 걸려있는 아그립파의 석고상이 그
의어깨에까지 중량을 실리고 있는듯이 보힌다. 그는 피뢰에 방심한 눈을 들
어 안식처를 찾으려는듯이 창밖에 창공을 내다보고는있으나 그의 머리안에
는 오늘아침 자기안에 뛰처드러 일어난 여러가지 사건, 잠깨일때부터 자기
방을 침입한 아그립파, 그로인하야 아츰식탁에서 애매하게 질머쓴 M의편잔
그리고 一圓이라는 짐을 실어온 マルヤマ夫人의 속달편지와 그속달편지를
보냈다고만 생각했든 누이동생경히, 이런것들이 서로 꼬리를 물고 분주히
교착하여 도라가고 있었다. 그리면서도 실로 알수없는 일로 그의 허심한 눈
동자에 아그립파의 그림자가 너울거리는 자기방안을 건너 유리창밖에 무한
히 자유로운 창공이 내 다보이듯이 그의 머리안을 꼬리를 물고 도라가는 어
지러운 생렴뒤로 그는 무한한 안식의바탕을 자기정신안에 표망히 바라보면
서 그것을찾이하려드는 것이였다. 그는 그것일랑 찾으려는지 의자에서 가
만히 이러나드니 조용히 방안을건너.푸른하늘로 향하야 걸어나서려는듯이
유리창앞에 가섰다. 처음도 끝도 한게를 모를 넓은창공이 봄햇빛을 가득히

안고 얼마든지 터저나가있었다. 높고낮은 집웅들을 넘어 저편에 웃뚝솟은 가스탕크를 넘어 무성한 수풀뒤에도 어데까지든지 푸른하늘이였다. 눈아래 養魚場은 지금도 움직이는것이라고는 없이 몇개이든 낙시대가 가만히 느리 워저있고 고요한 못물까에는 푸른하늘이 가득히 담겨있었다. 륭륭한 춘광 을 가득히 받어있는 못까를 나려다보고있든 그는 그곳은 저푸른하늘을 온 전히 찾이한곳인듯이 느껴지고 저곳에는 안온한 시간이 있으리라 생각키워 불시에 그곳이 안윽히 그리워지는 순간

 ─時間을 사라, ─圓貨幣로 時間을 사라

 손에들린 ─圓紙幣에 비로소 애정을 느끼며 벌써 이편손에서는 부인의편 지가 저절로 구겨지고 그것을 수지통에 내버린 그는 시원히 팔을들어 벽에 붙은 아그립파의얼굴에 손짓인사를 보내면서 테불로 가서 설합에서 엽서한 장을 끄내드니 경히에게 아그립파의석고상하나 생겼으니 가저가라는 속달 을 써가지고 ─圓紙幣를 들고는 養魚場으로 나섰다.

 이렇게하여 李군은 일원으로써 양어장의 입장권을 바꾸어가지고 잔잔한 못까에 조용히 낙시대를 담그고 아까부터 앉어있었다. 못물까에 가만히 비 취운 자기의 그림자가 고요한것같이 앉어있는 자기도 취한듯이 호젓할 뿐 이다. 어쩌다는 가볍게 불어오는 봄바람이 못까를 스처 그의그림자가 물결 우에서 부동할나치면 앉어있는 자기도 봄바람에따라 부동하는것도 같다. 못까에 빛이운 그림자가 자기인지 앉어있는 자기가 그림자인지 그저 그는 낙시대를 가만히 붓들고 시간과함께 앉어있을뿐 무엇을 생각하는것도 아니 고 무엇을 계회하는것도 아니고 무엇을 기다리는것도 아닌데도 못물속에서 무엇이 생겼는지 낙시대가 불시에 파들파들 떨면 낙시대를 잡었든 팔이 저 절로 올라가고 그러면 불안스럽게 흔들리는 수면을 뚫고 물고기가 물려올 라와서는 펄덕이는 고기의 금속빛의 비눌이 태양빛에 찬란하다. 또다시 낙 시대가 느리워저면 잊어버린듯이 안온하여진 못까에 하염없이 해만이 기울 고 고기의수효는 작구만 치룽안에 늘어간다. 얼마나한 시간이 흘렀든지 하 녀가와서 경히가 왔다는것을 고하였을때 못까를 이러서면서 그는 치룽안에

서 번뜩이는 물고기떼를 물끄럼히 나려다보고 있드니 치룽을 기울려 고기
들을 하나하나 못물속에 쏘다버리면서 그것의 수효인즉 자기가 차지한 시
간이라 생각하며 무엇인가 풍부하여지는듯한 감동을 마음에 느껴 흡족한
얼골을 짓는것이였다.
　「擧世皆濁이어늘 我獨淸하고 衆人皆醉어늘 我獨醒이로시군요」 이것은
그가 자기방에 도라왔을때 벌써 석고상을 떼여팔에들고있든 경히가 깔깔대
는 사설이였다. 李군은 대답이없이 한팔을 이마우에들어 경히의사설을 지
워버리려는듯이 허공에 내저으며 의자우에 걸처앉어서 빈방안을 빈눈으로
도라다보는 것이였다.

하 늘

金化淸

　자신이 끝없이 귀찮게 싫어지고, 새파란하늘 이나 푸른나무잎들이 회색의 중량을가하여 묵어웁게 시야를눌을제 사람은 설게는커녕 의욕까지도버려 자신을 감당하려고 들지않을까 이러한 다갈색의 구토다운생리에 짖눌려 몸마디마디를 쑥내리맡긴 때부터 죽음이란것을 머리에두고 방안을 오가기 시작했다. 죽음을 가벼웁게 넘두에두고 롱락하였대도 좋지만 어떻게 지탕할수없는 깊은절망이 몸을 태웠다느니보다는 겹겹이뭉킨 겸오의구름이 몸을 하늘아래두기를 싫게했는지도 모른다 나는 음침한방안 복판공간으로 구부러저건 너간 보땅위에 길다란명주를 늘어뜨리고 목을 갖어다대었다 과거가 달큼한 부분만은 모조리지워버린채 흐늑히 메시꺼운찌꺼기만이 지득지득 머리속으로 달려붙는다 휙 지나가는 사건들도 결코 밝지않은 색채를 지녔다. 죽는다 죽는다 죽는다 …… 끝없으리만큼 마음속으로 련거퍼웨치며 명주올개미속으로 목을들이밀고 휘친 몸을 허공에 떨어뜨리는순간 몹시 길면서도 짧은시간이었다. 번개처럼 머리와심장을 새파란하늘이 참으로 파랗게배경하야 첫번사랑하던 계집애의얼굴과 후련하고 벅찬 어떤씸포니—의 한구절이 흔들었다.

　얼마를 지났는지 시간을 측정하기는 잊어버리자 내몸에 의식이돌아와 눈을떴을때는 어머니는 그대로 속으로 목소리를 움츠러트리며 흙흙느끼고있고 형이 아직 귀에서 청진기를 떼이지도못한채 팔목에 손끝으로 맥을짚고있다. 방한편에도 의사인듯 청진기의 고무줄을 움켜쥔사내가 내낯을 더듬고있다. 점점밝어가는 방안속에 나는 몸이 자즈러드는 피로를느껴 다시 눈을감는다, 귀밑창속으로 어렴풋이 어머니의 높아지는 울음소리를 듣는듯싶은채 나는 다시 혼곤히 잘들어버렸다.

다시 시야속으로 기어드는것들이 신기하기는커녕 한아한아 귀찮게 몸을 얽어매어주는듯싶은심사로 그채로 한없는 시간을 혼몽히자고싶은 상태로 메칠이 지났는지 모른다.

으시시하도록 흐릿한 날새가 맑고높은 하늘로 갈라지며 밝은햇빛이 문창자로 기어드는 저녁이었다. 왕진가방을든채로 방안으로 들어선형이 주머니속에서 담배갑을 끄내부치며 내게로 내밀었다.

「몇일째 끄물거리는 날새가 금시에개이니 마음이 날러갈듯 가벼운데……」

「아아」나는 담배를 받아물며 무심한눈길을 수습하지않는다.

「개뚝이나걸을까, 나무잎도 무던히 물들었을걸」 형은 가방을 방안 구석으로 집어던지고 몸에 걸쳤든 바ー바리마저 훨훨벗어놓고나서 밖으로나선다 나도말없이 딿아나선다 거리에 웅겨도는 시끄러운 음향들이 귓전깊이 닥아들어 신경을 세게건드리나 얼마안걸어 강변으로 나선다. 몇일을 동민하고난사하에 몸으로 와닿는바람이 제법산산해것다. 강변을끼고 제방을딿아 그대로 믁믁히 걸어올라갔다. 물이 전보다 새파랗다 언덕위에 솔나무가 빽빽히들어찬 속에 누렇게 단풍든 장풍이 섞였고 그사이로 그어진 잡디가 짖밟힌 좁은길을 찾았다. 펑퍼짐한 바위우에 몸을걸치고 다시 담배를피어 내를 길게 허공으로 내어뿜으며 형은 지긋이 입을연다.

「어제 나는 다시 산다는일의 즐거움을갖었다 의사란직업을 갖기시작한뒤로 두번째. 과장이 청진기를던지며 이미 바람없는 생명이라고 선언해버

린 어린목숨 숨이 금방 꺼질듯 할딱어리고 열이 몸에 손을댈수없게 높았다
과장이나가고 간호부떼가 물러나간뒤에 나는 어둑한 삼등병실속에 혼자남
았다. 곧 뒤이어 나를딿아 회진을 도웁는 간호부하나가 들어오긴했다 뇌막
염이 건질수없게 기울어저버린 환자였다 나는 눈을 지긋이감고 기도를 올
리는자세로 짧은순간을 지냈다 온몸속에 있는힘이 전신의표면으로 내속기
듯 나는 순간 열에탔다 해열제를 주사한다 맥을다시 짚는다 열이 그대로 내
리지않는채 애는 혼수상태로 빠저버린다 과장보다도 열은 내과학의 지식을
알지만 그런과학의힘쯤 이러한 순간안에서는 문제가아니다 이윽고 환자가
목을 연겂어 곧세우는경련을 일으킨다 이미 내처치를 내자신이 똑똑히 의
식할수없도록 나는 흥분되었는지도 모른다 그러나 손은 간호부의도움을 빌
어 연겂어 다른 의사와 다르지않을 처치의반복을 계속한다 주사를주어 약
간한진정을 빌어갖의고 다시 척수에서 물을뽑고…… 이상더어쩔수없이 무
력한 과학력의 반복이기는하다 그러나 내온몸의 정신은 이 빈사상태에놓인
한생명속으로 쑤욱 기어들어 나는 고도의 흥분속에있다 날이 건밝아오도록
이병실에서 떠나지않은 나는 새벽녘에 제대로 내려진 체온표와 환자의 얼
마큼 고르러워진 숨소리를듣고 병실을 나섰다 침대옆에서 웅크리고 밤을새
운 어린애어머니의 피로를 모르고 빛나는눈을 나는 죽도록 잊을수가없다
병실을나와 복도를지나 현관밖의 돌층게우에 나섰을제, 아직 새벽달이 걸
려있고 끈기있게 같이 밤을새워준 간호부가 뒤에딿아나와서서 같이 새벽달
을 보았다. 담배를 피어물었을제, 어디서 개소리가 들렸다 그제야 몸이 꺼
꾸러질듯 피곤했지만 심장은 즐거웁게 뛰었다」

　나는 형의흥분이 내몸속으로 기어드는듯 같이 흥분하고감동했으나, 감동
은길게 가잖아 열을잃고 나는 형이 이런 에피쏘―드를 내앞에 번득이는 형
의심산이 내게산에 빛외여 내자신이 더욱 형지할수없게 싫어져 나는 내약
비로운자신을 응시한다.

　「형은 직업이잇고 나는 직업이없어 그러한 생활태도의차이가있겠지만
어쨋든 한피를받아 같은 환경인집안속에자란 두세포의 엄청난현격에 나는

244

마음속으로 끝없이 부러웁고 슬픔니다」

「정수야 나는 네 자살을 롱락하는 생활태도가 징그러웁다. 너는 자살을 롱락했다. 네게는 오랜동안 갖어온 타성의습관이 쌓이지않았을까 생활이 작난할수있도록 지난스러워졌나」

나는 형의 여지까지의심사를 짐작못하는배아니고 눈숡에 눈물이 핑 돌도록 비감해졌으나 나는 다시 혼자 중얼거려본다.

「나는 그냥 살어야합니까」

「정수 너는 네타성의찌꺼기로말미암아 네생활을 잃어버렸니」

「나는 이제부터 질기게살려고 이욕하겠지요. 그이욕이 얼마큼 삐뚜러질지는 모르지만……」

나는 하염없이 슬프다. 습성이건 생리건간에 형이 제생활의 즐거운면으로 내정신을 추키려 애쓰는 유쾌스러운태도에 몸을 서로부둥켜안고 흙흙느낄만한 마음의준비가 아직 서지못했다는것은.

「하늘이 파랗지요, 나무잎은 작년과다름없이 다시 떨어지고, 시간이 자꾸 흘으는듯싶잖게흘으고, 우주가흘으는듯 섰는듯 있고 형은나를 사랑하고 나는 형을 사랑하고……」

나는 눈을 지긋이 감어버린다. 나무잎한아 내낯에떨어지는 감촉을 바위우에누어 나는 느낀다.

방복판우으로 지나간 들보를 나는 응시한다. 죽음을의도하다가 빗맞은 섬뜨럭한심사를 가신것도아니지만 이지음 나는 들보를처다보며 시간을 생각하기 시작한다. 내목이 보땅아래로 길게늘어지고 그대로 수선스런 자태를 남긴채 살어저버렸다면, 세상은 지구의현실은 그대로 무관히 흘러갈게고 내의식아래 드는일없이 세상은 제마음대로 변화해갈게다. 나는 죽지못했든것을 깊이슳어할경우속에 놓인것도아니고 그러한동작이 쑥스러운거조대로 끝난채 나는 목숨을끊지않고 지니고있음이 열적고 한스러울배도아니다. 자살을 세차게 끈끼있게 의도했든바아닌 귀찮은심사에서의 자살에의의

도란 항용 이렇게 섬뜨럭한겔지도모른다. 죽음이란 유기체에서 무기체에의
변화인가 그렇지않으면 한령혼이 다른세계로 우주보다넓은아니 그래도 우
주안에있어야할 세계로 끌려가는순레인가 이런의혹이 뛰어들기시작하자부
터 내머리속에는 다시 지구의표면우의 사실들이 물밀듯 밀려온다. 지난스
러웁다 아아 나는 얼마나 하잘것없는 존재인가.

　불튀듯 의글한의욕을 갖고싶어.

　주위의인간들이 나보다세찬 생활욕을갖인 아버지가 어머니가 그리고 또
한형이 모든동무가 연인이 내부근에서 거리를 멀리하여가는 감정을 가슴속
깊이 느끼며 들뽀를 처다보고있는저녁 성히가손에 스리―캣슬한갑과 죠니
―워카―한병을 묘한선물다웁게 싸들고 들어선다.

　「물건바른세월에 안까님해매련한 박래품이예요. 버찬 알콜과니코진을 선
물합니다」

　「알콜을 선물할줄모르는 정숙한부인이 되어보시죠 여자가」

　「그렇습죠만 선물에도 사람의습성이 반뜻이 낱아나는걸」

　노끈을끊고 조히를찢고 나는 글래스둘을 집어내어 진한알콜을 담고 향기
로운 담배를 부친다. 성히 역시 담배내로 방안을 채울줄알고 아무리진한 알
콜로이나마 낯을 뽥앟게 물들일줄아는 솜씨가 있다. 나는 글래스를 거듭 입
술로 갖어간다. 성히의낯은 이미 뽥앟게 상기되었다.

　「정수씨 담배내가 그득히 답답한공기속에 정수씨와같이 독한술을 드리
키는 시간이 내생리를 붙들어요 정수씨 정수씨 한독아니안의 물고기를 물
고기를……」성히는 련신 더운입낌을뽑는다.

　「성히 나는 보땅에 명주를 매이고 내목을갖어다대어보았소. 획하고 명주
필에목이 매달리는순간 몹시길고짧은순간이 지나가 버렸으나 내몸은 그대
로 성히앞에있고 한스러웁지도않고 세상이 더욱 꿈같아졌을뿐 성히 성히
나도 불같은 의욕을지녀야지않나」 내눈도 이미 풀어졋을듯싶고, 내팔은 성
히의목을 둘럿을게다 성히는 풀어진때가 더욱 매력을가하는 눈길로 허공을
노리며 내 가슴우에 몸을 의지한채 호―음 가벼운한숨을 짚어본다.

246

「나도 죽음을 그또록 아량해본때가 있었지요. 약을 한줌 듬뿍지니고 짠디
가 가즈런하고 솔포기탐스러운 언덕우에올라 귀찮고 을스녕스런 목숨을 둥
둥 띠우고싶어 약을물고, 갖어갔든 사이다—를 마셨죠 만시간이 짧지않고
길지않은 시간이 죽는 제 자신마자 귀찮고 섧어서 타성속에서 죽음에게 매
끼려든목숨을다시 삶의타성속으로 던져버렸지요. 나는손을 목구멍에넣어
약을 말끔 돌라버리고 그대로 언덕을 뛰처나렸죠. 그다음부터 진하고혹독
한 위스키—를 몸속으로 흘러넣어보는 습관이 생겼달까 웨 죽으리까 웨살
리까」

　습성이비슷한 종족을 성히속에서 여지껏 못발견한배안이지만 성히의 몸
덩어리가 한편 어쩔수없이 묵어웁게 감각되면서 아하, 같은항아리속의 물
고기여 나는 성히의 목덜미우에 눈물을 처뜨렸다.

　나는 펑퍼짐한 강안통을 같이 걸으면서 성히를 이리저리 뜯어본다. 성히
는 손곱히는 실업가의 소실일망정 어엿한부인이요 과거에는 어떠한 파란많
은생활의 고패를 겪었을지언정 지금은 은빛 여우털목도리쯤 뻐젔이 어울리
는 귀부인이다. 나는 그의남편의 사람됨을 짐작하는배있어 비웃기는커녕
도로혀 추켜올리고싶은 욕심이일어나 성히는 어째서 말같은 사내의품을 꺼
리고 굼벵이같은 사내와 가까히하기를 즐기느냐 나는 그대의 작난깜다웁지
못한 노리개냐고 배알어버리고나서 비굴한주름이 낯짝에 그어졌을지모르
는 웃음으로 롱쳤을때 성히는 도야지의 지방보다는 달판이의껍질을 즐기는
셈일까요 이런 대꾸로 흘려버리고 더욱더 내침침한 성격의더품속으로 닥아
드는자세를 지었다. 과거의거취를 미루어 결코 호기심의 엷은껍질에 속아
머리를 처들이밀종류의 여인이않임을 나는알아 이것은 기필코 생리다 생리
다 생리에틀림없다고 혼자 마음속으로 중얼거려보고있을제 감탕속의 물고
기는 해맑은물속에 놓이면 질식을 느끼지요. 요즈음 내게 빈틈없는 합리주
의자는 두려울뿐이예요 이렇게 붙여놓고나서 눈을 아니 온몸을 허공에 맡
기는자세를 지었다. 나는 다시 성히가 귀찮어진다. 그는 뚜렸이 자기의세계

를 갖고있고 내게로닥아오는부분이란 그의 생리의윤곽일뿐이겠지만 나는
성히를 집으로 보내고 홀로 자꾸자꾸 것고싶다. 길이 언덕과 성히네 주택으
로가는평지로 갈라지는곳에서 나는 석고처럼 고정된 얼굴로 성히와 갈라저
언덕길을골랐다. 목례를 던지고 삽분삽분걸어가는 성히의보조에 자연스러
움지못한 작위의자세가 보힌다.

　획 지나가는바람이 제법 나무잎을 몰아처 우수수 잎떨어지는 소리와함께
나무가지들은 점점 앙상해간다.

　나무잎이 우수수떨어지고 발아래 강물이흘으고 아름다웁게 쓸쓸한 자연
이라고 혼자중얼거려보았으나 몸이 이러한 자연의아름다움을 느끼지못하
는버릇을 갖기시작한지가오래 아름다웁다는감각이란 느끼지를 못하고 아
름다웁다고 생각하려는자세를 갖는게않인가는 의혹이 생겼다. 뒤이어 문득
나는 나라는존재를 얼큼 갖었느냐 나는 얼마큼 나로써감각하고 살아가고있
느냐 나는 아름다움을 감각하는기능이있나 예술가일려는 내가 美를모르지
않느냐 습성에서건 무엇에서건 나는 아름다움을 느끼기보다는 아름다움을
생각하지않을까 점점 무서워졌다. 이러한사색이 흐늑히 두려웁고 눈앞의자
연까지 지득하니 묵어웁다. 나는 아름다운것을 감각한지가 까마득하니 오
랜옛날인듯싶다. 아름다움에대한진한 감각을 갖고싶어 갖고싶어 혼자 소리
를내어 중얼거려보나, 헛소리처럼 마음속아무데도울리지않아 나는 불안스
러히 무서웁다.

　언덕저편에놓인 안군의집이 눈에든다 나는 무서운것에 좇기는사람처럼
걸음을 그주택앞에 다다르도록빨리하여 허든허든 뛰었다.

　백양목이 하얀피부를 맑은해빛아래 들어내어놓고 나란히 서있는뒤로 재
빛벽돌이 해빛에반사되어 파랗게 밝은양관이 보히고 그앞으로 가즈런한잔
디우에 나무그늘을 의지하여 핑퐁대가있는 좌우에 붙어 근수네남매는 라켓
을 둘으고 있다. 여—, 한목않하려나 쨈세이게 근수는 핑퐁알을 받아넘기며
입을놀리고 근히역 목례를 보내고나서 그냥 핑퐁을 계속한다. 하얀쎄타에
노란스카—트가 목덜미에서 한들거리는 약간커—르 한 머리털과함께 가벼

248

운 근히의눈은 핑퐁알을 쫓으며 샛별처럼빛난다. 께임을세이고 근히대신 내가 들어서 라켓을들고 이렇게 땀을 흘리도록 경쾌한시간이 지나가는동안 근히의 빛나면서도 호수처럼깊은 눈이 작난스러웁게 웃고있는데로 내눈길 이 연신쏠렸다. 아름다운눈이다 사랑하고싶은 눈이다.

핑퐁라켓을 되는대로 던저버리고 우리는 잔듸밭에 엎더저 담배를 피웠다. 근히는 핑퐁틀우에앉아 우리를 내려다보고 앉았다.

「이쟈 걸어올라오는동안 나는 무서운경험을 갖었다. 예술가일려는 내가 미를감각하지못하고 자연이면자연은 아름다운것이여야한다는 관념에서 미를 몸소느끼는게 아니고 미를 생각해보든게아닌가고 점점무서워저 뛰어왔다」

「네 마조히스트다운 착각이아닐까 예술가란 건강한형태를 취하건 병적인형태를 취하건간에 미에의신앙정신의 끊임없는 노스탈지―가없이 어떻게 살수있느냐, 美는眞이다」

근히는 우리둘의 대화에 귀를 기우리고있으나 늪처럼 무한한깊이를지닌 눈은 맑고높은 하늘저쪽에두고 있다. 문득 나는 저눈에서 쇼팡의녹타―ㄴ 을 뜯는 피아노앞의 근히의눈을 끄집어내었다. 깨끗스러웁고 맑은예지속으로 깊이 간직한정열은 무한이 아름다웁다.

「들어가 커피―나 끓여마실까」 근수가 먼저 몸을 일으켰다.

「근히씨의 녹타―ㄴ도 듣고」 나도 근히의 뒤를쫓아 집안으로 들어선다. 현관을지나 셋은 근수의아트리에속으로 들어간다. 예제 쌓인 그림은 모도 화면속에 황막스런바람이 있고 분방스런정열이 오묘한선을 갖어 날뛰어 그 속에는 우주를 뚫으려는 정열이 깊숙히 숨겨저있다.

「순간을 꽉잡어야하는 회화같은부문의 예술을 일하는사내는 긴시간속에서 소설을빌어 의욕하려는 불행한사내보다는 행복하지않을까」

「그건 방법의차이일뿐으로 소설도 결국 오랜시간을 취급하지만 탁탁 부다끼는순간을 꽉꽉 붙잡어야하는데있어서 같쟎을까 그림도 화면우에는 순간을 꼭 살려놓겠지만 그순간을 붙들기위한 작가자신의 내부에서의燃燒 그건 언제나 꾸준히 갖어야하고……」

「저그림 소가 투우장을속의소처럼 눈을부릅뜨고 하늘을향해달리고 그뒤에 힌옷을입은 녀인이 홀로 눈을 수평에두고섯고 대체 화면우에는 황량한 바람이 휙감돌지만 그밑바닥에는 우주를 뚫으려는 열과함께 참다운 행복감이 꿈틀거린다」

「대체로 예술가란 불행스런습성을 갖이면서 마음속깊이 크다란행복을 神의일을 사람이한다는 긍지와행복을갖어야하는 인간이아닌가」

근히가 다끓은 커피-폿트를 갖어다 찻잔에놓아주고 자기도 많아마신다. 이남매가 육체로써 비저주는 향기로웁고 뜨거운美感이란 이렇게, 아트리에 속에 셋이 마조앉었을뿐으로 내몸마디마디에 안윽한 히열을 갖어다준다. 근수와 나는 담배를붙이고 근히는 살몃이 피아노앞으로 닥어간다. 쇼팡의 즉흥곡 흔히든는 곡조이고 들을제마다 몸마디마디의 관능을 고웁게 뒤흔들어주었지만 지금 이런 귀익은곡조를 짚어 건판우에 손가락은 미묘스러웁게 뛰고 눈은 이글한불을담은듯 더욱 빛나는근히 귀와눈이 동시에흔들리고 가슴이 즐거웁게뛴다. 내가슴은 혼연히 멀리 하늘로써의 감정을 품는다. 마음을 깨끗이 붙들어놓고 생명력이 이글히 정신을 비약식힌다. 쭈욱 지니고싶으면서 너무 길게갖이면 지탕할수없을듯싶은순간 얼마나맑고 즐거운행복인가 이런감정속에 몸을 맡긴채 나는 한없는法悅을 느끼면서 나는 근히를 한없이 사랑할듯싶다 사랑할듯싶어 마음속으로 몇번이나 웨처보았다. 내 타는눈은 근히의 맑고뜨거운 눈에 부닥쳤다가 하늘로 하늘로 달린다.

空　間

金 利 錫

　극히 상식적인 윤리에 빛이워 란연이와 나와의 동서생활이란 다만 動物
園에서 구경할수없는 타성의 작란임을 나 모르는바 앓인 나로서도 머리속
에 생각만은 세상의 타락 이라는것이 그렇게도 어처구니 없는것인가 그리
고 나서는 웃기는 왜 웃는것인지 벽을향하여 벙실벙실 실없은 웃음을 차리
다 문득 눈시울에 눈물이 고일 그러한 의심을 품어보고는 아모래도 웃는편
이 나다운 짓인지 그것도 분간하는 일없이 때묻은 양서들이 꽂처있는 책장
으로 시선을 돌려 그속에 깊숙히 간직해둔 아부산을 실상은 아오모리 일지
도 모를 아부산을 생각해내는 서슬로 벌깍벌깍 마시고 나서는 가로되―목
숨을 연장시키는 수단에 무엇 건방지게……」 참말로 때묻은 양서가 귀엽게
도 란연의 허영을 채우는것과 마찬가지로 가소로운 倫理가 시시때때로 나
에게 달겨들어 나의낯을 붉에함은 이것이 바로 가정교육의 힘임을 깨달어
야하는 동시에 나의 아버지가 나를 사랑하시고 또한 훌륭한인물까지 되기
를 마음껏 바라며 자기책을 애끼지 않고 논아주언 그양서들을 바라볼때 나
의마음은 어쩔수없이 경건을 표하여야하는것이지만 실상 학생시엔 부실없
는 열정에 치밀리워 학업마자 충실치 못하였든 죄악이 지금까지 이르러 제
목도 읽이에 부족한 단어를 기억하고 있음을 부끄러워할 뿐만아니라 다만

숙소를 옴기기에 지극히 불편한 물건으로 밖에 생각하지못하는 자신이 무엇이라 나의 아버지에 대하여 아— 지금에 또다시 나의 불초한 자식임을 니우처 무엇하오리까 생각하면 모든것이 나의부족한 새능때문의 일이오니 내가 만일 전인류의 운명을 重壓할수있는 위대한 작가가 되었단들 내어찌 육친앞에 나타나지않어 貽臭千載의 죄상을 참회하지 않었으리요 그러나 문학을 손에 잡고 梓以行世한지 임이 十餘年이 지난 오늘에 활자화된 나의小說이란 단한편의 花甕이(그것도 同人誌에) 명에의 영광을 입었을 뿐인채 님이여 그대여 달큼한 그입슬이 어쩌니 이 따위의 名句를 주서모하 호구를 지우기에 여럼이없는 流行歌作詞詩人으로 몰락되어 버렸사오니 그래도 한때엔 二十世紀文學의 기치를 높이들고(무보당당이 나타났든『世紀』同人의하나로 진실의문학을 부르짖든 아—나의 맨피스트의기개는 어데로 사러졌소이까 오— 뮤— 츄 당신이여 너머나 지나친 재앙이 아니오니까 더욱히 그유행가나마 나의 이름으로 발표하는것도 못되고 란연이 이름으로 다시말하면 나의 안타까운심사가 란연이의 안타까운 심사인듯이 꾸며대여 란연이의 옛 이름을 팔아먹는 간사스러운 詭計까지 부러야 하오니 반도남아의 애타는 가슴을 짜아주든 란연이의 그 아릿다운 노래는 지금에 어데로 가고야말았소이까 아— 란연이 란연이 당신의 그 화려히든 歌手의시절 — 짜즈의리즘을 스처 구비처흘으는 오색의 찰란한 불빛을 받으며 무대우에 나타나든 당신의붉은 드레스 그요염을 어찌 지금인들 잊사오릿까 당신의 입속에서 흘려지든 뜨거운 입낌은 수억만의 관중을 무시하고 홀로히 나의가슴만 파고드는듯 마치도 장미의수레를타고 神秘의 삼림을 찾아가는듯 무한한 행복의 굴레속에서 방황하든것이였소이다 그러한 꿈이 당신께 꽃다발을 보냈다고 무엇이 잘못이라 하겠소이까 그러나 그것이 지금의 당신과 나와의 기구한 운명을 맺어준 것이라면 저는 또한 무엇을 말하여야옳으리까 다시금 무엇을 숨기오리까 란연이 그때의 꽃다발을 보낸것은 정녕코 깨끗한 나의 정열의표시였지 결코 색의욕심도 지금의 회충의 마음도 아니었소이다 허나 당신이 이 보잘것없는 소인에게 뜨거운 연정을 애끼지 않었음은 三圓十錢치에 장미가 아니었고 예술가의 당신으로써 맛당히 귀하였든것은 꽃속에 아름다운 詩가 아니었소이까 제가 그것을 몰을리가 있겠소이까 밤마다 당신이 나의귀밑에 외여주는 그詩 — 그詩가 당신은 지금까지도 내가 지은 詩인줄만 알지않었소이까 그러나 그것이 나의詩가 아니옵고 람보의詩라면 귀여운 란연이여 나에게 람보의 새능을 생각하든 당신은 절망에 눈물을 흘리고 말겠소이까 당신마자 나를 저주하고 地下의 람보를 따르겠소이까 저주하시요 멸시하시요 춤을받다도 좋소이다 회충같은 이놈이 람보의 재능이 무엇이옵니까 그의 정신이나마 어찌 따를수 있사오리까 思春期에 벌서 에술에 대한 敵意를 품고 그것이 죽엄도 아닌 끝없는沙漠에다 생애를 바처 인간의 비극적인 반역을 부르짖은 람보가 아니오니까 그러나 그는 에술을 부정한 것도 아니옵니다. 그의 衒學的인 高踏的인 파멸의 정신은 마치도 나포레옹처럼 그러나 침략도 유혈도없이 詩人의世紀를 창조하였사오니 제가 어찌 그少年을 따르겠소이까 무력한 이놈은 무능한 이놈대로 灰燼의腐蝕을 즐기고 있지 않소이까 정열의建設도 深淵의고민도 知性의 조롱도 그리고 량식의意欲마자 비누거품과같이 꺼저버린 지금에 또한 寄生虫의卵珠처럼 타성에 질질 끌려가며 流行歌를 만들어야 하는 詩人이 아니오니까(마라루메여 발레리여 당신의 족속을 더럽히는 이놈을용서 하옵소서) 그러나 저의 량심적가책은 그것뿐이오니까 지금이 어는 때 오니까 아모리 못난 이놈이라 할지언정 제가 어찌 시국을 인식하지 못하오리까 流行歌詩人이면 맛당히 대포소리보다도 더 요란스러운 씩씩한 流行歌를지어야 할이놈인줄 모를리가 있겠소이까 그러나 流行歌도 에술인 이상 생활의반영을 숨길수없음은 어찌하나이까 『流行歌는리알리즘이다』라는 或者의 說도있지않았소이까 참말로 진리의 말씀이옵니다 그러하오니 저와같이 회색의 생활밖에 모르는놈은 流行歌 詩人으로써도 자격이 없는놈이 아니오니까 제목부터 취하기 짝없는 『야웅 찍찍 꼬르룩』이니 『애고나 망칙해』『깔보지마세요』『가닭몰라요』따위로 제급한 팬들의 비위를 마추든 그것들이 나의作品 이라면 내어찌 량심적 가책이 없겠소이까 그렇기에 저는 학대받아야 할족속이라고 생각하지

않소이까 그러나 란연이 당신까지 그 홍가라는 놈에게 아양을 부려가며 원고(流行歌)를 팔아야할 필요는 어데 있소이까 그뿐이옵니까 당신은 밤마다 직당을 찾어가서 뭇놈의 조롱깜이 되야할 필요는 어데있소이까 란연이 란연이 당신의 그렇게 연한 몸으로 그렇게 고달푼 로동으로 나같은 기생충을 먹여살러야할 필요가 어데있는가 말이옵니다 참말로 비굴한 사나이외다 참말로 염치없는 놈이외다 당신의 피를 빨아먹는 거미같은 ─ 아 이렇게까지 비굴스럽게 사러야할 본능은 또한어데있소이까 차라리 차라리 목슴을 끊어버리는 것이…… (그러면 나는 죽어야 하는것인가) 생각만은 지나쳐 이렇게 비약이 유혹할때 마다 나는 들창으로 가수층게 아래를 구벼보기에 마음이 설레고 전신이 주춤하여 짐을 느낀다. 만은 실로 주제넘은 노죽이다. 공포도 아니고 쾌감도 아닌 참말로 부실없는 짓이다. 그러면서도 나에겐 어쩔수 없는 귀한 작란이다. 나는 담배도 잊어버린채 문턱우에 팔꿉을 고이고 들창 밖을 바라보기에 일삼는다. 하눌은 내가 眩暈을 느끼기에 넉넉한 空間이다. 나는 그것을 매일같이 즐기면서도 空間은 왜 그렇게도 아름다운것인지 왜 그렇게도 란연이 유방은 미끄러운지 그것을 몰으는 사이 가을은 익어 들은 스산스러워지고 스산스러운 풍경을 애끼면 눈이 나린다. 지금은 눈 없고 봄이다. 온숭이만 남은 백양목이 밉살스럽지만 그래도 신작로 우엔 제법 몸빛이 유난스럽다. 소달구지가 지나가고 허리가 긴 서양부인이 개들 따라가고 언덕넘어로 뻐스가 기압을죽인채 거덕거리며 흘려나려오고 오늘도 날은 지독히 밝지만 우리방엔 해를 당겨올 수 없는것이 안타까움인지 음산스러움인지 어째든 나는 해가 정말 그리운듯이 빨콘으로 나갈까 생각한다. 그러나 자외광선을 쬐려 병원을 찾아가는 취미가 비위에 맞지않어─그꼴이 뭐이뇨 아파아트의 게급이란 단 십원의차이가 이렇게도 수치스러운 것인가고 낯을 붉혀본다. 그리고는 역시 오늘도 지리한 뻐스의 왕래를 헤여가다 란연이가 나리는 뻐스를 잡아내는 작란이 나다운 귀여운 작란이라고 입술에 간지러운 미소까지 그려본다. 그러나 란연이를 잡아내는 순간부터 일어나는 나의 아니꼬운 연극이 눈앞에 가셈이란 ─ 란연이는 피아노를 연습하려갔다 저

녁이되여 돌아온다. 돌아오는 란연이를 발견하면 나는 불야불야 책상으로
가서 엔사이크로페챠도 좋고 아무것도 좋다 뚜꺼운 양서이면 그뿐이다 책
에다 눈을 파 묻고 그리고는 란연이 구두굽소리만 열심히 귀에담다 문이열
리면 「벌써 시간이 그렇세 되써」 놀라는듯 혹은 「왜이렇게 오늘 일러」혹은
「책거리 거이하게되써」 아주 무겁게 얼굴을 처들어 란연이를보면 란연인
언제나 생긋히 웃는 얼굴로 「뽄쥬—」나에게 배완 어리광과 함께 체로니를
의 지버던지고 나의 앞으로 와선 재냥스럽게 책마자 덮어주고 만다. 그러면
나는 그제야 하품으로 기지개로 아주 천연스럽게 피곤한 얼굴을 짓는데 란
연이가 익살스럽게도 자기 뺨을 갔다 부벼대여 나의하품을 지워주고 만다.
그리고는 「내 차다릴껜」하고 돌아앉어 풋트에 차를 담는 란연이 귀여운 란
연이 부드러운 란연이 나의란연이가 또한 구슬같이 빛나는 눈물을 먹을때
에 나의가슴이 어찌 쓰라리지 않으랴. 밤 늦게 직장에서 돌아오는 날이면
으레히 란연이는 醉한다 醉해 돌아오는 날이면 「란연이는 당신과 음악이없
다면……」하고 술기운에 풍긴 향취를 뿌려주며 「뭇사나이 손이 나를 언제
까지 조롱하는겐고」한숨도없이 외이고는 울기력도 없는 듯이 나의가슴속
에 무처버리고 만다. 그러나 나는 이런 비극에도 란연이를 위무하여 줄줄을
몰으고 그러 안타까운대로 「란연이 래일부터라도 술집엘랑 그만두지 설
마……」 생각만은 이렇면서도 체경속에 비치운 나의표정을 보면 입을 열
용기조차 못차리고 만다. 그렇면 란연이는 무거운 친묵이 무엇이 미안한지
「용서해요 철없는소릴……우리도 당신의 소설만 팔리게 된다면야……」기
여히 이렇게도 귀여운말을 하고야 마는것이니 나는 소설이 팔린다야 하고
앞이 캄캄한 생각도 없이 「암 훌륭한 소설사사 되지 기여코 되지」 단숨의배
있는 대답뿐만 아니라 당장 마음속에 깊이깊이 삭여두는 것이다. 허나 이튿
날 아침 머리를 싸매고 원고지를 붓처잡아보면 나의 腦軸은 정녕코 고장이
생긴셈인지 써야할 문장은 기여코 써지는법없이 부실없는 나의 이력서가
끄적거려짐은 안타까운 일인 망정 그것이 또한 먼 바다에서 들려오는 파도
의 여음과도 같이 나에겐 아름다운 꿈인것을 어찌하라 아—귀엽든 나의문

학소년의시절, 넌렁마자 기특하든 가슴은 달속에 안기기만하면 그것이 詩
인줄만 알았다 포푸라 늪에서 첫서랑의 입슬을 느낄때 체네는 부끄러움을
담흑히 안고……. 아 이것은 또한 나의 유행가를짓든 습성이다. 나는 머리
에피로를 느끼면 응당 이런부끄러운 文句들이 튀여나오는것이니 여기서 잔
간 小說은 쉬기로하고……………………

  나는 지금까지 이야기하여 온것이 小說이랄수 있는 것인지 몰으지만 또
한 여기서 무엇 生活의意欲을 부르짖고싶은 痛切한 欲求가있어서 쓰는것도
아니고 이렇게라도쓰고 있지않으면 란연이에게 무엇이라 말할수없는 자책
을 받아야 하는 生理가 담배값도 못되는 小說을 써야하는것이고 또한 내가
아는 생활이라는것은 나자신의生活밖에 없는것이므로 어찌는수없이 나의
周圍에있는 無省하고懶惰한 찌꺼기의 生活이나마 주서모몽아 보는것이다.
그러나 그것이 너머나 추하고 그러면서도 또한 복잡한 것임으로 그한部分
만 孤立시켜 空間속에서 그것을 즐겨보는것이다. 다시말하면 現在 우리들
의 行動은 여러가지의 心理的內至 肉體的인 制壓을 받고있다. 그러나 空間
의 世界라는것은 現實에對한 逃避인것만은 事實이면서도 그것이 根本的 無
能만이아니고 現實을 즐거운 꿈으로乖離시킬수있는 機能이 아름답고 自由
스럽고 또한 反逆的인 自己流의 小宇宙를 만들어주는것이다. 이러한 나의
態度를 讀者間에는 輕蔑할 분도있을지 몰으지만 나한 個人으로선 亦是 貴
한것이다. 그것은 란연이와 나와의 愛情이 얼마나 아름다운것인가가 스스
로 糾明하여주는것이라고 믿는 바이다.

  그러고 여기서 또한가지 焦眉하여할點은 나는 이렇게 열심으로 이야기
하면서도 인물을 밝이지 못하였다는것이다. 나는 그것을 처음부터 意識하
지 못한것이 아니면서도 나의作品은 인물을 그리지 않어도 괜찮다는 진기
한 自信을 가지고 있는것이었다. 라는것은 내가 兵今에 란연이가 空間에있
는 事實을 번연이알면서도 내가아는 란연이라는것은 現實에存在해 있는 란
연이밖에 몰으는것이다. 그러므로 나는 熱心이 란연이를 그린다야 결국 란
연이의 그림자에 지나지못한다는것을 그리는것은 明白한 事實이다. 여게서

256

나는空間에서주는 란연이의 光線을 받아 그것을 다시 反射作用으로 란연의
幻像을 살려볼려고 꾀하였다. 그러나 나의 技術은 그까지 및일지가 疑問이
다. 위선 쉽게 란연의 略歷을 紹介하기로하고 다시 小說을繼續하기로 한다.
  란연이는 결코 기생이 되야할 비극적인 가정에서 태여난 몸이 아니였다.
가문있는 집안의 맛달로써 남부럽지 않게 자라난 몸이였다. 그러한 란연이
가 쎌라복을 벗지도 못한 신분으로 某전문학교학생(란연이가 텔러를 죽어
라하고 실어하는것이 그분이 텔러型의 靑年이였든지 몰은다)에게 신파의
비극처럼 채워버린 쓰라린 가슴을 부등켜 안고 서울로 뛰처올라와 기생이
되었다는 혹시 조선영화에나 있을법한 이야기가 사실임은 또한 어찌하랴.
물론 나는 그때 란연이의 몸에 비생리적 고장이 생겼든 사실을 밝힐필요는
없는것이고 또한 자격조차 없는 바이다. 내가 여기에서 맛당히 웅변하여할
것은 그러한 란연의 존새가 요정에 출입하시는 인사들에겐 결코 적은 문제
가 아니였고 그들의 흥미를 움지기기에 넉넉한 재료가될수 있었다는것이
다. 더욱히 란연이의 어덴가 귀여운 얼굴이 그리고 란연이의 당당한 학력이
대법 인테리 기생(飜譯하면 開化한기생)으로 장안의 뭇 기생을 누르고 嶄然
한 지위를 찾이할수 있었든것이고 여기서 또다시 유행가의 가수로 란연의
이름은 반도강산 방방곡곡으로 흘려질수있었든것이었다. 아— 그때 란연의
호회스러웠을 생활을 내어찌 지금에 상상인들 하랴, 그러나 그러한 부귀영
화가 란연이를 즐겁게 하여줄수 있었든것인가 오히려 란연이는 남몰으는
고독을 즐겨가며 눈물을 지웠을는지도 몰은다. 그러한 고독을 끄기위하여
나를 발견하였다면 그것은 너머나 초라한 인간이였고 그것이 또한 지금의
구구스러운 운명을 말하여 주는것에 지나지 않는것이였다. 그러나 나같은
것이 란연이에게 생겼다고 그렇게까지 어처구니없게도 란연이의 명성이 꺼
저버렸다는것은 지금에와서도 리해할수없는 노릇이다. 그때 우리의 생활이
시작한지 석달도 못가서 란연이가 料亭에 불리우는 회수를 달을두고 생각
해 낼수있는것이였으니 권번에서 오는 수입으론 란연이의 옷갊을 당하기에
도 곤란한 지경이였든것은 물론 따라서 란연이의 명성을 팔아먹으려든 레

코-드회사에서도 란연이를 안탑갑게 동정하여줄리도없는 것이였고 반가
워할리도 없는것이였고 (이것이 또한 란연이에게 별다른야심을 품고있든
문예부장인 홍가라는작가에 책동이였든지도 몰은다) 다만 전속가수라는 게
약을 시행하는 명목밑에서 몇달만에 한번씩 吹入을 시킬뿐으로 그곳서 얻
는 수입이란것도 역시 방값을 츠르기에도 부족한 금액이였다. 이것도 멀지
않어 끊어질 형편인채 나날이 쪼들려 들어오는 생활을 막아나가기엔 어쩌
는수없이 란연이는 또다시 뭇놈의 술을 부어야하는 밤거리의天使로 화신하
여야만 하였으니 목불인석이 아닌 나로써 내어찌 량심의 채죽을 느끼지 않
었으며 내어찌 자신의 무능을 개탄하는바 없었으랴 다만 란연이의기대를
저바림바 없이 위대한作品을 세상에 내여놓겠다는 굳은 야심이 나의가슴속
에 이글이글 타오르는 마치도 정열과도 같이 맴돌든 것이였다. 바로 그때
해마다 신문사에서 모집하는 신춘문에 현상을 발견한 나의기쁨이란 — 나
의 이름이 신문지상에 뚜렸히 나타날 등룡의 문일뿐만 아니라 막대한 상금
까지 탈수있든 — 그것이 내가 세상에서 바라는 전부의 욕심이아니고 무엇
이였든가 (오 地下의나포레옹이여 이적은 인간을 비웃지 마옵소서) 그러한
나의 흥분은 히망과기쁨이 가슴에 당기는대로 열흘동안이나 주야와침식을
잊어가며 小說로부터 詩, 實話 童謠 流行歌까지 써서 대량적으로 응모하였
든 그것이 그것이 또한 지금의 운명을 맺어 줄줄이야 — 다시말하면 나의
부족한새능을 탄하여 할 일이였든것이 지금엔 그것을 슬퍼하야할지 기뻐하
야 할지 그것조차 분간할수없는 자신이 되어버렸사오니 이 가련한인생을
또한 어데다탄 하오리까 더욱이 그『脫皮』라는 小說은 긴장한 운동속에서
팽장한 눈알을 굴려가며 느꼈든 옛날의 경히와의 애정이 아직까지도 나의
가슴속에 깊이깊이 사뭇처있음을 밝혀주는것이 아니였든가 그경히를 술집
에서 발견하였다는 비극앞에서 서러서러 눈물도없이 술거픔의 추억을 주서
몽다 다시금 술잔을 부서버리는 찰란한 정열과 함께 막착을 지버타고 눈쌓
인 북국으로 달아나든 — 나의새로운 엑스페리멘트 새로운 에스프리의 呼
吸속에서 무서운 主知와 날카로운 감정이 부다치는 순간에 나의 歷史의 최

고의 윤리를 絶叫하였든 ― 아하 그것은 결코 『花甕』처럼 문장만이 화려한 것이 아니였고 그야말로 내용까지 장쾌하였음에도 불구하고 무참히도 락선의고배를 들어야 하였으니 내가 스스로 즐겁게 부른 경히경히 지금의 당신은 어데가 있사오니까 지금의 당신이 이글을 보신다면 저는 무슨권리와 무슨지위로 저의이름을 밝켓사오릿까 그러나 이것은 물론 제가 달할수없는 허영이옵고 느낄수없는 향기옵고 또한 안을수없는 사막이라할 찌언정 당신의 이름을 불으는 이상의 허위는 아니옵니다. 경히경히 저를 잊어주시요 저를 버려주시요 저를 경멸해주시오…… 이러한 나의 명문의 흥분도 아모러한 열매도 없이 구겨버려야 하는것이 아니였든가 그리고 이반면에 란연이의 애용어인 『피육』그대로 란연이의 이름으로 응모했든 유행가가 명에의 수석을 찾이 한것이였으니 일금 五圓也가 손아귀에 쥐여진 우리보다도 기뻐한것은 란연의 레코―드회사 이였든것은 물론, 이튼날 조간에 란연이의 당선 사례광고가 란연이의 아릿다운 얼굴이 뭉크라진 동판으로 나타났든것은 유감천만의 일이였으나 방대한 활자로 『藝苑의女神』이라고 란연의 이름을 찰란하게 장식하였든것을 나는 지금까지도 기억하고 있는것이다. 이리하여 란연의 이름은 일조일석에 또다시 옛날의 妖星대로 빛날줄만 알았든것이 그러나 한번 꺼졌든 불빛을 유행가당선으로 다시 찾기엔 유행가의팬들이 너머나 무식하였다. 다만 란연이는 당선된 기회에 『간지러워 죽겠서요』와 그리고 나와의 동기동창을 무쌍의 명에로 생각하는 金愛聲君과의 병창으로 취입한영광을 얻었을뿐인채 아까운 년령으로 가수를 은퇴하야하였고 流行歌詩人으로 란연의 이름을 날려야 하는것이였으니 그것이 오날의 운명을 만들어주언 게기가 아니고 무엇이였든가 그러면 란연이의 舊術은 여기서 終幕을 나리고야 말았든 것인가, 아니다 그러한 비애는 오히려 란연이에게 불멸의 세게를 찾아주은것이였다. 밤이면 뭇놈의 술을 부어야하는 란연이면서도 결코 타성에 끌리는 법도없고 육체의 피곤을 느끼는 법도없이 낮이면 또한 피아노를 연습하려 가는것이였다. 여기서 란연이는 건반우에 홀러지는 멜로디를 따라 앞날에 오고야말 질거운 꿈을 동경하고 있는것

이니 그것이 비단 란연이에게만 限 한 일이랴 그날이 하로라도 속히 오기를
기다리는 마음은 란연이와 매일반으로 내가 지금에 東亞日報社에서 모집하
고있는 일금千圓의 長篇小說을 쓰고있는것도 출세하겠다는 그런 야심보다
오로지 란연에게 피아노를 사주겠다는 욕심뿐만이 아닌가 그러나 내가 起
稿한지 벌써 달포가 넘는 지금에 十日의 분도 못써놓은채 나는 또한 무엇이
라 맥랑스러운 이런글을 쓰고있는것인가 생각하면 생각할싸록, 안타깝고
안타까운 시선이 책장으로 당겨가는 대로 그속에 간직해둔 술병을 찾아내
는 서슬로 벌떡벌떡 들으켜 마시고 나서 가로되 ― 목숨을 연장시키는 수단
에 무엇검방지게…….」 그리고 나서는 항용 버릇대로 들창으로 끌려가 멀
리 지워진 철교를 따르든 시선은 紫色이 가신줄도몰으고 그속에 무처버리
고 만다, 그러면 란연이가 오고 란연이가오면 오늘도 나는 분주히 엔사이크
로페챠를 펴들어야 하는게고 그것이 연극인줄도 몰으는 ― 아하 란연이 란
연이 귀여운 란연이에게 그꼴이 또한 무엇인가 이것이 란연이를 즐겁게하
든 나의수선이였다면 이이상 경박한 노릇이 또어데 있으랴 내가 이렇게 들
창에서 란연이를 기다리다 손을 처들어 아니 키스를 던저준다면 란연이는
나의수선을 수집어하면서도 오작이나 기뻐하랴 승겁긴 무엇이 승거워 활동
사진에도 늘 있는걸 그것을 여태껏 생각지 못한것이 아 이것도 明晳치못한
나의 두뇌의탓인가 생각하면 여태까지 그럴 자격이 없었음을 탄하였는지도
몰은다. 그렇다면 그꼴은 또한 무엇인가 지금까지 나는 란연이에게 입술을
물려왔을 뿐이지 내가 언제 란연이 입술을 …… 아― 뻐스가 온다. 뻐스가
머저젔다. 처음엔 쎌라복의 여학생이 나리고 뒤이어 란연이가 아닌 양장미
인이 나리고 다음엔 홈스팡의 중년신사가 문에걸려 모자를 떨어치고 그리
고는 여전대로 달아나고만다. 나는 달아나는 뻐스에 멍하니 시선을 빼았기
다 문득 ― 오늘도 란연이가 설마 막차에야 나오지 않겠지 하는 생각이 불
시야 레코―드회사 문예부장이란 홍가란 작자가 눈우에 거실리는대로 어쩔
줄몰라 승겁게 웃음을 채려보는것이 실상은 한번도 대해보지못한 홍가란
작자가 작고만 식욕이 당겨지는 비대한건강체의 인간으로만 보이는것이 웃

어운때문인지 혹은 단순히 나의옹졸을 부끄러워하는 셈인지 분간할수없는 미묘한 것이나 여하튼 홍가란 작자가 란연이를 해를두고 유인하는것만은 사실이다. 그러나 란연이와 나와는 역시 여전대로 다정한것이였고 란연이가 막차를 타고 나오는 날이면 「역시 오늘도 홍가야」하고물으면 란연이는 조곰도 꺼리낄 필요가없이 「먼저 다방에 들려 커피 다음엔 레스트랑에들려 닭고기를 욕심부렸고 그리고 삐—루는 겸손히 사양하였고 활동사진도 당신을위해……」일일히 외여 바친다 나는 또한 나다웁게 「일금일원삼십전 버리」하고 정밀한 레제스타처럼, 그러면 란연이는 어이가 없는듯이 「그런 푼찬 그만두고 제게집 기갈이나 좀」 제법 어런다운 말이 웃어워 웃으면 란연이는 제김에 열적어 쩔쩔매다 화장대로 가 얼굴을고친다. 얼굴을 고치고나면 나는 란연이를 직장까지 바래다주려 거리로나서야한다. 저녁거리란 언제나 우리에겐 쓸쓸한거리다 란연이가 손짓을 하고 직당으로 사러지면 나는 정령 거름마자 쓸쓸한듯이 무겁게 발굼치를 옮겨 丸善이라는 곳을 곧잘 찾아간다. 그곳엔 날보고 선생이라고 칭하는 少女가 있다. 나는 少女의이름을 몰으지만 리리칼이라고 마음먹었다. 少女가웃어주는 날이면 나는 곤치지않어팬찮소 사고싶은 생각도 없어지고 급기야 레몽을 사고싶은 기쁨을느낀다. 그러면 나는 으레히 가네보로 찾아간다. 그곳엔 언제나 오송내가 풍기고 왈즈가 柔하다. 그러니 나는 레몬티의 레몬껍줄을 할타가며 란연이와의 여행의 꿈을 한참이나 즐겁게 즐겨본다. 그러나 역시 문득 나는 저녁을 먹어야할것을 생각하고는 나에게 어울리지않는 만찬을 하여볼까하고 망서려도 보는 것이나 결국 내가 찾아가는곳은 오뎅집이고 오뎅가마를 마주앉고서는 또한 어쩌는수없이 쟝폭을 들치고 나올땐 취기에 헤워진 얼굴을 쓰다듬으며 골육이 부드러운 거름거리로 그것이 또한 아—크燈이 있는 거리를 걷고 싶은 허영이 소리도없이 미쯔꼬시 앞으로 유혹한다. 廣場의 임자는 나다. 나는 그곳에 서서 우중충한 건물에 절대로 눈을 가시는 일 없이 드높은 하늘의 별을 찾는다. 먼저 내별을 찾고 다음엔 란연이 별을 찾고 별이없으면 울어도보고…….

아— 뻐스가 고개우흐로 흘려 나려온다 책가방을 둘러멘 소학생이 나리
고 아파아트 오깜상이 나리고 옆방 술친구가 나리고 단장한 색시가 나리
고……………………………

灰燼

崔 求 遠

一

　영수는 잠을들었든것이아니고 졸었다고 생각하지만 꿈을꾸었다는 記憶
이 남어있음으로 잠을들었든것만이 사실이지만 잠을자며 남이 이야기하는
말을 듣는것이 아무리생각하여도 모를일이라고 생각한 남어지에 假睡狀態
라는게 옳다고느꼈지만 그러나마 根對方에서 무슨이야기를 하기는하였지
만 어떤意味의 이야기이었든지 듣기는 하였지만 그리記憶에 담어둘 듬직한
이야기가 없었는지는 몰라도 그것이 무엇을 이야기하였지만 다만 귓밑을
슬치고지나가는것을 들었을때는 마음을 간즈러피는 귀어운 멜로디같이 한
拍子에서 다음拍子로 完全한한절의 무드같이 채근채근히 나즉히 들리었을
뿐이었다. 눈을뜨고 미소를 건니었을때는 이야기의 主人公정숙은 눈물을글
성거리며 코메인소리로 자기의 슬픈과거를 이야기하였다. 그 이야기가 고
백에서 하소연으로까지 변하고 말었을지음에는 영수는 공연이 동정비슷한
말을하였다고 후회가생기었지만 하는수없이 끝까지들어야하였다. 이야기
가 차츰 主人公의 감정을 절박하게되어갔지만 영수는 지금까지 즐겁게 얼
리든幻像과는 무척떨어진 호젓한슬픔이 가슴을 적시어드러슴으로 슬픈이

"

야기를 들리주는 그 슬픈主人公에게 좀더 어떻게 위료하여주어야할 義務같
은 무거운짐이 등을 내려누르듯이 힘들었갔지만 입을열고싶은 아무런움지
김도 가질수없었다. 아즉때가 일러서 손님이 없었음으로 정숙은 영수앞에
앉아서 가련한신세를 자기도모르게 이야기를 펼쳐놓았다. 어덴가 미듬성스
러운데가있는 사람으로 영수를 생각하였기 때문에. 영수는 한해동안을 방
랑하고 고향이라고 돌아왔지만 멀지않어 다시 길을떠날사람이나 고향에대
한 버리기힘드는매력이 있었든것도 아니지만 떠난대자 급히굴理由도 없었
고 언제나 떠나야 떠나는것이나보다하는 心思이었슴으로 할일없이 이렇게
낮도되기전부터 茶房으로 찾아다니는것이지만 정숙같은 여자에게 홍미를
가지고 있었든것은 아니지만 말동무삼아 때때로 世俗한이야기나마 하여서
마음에 드러쌓인우울을 잊어버려볼려고 하였지만 스스로 意識하고 하는줏
이니 아무런 것도 얻을수없었고, 의례히 그러한 필요없는 이야기로 공연한
피로만느끼었지만 어느새 영수는 자기를 정숙의 이야기할相對者가 되어주
었으면하는 태도를 정숙에게서 발견하였지만 모르는척하고 지내왔다. 그러
나 영수는 자기도모르게 冥想에서 幻想으로까지 옮겨가는조름에서 정숙의
이야기소리에 잠을깬것이 심히 아수하기도하였고 서분한생각까지들었다.
정숙인줄알았드라면 미소까지는 않었을것이였지만 영수는 얼마전에 이다
방에서 만난여자인줄만 알고서 자기도모르게 입술이열니었든것이었다. 그
러나 말소리의 主人公이 정숙이었슴으로 승겁기짝이 없었다마는 꿈과現實
이 같을수없는 證左같이 정숙이눈물어린 눈동자를 무시할수는 없었지만 꿈
속에서 아름다운姿態를 나타내던 그處女를 다시금생각하고 『오날은 오겠
지』하는 은근한기대가 어그러지지 않기만을 바라며 정숙의 이야기기를 드
러내는수밖에 없었다.

　「칵 죽었으면 좋겠어요」

　눈물이 가득한눈으로 영수를 바라보며 절망에서 부르짖는듯이 온갓서름
을 참으로 멀리할 수있는 자신있는듯이 목소리를 거츨게하였다. 영수는 정
숙의눈이 자기에게 쏠리운것이 아니고 참으로 죽엄을 기시하는 그것도아니

고 다만 붓안기는고민에 아픔을 억제하는순간에 가질 수있는 漠漠한表情이 었음을 알고보니, 좀더 명랑하게 살어야할人間들이 이렇게까지 悲慘하게 쏟아놓는 肺病患者의 喀血같이 소름이끼치게 무시무시한 現實만을 가저야 한다는 모든 條付을 생각하고나니 모든것에 無條付하고 부디처 보고싶은 생각이 가슴을 가득하게 채워주었다. 몸이 부스러저서 수천조각이 난단들 하나도 무서울것없었고, 그런순간이 온다면 오히려 기뿌게 붉은피방울을 불꽃삼어 날리고 싶었다.

「죽기는 웨죽어요」

정숙에대한 영수의 대답이지만 정숙을 동정하여 위료하는 台詞가아니고 그렇다고, 그투박한 목소리의 발음같이 질문도아니었고 달려들나듯한態度 이었지만 그것은 자기자신을 反撥하는 한몸부림이었다. 정숙은 자기의이야 기가 反響이너무커졌다는 약간한不安을 느끼었지만 그투박한 베았듯이 내 어놓은 영수의말이 자기를 동정한것이아님도 알어버리니 지금까지 서름을 이야기하였다는것이 한편으로 후회도생기었지만 본시부터 영수는 그리 삽 삽한사나희라고 생각지않었지만 좀 어떻게 따스한위료라도 바라는듯이 섭 섭하였다. 그렇다고하여서 참으로 그런기대를 가지었던것이 아님으로 오히 려 간사하게 구는것보다 한층더 미듬성도 깊어가는것을 느끼고 영수의얼굴 을 몇번씩 다시보았다. 쑥버서진니마(기다란얼굴) 꺼먼눈이 크다랗게 굴고, 淳朴한듯하나 날쎄인코가 거침없이 내미는性格을 말하는듯이 생각되었다. 영수는 너무투박하게 배알은말이 정숙에게 어떤心思를 품게하였는지까지 는 몰랐지만 알았던들 꺼릴바도 아니었다. 그러나 그것이 정숙에게 말하였 다기보다 자신의삶을 倦怠에서 떠나볼려는 發惡이었다. 오래동안放浪生活 에 거츠러진 영수의마음은 가시덥풀이 가득하였다. 무엇때문에사는지, 무 엇을하여야 좋을는지쯔차 모르고 어떻게 환경이 달러지면 어떤 影響이 있 을까하고 떠났든放浪이였지만 하나도 신통한 것이 없었고 經望에서허무까 지느끼고 고향으로 다시발걸음을 돌린것도 결코 무슨기대가 있는것이아니 였지만 마치 먼過去에서서 언젠가 느껴보았는지말았는지똑똑치도않은 감실감실한기억을 찾드시 어떤따스한 솜같은품안이 그리워왔지만 오래동안 풀자루 비틀듯이 비틀리어 잡힐대로 잡힌마음에 주름살은 좀씨에 펼수가 없었다. 더욱이 고향을 찾아왔다는것이 아무런기대도 없었다면서 공연한 허전함과 무엇에속은듯이 후회만이 가득히복밧치지만 다문한분인 어머님 에게 며칠동안이나마 섭섭함과고적함을 더러주겠다는 決心에서 머무러있 지만 무슨일이던 義務만으로 견디기힘드는것같이 지루하기 짝이없는시간 을 걱정하여 술집과茶房을 찾아다닐뿐이었다. 때로는 몇시간씩지루도않고 망연하니 아무런생각도없이 담배만 몇갑씩피우고 앉아있었다. 얼빠진놈같 이 영수는 이런生活을 한달동안 계속하는동안에 차지차던마음에 따스한 陽 光이 비취듯이 白鳥(茶房)에발을 들려놓는것이 은근한기대가 생기었다. 몇 번 나타난 이름도모르는 處女가 보고싶었기때문이었다. 저녁때면 들리는 그女字가 오지않는가하는 기대가 언젠지모르게 생기었다. 저녁때면 언제든 손님이 저근고로 흔이 영수와 그女子가 남아있을따름이었다. 길죽한얼굴에 어덴가모르게 거만이가득하게찬女子이었지만 영수에게는 구하기힘드는 아 름다운대가 있어뵈었기때문에 마음에잔잔함을잃고만었다. 때때로 양장으 로도 나타났다. 늠늠한몰에 비인데없이 뵈이는양장은 조선옷을 입었을때보 다 한층더 아름답게보이었다. 영수는 내심으로 그女子가 어떤女子인지 알 고싶었지만 알바도 망연하었슴으로 아무도모르는가슴을 홈자않고 있었다.

　「저여자가 무엇하는 여잘까요」

　그女子가 간뒤에 심부름하는애가 영수에게 물었다.

　「요놈 조금한놈이 그걸알아무엇해」하고 영수는 자기와같이 다방사람들 이 그女子에게 의혹의눈이 번득이는것을 알기때문에 자기의내심으로 생각 하고있는것을 들리운듯이 얼굴을 붉히었다. 그러나 요지음 며칠은 그女子 가 좀시에 茶房에나타나지않었다. 영수는 매일같이 오날이야 오겠지 내일 이야 틀림없겠지하고 은근히 기대렸지만 그날그날을 실망으로 돌아갔다. 쉽사리생각하면 우서버러야하겠지만 도무지 그런 마음을 가질수없었고 첫 째 입술이열니지않었다. 때때로 부질없는 생각을한다고 자신을꾸짖어보았

지만 버리기힘드는 그女子의 인상이 눈앞에 뻔하니뵈이었다. 그러나 며칠
동안 뵈이지않은것을보고서 별별생각을 다둘러보았다. 혹시 어데로가지나
않았나 생각하고는 섭섭함을 금치못하였다. 그러나 어제는 영수의눈을 놀
나게하였고 이야기까지하여볼 기회를 가지게하였다. 늦잠을자고 정오가 지
나서 집을나와 月刊雜誌한권을 살려고 서점문안으로 들어서다가 뜻하지않
었든 그女子와마조쳤다. 그女子는 당황히 비켜서며 몰을돌리다가 영수에게
부드치고 얼굴을 붉히며 머리를수기었다. 영수는 자기에 잘못이아니면서도
가지었던 마음의 平靜을잃고서 머지적거리고 서있었다.

　「실례하였습니다」

　女子는 들리듯말듯한 말소리로 부르짓고서는도망하듯이 발걸음을 빨리
하였다. 영수는 그말소리가 귓밑에잠기어 들었음에도 불구하고 멍하니 종
종걸음을치는 그女子의뒷모양을 바라보았다. 오날도 영수는 몇시간전부터
이다방에와서 그말소리를 몇번식 가슴에 그려보고앉았다가 자기도모르게
조름에빠지었다가 마조뵈이는 기둥에지대고서서 이야기를하던 정숙의말소
리를 그女子의목소리로 錯覺을하고 미소를 건니었지만 눈을뜨고 생활에疲
勞한 정숙에 고민에찬말소리이었음을 알었을때는

　「어데 世上에幸福한사람이 그리많은가요. 그러나 幸福을찾아야지요. 당
신같이 感傷的인 날근七絃琴의줄을 뜨들心要는없지요」 하고 영수는 정숙
에게 위료를 하면서도 자기 마음에없는 거즛을 감추지못해 애쓰던것이었지
만 정숙은 눈물을 홀리고말았다. 영수는 정숙의이야기를 듣다못해 다시입
을 열었다.

　「세상에 죽는것같이 비겁한일이 어데있오. 나는 어떤絕望이오던지 죽지
는않을려합니다. 정숙씨나 나에게 있어서는貧困은 醜惡이 아닙니다. 사람
은 하나님을 믿지않어도 살수있지만 자기는믿어야합니다. 언제나 자기는
자기를속이는 거즛을 가저서는 절대로 안됩니다」

　정숙의얼굴을 열빠진것같었고 눈은공허하였다. 영수는 웨이런이야기를
하지않으면 안되었는가 생각하고 자신에게 성을내고말았다. 마음에도 없는

말을 — 거즛말을 웨하느냐고 神經質인분로가 생기었다. 너무나 가볍고 거
즛이고 孟浪한 쩨스추어를하며 하잘것없는 無能한자식이라고 영수는 자신
에대하여 侮辱的인非雜을 내리었다. 貧困이 흐려놓은 醜惡한過去를 생각만
하여도 몹서리나는데 무엇때문에 아즉 자기는 거즛말을 하느냐고 자신이
미울대로 미웠다. 그러고도 어떻게 자기자신을 믿으려고 남에게까지 이야
기 하느냐고 생각하며 자신에對한嘲 笑를 끗없이 느끼었다. 그러고 囚人같
이 자기는 자기의마음까지 自由를잃어버었고, 거게서 解放될수없는 絶望이
가득한듯하였다. 정숙은 아즉이야기를 계속하고있었으나 영수에게는 틀릴
리없었다. 영수는 가슴에 가득히찬 苦惱이 복밧첫음으로 정숙의 이야기는
잠짜리에서 입빨가는소리같이 듣기싫어졌음으로 밖으로 뛰어나오고야 말
았다.

二

　며칠동안 술을계속한관계가 컷겠지만 지독한감기가 본시부터 쇠약한몸
을 움지기에힘들기까지 영수를 자리에누께하였다. 오랫동안 消化不良으로
衰弱하여진몸에 空虛한生活에서 생기는 不安과 絶望을 술로채울나는듯이
함부로 마섰기때문이었다. 자리어누어서도 治療를 하야만되겠다는 욕망도
가지지 못하였지만 어머니의 간곡한정성이 한달만에 영수를자리에서 느러
나게하였다. 그러나 의사에게서 今後로는 술을엄금하라는宣言이 나리었다.
胃內壁이 말할수없이 헐었고 肺淋巴線이부었다는것이었다. 徵熱이 몸에서
떠나지않으니 절대로안정하여야 된다는것이다. 그러나 영수는 치료를받기
위하여 방안에만 처박혀있으라는대 질식할 뜻한감정을 느끼고 밖으로 뛰어
나왔다. 찬바람이 피부를 죄어주는것이 어떤자극제를 마시는듯이 마음을
한결기뿌게하였다. 기침이 생기었지만 되는대로 거리를 싸다니는것이 무한
한기쁨을 느끼게하였다. 저녁때가 되었지만 집으로들어가고 싶지는않았다.

들어간대자 늘근어머니와 마조앉아있기도싫었고 病만完快되면 다시떠날려
는 영수를 어떻게안정시켜 볼려고 결혼을하라고 매일같이 조루는것도 대답
하기힘드렸고 할일없이 누어있어야 조름도 않올것을생각하니 집으로 돌아
가고싶지가 않았다. 그러나 갈곳이 없는발걸음이니 한참동안은 되는대로
발길을 옮겨놓으며 갈곳을 생각하였다. 될수있는데로 神經을 피료시킬 무
슨부드침이 얻고싶었다. (오늘저녁이야 잠을잘수가 있겠지 이렇게 싸다니
느라면 곤피로 하겠으니)

영수는 이런생각을하면서 것다가 放浪을 같이하자고하든 H라는사내가
갑재기머리에 떠올랐다. H를만나면 어떤새로운이야기도 생길것같았고 그
의生活도 보고싶었다. 영수는 전차를타고 빠쓰를갈아타서 黃金町H의집으
로 찾아갔다. 일년전에 헤어질때 H가하던말이 생각났다.

「번개불에 담배를 붙칠수있는거야」

영수는 혼자 빙그레웃으며 대문안을 드러서서 玄關앞에서

「H묘계십니까」하고 목소리를 높이었다. 발소리가 들리고 문이방긋이 열
니었다. 영수는 모자를 버스며 허리를 굽혀 인사를 할라다가 문을열은사람
의 시선과 마조치자 마음에 경련이생긴것같이 자기의얼굴표정이 구더가는
것을 느끼며 겨우 인사를하였다. 문을열고 나온사람은 바로 영수가 病席에
눕기까지 茶房에서 매일같이 기다리던 그女子이었다. 인사를받으며 그女子
도 허둥지둥하는것을 영수는 알았다.

「전날 대단히 실례하였습니다」하고 영수는 한번더 머리를숙였다. 女子도
놀내였든표정이 얼굴에서 살어지며

「도리어 제가ㅡ」하고 열분미소로 대하고 방으로인도하였다. 영수는 H와
이女子가 어떤관계가 있는지 심히굼굼하였다. 그것은 마치 어둡든밤에 달
이나타났다가 다시금 거문구름장이 삼켜버린듯하였다. 검은 구름장이 살어
지고 다시금 달빛이 비치어들때는 지금까지 가졌든 마음에거문鬱陶와 죽은
듯이 움지김이 없어 서있는建物의陰影이 던지든 怪物같은恐怖도 살어지고
보이지도않은별이 반작이듯이 영수에 머리에서는 이女子가 H에게 대하는

태도부터 H의親族임에 틀림없다는 생각이 電光같이 지내갔다. 그와거진同
時에 痙攣하듯이發作하는慾望이 全身에서 넘처흘렀다. 벌써 아레우입술이
말렀고 그두눈은 열이 가득하였다. H는 그것을 알리도없이 잠에서 부시시
하고 깨어났다. 그는 언제나 한결같이 변함이없었다. 壁에 지태여 되는대로
싸여놓은册은 먼저가 까마케앉었고 방바닥은 언제쓸었는지 몬지와담배재
와 흩어저있는 조희조각이 가득하였다. 까른 돗자리는 눈새마다 까만때가
가득히 가든히 잠기었고 天井구석구석은 거미란놈이 마음대로 줄을 쓰러놓
았다. 태양은 H와는 아무런관계가 없듯이 이방안도 태양의빛이 필요치않었
고 다만 니코진과몬지와 사나희의추한 내음새가 가득할따름이었다.

　「北京서 준편지보았지」

　담배를 빨다가 생각난듯이 한마디 건니는 H의이야기었다. 영수는 H의
變化없는生活를 보고나니 아무런 이야기할재료가 없었다. 낮에는자고 바음
에는 자는법이없었고 일년치고 몇번도 아닌외출을 하지마는 그것도 밤이아
니면 안나가는것이었다. H는 담배불이죽기전에 다시 한대를 피어물었다.
두사람에빠는 담배내는 방안을 가득하게만들었으나 한마디의 이야기도 없
었다. 이어두운 방안에서 空想하는 H의生活이 영수에게는 理解할수없는 어
떤담이 있는듯싶었다. 기다란얼굴에 창백한빛이 가득하였고 크다란 검은눈
은 올려뜰때마다 생생하게 굴었다. 어데까지나 放慢이가득한表情은 아무런
데도 움지기지않는다는 嚴然한性格이 잠겨있었다. 영수는 H를 찾아올때는
할이야기가 무척많은것같었지만 아무런 話題도 發見하지못하고 無言의對
立으로 지터저가던 감정은 그만 征服당한듯한不快가 가슴에 미려들었기때
문에 빨리자리에서 떠나고싶었다. 쓸데없는訪問을 하였다고 후회가 생기었
지만 뜻하지않은 그女子를 만나게된것이 크다란 收獲이있었다고 생각하였
다. 그리고 담하나 겹한옆방에서 무슨이야기를하는지 그女子의 말소리가
들릴락말락하게 높았다 나졌다하고 웃음과같이 조용한공기를 흔들어주는
것이 귀여운 쏘나다의한句節이 들려오듯이 영수의 마음을 즐겁게하였다.
무슨이야기인지 한마디도 똑똑하게 들리지는안치만 영수는 樂節마다 呼吸

이깊어가는 무한한 즐거움가운데로 마음이 미츠려드는것을 느끼었다.

— 女子의 이야기는 意味를 몰라도 즐거운 것이다 —

언젠지 H가 이런이야기를 한것을 영수는 생각났다. 참으로恍惚하여가는 感情을制御할수없슴을 느끼며 H가 사는冥想의 世界도 이런 아름다움이 있었기때문에 그런이야기가 생겼으리라고 생각하였다. 그리고 그 열분미소로 마져주든 기억과 妖艶한姿態가 그 나즉한『알토』를 通하여 움지기고있는 그림자는 머리에서 춤을추고있었다.

「H君 저 이야기하는 女子가 누군가」

「웨」

「글쎄」

「아는가」

「보기는하였지」

「내족하지. 東京계신 형님에 맞딸이네」

영수의 가슴에는 어떤 새로운生命이 눈을 뜰것인것같은생각이 강하게 떠올랐다. 한편으로는 차츰 輻이 널버가는 沈默이 끌고들어가는 瞬間마다 극히危險한 腐肉같이 中毒되기쉬운 倦怠에 빠질듯싶었다. 영수는 時間을 延長시키기위하여 쓸대없는이야기를 끄집어내고 싶지는않었다. 담배를 몇개식 련하여 피었지만 두사람의감정을 움지겨줄만한 對話를 찾지못하였다. 그러나 언제까지나 채근채근히 들려오는 그女子의이야기는 끈치지않었다. 영수는 좀더 앉아있고싶었지만 할수없이 느러서고 말었다. 거리는 어두움이 잠겨버리었고 하늘에는 별하나없는 무거운 거문 波默이 끗없이 뻐처버리었다.

영수는 집으로 돌아와서 조용히 자기의방으로 드러가 뜰로向한 창문을 여러놓았다. 지금까지 아무런信念이없이 거진자기를 이져버리다싶이하던 一切의生活의 態度가 不順하였다는생각이 이때 처음으로 머리에 떠올랐다.

그후 며칠동안은 문밖도 나가지않었다. 자기를 어떻게 再建하여보겠다는 意慾으로 책을 두적이었다. 그러나 영수는 거기서 그전같이 人生의意義와

價値를 발견시키던 哲學問題까지가 아무런興味도 못느낄뿐더러 無意味할
뿐이었다. 너무나 複雜한생각이 밀려들때마다 思索을停止시킬만한 藥品이
라도있으면 마시고싶었다. 때때로 發狂한者같이 문을여러재치고 멍청하니
밖을내어다보았다. 自然두 荒凉한듯이 바람의 어른가지가 우는나무만이 눈
에빛일뿐이었다. 영수는 슬픈감정만이 치미는것을 맛볼뿐이었다. 크다란,
火色이都會에서 無涯한 벌판으로 붉은몬지를 마시든것에比하면 山과프른
솔의 光景을 사랑한다고 생각였지만 自然은 영수에게 荒凉한매력없는 存在
있을뿐더러 그를 위료도 기쁨도 가지지못할뿐더러 오히려 그의마음에 우울
과 病的인 忘想을 느끼게할뿐이었다. 밤이되면 그는孤獨과陰鬱한幻滅을 더
욱이 느낄뿐이었다. 견디기힘는孤獨이 검은 怪鳥같이 나래를퍼득이며 周圍
를 돌려쌓고 달려드는듯이 밀려들뿐이었다.

 (나는 웨이렇게 고독할까. 生의對한希望이 없기때문일까)

  영수는 이런 反問을 하여보아도 새로운대답은 없었다. 다만 墓地를 걸어
가는듯한 悲哀가 가슴을 호젓히 적시어내일뿐이었다. 때때로 悲痛한覺悟로
자기를 武裝시켜보기도했다. 人生의自己의領分인 모든歡樂을 찾기위하여
싸워보리라는 생각이생기었다. — 人生은 永遠한싸움을 하고있다. — 社會
때문에?아니 自己自身때문이다. 자기자신 때문에 싸우는것이 무엇때문에
나뿌단말인가? 그러나 슬픈餘音만을 귀에남기게하고 한때는 자신이 人類의
幸福을 樹立하려는 約束을 하였던때가 廻籠燈의幻影같이 往來하는대 압박
받었음으로 자기의 脆弱한 存在를 슬퍼함이었다.

  영수는 며칠동안 방안에서 이런苦憫가운데 지내었지만 混沌한가운데서
아조貪弱한 초불같은 意慾으로 대쌍의붓을 쥐었다. 그림을 그려볼나고 붓
을쥐었으나 그것이 누구에게 배운것이 아님으로 技術이라는 것이 자기의
마음을 조금도받어주지않고 생각하였던바와는 어림없는 作業에끗났다. 붓
을 움지기기도못하고 調色板만뚜러지게 보다가는 마음이 성가시어 자기는 藝
術의對한 아무런希望도없다고하고 붓을던지었다. 때때로 붓이마음대로 갈
때는 그는꿈을 꾸는듯한생각에 빠지였었다. 그러나 그舜間이지나가서 그作

272

業이 조금도必要없는 것일뿐더러 그에게 아무런幸福을 줄수있는것이아니
라는 생각이 그를 괴렵게하였다.

三

日記, 一月十五日

오날도 무한한 초조가운대 하루를 끗내었다. 이렇게도 구적지근하게 머
리를 뒤살문것이 무엇일까. 나에게 참으로 영희가 必要한가 영희는 나를 건
저줄힘이 있는가. 사실말이지 나는 사람의一生가운대 몇번도 없을危機의
한곳에直面하엿다.

그것은 나의 性格에族한것도 大部分이지만 自己가戀愛를 하는것이며 거
진사랑하는 女子까지를 심지어 缺點까지 찾아낼나는것에 뿐만이아니고 醜
惡하게도 計算에서 저움질까지한다. 사랑에서 幸福을느끼고 기쁜生活이 생
길수있다는것은 戀愛를하기전에 준비되어있는 憧憬뿐이지 事實은 그反對
라고 하는것은 戀愛는 처음부터 마음을 편안하게하지못하고, 벌써 旣得한
기쁨이있다 할지라도 더욱이 그以上의 希望을加할려는 새로운 出發點이 생
기고만다. 나는 영희의 집을찾아갈때마다 눈을똑바로 처들고 가까히오는
幸福을向하여 바라보지만 나는 거게서 나를기대리고있는 새로운 번민에샘
이 용소슴처오를것을 想像할수있는危險이 身邊에가득하여 오는고로 呼吸
까지 갑버지곤하였다. 그러나 나를 安心되게하는것은 내가 幸福을믿는것이
고 그것으로 惱悶을當하리라는 思念이 마음가운데 가득하지만 거게서 나는
克服할수있으리라는 자신을 가졌기때문이다. 그러나 사랑은 참으로 단순한
데서 出發시켜놓고 너무나重大한 事實만을 突起시키는 異常한狀態라는것
을 나는 처음으로 느겼다. 나를 幸福하게할수있다는것은 내가 끈힘없이 支
持할려는 計劃이 不安定한 어떤것이 마음가운데 있을수있다는것으로 나는
그것이 나에게서 떠난다할지라도 거진 그것을 느끼지못한다. 事實 사랑은

恒久의苦惱이었다. 기쁨이 그것을 中和시키고 그우에幸福을 假想하고 遲延
시키지만 그것은 언제던지, 사람이바라는것을 어찌못하였다면 벌써 以前부
터 되어있든것같은 무서운 번민으로 되어버린다. 몇번인가 나는 찾아갈려
는 決心을 깨처버리고 다음날을 기대렸든가. 어떤行動이 지금보다 좀더 기
쁜結果를 만들수있을가만은 想像할수쪼차 있으리만치 마음의준비가 되었
지만 다만 머리가운데서만 몇시간을 계속하여 영희를 기쁘게할수있는 會話
를 생각해내고 그이야기를 끗까지 추구해보고는 나에게는 하나도 기쁠수없
는데도 不拘하고 새로운이야기를 羅列해놓고 참으로 기뻐하리라는 架空의
質問을 내自신에걸친다. 침묵가운데 계속되고있는 練習 — 이라고는 하지만
— 참으로 이야기에 틀림없고 冥想은 아니었다. 내고독한 마음의 싸론가운
데서 내이야기가 左右되는 것은 내자신이 아니고 架空의像對者이었다 나는
이렇게 消化不良으로 몸이무거운사람이 조용히 누어있을때 느끼는것같은
아조하잘것없는 조고만기쁨이 만드러지는것을 느낄뿐이었다. 그러나 영희
는 나의마음에 두가지의 疑惑을품게하였다. 첫째는 (每日 나는 아즉 접축하
지도않는 生活에近方에서 내일아츰부터 그렇게 시작한다고 생각하고있는
대) 實은 벌써 나의 生活이 始作되어있는가, 今後에생기는가가 지금까지 있
었지만 格別한變함이 없다는것일까한다. 다음으로 바른대로 말한다면 처음
것의 變形에지나지안치만 내가 時間의圈外에 있는것이 아니고 小說다운데
있는 人物과같이 때의法則가운데 따라가고있는것이었다. 이法則을 버서 날
수없다는것은 지금까지 많은時間가운데 나를 찾고있든 어떤 形態에서 出發
한 내가 살어본다는 生活的인 思索가운데서 어떤小說을 읽었다면 自己自身
에 갈길을 發見할수없는 슬픈記憶같이 小說가운데 人物의生活을 읽고있는
때 아조 슬프게느껴지는 것같은 現象이至極히도 크다. 法則이라는데依하여
사람은 宇宙를 規定하고 그것을안다하지만 사실로는 그것을 믿지않는다.
우리들이 것고있는 大地까지가 움지기고있다고는 뵈지않고 그것은 法則일
뿐이다. 人生의時間이란 그런것일뿐이다. 時間을 느끼기爲하여 小說家는
時計가 必要치않는것같이 讀者에게 몇분을 몇十年으로 감각시켜버린다. 그

274

와같이 한페지에서 二十年을 經過시키는 小說家의 감각보다 좀더크게 영희
와만나지 못한며칠동안이지금까지 살아온 三十年보다 무척 더멀고 길게 생
각될뿐이었다. 이며칠동안 한 시간에도 몇번식영희를 찾아보겠다는 決心을
하였는지 알수없었다. 그것은 마치 作家가 自己의空想이 이즉 그것이 形態
를 發揮하지 못하였음으로 그리 값있게 생각하지못하고, 그것때문에 出版
業者에게 머리를 못들고 아모런 活字도 體感도 좋다고하면서 不滿에 마음
을 알는狀態와도 至極히같다. 좀더 極究的으로 마음을 끄집어내본다면 차
라리 지금 내가 가지고있는 狀態에있을바에는 永久히 나를 영희로부터 떼
어버리는것이 오히려 나를 구원할수있는 어떤 새로운事實을 만들어볼것도
같은 期待가 없는것도 아니었다. 그리고 어느것도 取히지못히는 미련한生
活에서 생기는것은 내神經이 파란바다에서, 긴메루族이 살고있는 原始時代
의大漁, 無數한 脊推를 가진 怪物에게 떨고있는듯하였다. 그러나 나는 있는
용기를 다내어 영희를 내머리에서 청산히리라는 구든결심에 며칠동안에 城
壁을 쌓었다.

四

永 壽 氏
　이글을 읽으시고서 不快하실는지는 몰라도 回答은 잊지말어주소서.
　比較히면 당신의 그랜드피아노는 참으로 홀륭한音波를 느끼게합니
다. 그러나 저에게는 너무나 무거워 옮길수가없소. 당신은 어째서 그렇
게까지 基督教的인奉仕를 神聖히게 말히는 僞善者같이 자기의 서틀은 피
아노를 치심니까. 나는 男性의 琉璃管樂器가 이야기히고싶으오. 당신은
저를必要하다면 그만이아닐까요. 무슨 理論이 詭辯을 대신할까요. 淋巴
腺에서 분주한結核菌에게 永遠히 感謝할남니까. 그렇지않으면 그以上 무
엇을 要求히심니까. 저는 당신에게 바칠것을 全部바치지 않었습니까. 아
마도 不足하시다 생각하시는것이 있다면 저의生活을 당신에게 바치란말
씀이 아닐까요. 그러나 저는 男子의심부름하러 태워난사람은 아닙니다.

愛情과 奉仕는 소소로 區別되는것이오니서트른피아노의音波는 地獄의
騷音같이 心身을 空然히 波勞케만 하지요.
　　永壽氏─. 어째서 당신은 窓밖에빛인 훌륭한 이달밤을 저에게 견대기
힘드는孤獨을 느끼게합니까. 萬一 모든사람들이 變愛에對히여 悲哀를느
끼며 또는 歡喜를느낀다는것이 당신같이 理論的인問題로 取扱한다면 悲
慘한것이 變愛라고 하겠지요. 倦怠스러운것이 愛情이지요. 狂態가 사랑
히는사람들의 버릇이지요. 見習醫의 토끼같이 解剖台에서 숨을끈는것이
사랑은아니오. 사랑한다는것은 雙方에서 서로 끄러다니는 하나의힘 以
外에는 아무런것도아니오. 그힘을 두사람은 구히는것이 아니고 自然히
意氣投合히는것이라고 생각히오. 당신에게나 저에게 必要한것이 있다면
그힘을 어떻게 잘利用히겠는가가 問題될뿐이지요. 바라는것은 그서틀은
피아노를 치시지마소서. 더욱이 空然하게 토끼의生命을 解剖命에서 희생
시키지마소서. 女子는 定해놓고 한가지의 사랑밖에는 믿는것이 없는것
입니다. 或是는 당신의 感傷的인樂譜가 키─우에서 움지기듯이 眞實을區
別하지못히는 계집이라고 저를 생각하서도 좋습니다. 그보다 더 重要한
것은 暗中模索히는버릇을 잊어버리시고 눈을 크게뜨소서. 사랑한다는것
은 어떤眞實보다도 큰것이라고 믿소. 불근달빛이 창살을 헤이며 지나갑
니다. 오늘밤도 조름올것같지 않습니다.

당신의永姬拜

　영수는 편지를읽고나서 기뻐야할것임을 느끼면서도 기쁨이 가슴에서 가
금 당한듯이 나오지않았다. 午后두시가 지나서 잠이깨었을때도 머리를 들
지못하게 무거웠고 아즉 술이깨지 않았는지 순서없는생각이 흩어져 삿태
(崩壞)를 지었다. 잊어버릴수없이 똑똑히 떠오르는것은 정숙의일이었다. 그
런일이 생길줄알었드면 술을 않먹었을것을하고 후회하였지만 벌써 저즐려
놓은일이니 건질수없는 우울에 빠질뿐이었다.
　(지금쯤 정숙은 어떤 생각을하고 있을까)
　영수는 아무리생각하여도 어떻게 그런일까지 생기었는지 기억이 똑똑히
지 않었다. 같이 술을먹었지만 사랑이없는 男女가 어떻게 그렇게까지 되었
을까가 문제였다. 영수자신은 조금도 정숙에게 사랑을 느꼈다는記億이 없

었지만 정숙이가 자기를 사랑하였든것이 아닌가도 싶었다. 그렇게 생까하
여본다면 언젠가 그가 告白하면 그때만하여도 심상치않었든것이며 술을먹
기까지도 서로 어떤끄는힘에 의지한것도 아니었지만 逃避라고할까 絶望에
서 몸부림이라고할까 하는氣分이었지만 정숙에게는 어떤計策이 있었던지
는 몰라도 너무나 추惡한데까지 自己를빠치고 말았다고 영수는 생각하였
다. 너무나 無知하게 本能에正服當하였다는것이 卑屈하기짝없이 생각되었
다. 그러나 기억이 차츰 새로워질사록 모든일이 어떻게 始作되었는지 똑똑
히 생각났다. 그것은 愛情에서 出發된것이아니고 反對로憎惡에서생긴 惡意
이었든것같었다. 그러고 더욱이 自身에對한 良心의屈服을 固執히는反動的
인 行爲이었든것이었다. 良心에對한 憤怒가 慾望의 힘을 날세게하였던 것
이다. 조고마한快樂에 抵抗도 없이 마끼고 말았던것이었다. 한瞬間에 皮부
를거치고 지나간 覺念이 이렇게도 큰 苦悶을 만드러줄줄은 영수는 몰랐다.
그러고 어떤일이 생기든 염려없다고 생각히였으나 몸에 沈澱된 무거운짐이
나려누르는듯하였다. 그러나 그것에는 압박당하고싶지 않았다. 良心의 反
抗이 아니고 도리여征服을 당한듯싶었다. 영수는 자기머리를 두팔로 싸쥐
고 방안을 빙글빙글돌았다. 아무것도 생각지 않겠다는듯이 그러나 좀시에
고민이 鎭靜되지않었다. 그것이 全部가 자기의 잘못으로 생겼다고 생각히
고 영수는 슬퍼하였다. 사실은 한모살에서 人生을 자기마음대로 理論을휘
두르고 있다는것을 完然히느끼었다. 한푼의 價値도없는 人間이 無意味한思
念으로 生活이라고하는것에 外部에서 嘲笑히고 있는것이 自己라는듯이 부
끄러웠다.
　영수는 自己의생각을 壓迫히는 무거운苦憫을 내쫓을려고 애썼다. 生이라
는것은 보기에는 어조重大한 흐름같었으나, 結局은 薄弱한 經營에서 할딱
이었고, 지금까지 생각해오든것을 다시금 誤謬라고 자기에게 說明하였다.
그러나 아무리하여도 무었때문에 人間이살려는지, 거기에는 어떤생각의필
요도 價値도느낄수없다고 생각하였다. 그러나 지금읽은 영희의 편지는 잊
어버릴수없었다. 모든것에對하여 空虛만을 느끼면서도 强한香내가 코를 찌

루듯이 어데까지나 信賴하는 無垢한處女가 사랑을 固執하는態度가 눈앞에
떠올랐다. 참으로 그런舜間을 延長할수있으면 몸을적실듯한기쁨이 생길듯
하였다. 아무런打算도없이 批判도없이 사랑의힘을 의지하는 그의態度가 무
척기뻤다. 그와거진同時에 그기쁨에對한嘲笑가 생기었다. 사랑이 무엇이냐
고, 反問이생기었다. 거기서 참으로 生命을적실수있느냐고. 그러면 그結果
는 무엇이냐. 結婚이라는대 끈치지않엇는가. 그러나 結婚이라는것은 영수
의얼굴을 붉게하는 種子이었다. 盛大한 婚禮 家法의 統合, 안해, 子息이라는
만드러놓은 形式이 영수의눈에 떠올랐다. 참으로 그런것은 영수에게 견댈
수없는 지루가 생각될뿐이었다. 先祖도 親近도 父母도 그런것으로 살어왔
고, 그것에追從하여야한다는것이 人生의全部라고, 世上사람이 모다, 생각한
다 할지라도 영수에게는 조그마한매력도 느낄수없을것같었다. 이렇게 이런
아조 암담한기분으로 지난다면 어떤結果가 생길는지몰라도 압날이 머지않
은것만은 아니느낄수없었다.

五

日記 二月二十五日

아츰 열시가 지나서 자리에서 일어났다. 이며칠채再發된不眠症에 잣는지
말었는지 '腦軸이 미지근하게 아츰이라는기분을 가진듯하였을뿐에 머무러
버리고 생각이 순서없이 뒤범비어저서 머리가 마지못하여 생각을하는듯이
思考力이 주러버린듯이 마치 술에취하였든 이튿날같이 어떤힘이 머리를 결
박하여놓고 그리 銳利하지못한 武器로 腦汁을 휘저대는듯싶었다. 그러고
더욱이 순서없는생각이 삿태같이 밀려나오는대 어지간이 안타까워졌다. 영
희를 청산하였다고 自身에게 이르면서도 끝없이 슬퍼짐은 어쩔수없는것이
다. 이미 決心한것을 구지 다시슬프게 생각한다는것이 얼마나 초라한가 좀
더自信있게살어야 할것이아닌가. 하기는 쓸대없는 이야기일뿐이다. 자신커

278

넝 무엇때문에 살어야 좋은는지는도 모르는 내가아닌가. 가끔 남들같이 健
全하게 살어보았으면하는 慾心을 내지만 벌써 領域이 아닐뿐이다. 그런것
이 하염없는領土라고 하는게지. 못까에 물오리같이 잔잔히 떠가다가도 물
가운데로 살어지듯이 나의意慾은 平穩을 가졌다가도 颱風에몰려드는 黑雲
이 삼켜버린다.

　지난밤 K양을 만났다. 그는 완연히 나를 회피하였다. 아니 그것이 그도나
도 너무 賢明할려는 技巧이라고할것이다. 더욱이 K양은 나에게 호감을가지
고있지않으니까. 세상사람은 恒用 사랑하던사람들이 헤어지면 그어느쪽이
든 한편에 罪를지워놓고야 마는것이니까. K양도 바로 그런사람중의 한사람
으로 영희의 친구이니 그罪를 나에게 보내주는것이었다. 하기는 K양의 그
런態度도 영희에對한사랑이 曖昧하다고 생각하는데서 생긴것이었다. 영희
도 그런 K의생각같이 비슷한理解를 가졌으리라고 생각하지만 그것이 어느
정도에 머무렀는지 판단을 내리우기까지는 내자신까지 의심하는것은 지금
에내가 나의생각대로 아무런 支障없이 모든것을 거처놓치만 그것이 버리지
못하고있는 未練때문에 어느정도에 미칠는지 모를것이다. K양에게까지 확
실히 헤어지다고 약속까진하였고 참으로 만나지않을것을 영구히 결심한듯
이 말하여버리었다. 그러기때문에 영희에게 보내인 나의편지도 그런推測에
머무러버린것이다. 참으로 내가 자기를 사랑치않는다는듯이 나는 며칠채
영희가 그런推測을 하여주었으면하고 생각하면서도, 거기대한 항의의 편지
라도 오지나 않는가하고 기다렸다. 그러나 아무런일도없이 나의期待는 부
서져버리고 말었다. 화해라든가 항의라든가하는 그런기대를 갖이지 않을나
면서도 자기가 아즉사랑하는 女子의눈에 자기가 아조 값없이뵈이고있지나
않은가하는것이 괴러운것이다. 가령, 나를 서푼짜리로도 않뵈일지라도 영
희가 무엇이든 한가지에 이끄려진생각이 나에게 뻐쳤으면 ─ 그것이 나에
게 유익한일이 아니였대도 ─ 그러한마음을 外部에 표시할려는 意思를가졌
는지, 안가졌는지, 오히려 나에게 반감이 솔리었다할지라도, 어째뜬 끊임없
이 나의 그림자가 영희의마음가운데서 시끄럽게 굴고있으리라고 믿고싶었

다. 그러나 영희의마음가운데 일어나있는 생각을 상상하기위하여는 K양의 태도로도 알수있지만 앞으로 어떤일이 생길는지는몰라도 지금의 나로는 상상한바와 그리틀림없다고 믿는다. 그러한앞에는 영희가 침묵을직히든, 애정을부활시키든, 냉담을표시하든, 어떤것이든 거진 나의눈에 거침없이 지나갈것이며 여러가지問題가 나를 혼돈시키지않어도 좋을것이며 더욱이 어떤해결을 찾을려고 애쓰지도않을것이고 생각할必要조차 없어저버리고 말것이다. 그리고 나는 이며칠동안 영희의 어떤행동이 있으리라고 믿고있었지만, 그것이 우서운공상이라고 느껴버리었다. 마는 영희가 영구히 나를 이저버리었으리라고 믿기에는 너무나 자기자신에 대하여 殘忍하게생각되고, 斷念을 버리는데서 조금이라도 사는것같은 期待가 남어있는것같이 생각될뿐이고 — 만일 아조 단념한다면 공허를 채워줄 대신이 있어야할것같다. 그렇게생각하는데서 영희의 그림자가 다시금 나에게 가차워지는것같었고, 영희의옆에 자기를 발견할수있는 기대가생기고, 그가 다시금 나의품안으로 드러올 즐거운 그날에기쁨이 나타날것을 느끼며, 지난날에 가지든 두사람의사랑에 대한태도라든가 더욱이 나에게 안겨주었든 모든記憶을 생각하게 하여 주는것이었다. 이런 단념하지못하는 기대가운데 맨지작거리는것은 결국은 未練에 지나지못하는것이지만 나자신이 冷淡을 만드러내며 내가 끌려있는것은 영희와 헤여진다는 決定的행동으로 이끌려는데 로력하고있는것이 나자신이었다. 지금 내가 생각하고 있는것은 그에게이끌리는 앞에일도 똑똑히 내어뵈이고, 내가 계속하고있는것은 나의 마음가운대 영희를 사랑하고있는것이 나의 오래동안 파뭇처있던 사랑에대하여 잔혹한자살이다. 내가 알고있는것은 단지 어떤一定한時期가 지나면 나는 나를 영희로부터 떠러저 자유롭게 생각할수 있을뿐만아니라 아무런후회도 없어질것이다. 그러나 지금같이 혼돈된 내마음가운데서 영희와사이가 머러져간다는 事實이 長成하여가는것을 느끼지만 그것이 어떤모양으로 나타날는지 想像하여보자기쪼차 증오가 생기는것이다. 그러고 영희를 영구히 잃어버린다는 헛헛함을 느끼며 영희가 나의게 남겨준모든기억이 내가 장차 같은감정으로 다른

여자에 대하여 품을수있으리라고는 생각하고싶지도않았다. 혹시는 어떤여
자에게서 영희보다도 훨신 새로운감정을 느낄수 있을는지는 모르나, 그것
은 지금 얼마동안 헤어저있는 영희와 나와사이에 남겨진 기억만으로도 그
런대 내가 이끌려가리라하고는 믿어지지않는다. 그러나 다시금 未來에 영
희에게나 나자신에게 어떤 幸福이 생길수있을것을 믿은것은아니지만 그레
야만될줄믿고 수많은幸福이 손을벌리고 마저준대도 지금의 그것으로 오히
려 만족하겠지만 그것을 어떻게도 나는 계속할수없는 困境에빠지고마렀다.
나에게는 모든힘이 쇠진하여질대로 하여지고 이生活이 한발자욱만 내짚으
면 금시에 꺼질듯한 촛불같은 초조함을 느끼며, 아조 청춘이 지금부터시작
된다고 생각하고 영희의어깨를 안어버린지 석달만에 이렇게 감격도없고 바
람도없는 — 아니 아즉 마시고난 잔밑에 가라앉었든 찌게기사탕같은 달큼
한 애처러운기쁨이 남었다. — 生活에 의지할데없는, 草木같이 바람이 한번
만 스치고, 지나가면 금시에 엎드러질듯한 氣分을느낄뿐이다.

六

　　봄은 아즉일렀지만 따스한햇빛이 사람들의마음을 건드려버렸는지 별로
사분스럽게 다니는 듯하였지만 아즉 음쪽에는 어름이 녹기에는 멀었고 햇
빛이 다은곳에만 반즈름하게 녹이었다. 그러나 벌써 대부분이 외투를 버서
놓았다. 영수는 아즉무거운겨울외투를 입고서 오래간만에 거리로 나왔다.
벌써 봄인가하는 기분을 느끼며 갈대도없는 발길을 거리로 옮기었다. 티이
룸에나 들려볼까하는 생각도 하여보았지만 간다면 의레히 아는사람들의 얼
굴이 있을것을 생각하고 들리고싶지가 않었다. 그시시하기짝없는 내음새를
피우는人間들뿐이고, 아니껍게 자기의삶을 神通하게생각하여볼려고 神이
어쩼느니하는 따위의자식들을 보기만하여도 영수는 시궁창옆에 앉은듯이
惡臭만에 어쩔수가 없음을 느끼는것이었다. 그런人間들을 만나느니보다 오

히려 미지근하게나마 봄의기분을 안겨주는거리가 조그마한매력이 있는듯
도싶었고 거리의 繁雜이 남기는 수많은잡음이 머리에가득한 冥想을 내어쫓
아주는듯한기분을 느끼며 혹시는 영희도 이런군중가운데 섞이지나않었는
가하는 실오라기같은 희망을품고서 걸었다. 영수는 남문정을 지났을지음에
바른편 鋪道우에 영희같은여자가 지나가는것을 보았다. 혹시 영희가아닌가
하고 마음에흥분을 느끼며, 따러갔다. 그러나 마조서고보니 영희와는 비슷
도않은 얼굴이 둥굴한여자이었다. 키와몸집만은 거이같었으나. 그여자앞으
로 닦어섰을때 여자는 황겁히 몸을피하였다. 그러나 여자의얼굴이 거이 영
수의코아레서 강렬한 분내음새를 피웠을뿐이었다. 그여자를 지내놓고 이렇
게까지 영희를 버리지못하여 안타까워할것이 무엇이냐고 반문을하였지만
영희의까만눈동자가 슬픔이가득한듯하였고, 그기다란눈섭이 빛을잃은 눈
을가리우기에 안타까운듯하였다. 그러나 이미 決定된마음의 事實은 영희를
건저줄아무런勇氣도 못가졌음을 느끼고 말뿐이었다. 영수는 最後로 영희를
만났을때의光景을 생각하여보았다. 悲慘한光景이었다. 一切의 苦悶을 갑추
고 勇敢하게 가기를이야기하든 영희는 한마디非難도없이 헤어졌지만 그것
은 피를배알은 肺病患者의 絶叫같었을뿐이었다. 영수는 지금또다시 마음이
갈기갈기찌기는듯하였다. 그리고 다시는 건저볼수없는 運命에 끈치고말은
듯하였다. 벌써 生涯의全部가 善도惡도기쁨도 느낄수없는곳에 決定되어 버
린듯하였다. 지나간 모든것이 僞善이었다. 醜惡이었다, 라고하는것이 영수
의意識가운데 鮮明하게 나타났다. 끗없는空漠을 느끼는 以外에는 아무런希
望도 용납할수없었다.

  거리는 어두움이 삼겨버리는듯하였다. 서편하늘에는 쥐잡어 홀린피방울
만치 빨간빛도 한초한초로 히미하여저가며 차가는것이었다. 영수는 얼마만
에 등꼴을 찌푸리게하는 찬바람이 싫어졌음으로 몸을녹여줄 술이나 먹는수
밖에없다하는 생각이 떠올으자 기분쪼차 건저줄것같은 가버운기쁨이 가슴
에 온기를돌게하였다. 발길을 술집으로 옮기였다.

  「여 이거 오래간만이구려」

　영수는 막 카페문을 밀고들어설라는지음에 李라는동무에게 억개를 치웠다. 李는 영수가 아즉 소설같은것을 쓴다든때 사귀운친구이였다. 서로 경멸하면서도 서로 어떻게 리용하여볼나고 덤비여들면서도 영수에게는 가장가차운친구에 한사람이였다. 카페는 손님이 없었음으로 십여명의 녀급의시선이 전부 쏠인 것을 느끼며 영수는 말도없이 담배를 피우고있었다. 지금까지 생각하든 모든고민은 아즉 끝이나지않었다.

「워 그리 우울한얼굴을 하고있어.」

「음, 사실은 영희와 헤여졌네그려.」

「허 언제?」

「한달전에」

「음」하고는 눈을 둥그렇게하고 李는 영수에얼굴을 바라보며 동정하는듯 하였다. 그러나 몇분이안지나서 잊은듯이 영수의 心境같은것은 아무것도 아니라듯이 옆에앉은 양장한녀급과 우서대다가 녀급도 들으란듯이 腹案의 小說에 스토리를 이야기하기시작하였다. 李는 지금도 아즉 小說修業을하고 있다지만 소설이발표되어 읽어보았다는일이 없다니보다 作品을 쓴일이없이 만난적마다 스토리만 이야기할다름이다. 영수는 그가 이야기하는 소설 스토리를 듣고싶으지 않였다는것보다 마조앉은 녀급을 보기에 눈이팔니였다. 어떤가 영희와같은데가 있었기때문이였다. 그러나 자세히 찾어보니 별로 달멋다는데는없으나 열분도레스안에 싸힌 豊滿한살이 내음새를 피우는 듯싶었다. 영수는 영희에게서 느끼든 살내음새가 다시금 생각나서 그기억이 머리에 새로워지였다. 영수는 식혀진 술잔을 들어마시고 李에게 건너였지만 그는 아즉 이야기를 주절대며 대답을 독촉하는고로 응응하고 듣고있는양을 하고있는수밖에 없었다. 李는 스토리를 다끝내고 자기자신의 小說에 感動한듯이 한숨에 물을 쭉들어마시고 옆에앉은 녀급에게

「물한잔 더주게」하고 비인컾를 내주었다. 그리고 영수에게 행하여 다시 이야기를 펴처놓았다.

「지금부터의 新世代小說은 心理小說이아니면 안되는거야. 가령 말하자면

「떠스터엑스기」나「스탄다루」가하고지난일을 다시 번복할필요가 없단말이
야」
　영수는 할수없이 듣는체하고있었지만 이야기보다 그의理想이가득한듯한
얼굴이 부럽다고 생각되었다. 조금도 흥미없는 이야기뿐이므로 듣고앉었재
기도 실증나는것을 노골히 뵈이는수밖에없었다. 그는 영수의 태도에 자기
의이야기가 흥이죽어저버리고 비난이 가득한눈으로 영수의얼굴만 바라보
았다. 李는 무엇을 다시금 생각하였는지 다시입을열어
　「저기 저녀자 보게. 저치두 한때는 자네같이 그림을 그리댓다나. 대구여
자인대 東京가와바다에서 先生에게 그림의素質이 없다고 그만두라는바람
에 저모양되었다나. 말하자면 자네나 비슷한신세이지」하고 가저온물을 다
시마시였다. 영수는 자기도 그런신세라면 혹시 그렇다고도 느꼈지만 도대
체 술자석이 조금도 흥을돗구어주지않었고 안만먹어야 취할것도 같지않았
다. 그리고 더욱이 견댈수없는 우울이 조금도 꺼질수없는듯싶어 자리를 느
러섰다.
　「나가세」
　「응, 가세」
　전표를쥐고 영수는 여급에게 돈을 줄나니까 李는 급하게 손을주머니안으
로 넣고는 공영이 주머니안만 휘저대며
　「이사람이사람 내가갚지 내가 갚울터야」하며 덤비여대였다. 영수가 돈을
녀급에게 쥐여주고나는것을보고
　「미안하네그려. 오래간만에 만나서」하고 머무적거리든손을 꺼내여서 다
시 담배를 피여물었다. 두사람은 거리로 나왔다. 거리는 어두워진대가 벌써
오랬고 찬바람만이 건물우흐로 소리를내며 지나간다. 전등도 조는듯, 때때
로 몇사람에떼가 지나가는 구두소리만이 요란하게 포도를 울니고 黃金町카
부를도는 전차에 軌道가 찡－웅하고 지키며 밤하늘을 울리고들려오는것이
별로히 슬픈비명같이 들리였다. 영수는 주머니에 손을넣어 돈을 희게하여
보았다. 아즉 한잔더먹기는 그리적적한시재가 아닌것을 생각하고 동무를

다시 익그렀다.

「한잔 더먹세」

「글세」

다시 발길을 돌이였다. 몇발자구안가서 카페樂園이 있었음으로 문을밀고 들어섰다. 손님이 빼국하여 떠들고있었다. 손님만한 에프롱을단게집이 닥어앉으며 눈을 가느스려하게 감으며 코메인소리를한다. 그러나 영수에게는 조금도 어엽뿌다고 생각되지도않었고 징그럽게만뵈였다. 술, 잔밑에 거문티가 하나, 그것채 죽들어마시였다. 그리고 또부었다.

영희의대한未練. 슬픈것일가. 그것도 있겠지 할수없이 그것도있다. 그러나 앞에 아무런희망도없은 막연한 아무것도 뵈이지않는것만이 더욱히 괴려운것이다. 어떻게삶으면 좋은것인가. 산다는것이 도대체 어떤 것을 의미하는것인지조차 구별하기힘든다. 좀더 똑똑히 알수없을가. 참으로 人間에삶이란것이, 그努力하고 있는것이 무었을 意味하는것일가. 創造, 發明, 革命을. 人間이 無限한未來를 따라가는대 우리들에게 기쁨과幸福이 좀더 가차워졌다고 믿을수있을가, 사람은 때때로 幸福에對하여 自信을가지지만 그것이 前代의 人間보다 優越된感情을 가질 證據가 있는가. 아모것도없다. 自慰에지나지않는다. 그런것보다 그런漠然한問題보다 지금 내가 무엇을하여옳단말인가. 다시금 그림을? 文學? 그럼 事業을? 그래, 아조 썩잘된다하면 나는 무엇에到達할수가있을가? 勿論 나의才能과事業으로 名譽을 가저볼수도 있겠지. 모든것이 잘되면. 그러면 나는 모든사람에게 존경에 취할수있겠지. 기뿌게도. 영수는 이렇게 생각하며 생각난듯이 싸늘하여진 술잔을 들어마시였다.—그러면 그 너즐하기짝없은 내자신보다도 보잘것없은人間들에게, 한번도 나의마음에 생각하여보지못한 구데기같은 人間들에게 존경을 받는다는게지. 그런존경은 나에게는 코진자리마치도 價値를못가질뿐더러 그것이 무슨必要가 있다는것일가. — 영수는 점점 이런느낌을가지면서도 머리가 홀란되기시작하였다. 좀더 究體的으로 생각하고싶었지만 어데서부터 다시 생각하든바를 게속하여 될는지 시끄러워졌다. 이렇게 되어가노라면 될대로 되겠지 — 하는 自暴自棄가 생기였지만 그러나 벌써 다될대로 되어진대까지 간것이였다. 바람없는삶! 세상은 나하나없었다고 그때문에 엽전한푼만치도 손해도 없을것이요, 이런 쓸데없은생활을 하느니보다 죽어버리는것이 오히려 意味가 있을뜻하다고 영수는 느끼였다. 영수는 두손으로 택수을괴이고 눈을 감았다. 그러나 아모런 딴생각도 생기지않었다. 죽엄만이 가차워오는것같었다. 失戀하고 毒藥을먹고죽든 옛친구가 생각났다. 물에빠저죽은 四寸동생의배가 생각났다. 그것은 그리좋은꼴은 아니였다. 목매고 죽든사나희가 생각났다. 기다랗게 빼진목에 샛끼줄자리가 프릿프릿하였고 눈이 휘뒤집어졌고 헤갓을 가로물었든 어뜬사람에 自殺死體를 箕子林솔밭에서 프러놓고 만저본일있었다. 산밑이 선뜻하고 접진한 풀무든것같은 피부의감각이 하로종일 머리에서 떠나지않든 少年時節의일이 생각났다. 몸서리가 생기였다. 아직죽엄하고 어뜬거리가 남은듯하였다. 억지로라도 생각을 끊어버려야하겠다는 마음에서 앞에부어놓았든 겊에술을 들어마시였다. 李는 벌개진얼굴로 又文學談을 하고 있었다. 그는 無數한作家에 이름을 너러놓았다. 「학쓰레이」니, 「쩸쓰쪼이스」, 「울프」, 「프루스트」, 「지이드」가 연방뛰여나왔다. 그러나 영수는 조금도 마음에 느낌을가질수없었다. 그런作家에 이름만으로도 가슴을 흥분시키든 三年前일이 주마등같이 머리로 지나갔고 다음순간 입맛이 모래알을 깨무는듯한 기분을 맛보았다.

영수는 얼마나 지낫는지 李에게 흔들리여서 얼굴을 들었을때는 李에너부직한골골이 뻴개가지고 무던히 취한듯이 숨만 후후하고 있었다.

카페를나와 영수는 李와헤여저 갈대도없는것을 생각하면서 집과는반대인 本町을행하여 걸었다. 몸도정신도 차다분한이 기운이 빠진것을 느끼였다. — 李에 껍지근한이야기가 생각났다. 文學의 熱情. 그렇다. 그사나희에게는 아무렇든 정확한理想이있다. 목적이있다. 빈곤한生活을 하고있으면서도 무엇일가 여유를가진듯싶이 생각되었다. 가령 그것이 자기만의 文學靑年的기질이라도 이쪽을 압두하는 어떤힘이있다. 더욱히 자기도 그랬는지 몰으는것은 小說을 그만두게된때부터 똑똑히알수있는 客觀할수있는 一種

의 힘이였다고 영수는 생각하였다. 지금은 그러나 그것도있다. 구데기같은
人間, 그것이 자기라고 생각하고싶었다. — 여기 한사나희가있다. 먹고, 자
고, 똥싸고, 그것으로 살고 그것으로 끝난다. 하기는 너무나 감정적인 것같
었다. 술이가저다주는힘에 끌인듯도싶었다. 영수는 새벽녘이되어 집으로
돌아왔다. 까라두었든 이불안으로 기여들었지만 조름이 또올것같으지 않었
다. 머리만이 빠개지게 아팟다. 그러고 하잘것업시 슬픔이 복바처 올은다.
무엇 때문에 — 게집을 못잊을때문일가. 生活을 몰으기때문일가 — 하기는
그全部에서 생기는 감상인지도 모르겠다고 영수는 생각하였다. 사실로 살
어간단것은 生活가운대 자신이 즐거움을 느껴야하고 그것에 價値를가지지
못하는 人間에게는 죽는것이 맛당하다고 느끼였다. 영수는 여하튼 이밤으
로 어떤決定的인 것을 생각하고 싶었다. 果斷있게 生活을 한다든가. 自殺을
하여버리든가.(끝)

傳 說

韓周現

1

　본시 만치못한 힘을 넣는것이어서 장작은 뻐근하니 빠개지질않고 눈은 나리기 시작하는것이었다. 번질번질한 가슴팍이에는 기름만이 엉겼는가 대항도 안하는 무심한것이었다. 여기에서 동일이는 땀을 씻는수밖에 없다.

　侏羅紀요 白堊紀요 본때있게 청청한 羊齒類속으로 지나가면 유리창에 일전짜리를 문 파리가부터 파닥이는것이였다. 또 爬虫類의 멀쩡한 눈깔을 그냥 보고만있을수도 없는 노릇이오 아찔하리만큼 가슴팍이에 연거퍼 나리꽂는 것이었으나 도끼는 퉁퉁 튀고 불낄이 질질 타는 것이다.

　이번에는 그저 눈을 감어버리고 온몸을 맡기듯이 들판으로 달겨나가는 突擊隊, 먼지속에 자빠지면 그 뿐이다. 하 하 하 하 하 一列橫隊, 옆에 있던 사람이 금방 없어졌다. 저 하늘처럼 높은 城속에는 스핑쓰의 귀박죽이 너피거린다드냐, 총알처럼 펄떡 장작개피가 뛰어올라 동일이의 손으로 달겨들었다.

　으르릉거리는 것이 모두 세놈인데 검은놈이 우리집 개이고 누런놈과 얼룩얼룩한놈은 없든놈들이다. 그 놈들도 개였다. 으르릉거려 누렁이가 꼼짝

288

못하고 얼룩백이한데 물리고 얼룩백이는 내가 도끼를 들었는데도 우리개를
所有하는것이다. 영원히 지속하는 생명, 子宮으로 쏟아지는 太古때의 先祖
들. 그래도 누렁이는 해빛과 냇물을 다시 석고 오리고하는 아름다운 세상을
향하여 처량히 짖어보는것이나 이 짖는 소리가 저 세상에 다을수도 없는것
이고 아무런 상관두없는터에 누렁이는 개가 아니요 장작이라도 좋은 것이
다. 아조 웃읍다.

　동일이가 누렁이를 향하여 나리치는 도끼에 맞은것은 얼룩백이었다. 混
沌. 벽돌장이 좌르르 문허지며 떠러진다. 어사출도며 直經이며 宮中玉器속
에 반사한 森林에서 새가 울었다지요. 或은 瀑風. Oh, Yes Yes. 벽돌이 떠러
지오 또 떠러지오.

　영빈氏는 교수실에서 자기 이름을 잊어버리고 하로 종일 헤매다가 아파
―트에 돌아가서 또 힌 명함을 쏘아보며 제 이름이 떠오르기를 바라며 애를
쓰다가 자빠저서 힌 명함을 싹 뒤집으니까 거기에 제함짜가 있는것이었다.

　얼룩백이는 껑 껑 껑 몇마디 소리가 있으면서 땅에 쓸어졌다. 도끼를 놓
고 방에 들어가서 나른히 쓸어지면 두귀로 천만사람들이 땅을 밟는 구두소
리가 요란스리 들려왔다. 꼼짝할수 없는 안뉴이. 가슴만이 가뿐것이다. 힌
담이 멀어지고 가까워오고 하는것도 눈을 감으면 그만이다. 이대로 재처럼
쓸어저버린다면 ― 피나는 손을 만저보고 약을 뿌리고 헌겁을 감는것은 안
해일것이다. 마리아 마라이 마라아 미라아…….
　하 요것봐라, 그래두 간지러운 신경은 살았다는것이다. 갈비속에 가치어
팔닥이는 心臟. 창살 울안에서 왔다갔다하는 호모, 5척6촌, SS産, 黃色, 한
개의 變種.
　창살밖으로는 계집 어른 아이 배뿔둑이 말라�􏿿이 꼬마할것없이 자꾸 지
나간다. 동일이는 주머니에거 지전뭉치를 끄내여 한장씩 주어보았다. 사람
들이 죽일듯이 몰려들었다. 모여드는것은 사람뿐이었다. 하 하 하 종이쪽이

내게는 얼마던지 있어 창살안에 있는 내가 자유스러운것이다. 내가 지전이 있으니까 잘났고 지전을 받은 사람들은 모두 히죽히죽하는것이었다. 사람들이 많이 모인때쯤해서 거미가 꺼분꺼분한 줄을 뽑아 울타리를 처버렸다. 어떤 사람은 울타리속에 들지못한것을 한탄하고 날샌 사람은 울타리속으로 뛰어들고 또 혹은 제 색시를 끄러 올리려는 사이에도 거미는 자꾸 울타리를 튼튼히 하는것이었다. 전에없던 어린것들이 개미떼 처럼 늘어났다. 나는 그때 지전 주던것을 끈처보았다. 모두들 성내가 싸우는것이었으나 나는 아무러치도 않다. 끙 끙 끙 앓는 개소리가 난다. 나른한 몸을 이르키니까 벌서 밤이오 옆에서 안해와 아들 창수가 조용히 자고있다. 밥상을 내가지않고 신문지로 덮어논 것은 나더러 먹으라는 뜻인가부다. 헌겁으로 싸맨 손가락이 저릿저릿 아픈것을 참고 밥을 먹어보는것이지만 끙 끙 끙 앓는 개소리를 어떻게 참어야 할른지 모르겠다. 나가니까 우리개가 앓는 얼룩백이를 혀루 쭐쭐 핥어주는것이었다. 몸때기에서 피가 흐른다. 피, 한방울 속에의 血族과 進化와 傳說. 生命을 지속하든 피는 이제 비린내를 내이고 아조 아름다운 빛을 팽개치면 그뿐이다. 얼룩백이는 신음을 하면서도 두 눈으로 나를 보았다. 우리개도 나를 본다.

또 다른 개들이 몰려왔다. 누렝이가 또 섞였다. 누렝이가 이번엔 기어구 신음하는 얼룩이 앞에서 수컷이 돼려는 것으로 기세를올려 컹컹 짖고 돌고 하였으나 다른 놈이 또 수컷이었다. 처량이 짖는것은 역시 누렝이었다. 도끼가 옆에있어 그것을 쥐기도전에 누렝이는 뛰고말었다.

거울속에서 춘향이가 지전을 입으로 받어 삼키는것이었다. 또 생글생글 웃으며 전화를 거는것이었다. 성춘향이예요, 오작교에서 그네를 뛰던 성춘향이여요, 도련님 어서 오세요, 춘향이도 좀 타락은 했어도 요좀 좀 개화를 했는게라오, 요오도포름. 내손에서 약내는 코를 찌르고 또한 저리저릿한 것이였으나 아프거나한것은 아니다. 머리마테 놓인 요오드포름을 가지고 밖으로나가는 수밖에 그 앓는 소리를 견디어 내는수가없다. 여전히 여러마리 개들이 노닥거리를 치었다. 으르릉거리는것이었다. 으르릉거리는 놈은 다

수컷인데 너머진 얼룩백이도 제법 으르릉거려보는것이었다. 내가 가까이
가니까 역시 가까이 못하리라구 짖었다. 약을 뿌렸다. 좀 일어나서 대항해
보려고 요동을 해보다가 다시 꼬꾸라지고 눈은 많이 나리었다. 콜다타, 벨
테브라타, 맘마리아, 카니보라, 카아니스·퐈미리아리스 개 — 콜다타, 벨테
브라타, 맘마리아, 카니보라, 안트로피네, 호모·사피엔쓰 사람. 血緣. 가령
鯨鰭, 새들의 날개, 박쥐 지차구, 개앞다리, 포도나무의 수염의 그 근원되는
곳이 같은데 있다는것이오 또 그것은 생존경쟁에서 얻은 변이와 유전 이런
것으로 원인된다면 개의 꼬리와 나와의 긴 時間. 바람이 찬것이다. 춥다. 개
요 눈이요 바람이요 소리요 도는것이오 섞이는것이오 깨지는것이오 눈이오
바람이오 추은것은 동일이다.

쪼껴들어간 방안에는 화로에 불이 그득 담겨 이글이글하였다. 몸을 불가
까이 가저갔다. 몸이 차츰 녹아가면서 배가 고프다. 눈을 부릅뜨고 화로에
꽂인 쌍창을 뽑아내여 화로우에 걸처놓았다. 그리고는 다리에서 살점을 점
여내어 창우에 걸처놓았다. 오지지오지지 살점이 익고 고소한 냄새가 나면
그때는 익은것을 한점씩 가저다 입에 넣는 것이다. 펵 고소한것이다. 이것
이 자미가 나서 나는 매일 안해가 자는때면 살을 점여내여 구어서는 먹는
노름을 한다. 버릇처럼 되였다. 안해가 나를 보고 웨 자꾸 파래가느냐구 그
러지만 이 작난을 아러내기까지는 제가 알재주가 없는것이다. 그러나 살을
점여낸 상처는 좀처럼 났지않어 이 상처가 났도록 온몸을 나른히 눕히고 몸
둥이를 꼼짝하는일없이 숨만을 아조 가볍게 쉬어야하는것이다. 이제 배가
불렀으니까 저녁은 먹지않어도 좋다. 펴놓은 자리에 들어가서 죽은 듯이 자
고 또 깨면 세상은 밝고 화로우에 뚜겁이 기운을 내뿜고 뻑국이 뻑국 뻑국
뻑뻑국 울어제치면 모이를 줄것뿐이다.

개가 죽었다.

2

황소가 屠獸場으로 들어갔다. 소황소황소가 자꾸 끌려 들어갔다. 황소들의 뿔은 코끼리의 코보다 적고 결코 한개만 있는일이없이 두개가 몰골을 가추었다. 눈깔은 크니까 값이 가는것이다.

白白丁의 집에서 궤종이 소리를 내어 지지뗑 지지뗑 지지뗑 지지뗑 네시를 치자 기차가 지나가고 소고기를 하나가득 실은 파랑이를 칠한 구루마가 줄을 지어 요란스리 屠獸場에서 나온다. 戰車. 길에 피가 흐르고 몸에 피가 묻는 오후 4시다. 구루마우의 파랑이 상자에서는 아직도 새빨간 피가 흐른다. ㄹㄹㄹㄹㄹㄹ 자네 매씨네 집에서 참 술 맛있게 먹었네ㄹㄹㄹㄹㄹ 야끼니꾸에다가 옹ㄹㄹㄹ 홍 세월 좋구나ㄹㄹㄹ 데자식은 금란이하구 한번 자기라두 했다가는 큰일일테야 하 하 하 ㄹㄹㄹㄹㄹㄹ 여보 여보 길을 비켜요, 책가방을 든 영빈이가 길을 피하였다.

白금란이의 오라버님宅 白白丁의 집은 바로 屠獸場옆인데 지나가다말고 서서 영빈이가 집안을 기웃하고 드려다보니까 머리털이 부스스 일어난 오누이가 팔장을 끼고 어름을 지처보다가 뿌르르 집안으로 들어가버렸다. 이 길을 걸으면 孤兒園이 되는데 孤兒라 할지라도 어머니와 아버지가 있었을 것이오 지금도 살어있고 오늘의 해빛처럼 살어있어 금란이의 오라버님 白白丁은 퍼가 뚝뚝 듯는 소고기를 파랑이 구루마에다 실어온것이오 (戰利品의 分配) 번들번들하는 肉庫집의 靑龍刀.

— 예가 春香園이랬지, 고기가 좋단말야, 이런 집이 있는줄 알었더면 진작부터 올일이지, 무엇무엇해야야끼니꾸가 제일이야

— 네 春香園이여요, 그런데 이양반 참해서 야단이네, 성냥 이리 내세요, 제가 그어 드리께요.

— 허 허 허 자제에게 반했네그려, 동일이 어서 술잔 받께나.

십륙년전에 동일이 성우 그리구 이 눈아래 기미있는 색시 대신에 금란이

란 색시가 있었으나 성우의 말씀은 바로 그때의 하신 말씀과 틀림이 없으신
데 고기에서 기름이 흐르듯이 성우는 그때보다도 더 번들번들하니 살이 쩠
다. 體重 이십일관 실업가다운것이다.
　—허 자네는 원체 기억이 좋거든, 나는 어제 한일두 다 잊어버리네, 그런
데 자네 어디 일보러 가던길이나 아닌가, 막 끌구와서 안됐네.
　—무어 가는데 별루 없네
　—그럼 됐어, 우리 오래간만에 만난는데 싫것 먹세, 자아 술 부어, 네 이
름이 우메꼬랬지, 그럼 매자렸다.
　우메꼬는 허리를 성우의 무릎에 걸치고 술잔에 붓는다는 술을 성우의 양
복을 적셨다. 인조견으로 옮어오는 體溫. 미안해라.
　—아 이년이
　骨盤을 성우에게 맡기면서 그래도 동일이에게는 웃음을 팔어보는것이었
다. 추운데 불을 좀더 넣어, 금란이라 우메꼬라 동일이는 변소로 나가는것
이다.
　허 아름다운 우메꼬로다. 새까만 기미. 이건 왜 이래, 뵈래면 뵈지 못뵐가
봐서 자아 자아 시큰둥하게스리 아부라함이 이삭을 낳고 이삭은 야곱을 낳
고 야곱은 그형제와 유다를 낳고, 낳고 낳고 낳고 십이관, 역사의 과실을 쪼
개보이는 우메꼬를 낳어 우메꼬는 지전을 냉큼 삼키며 약속은 눈에서 맺었
다. 90.32%의 수분과 8.78%의 유기물과 0.9%의 무기물로 된 액체.
　금란이는 동일이더러 하루밤을 지나자는 것이다. 성우와 동일이와 누가
먼저 금란이를 정복하느냐 하는것은 동일이에게 작란이랄게 못되었다. 얼
굴은 둥그스름하든지 길슴하든지 마찬가지였다. 말 뒷다리사이로 물방울을
날리며 뛰여 들어오는 수영복 입은 금란이의 두다리. 江邊. 물방울이 넙적
다리에서 슬슬슬 미끄러저 나려가서는 발피운 모래밭에 빨렀다. 눈물이 아
니오 비방울이 매친 유리창밖으로 수없이 지나가는 종이雨傘들. 그럼 나같
은 게집을 처녀로 알었어요, 웨 이제 와서 나와 해보는게요, 성우말이요? 바
루 그날밤에 아렀으면 어뗘요, 그날밤으로 내걸 맨들지 못하구서는 웨 이제

와서 야단이오. 책을 팔어서 마련한 돈을 던저주고 모래밭을 뛰여가니까 비는 나려 얼굴을 적시었다. 腐殖土우에 피여오르는 카—네숀, 아네모네, 삐고니아, 아편을 끄내는 양귀비. 無花果열매를 따서 해가 쨍쨍이 나려쪼이는 사막우에 동댕이를 치니까 열매가 팍 빠개지며 粉가루가 연기처럼 나왔다. 무덤. 소변을 보고 나오는데 아 이게 얼마만이세요, 어데 가 게섰어요? 귀신처럼 금란이가 눈앞에 나타난것이다. 등거리가 제격이다. 금란이게 대답을 하는일없이 문을 탁 열고들어서니까 성우의 품에 바짝 안긴것이 우메꼬라는 색시인데 동일이가 들어오는것을 모를지경이다. 도끼는 무화과나무를 찍어 좋다.

　—금란일세 금란이, 이집 주인이 금란이야

　—금란이라니? 그게 누구야?

　—아니 자네가 금란이를 모른단말야

　—그런 계집은 몰라, 우메꼬 매자야

다만 소변보는 사이에 외투리 난것이 역시 동일이었다. 누렝이. 금란이 우메꼬 안해 양귀비 歷史가 감긴 허리 黃金帶. 減數分裂. 우성과 열성이 합하면 DD : DR : DR : RR 제이대에는 3대 1로 유전이 된다는것이다. 飛行機가 떠러치고 간 보석을 만지작 거리기만 하다가 고기입속에 넣어보는것이지만 그믐밤이어서 물결소리만 요란스럽다. 靑銅거울에, 白粉처럼 올라앉은 먼지를 이제 씻처본대야 하 하 하 거지가 쓴 玉冠의 童話가 비초일뿐이다. 창수는 자고있을것이다.

우메꼬도 누구의 私生兒를 낳고 지금 금란처럼 부엌에 오독하니 앉어있게 될른지 모를일이다. 방안에서는 간장 초를 드려라 고기를 가저오너라 술 담배를 드려라하는것이오 그때마다 가슴도 아퍼 잊어버리려던 옥히가 낡어오는것이다. 성우에게서는 이백원을 받고 난 옥히는 한달만에 밤을 타서 내버렸으니까 결국엔 이백원이란 돈이 뜬셈이 되는것이지만 옥히가 살었는가 죽었는가도 알수없는 일이오 가슴은 쁘듯해들어올수밖에없는데 성우는 그때뿐이지 아조 남인것이다. 파를 싸온 신문지쪽에서 처녀가 애를 낳구서는 그 애를 죽이려다 들켰다는 글을 읽구서있다. 옥히야! 다리없는 江江江 늠실늠실 달은 얼룩백이 치마속으로 수욱 들어가는것이었다. 바람도 좀 있었다. 바람은 춥거나 덥거나 하는 그런것이 아니오 아주 숨어버리는 세상이었다. 제 몸둥이가 아주 貴해졌다. 눈물도 날것같은때 감출것도없이 성우의 이야기를하고 처음으로 사나이인 동일이를 사랑하려한것이었다. 비 바람이 휙 불고 지나갔다. 모두 쓸데없는 일이다. 신문지를 아궁지에 넣었다. 火葬.

— 아 저, 네시쯤해서 길거리에서 영빈씨를 만났었지, 학교서 하학한참이라구

— 응, 요전에 그치의 私生兒의 정신생활에 관한 연구를 읽은 일이 있지. 어떻든 나서서 떠들기부터하지않구 연구하는 태도만은 비싸게 사네. 그러나 내가 私生兒요 영빈이 자신이 私生兒인것을 모르거든,

— 나는 실업하는 사람일세, 그런건 어쨌든 상관이없어, 그리구 자네는 몰러두 날보구 私生兒란 말은 천만부당하고, 미안하거들랑 호적을 보게나, 어엿이있을테니

— 그러나 자네가 私生兒를 만든 기억은 있겠지

— 허 허 허 자네는 아직두 그때 생각을 하는가보네그레, 내 주먹을 좀 보게, 이래뵈두 이 주먹에몇사람의 생명이 달린줄알어,

— 자네가 내말을 그렇게 해석을 하니까 내말이 아주 더러워지구 말었네, 어쨌던 나는 그치와 한번만나봐야겠어, 자기는 아직 나를 모르지만 그치와 나와는 맞부디칠 운명을 가지구 있거던, 그리구말야, 그치와 접근하면 내 성격의 한부분을 좀 돌려볼수도있을것같구 내 성격가운대서 좋은 점이 나타날것두같단말야, 응? 어디루 간다든가? 영빈이말일세

— 그야 孤兒園으로 가겠지, 자넨 아직 모르겠지만 고아원에는 영빈씨의 양딸이 있데그려, 학교만 필하면 고아원엘 들려서야 하숙으로 가는 모양이야, 그사람두 모를일이지, 삼십이 넘도록 장가두 안들고 드르니 獨身이라데그려

— 양딸이라는게 私生兒가아닌가

— 그아 내가 어떻게 알겠나, 절색으로 예쁘지, 참 내 거기에다 오백원을 기부하기루했네, 이런데두 좀 돈을 써보는걸세.

— 내가 영빈이의 정신과 마조처보는동안에 자네는 생활하는 내맥을 조사했네그려

— 獨身으로 지나는데두 알구보면 이유가 있다는걸세, 무어 동경서 실연을 했다나, 모를일이지, 실연인가 무언가 그래 세상에는 계집이 하나밖에 없다는거야 이때 자넨 처음 들었지, 이런것을 다 아시는 성우두 허투루 볼 인물은 아니하는거야 허 허 허

— 五百원이라는 신경분포도우에 매친 맑은 이슬이라는것이 한껏 식욕을 가저오는것이오 꺼분꺼분한 타액이 녹아내리는것이었다.

— 술 드세요, 우메꼬의 사랑두 이슬처럼 맑다우

— 어디보자 어디보자

상을 밀어제끼니까 술이 쏟아지고 병이 굴고 서로 부디치고 밖에서는 자동차소리가 요란하여 콩쿵쿵 밖으로나왔으나 동일이는 넓은 천지에 서있는 것이 겨우요 잘가세요 또 오세요 다라나는 자동차속에의 우메꼬와 성우를 바라보는것이다. 요리조리 빼처도라야 어항안에의 魚族. 花野菜의 皮膚, 포도송이, 쿳손처럼 누렝이.

동일이는 발을 돌려 눈을 밟는것이지만 허물벗은 매암이처럼 껍디기만 남은 속으로 流星의 길이 아니니까 동일이 동동동 떠서 昇天하려는 동일이의 함찌를 꼭 붙여잡어야 할터인데 카봐를 한 전등불빛은 어지럽고 쓸어질 것도같다. 쓸어지는것을 해보아도 좋을것같다. 밤이오 눈이 나리고 별로 춥지도않은 紀元2597년 섯달 초 사흘 회중시계는 죽은지 오래다. 이 몸을 팔어서 살것이 도모지 없을까. 電線柱에 몸을 의지하였다. 하 하 하 성우 그녀석 또 무슨 수를 꾸미지, 부질없는 이야기를 했다. 아득한 재가 앞에 쌓였을 뿐이다. 없다. 바람이 불면 재는 날것뿐이다. 홍, 이 캄캄한 밤에 내 앞에 나타난것은 무슨 김생이냐. 亡靈. 얼룩백이 개. 나를 무러 너머트릴 작정이냐. 이왕 내 몸은 내논것이니 해볼테면 해보아도 좋다. 亡靈도 머리를 동인다드

냐. 123456789 여보시오 여보시오 정신차리시오 — 허 이건 또 무슨 亡靈이
냐, 내게서 아직 가저갈것이 남어있거던 렴려말구 모조리 가저가 —

　— 퍽 취하신 모양이로군, 어서 이러나서 댁으로 가시오

　— 홍, 당신은 대체 누구야, 누구란말야. 집보다 이덯게 누어있는게 얼마
나 편한줄알어

　— 그러지말고 일어나시오, 여기서 내집이 가까우니까 그럼 내집으루 갑
시다.

　해가 뜨나 해가 지나
　감방은 어듭네
　밤낮으로 마귀놈이
　아아 아아 철창으로 엿보네

　팔을 내저으며 동일이는 노래를 부르는것이오 부축하고 가는 사람을 힐
끗 보았다. 언제 한번 마조 칠것은 생각하고 있었으나 이렇게 오늘 만난것
은 너무 일찍 만난것이 아닐까. 노래를 부르며 길을 것기란 참으로 오래간
만이었다. 흘러가고 흘러오는 조화를 이룬 소리. 소리안에 든것같아 거뜬하
다. 나타—샤 우리 둘이서 어디로든 다라나버려 응, 이 더러운 하숙에서 한
평생 살텐가, 가치 나가 응, 당신은 대체 누구기에 나를 이끌고 가는게요,
어디루 가는게요.

　— 렴려마시오, 가서 좀 쉬시오

　참 웃읍다. 너는 영빈이란 사람이구 나는 동일이가 아니냐. 좀 가만이슈.
손으로 가리우지도 않고 전기불빛속에 오좀을 기운있게 뿌렸다.

　— 층층댄데 주의하시오

　한바탕 또 손짓을하며 노래를 부르고 방안에 침대가 있으므로 그냥 쓸어
지듯 눕고말았다. 동일이의 포켓에 비족이 나왔던 No.30의 計算書가 쓸어지
는 통에 방바닥에 떠러졌다. 동일이의 나이와 마저 떠러지는 數. 決算書. 어

떠한곳으로나 행동을 재촉하는 督促書.

삐뚜루 서보지못하는것도 惡이다. 삐뚜루 서본다면 뻴함도 찾어내는 수
가 있고 뻴함을 열고 안여는 것은 온전이 제게 달렸다.

영빈씨는 春香園의 計算書를 포켓에 넣고 전등불을 끈다음 밖으로 나갔
다. 캄캄한데서 우물우물 크기시작하는 白色의 엄, 가느단 줄거리들이 솟아
났다. 줄거리들은 빨리 빨리 커서 얼키고 얼켜 방안에 가득 찼다. 그다음엔
빈틈없이 찼던 줄거리들이 한곳으로 모여들어 덩어리가 되었다. 덩어리가
빙글빙글돌았다. 돌면서 차츰차츰 주러들어 조고마한놈이 되드니만 그것이
꾸무럭거리기를 시작하였다. 이편저편에서 뿔이 났다.

동일이는 목이 갈하여 잠을 깨었다. 물그릇이 어데있는가 더듬더듬 스위
치를 넣었다.

崩壞. 물그릇을 찾다가 동일이는 책상우에 놓인 노—트에 눈이 갔다.

주경이가 벌서 열일곱살이다. 처음에는 나보고 빠—빠라하였고 그다음에는
아버지라하였고 지금엔 무어라 불러야 좋을지몰라하는 눈치로 어떤때는 아
버지라 불르지만 대개는 그저 말을 시작한다. 그래서 정말 아버지와 어머니
가 보고싶으냐구 물었더니 보고는싶나 볼때가 되면 보겠지요하고 웃음을
띠웠다. 아름다운 처녀가 되었다. 이 아름다운 얼굴을 보면 일년전에 내가
아버지가 아니라는것을 알린것이 실수인지도 모르겠다고 후회도하나 역시
죽었으면 모르되 살아있는 부모를 알리는것이 내 직책이다. 부모가 어떠한
사람이건 알리기만은 한 의무가 있다. 좋은 기회를 얻어 부모가 누구인가를
알리기로 결심한다. 그러나 어떻게 주경이에게 알려야 하는가. 더욱이 어머
니라는 사람을 생각한다면 주경이에게 알려야 좋을지 알리지않아야 좋을지
나스서로 판단을 나리기에 두렵다.

주경이는 고아들을 친동생과같이 사랑한다. 유치원이나 탁아소같은데서
일을 보라하여도 말을 듣지 않는다. 고아들과가치 있는것이 천직으로 안다
하였다. 나는 이 주경이의 아름다운 마음과 일보는데 열성을 내는데 감심한

298

다. 그러나 주경이는 살인과 탐욕등 암흑면에 대한 아무러한 지식을 가지지 못하였다. 암흑면에서 나서 그 쪽을 모르고 컸다는것은 한편 생각하면 조롱을 받는것같기도하고 흔히들 말하는 진흙에서 피여오른 연꽃도 생각할수있다. 주경이는 세상사람들을 한결같이 믿는다. 마리아의 순결을 보는것같다. 이것이 때때로 렴려가 되지만은 영리한 주경이는 넉넉히 惡을 막어낼 힘이 있을 줄 믿는다. 몸이 좀 건강하여지면 공부를 더 계속하도록 또 권하여볼 테다. 전부터 상급학교에 갈수 있도록 몸을 건강하게 하기위하여 정양하라하나 그말은 애야 드르려고하지않고 일하는데 열성을 내이면 몸도 건강하여진다고 하였다. 주경이는 두번이나 몹시 알았다.

요지음 얼굴에 화기가 도는것같다. 주경이가 원하는대로 하는수밖에없다. 주경이는 성우가 오백원을 기부한다는 말을 하면서 기뻐하였다. 감사회를 간단히 열자하였다.

3

애 이년들 무얼 쫑알거리고 있는거야, 일은 안하구, 맵시나 부리구 있을라구 멕여두는줄 아니, 어서 부엌에 나와서 그릇이라두 좀 씻처, 우메꼬년은 가랭이가 성한겔라 밤을 샐텐가 얼핏 올일이지 한시간 나갔다 온다는게 아직두 안들어와, 아이 들어오세요, 요좀은 웨 그렇게 안뵈세요, 애들아 손님 오신다, 이방으루 들어오세요 어서들 손님 모서라.

영빈이는 들어갈려고하지않고, 뭐 오늘은 술을 마시려구 온건 아니외다, 그리고 마루에 걸처앉었다.

— 아이참, 술집에 술자시지않구 무엇하러 오세요, 한눈을 감었다 뜬다, 딴전일랑 그만 피세요

— 아니 그런게아니라 좀전에 갈색양복을 입고 머리털이 하다분한 신사 한분이 술을 먹구 갔지요? 이 간죠가끼를 보슈

—네 네 그래요, 이게 내가 쓴 간죠가끼예요. 그런데 무슨일이 생겼나요?

—혼자 왔습니까?

계산서를 도로 넣었다.

—누구와 둘이 왔다갔는데 누군지는 못봤지요, 그런데 대관절 무슨일이 생겼기에 오늘은 이리 조사가 심하세요

색시 한시간에 오원, 누구인지는 알어보지도않고 오원을 받어넣은 주머니가 치마속에서 흔들거리는것을 금란이가 꼭 잡었다.

—뭐 놀랄만한 일은 없소이다. 그운이 남을 살해하거나 남의 물건을 도적질하거나 할 사람은 아니니까. 그런일이 있다면 그야말루 피가 손고락끝에서 뿜어 분수가 될일이지요.

—그럼 큰일은 안났구려

—그이의 모자를 찾으러 왔소이다. 그렇게 눈을 크게 뜨구 놀랄게있소 氣流처럼 기미없는 색시와 금니한 색시가 마루우에서 떨고있다.

—아니 난또 무슨 큰일이 난줄 알었구나, 어디 그냥반이 모자를 쓰구 왔드랬나 그렇지

—그럼, 맨머리루 들어왔다우, 내가 봤는데 간죠요? 가치온분이 다 냈다우 그리구……

금란이는 또 흔들거리는 주머니를 꼭 잡었다.

—글세 너이들은 입닫치구 가만있어

—공연한 농담을 한바탕 해노았군, 온김이니 술이나 한잔 할까

—그게 다 농담이란말요? 내원참 놀라해두 분수가 있지요 HOHOHOHO 어서 술드려라, 금란이는 팔장을 끼고 부엌으로 들어갔다.

기미없는 색시와 금니한 색시가 영빈이를 방안으로 모서들리고 술과 안주를 날러드렸다. 영빈이는 술을 몇잔 받어마시고 그래 너는 알겠지 가치 왔던분이 어떻게 생긴 분이던, 기미없는 색시의 곱지도 않은 손을 만저주는것이다. 주경이. 금니한 색시가 HOHOHOOO 금니를 자꾸 들어내었다.

—안경을 끼구 좀 뚱뚱한분이드랫는데 이크, 기미없는 색시가 말을 뚝

끈치고 기침을 하였다.

　금란이가 靑龍刀를 들고 밖에 나와서 한시간있다가 들어온다던 년이 아직두 안들어와 미친년같으니라구 그리구 술깡나무를 들고 다시 부엌으로 들어갔다.

　— 얘 지리가미 좀 다우

　금니한 색시가 기미없는 색시에게서 수지를 받어가지고 변소로 나갔다.

　— 그앤 한달 번뎃드랬는데 어제부터 또 시작한다구 들락날락 야단이라우

　— 그래서

　— 아이 망칙해라, 점잖은 분이 별걸 다 뭇네

　— 아니 안경을 끼구 뚱뚱하구

　— 좀 귀를 가까이 대세요, 우리 주인 어머니가 드르면 큰일나요, 글세 그게 누군줄 아러요, 우리집 주인의 서방이드랬대요. 지금두 어드런 생각나나봐요, 속상하면 우리보구 해본다우 에이 족상해 죽겠네

　— 어디루 간단말은 없이 나갔나

　기미없는 색시는 입을 삐쭉하구서 갈때나 곱게 간줄 아세요, 색시를 달구 나갔다우, 한시간만에 들어온다구하구 나가긴 했어두 내일아침이되어야 놔줄걸 지금쯤은 히히히히히 영빈씨의 양복바지주머니에 손을 넣고 영빈씨의 것을 찾는것이었으나 웬일이세요, 기분을 좀 내세요 잡히질안네, 술을 드세요 네 네 예가 春香園이에요 좀 기분을 내세요 그이 반한 춘향이를 맘대루 하세요, 금니한 색시가 들어와 앉었다. 얜 무슨 작란이야 점잖은 어른에게다가 그렇지오?뭐 강짜가 아니에요, 아이 우메꼬에게서 무선전신이 오네, 좀 들어보세요, 눈을 감고 귀를 바싹 대세요, 자 정신 차려요, 溫度, 卵子가 지나간 자리에 羊毛市場, 일금오원 도 도도 도도도 도ㅡㄴ도ㅡㄴ 돈돈 부끄러워요, 家系譜, 傍系或은 直系孫, 이래뵈두 우리 아버지의 아버지의 아버지의………………… 진사급제를 했대요, 거짓말이라구 생각하실른지 몰라두 정말인걸 어떻게해요, 萎縮된 乳房에서 우정승 김진사의 花簡이 나

왔다. 자 보세요 시퍼런 우정승의 글씨를 구경하세요

— 지금은 바뿌니 조용한날 읽기루 합시다. 밖으로 나왔다.

— 또 놀러 오세요 정말 오세요

자동차가 주루루 다라오다가 春香園 앞에서 멎었다. 자동차안에서 聖마리아 우메꼬가 섬섬옥수로 흩어러진 머리결을 매만지시며 더러운 따우에 나리시다. 펄렁펄렁 물우에 몸을 마끼는 水母의 긴 이야기. 영빈이는 빈 자동차에 올라타고 빨으게 아파아트로 달려갔다. 방안은 밝고 아무도없는데 침대우에는 종이쪽이 놓여있다.

책상우에 놓인 노—트를
읽었소. 그리고 유전인지
도 몰으는 磁甁을 기렴
으로 실례하오. 동일

영빈이는 책상으로 가서 계속하여 썼다.

여느때는 있으나없으나 마찬가지이던 磁甁이 없어지고보니까 磁甁있는 자리가 허렁 비여저 새삼스럽게 磁甁의 存在를 안것같다. 位置를 바꾸어보고 혹은 化學에서처럼 不安定狀態를 가저보는데서 여지껏 주의하지않든것을 주의하게되고 또 보지못하던 面을 보게될른지 모르겠다. 이 磁甁은 유전해 나려오는것가운데서 제일 고귀한것이오 또 내게는 그것밖에는 유전해받은 것이라고는 별로없다. 동일이는 이것을 가저가는것으로 나에게 쌈을 거는것인가.

동일이는 지금 가진것을 온통 팔어서 虛無도 첩수없는 안타까운 생활속에 있는지도 모른다. 무거운 짐을 진 동일이 나는 동일이를 성우를 통하여 대강은 알고있었다. 동일이와같은 사람에게는 이제 육체적 노동을 할수있는 어느기관에 들어가는것이 좋을것같다. 그러나 지금 동일이에게 그런 합당한 곳이 있을는지도 모르고 그런 기관이 혹 있다치더라도 그런데 들어가기에는 벌서 때를 넘겼는지도 모른다. 하로 흙을 파보는것이 약이 될수도 있다. 어쨌던 성우의 감사회도있고하니까 어느날 내가 직접 감사회를 알리려 성우를 찾으면 동일이의 이야기를 드를수 있을는지 모른다.

성우라는 사람은 이여자 저여자를 정복하는데서 삶을 느끼는가부다. 그러나 성우는 性에서 삶을 느낄수있다든가 없다던가 또 性이외에 삶을 느낄만한것이 있지않을까 이런것을 깊이 생각하는일이없이 혹은 이런것을 생각할만한 생활의 빈 시간을 가지는일없이 行動부터 먼저가지는것이 아닐까. 동일이는 抽象에 너머지는 성우는 行動에 너머지는때를 생가해본다. 성우는 언제까지 제힘을 믿을수있을까. 뿌리가 백힌 行動이 아닌 성우의 行動에서도 虛無를 볼수있다. 行動을 가저야 할사람은 동일이다. 어떠한 方面으로나 行動을 가지지않고는 못견질때인지도 모른다. 동일이를 주목하여 보아야겠다.

성우에게 이여자가 당신의 딸이오 하고 주경이를 내보이던 깜짝 놀날까?

4

영빈이가 성우氏의 材木商會를 찾으니까 마침 성우가 있어 반가히 맞어주었다. 뜰에는 材木이 들어 쌓였고 창고에서는 材木을 갈으는 톱소리가 난다. 영빈이는 내일 오후 네시에 孤兒園에서 성우氏의 감사회를 간단히나마 열려는데 장소는 W백화점이오 이말을 전하기위하여 짐짓 왔노라하였다.

— 원 천만에요, 그렇게까지 하신다면 되려 제가 미안합니다. 서로 친목하는 의미라면 참석하시요만,은 감사합니다.

— 그리구 성우氏와 가치 와주서야 할분이 한분있는데 좀 수고하여주십시요, 동일씨말입니다. 직접 말슴 드려야하겠지만 제가 말슴드리는것보다 더 좋을것같아서 그럽니다.

─동일씨를 아십니까, 한번 선생님을 찾아보겠다구 또 무슨 토론할게 있다구 이런말두 하였지요, 좀전에 왔다 갔습니다. 조금만 전에 오섰드라면 만나실뻔 했습니다.

─아 그래요, 아직 동일씨를 잘 아는것은 아니지만 성우씨와두 친한 사이구그래서

─네 어떻든 가치 가기를 원하신다면 가치 가지요, 기뻐하리다, 동일씨와는 어렸을때부터 같이 놀며 컸지요

─지금은 무슨 사업을 하시는가요?

─아무일두 하는일없이 놀지요, 뭐 낮잠을 잔다나요 허 허 허 나두 늘 무슨 사업을 하라구 권합니다만은 할뜻하다가는 그만두고 할뜻하다가는 그만두고 이제는 그 사람에게서 무슨 장래를 생각하기에는 맥이 풀립니다, 사람이 그래가지구야 무엇이나 할수있나요, 좀 나쁘게 말한다면 페인이 된셈이지요, 그래가지구야 안해 아들 있는 사람이 어떻게 사러가요, 어디 사회가 그런가요

─나는 그렇게는 생각하지않는데요, 생활을 잘못가진것은 사실이지만 변동을 가저볼려구 힘을 쓰고있지않을까요, 이제 무슨 일을 할는지 누가 알겠습니까

─허허허 글세요, 건망증이 심하단말야 또 놓구 갔군

─무엇입니까? 좀 보아도 괜찮겠습니까

─그렇게 흥미를 가지십니까, 읽어보시지요

영빈이는 종이주머니에서 글쓴 종이를 끄내었다.

★

나는 골동품상점에서 갑옷을 사입고 총을 가지고 산에 가서 즘생을 잡노라고 탕탕 쏘았을 때 나비처럼 꽃들이 날아 총구멍으로 들어오는것이오 산도야지는 조롱하는 눈치더니 기어코 한놈이 다름질하여 오더니만 나를 무

러 피를 흘리게 하였는데 산도야지는 집도야지보다 날새고 기운이 센것이었다. 또 몸둥이만 웃읍게 살찌는일이없이 그래도 꽤 균형된 몸둥이며 주둥이가 삐족하니 나온게 좀 무섭기도 한것이다. 그때 마침 하이킹 온 영빈이와 그의 양녀가 나타나 산도야지를 쫓고 그의 양녀가 손수건을 끄내여 흐르는 피를 씻쳐주는데 눈물은 흐르지않고 살빛은 히고 저 멀리 해는 떠러졌다. 새소리며 나비며 솔나무며 하이킹의 참 좋은 날이었다.

★

승강기를 탔다. 1층 2층 3층 4층 5층 모두 물건을 사러 사람들이 많이 몰려들렀는데 나는 상한 몸에 바를것을 사러왔다. 떼파아트에 磁甁은 없고 애드바룬은 올라 개미떼가 아물거렸다. 분속에서도 개미 몇마리가 나왔다.

★

뻐꾹이 뻐꾹뻐꾹 울어 날은 얼마던지 지나가고 밥그릇에 먼지 올으면 낮잠도 낮잠이오 보아라 저기 해를 먹고 산다는 靈들의 대강이의 한들한들 불빛이 나고.
물렛가라 쳇가라 우리 孤兒의 행진이다. 요한의 머리를 메뚜기들이 돌라붙어 먹고 예수는 챗죽을 들고 수레앞에서 길을연다.

★

분홍꽃은 분홍꽃이오 무덤은 무덤으로 있을뿐 결산서를 회계하였거나 말거나 썩는 한알의 밀알도 썩 늠늠한짓이로다. 창수. 오늘 이거리에는 사람들이 많기도많어 나비를 한놈씩 밟었는데 삐라가 바람에 불려 자꾸 날아온다. 나비가 분홍꽃이 그리웁다면 누가 그것을 안다드냐.

1 빗을 어서 갚어라
2 성명을 쓰고 나인하여라

한사람 두사람 모두 읽었다. 빗지고 허덕이는 사람들. 구루마소리가 가까 웠다. 얼룩백이가 바람을 가지며 다라난다. 그러지 마시오. 나는 아무런 죄 가 없어요. 난 통 몰라요. 좋도록 하시구려. 좀 아픕니다만은 눈물은 흘리지 않겠습니다. 도장은 여기에 있습니다. 미안합니다.

─小說의 구상인가봅니다, 작품이 채 되기도전에 실례하구 읽었다구 동 일씨에게 말슴 드려주시오, 그리고 내일 네시에 동일씨와 가치 오실것을 잊 지마시오. 안령히 계십시오.

年輪을 베는 톱소리가 날카롭다. 좋은 材木은 베여 기둥이며 널쪽이 되는 것이지만 쓸데없는 나무는 쪼개여 아궁이에 들어간다는 비유. 성우는 담배 를 피여 물고 감사회와 사둔 材木이 오를것과 또 주경이를 생각해보고 흡족 한 미소를 띠우는것이었다. 전화가 세번 왔다. 모두주문하는 전화다. 서기는 전화가 올때마다 성우의 명령대로 전표를 썼고 일군들에게 배달할곳을 전 하고 석탄을 한번 넣고 감기 들린 코를 한번 풀고 차시간 표를 성우앞에 가 저다 놓았다.

─자동차를 부르게

서기는 전화로 자동차를 부르고 손가방을 성우책상앞에 가저다놓고 숨도 죽이고 성우의 얼굴을 처다보는것이었다. 코물이 또 나왔다. 성우가 머리를 만지고 넥타이를 만지고하는데 문이 벌컥 열리며 동일이가 들어왔다.

─내가 놓구 간게 있지, 응, 여기에 있군, 성우 나가세, 오래간만에 돈이 생겼단말야, 그리고 꼭 이야기할게 있어, 깜짝 놀랄일이지

─후에 놀세 오늘은 村에 좀 나갔다와야겠어

─그러지말구 어서 나가, 내 돈생긴 이야기를 할테니

306

—허 이사람 오늘은 놀지못한다니까
—내일 가게나
—일이 바쁘지 노는게 바쁘겠나, 참 내가 잊을뻔했군, 내일 네시에 W백화점에서 내 감사회를 연다고 자네도 꼭 오라고 부탁하데
—누가?
—영빈이가 좀전에 왔다갔네, 자네가 꼭 와야한다고 신신 당부하데, 나는 내일아침에 올테니까 시간에 이리로 오게나
—오라는 말만 하던가?
—나와 처음 만나던 이야기를 하던가
—그런 말은 안했어
—내 이야기를 꼭 듣고 내일 村에 가게
자동차가 왔다.
—자 난 가봐야겠네, 놀다가 천천히 가게
동일이는 성우를 부처잡었다.
—자네와 술마신 밤에 내가 어디 갔는지 아나? 바루 영빈이 아파아트에 갔단말야
—내가 그런걸 어떻게 알겠나, 시간이 급하니 어서 낳게나
—그리구는 쟌팔잔알지, 그치처럼 나올때는 응 병을 가지구 가왔어, 그래가지고서는 이사람 그래가지고서는 말야 그걸 골동품상점에다 맡기고 돈을 마련했단말야
—허 이사람 오늘은 농담이 심하네그려, 그런 헛소리는 후에 하고 어서 놓게나
—자 이걸 좀 봐 이걸……
—놀다 가게
보라는것은 안보고 성우는 팔을 뿌리친다음 자동차에 올라탔다. 그바람에 열린 수갑이 마루우에 툴렁 떨어진것을 서기가 보는것이다.

5

애 종친다 종친다 종친다. 孤兒들이 식당으로 거미줄을 뚜르고 모여들었다. 주경이가 힌 손수건을 끄내여 얼굴을 닦었다. 백합송이처럼 손수건 한 귀에는 머리털 한오리. 천천히 받어가요. 오늘은 알조밥대신에 상반이요 국까지 달렸다. 한턴 쓰는날이다. 갑동이는 국사발, 새우젓, 용길이, 길동이, 개똥이, 당네, 밥술, 온도, 냄새, 오백원也, 아이 개려워, 똘똘이의 머리에서 먼지가 밥그릇에 떨어졌다. 애 대강이 좀 치워, 누가 대강일 갔다박었나, 아이 아퍼 얘가 자꾸 꾹꾹 질러요, 砲로 車를 넘겨 먹어시면서 장훈이다, 내가 왜 먹니, 얼굴을 해를 안은 주경이는 여기에서 천사일수밖에없다. 아버지의 얼굴을 아는 사람은 손 들시오, 어머니의 얼굴을 아는 사람은 손들시오, 骨盤에 그늘진것은 달이오 별이오, 初産.

점심후에는 공부를 그만두고 孤兒들은 작업을 시작하는것이다. 풀칠을 하고 그것을 나무겁질에 바르고하면 성냥갑이 제대로 되었다. 여자들은 봉투를 부치었다. 주경이는 직원한사람과 모도 이런것을 감독하는것이다. 아이들은 그것이 손에 익어 썩 잘하였다. 黃金色 얼굴들이 그것을 별말없이 하는것이었다.

영빈씨는 세시반에 孤兒園에 와서 주경이의 감독하는 맵시를 바라보았다. 주경어는 영빈氏에게 어머니와 안해와 동무가 모도 되는것이었다. 움직이는 주경이의 몸에 神話가 가깝다. 손고락이 가늘고 발이 적고 갸름한 얼굴에 엉킨 永遠한 微笑와 傳說, 女性이 生成하던 별 방석이 갈린 花園.

— 오래 기다리셨죠? 오늘은 아이들에게 국을 끄려먹었어요

— 주경이의 일하는것을 보면 어쩐지 나두 기운이 생기는군

— 일하는것이 제일 자미있어요, 파파두 그렇지요? 오늘부터 파파라고 부르기루 내가 결정했어요, 아버지보다 파파가 어때요, 좀 서양풍이래서 언짠타면 그만두어두 좋지만

─나는 주경이를 어떻게 불러야 좋을까? 파파라고 불리우는 날을 무엇으로 기렴하야겠군 그럼 백화점으로 가보기로하지

원장과 남직원은 앞서고 주경이와 영빈이는 떠러저 걸었다. 길에 피가 흐르는 오후4시가 가까웠다 屠獸場안에서 소들이 우는 소리가 처량히 들려온다.

─주경이의 주의력이 얼마나한가를 한번 시험해볼까, 이길로 매일 다니는데 이집 주인이 무엇하는 사람인지를 아러?

─그을세, 자서히는 몰라요, 이북에 피를 무처가지고 다니는걸 보면 아마도 수장에서 일보는가봐요

─마젔어, 백정인데 이제 네시만 되면 구루마를 끌고 나온단말야, 그런데 주경이, 직업이 그리좋지못한 여자가 애를 나서 그애를 내버렸다면 그것을 어떻게 생각하나?

─그런게야 파파가 더 잘알지않어요, 그것보다도 오늘 오전에 어린것들이 서로 너이 아반있니, 에미도없는 자식이 왜이래 이러면서 쌈을 하는 것을 겨우 때났어요, 어린 머리에도 애야 그것이 꼭 박혔나봐요, 이런 문제를 어떻게하면 좋을까하는것이 내게는 중요한일이에요

─주경이는 언제나 내게 새로운 문제를 세공해준단말야, 나는 주경이와 고아사이는 생각해밧지만 고아와 고아와의 사이를 생각한적은 별루 없었지

─파파 저길 좀 봐요, 돈을 어서 내라고 붙잡고 쌈하는 사람이 우리 선생이었어요, 수신을 가르쳤지요.

쌈구경하러 모인 사람들을 피하여 걸었다.

네시가 좀넘어서 W백화점 정한 자리에 다 모였다. 동일이는 성우옆에 앉고 주경이는 성우마진편에 앉고 영빈이는 주경이옆에 앉고 원장은 주빈석에 그리고 고아원 직원은 원장옆에 앉았다. 동일이는 영빈이의 얼굴에 아무런 기색이 없는데 도리혀 맥시 풀렸다. 대체 무슨뜻으로 고아원과는 관게도 없는 나를 불렀단말인가.

─전날밤은 대단히 실레하였습니다. 더욱이 초면에

─동일씨는 아마 초면이라구 생각하시겠지만 저는 전부터 성우씨와도 친히 지나시는 사이인 것을 알구있었습니다. 이렇게 와주서서 다 한자리에 모이게되니 퍽 기쁩니다. 혹은 이렇게 모일 인연이 있었는지도 모르지요, 인연이없이 되는일은 생각할수없으니까요, 동일씨와는 언제 한번 다시 맛나서 이야기를 듣구싶습니다만은

─좋지요, 저두 한번 맛나기를 원합니다

─그러면 실레입니다만은 제 아파아트를 한번 더 찾아주시겠습니까

─그렇게 하기를 원하신다면 방문하겠습니다만은 어느때가 될른지는 나두 모르겠소이다, 더욱이 부채를 갚을 의무가 있구요

─동일씨의 작품을 허락없이 읽은것을 아직 사과하지못했습니다만은 삐라가 떨어지는것을 주어보고 놀라지안는 사람이 어디 있겠습니까, 부채를 모도 젓지요

─두분의 이야기가 아주 자미납니다 허허허

원장이 성우가 내기로 허락한 오백원으로 고아원에서 얼마나 필요하게 쓸것을 말하고 감사하나다는 뜻을 말한데 뒤를 이여서 성우는 제 사무실에서 영빈이에게 한말과 비슷한 말을 또 하고 언제 한번을 답레로 여러분을 청할것을 말한다음에 식사가 시작되였다. 식사하는 동안에도 성우는 주경이의 얼굴과 포—크와 칼을 든 손을 쏘아보는것이다. 화루게의 여자와는 다른 맑은 이슬에 대한 食慾. 그릇에 담긴 음식이 적다.

영빈이는 눈섭하나 까딱하지않고 음식을 먹는 주경이를 보며 좀전에 길가에서 고아와 고아가 아버지 어머니를 들추며 싸운다는 이야기를 생각하고 또 같이 고아로 길리운 주경이연만 다른 고아들과는 달리 아조 아름답게 피여난것을 생각하고 감사할맘이 이러났다. 십육년전 오월 문밖에서 삐악삐악 울든 아이, 제일 처음으로 본것, 어떻게할가 망서리다가 유모에게 맛긴 것, 옥히라고 씨운 종이쪽을 찢고 주경이라 고친것, 연필, 공책, 쬅性이 묻은 책상 의자, 의복을 털든 솔, 除法, ABC, 빗과 화장품……

식은 무사히 끝났다. 모두 헤여지고 영빈이는 나려오다가 주경이에게 치

마감을 사주고 주경이의 하숙까지 다려다 주기로하였다.

─주경이, 오늘 모인 사람들중에서 누가 아버지라면 좋겠나?

─아버지요? 오늘 모인 사람들은 모두 좋은분이라구는 생각하지만 한사람을 뽑아서 아버지라구 부르구싶은 사람은 없어요, 파파를 내놓고는─

─나는 너를 늘 감사히 생각한다

─별말씀을 다 하시네, 내가 파파에게 무엇한가지를 해드렸다구요, 걱정만 식혔지요

─내게 살 힘을 주었지, 그것이 무엇보다도 제일 가는게지, 그러나 이런것은 주경이가 모를런지도 모르지만, 그것은 그렇고 오늘 모인 사람들이 모두 좋다구는 생각하는데─

─이런말을 하는것은 우습기도하지만 성우씨는 돈을 내는것은 감사하나 체면없이 작구만 나를 보는 것이 언짠어요, 그리구 음식을 막 쓰러넣는것이 한편 부럽기두 하지만 웃지마세요 꼭 동물같어요, 동일씨는 한시간만 같이 앉으면 실증이 날것같구 가까이 가면 가시처럼 찔릴것같어요, 유모어가 없을것같어요, 좀 풍부하고 너그러운 사람이 나는 좋와요, 원장은 늙어 논간이 없구 같이 일보는 사람은 아버지될만치 나이가 있는것도 아니지만 너무 적은 일에만 맘을 쓰지 대장부답게 세상일을 생각해보는 일이 전혀 없는것같어요, 아이 용서하서요 파파

─그담엔 내차레지

─그만치 말을 시키구두 아직 부족해요

─내 그럼 깜짝 놀랄것을 뵈여주까

─무엇이예요?

─나만 따라오란말야

주경이의 하숙으로 가는 길에서 버서나 얼마동안 거러가다가 영빈이는 골동품상점앞에서 멎었다.

先祖들이 남기고 간 때, 항아리, 기와장, 葉錢, 끝이 꺾인 활촉, 날이 무던 검, 청동 거울 ─ 요란스리 큰집을 지어놓고 그우에 저 기와를 넣고 거기에

이물건들을 노아보고 집속에 이 물건들을 쓰든 사람들의 호령소리, 연기 나는 항아리 속에서 종이쪽을 끄집어 냈다. 丁丑十二月日庚時, 子孫男子가 오리니 時에 바람부는 方向을 보아 數를 노아보면 足히 將來할 禍를 豫防할수 있으리라. 八卦. 孔子曰 孟子曰 身體髮膚는 受之父母라 不敢毁像이 孝之始也라 에헴 祭床을 드려라, 風水를 바로해야 子孫이 繁盛하는 法이니라.

　— 무엇보구 놀랠것이랫서요

　— 저쪽을 보란말야, 무엇이 있는가

　— 파파방안에 놓였든 병이 아니여요, 어떻게 여기 놓여있나요, 파라버렸나요

　— 제것이라두 잘 간수하지아느면 이렇게 딴곳에 있게 되는게다, 집에 놓였을때보다 남의것이 되니까 얼마나 아름다우냐, 병을 만든 사람은 몇백년 전에 죽었지만 병은 남어있어 그사람의 모든것을 또 그시대의 문화를 보여주는것이다, 그리구 제것을 보존할 수 있는 사람만이 제것을 만든다, 아까 길거리에서 쌈하든 것은 물론 좋지못한것이지만 제것을 만들려구 싸우는게 아니냐

　— 그럼 나는 누구와 싸와야 하나요, 나와 싸우자는 사람이 있어야죠

　— 이제부터 싸워야 할일이 작구 올터지, 힘을 길러두어야하는거야

　— 파파 오늘은 영화구경이나 가요 네, 영화를 간혹 보아도 좋지요

　— 그럼 오늘은 주경이와같이 영화를 보기루 할가

　레 · 미제라불이였다

6

　영빈씨의 아파아트에서 얼마 멀지않은 곳에 있는 茶房에 앉어서 동일이는 떠러진 물방울로 병을 그려보며 있었다. 채무도 채무려니와 會話의 先約까지 한것은 그때 기분이라하여도 부질없은 일이 아닐수없다. 니이체수염.

가령 밤이오 담배연기도 가득 차 어떠한 생각을 가저본다 애쓴대야 생각의
대가리를 어데다 가저갈곳이라고는 없고 빙글빙글 도는것이라면 남보기에
도 하 딱한 일일것이고 내가 잘났소 내가 잘났소 제일 잘났소 혹은 惡人이
어떠한 惡害를 하는것보다 善人의 惡害는 가장 有害한것이니라하면 나는
어떻다할수있소 요한은 어떠한 점을 가지게 되오 하필 요한이 아니라도 좋
겠지요 방귀소리가 났소. 도레미퐈솔라시도 어느 틈에 마저 드러갑니까. 틈
樂家마진편에는 생선을 그리기만하시면 걸작일수있겠다는 화가와 그옆에
어제 밤새도록 눈 나리는 형용사를 생각하였다는 시인이 앉으섰다. 바다물
결 밀려오는 소리를 오오오오오 지용이라는 꼬맹이가 생각해냈소. 음악가
는 오늘 예수교를 그만두시고 술을 한잔하기에 모험심도 유쾌했고 얼굴이
불그죽죽하여 숭배하시는 슈벨트의 아베·마리아를 입밖에 내여 가늘게 부
르시었소. 홍차를 손에 들고 또 미소를 간직하시고 삽분삽분 오시는 분이
마리아였소. 그보다 더 좋은 눈으로 형용사를 생각해낼때 보시오, 깜짝 놀
라시리다. 생선 비늘을 헤여 보고 그림을 그려야 정확하겠소. 그래 나는 오
늘낮에 비늘을 헤였소. 자 이 그림을 보아요. 가슴팍이에 머리가 그도 눈이
하나밖에 없는 얼굴이 붙어스니 애들 작란치고는 너무 심하지안소. 머리를
부처야 좋을곳을 이리저리 찾으시었소. 어서 눈이라는 시를 쓰시오, 내가
작곡을 해드리리다. 유치원 애들을 시켜 우리 라디오방송을 합시다. 내가
유치원 보모를 잘아니까. 속히 쓰시오. 그럼 동요가 격에 맞겠소. 우리 나가
서 것습시다. 기분이 나는걸 보니까 오늘쯤 좋은 형용사가 생각날것도 같
소. 마리아가 독한 연기로 인하여 견딜수없어 재채기를 하였으나 세 사나이
는 유쾌히 밖으로 밀려 나갔소. HAHAHA이제라도 어서 영빈이를 찾어가서
쓸데없는 말일랑 애야 그만두고 그냥 묵묵히 앉어있다가 오는것이 좋지안
느냐. 하느님 잘못하였습니다. 용서하십시오. 미미한 인간이여서 한평생을
쓸데없는 일에 머리를 썩이는구료. 베토벤씨의 심포니를 그만두시오. 내잘
못이웨다. 나두 안해가 있고 아들이 있는 사람이웨다. 기침두 그만두시오.
담배가 다 떠러졌소. 미소나 그런것이 없어도 좋으니까 버티고있으시오. 지

금 바로 좋습니다. 또 오리다. 茶房밖으로 나가니까 요란스리 불자동차가
바람을 가르며 지나갔다.

지저분한 것을 모조리 태워버려라. 混沌과 재무덤. 도리혀 훌짝 부터버리
는것이 시원할것같다. 대체 가지고 있다는게 무엇이냐. 포켓을 모조리 뒤저
보아라. 칼하나, 성냥곽하나, 담배부스러기.

영빈이의 아파아트가 불이 붓는것이였다. 집속에서 불낄이 날늠거리며
밖으로 나온다. 내가 챴다. 모여드는 사람들. 안에서 사람들이 잠옷채로 나
온다. 決死隊의 突進, 동일이가 불속으로 뛰여 드러갔다. 창수야! 옆과 뒤를
보아서는 안된다. 아이를 안은 여자가 뛰여 나왔다. 茶房에서 나온 세사나
이는 모여든 사람들틈에 끼워서 불구경을 하다가 물벼락을 맞었다. 너머안
진것만 다행으로 각각 준비하여 넣고 단니든 손수건을 끄내여 얼굴을 닦었
다.

영빈이가 뛰여 나왔다. 두어간 떠러저서 뛰여 나오든 동일이는 도리가 문
허지는통에 치우고말았다. 가슴을 헐덕어리며 달려 온 주경이가 맞었다.

영빈씨의 노—트
수면제를 먹고 자는 내가 깬때는 벌서 불이 사면에 둘러쌓였었다. 나
는 벌떡 이러났으나 놀랄뿐이오 어떻게 하여야 할는지 몰랐다. 이때에
뛰여 온이가 동일씨였다. 나는 그이가 끄는대로 끌려 충층대를 나려올
때까지 정신이 없었었다. 정신이란것을 이다지도 믿지못할것이란것을
처음으로 알았다. 펄펄 붓는 나무가 우리의 길을 막았다. 그는 우리앞을
막는 불붓는 나무를 치우고 길을 열었다. 그러나 그때문에 나보다 몇발
자옥 떠러진 탓으로 뭇허지는 도리에 치우고말았다. 내가 웨 불붓는 나
무를 치우지못했을가 이런 생각은 나라는것을 좀더 비열하게 만드는것
밖에없다. 나와 그이와 이런 인연을 맺으리라고는 일즉이 상상도 할수
없는 일이였다. 나는 그이의 유족을 어떻게 보아야 하는가. 동일씨의 行
動을 칭찬도 할수없는 無資格者. 그이의 아들의 교육을 마터보고 그이의
유고를 출판한다하나 이것은 그이의 가족이 허락하여야 할일이오 또 이
런것은 동일씨의 行動과는 비길수도없는 일이다. 영빈이라는 내가 죽고

그이가 살았으면 얼마나 좋을가. 나에게는 안해가 없고 아들이 없고 주경이는 벌서 한 여자가 되였다. 이제 남은 생명을 그이를 위하야 사는것밖에 더 잘사는 법이 없을것이다. 그는 그날밤이 새이기전에 병원에서 가족의 얼굴을 바라보고 창수의 손을 쥔채로 평화스러운 얼굴로 세상을 떠나고 말았다. 나는 그이의 가족의 울음소리를 듣고 있을수없어 뛰여 나오고 말았다.

　　또 놀란것은 주경이의 일이다. 아파아트에 불이 부터서 온줄만 알았든 주경이는 이외의 일을 고백하였다. 성우에게 욕을 당할번하고 달려온참이라는것이였다. 나는 죽을곳에서 살었다는것까지 잠시잊고 놀랐다. 성우가 주경이의 아버지라는것때문인가 주경이를 잃어버린다는것 때문인가.

　　나는 욕을 받지않은것을 다짐을 받고 이후에 다시 그런일이 없도록 그이가 바로 아버지라는것을 간단히 알려주었다. 알릴 기회를 보다가 아직까지 알리지못한것은 나의 큰 잘못이다. 이제 생각하면 내가 알릴 기회를 뒤로 밀굿한것이 아닐가도 생각한다. 나는 이 잘못의 값을 어떻게 갚어야 할른지 모르겠다. 주경이는 내무릎에 안기여 울었다.

다음날 신문지에 동일이가 교수 영빈이를 구하여내다가 영에의 최후를 마추었다는 기사가 크게났다.

　장례일은 여느날보다도 더 추웠다. 관뒤에는 그이의 안해와 아들 그이의 어머니 그뒤에는 영빈이 주경이 성우 원장 그밖에 몇사람과 검정개가 따랐다. 성우는 슬프거나 또 엄숙하거나 하는 표정을 처음부터없이 허허 웃어가며 영빈씨 구사일생을 하였소이다그려, 축하합니다, 싸락눈도 나렸다, 주경씨 춥지안습니까하는 말에 영빈이나 주경이는 같이 대답을 하지안었다. 주경이의 머리에는 그날밤의 일이 가득 찼을뿐이요 저분이 아버지인가 생각하면 어떻게 생각을 먹어야 좋을는지 그날밤 일을 다 잊은듯한 얼굴을 보면 참말 이렇게 치운데 치워도 안하는 눈치다. 아버지라 믿을수있을가. 유들유들한 성우가 아버지라는것인가. 아버지와 나와의 무슨 공통된 표를 볼수없을가. 그리구 내 어머니는 또 어디있나? 행렬은 春香園앞을 지나가는참이였다. 기미있는 우메꼬와 기미없는 색시와 금니한 색시 그리고 금란이가 유리창밖으로 지나가는 장례행렬을 밥을 먹다 말고 내다 보았다. 지금에야 조반을 먹는것이다. 원장은 내마한 오백원의 기일이 넘었는데도 낼생각을 하지 안는 성우를 찌푸린 얼굴로 바라보았다. 그런일이 있을가봐서 감사회까지 하지안었는가. 밥상을 받은 여자들의 머리가 모두 얼크러졌다. 애 뒤에 달린 애가 아들인가보다. 저양반이 성우안야. 우메꼬야 그양반이 지나간다. 그래 어쨋단말야. 에이 새벽에 재수없다. 글세 성우면 어쩌란말야. 시게를 좀 봐라 지금이 새벽이야. 옥히 아버지, 금란이는 밥술을 놓고 영빈이옆에 서서가는 날신한 여자를 바라보았다. 옥히두 컷으면 저만했을게다. 그런다구 얜 성낼게 있니, 그렇다는 말인데, 그런데 저 여자 좀 봐, 멋있지. 홍 무엇이 멋있어.

— 애들아 좀 조용하지못하겠니

금란이는 어쩐지 눈물도 나는것이였다. 래일은 찾아가서 오백원을 내랄밖에. 옥히는 살었나 죽었나, 누가 죽었기에 저렇게 성우며 영빈이가 나갈가. 옥히가 죽었으면 어느 길바닥에서 어러죽었는지도 모를일이다. 八字. 만일 죽지않었으면 지금 어데서 무엇을 하구 있을가. 상을 미러놓고 말었다. 영빈이는 얼굴이 말이 아니다.

공동묘지에서는 인부들이 벌서 묘지를 파놓고 떡을 안주로 술잔을 노느고 있었다. 뿔록뿔록 나온것이 다 墓라는것인데 그 속에는 한개체이든 사람이 무처있다는것이다. 子孫들과 줄다리기, 한편끝이 墓 속에 있고 한편끝이 이편에 있다. 때 혹은 오래입든 의복. 창수의 속에 동일이의 피가 흐르고있으니까 동일이는 죽은 것이 아니오 영빈이는 산것이 아니오하는 論理를 미러제끼는 큰힘이 바람처럼 墓를 부러헤치는 날 죽었든 사람들이 다시 사라난다는 우화.

새로운 무덤이 하나 또 생겼다. 싸락눈이 새무덤을 덮었다.

7

주경이의 이름을 써붙인 문을 열면 쌔하얀 入院室이다. 동일씨의 장례식에 갔다가온날부터, 주경이는 아러 누었다. 音響차란한 방안에서 영빈이는 이틀밤을 새였다. 死線우에서 曲藝를 하는데는 中心을 잃으면 그만이다. 영빈이가 앉은 바른편 힌 침대우에 주경이가 누어있고 윈편 책상에는 果實과 동일의 유고가 쌓였다.

오늘밤에 결혼하구맙 시다결혼결 혼 에그머니나아무두없어요날 살려줘요죽 일놈같 으니라 구5백원과나와 무슨관 게가 있어요파 파나 는 고아예요 역시나 는 고아예요 코제트예요 어데서 자동차가 왔세요? 성우씨에게서라구요?예가어 덴데여기서 나 린단말요? 다른 사람들은어디있어요? 왜 이래요아야야 막다리를 깨무렀지요 싱싱한 과실이 하나가득 담겼어요 불을켜요 불을켜요

불을 아이 치워요 어머니, 빠빠 밖에서 누가 찾어요 드러오세요 죽었다든 어머니가 아니예요 빠빠 웨놀라서요? 어머니가 찾어왔는데 웨 놀라서요 무어요? 동경서의 친구라구요? 그럼 정말 어머니는 어데 있나요,거즛말이였어요? 빠빠 말을 좀해요. 그여자는 웨 울다가 가서요. 그럼 정말 어머니는 어데 있나요, 어머니가 정말루 있다면 맛나게해줘요, 어머니가 보구싶어요 아니예요

나는 고아예요 그렇지오 파파 이제 겨울이 가면 봄이 오겠지요 전에처럼 봄이 오면 나를 동산에다리고가주세요 파파 겨울은 너무 치워요 모도 피여오르고 크는 봄이 그리워요

영빈이는 주경이의 이마에 솟은 땀방울을 가만가만 씨처주었다. 주경이는 헛소리를 그치고 다시 고요해졌다. 숨소리뿐이 있는 방안에 전등불빛만이 밝다. 영빈이는 주경이의 자는 얼굴을 자서히 들여다보았다. 죽는것인가 사는것인가 주검과 싸우는 주경이의 얼굴은 한끝 애릇한것이였다. 주경이

는 아직 나에게 그런 이야기를 한적이 없다. 청년을 찾지않고 웨 어머니만을 찾는것인가. 주경이를 살릴수있는것은 어떠한 약보다도 벅찬 청년이 아닐가. 주경이를 보호하고 바뜰고 보호하고 할만한 청년이 있어야할때다. 청년이 있다면 이런때 마땅이 와야할게다. 벌서 이렇게 알키를 세번째다. 주경이가 이제 새로운 힘을 얻지못한다면 어떻게 사러가느냐, 주경씨 주경씨 눈을 감었다.

주검같은 寂寞, 하늘은 아직도 캄캄하다. 바람이 획 부러 동일이의 유고를 날리였다. 영빈이가 놀라도라서니까 유리창밖으로 동일이의 亡靈이 어른거려 영빈이는 방바닥에 쓰러저 정신을 잃었다.

이슬같은 밤의 배암이면은 입을 버리기전에 넥타이를 모조리 없새 버리고 아슬아슬하게 떨어지는 돌맹이우에 깃드린 별별별별별 벌떼처럼 아물거리는 별빛마자 가리워주시오.

영빈이가 정신을 차린때는 멀거니 동이 트기 시작하였다. 손에는 동일이의 地獄의 階段이 쥐여저있었다. 주경이는 눈을 감은채 죽었는지 살었는지 고요하다.

차즘차즘 검은 구름이 붉은 빛속에 녹아들고 溫度가 퍼지어 해도 오르는 것이였다. 전등이 갔다, 아침해가 유리창살로 드러와 침대우에 깔리고 또 어둠이라는 것을 모조리 밀어냈다.

의사가 조수와같이 드러왔다. 의사는 주경이를 살펴보고 영빈의 팔에서 피를 뽑았다. 새빨간 피가 유리관속에 가득히 고여 아침 해빛에 빛이 났다. 산피는 유리관밖으로도 더운것이다. 50c.c.O血型. 그것을 힌 주경이의 팔에 가만히 넣어 피의 融合을 기다리는 정숙한 時間. 주경이는 전번의 영빈이의 피를 받아 드릴때보다 고요하여 이만에는 식은땀이 매치는것이였다.

주경이가 나으면 봄이 오는것이다. 영빈이는 정말 사러나는것인가 주경이의 얼굴을 자서히 들여다보는 것이다. (了)

神 話

楊雲閑

밤

아까시야꽃이 활짝 핀 밤
범나비의 나래는 폴신한 粉일래 무거우려니

痴情에 지친 薔薇꽃 이파리가
忘却의 深淵에로 떨어지는 音響……

娼婦의 爛熟한 肉香이
풀어서 끈적스러운 觸感

惡

너처럼 사람들에게 미움을 받으면서도 치근치근 따라다니는 것은 世上

없을것이나 그꼴에 白痴같이 卑怯한 사람일랑 돌아도 안보고 强盜 殺人 虐
殺 飢餓 馘首等等의 壯快한 設計만을 넌즛이 불으노라지. 내 자나 깨나 항
상 너에게 대드는 말이지만 그러면 어찌하야 몸소비겁스럽게 聖母마리아의
탈을 쓰고 行世를 할理由가 무엇이며, 또는 너의 異端者에게 너의 敎誨服을
입힐理由가 어데 있느냐. 그처럼 네가 世上없이 꼿꼿한 놈이라하것만 大體
그 殘忍하고 壯快한 設計者를 爲하야 變名까지 할 必要는 무엇이냐 말이다.

「壞層의倫理」

神 話

　　바다에서 鬱寂의 詩人 靑猫가 시컴헌防波堤우으로 조심 조심 기여올라
앉을양이면 밤은 防波堤를 둘러싸고 뿌라치나빛으로 확확 탄다. 코끼리의
虛寂한 눈을 갖인 나는 구름처럼 로맨틱한 白馬를 타고 아무래도 神話를 찾
어서 靑猫의 瞳孔에로 뛰여드는 챰푠이 된다.

　　샛츰한 한울에 조개껍질처럼 하이한 달은 내가 던진 서푼짜리 뽄넬이다.
江까를 헤매이다가 나의 戀人 亞利는 그것을 花火보다 燦爛한 파라솔이라
고 좋와라 해족거리고 詩人들은 달에서 피리의 구멍으로 自己들이 살어도
보지못한 노스탈차의 地理를 살핀다. 그러나 靑猫의 黃綠色眼球의 透明體
속에서는 달이 許多한 닝프가 되여 춤을 춘다.
　　닝프 닝프 오오 닝프……

　　惡魔의 달밤
　　闇黑의 바다
　　白鳥의 百合

時間이 壓縮되여 한옥큼의 緻密한 꿈이 된다.

靑銅빛 달그림자는 面刀처럼 한숨겹고차다. 가슴이 서늘타. 온몸에 젖어든다. 물결이 발꿈치를 스칠적마다 바다 저편에선 하이한 舞姬들이 高喊을 찔은다. 恐怖보다 마음이 당긴다.

靑猫의 눈은 풀은 별들이 深遠히 잠긴 墓塚. 駝鳥와 駱駝는 渺渺한 砂丘를넘는 鄕愁의 그림자. 나와 亞利는 밤마다 아주까리 기름ㅅ불 켠 酒幕을 찾어서 꿈속길을 헤매이는 詩人. 모다 깊숙한 森林처럼 虛寂한 生涯를 씹으며 지나련다.

스핑스의 그림자
바다가 버린 소라의 空洞
이는 神話가 조으는 곳.

바다ㅅ가 沙洲를 거러가는 亞利의 조고마한 발자옥은 다문다문 떠러저 놓인꽃잎 꽃잎. 이윽고 海水가 밀러들어 靑銅빛 달그림자가 꼬리를 칠양이면 한잎두잎 발자옥은 바다로잠기여 든다. 바다는 자꼬 발자옥을 따라 간다. 발자옥은 亞利의 業蹟. 亞利는 歲月에 지친채 숨가뻐 墓標를 베고 넘어진다. 바다는 墓標마저 안고 歷史의 저편 闇黑에로 숨어버린다. 人間이 만들은 時計塔의 時針은 멎고……

道

慣하게도 驢馬는 自己의 아버지의 아버지가 하든 연자간의 終身職을 아

버지에게서 遺言도 아모것도 없었지만 애매한 歲月을 집어먹은 탓으로 世
襲의 覆面을 하고 맴도리를 친다. 하러버지가 처음으로 발자옥을 내고 아버
지가 그다음 꿍꿍 다진길을 驢馬는 작고만 돈다. 돌고 도니 한울이 돌고 땅
이 또한 따라서 뱅글뱅글 돈다. 드디여 驢馬는 돌면서도 自己는 멎은줄만
안다. 驢馬의覆面, 驢馬의 眩氣. 그래 驢馬는 하러버지와 아버지가 꼬박 꼬
박 돌아간 그길을 無條件하고 돌터인가.

「壞層의倫理」

풀은섬

西쪽바다 아드윽히 부풀은 黃昏의 水平이
꺼우러진 太陽이 흠빡 붉게 물이 들고

짭쪼름한 바다바람에 하도닦이여 蒼白해진 달이
靑紗幕속에서 甘酒를 킨듯 낯을 붉히는 어스름

머언 浦口의 電燈 켠 거리가
火爐ㅅ 불처럼 이러럭 이러럭 피여만 올은다

갈메기야 끼루룩 끼루룩 날어가는 곳이 어디뇨
돛폭을 딸아가는 나의 心像이 銀실처럼 슬프구나

풀은 섬이야 내사 네품에 포르르 날어드니
오로지 燈臺도 슬프고 모래는 차겁다

이윽고 눈감고 섯노라니
바다가 검은 面紗布처럼 풍기여들어 낯이 자꼬 간지러워

물새처럼 호조록히 젖은 나의 마음이 버얼서
호롱ㅅ불 받고 아쓸 아쓸한 바다저편 머언浦口로 간다.

臨終

나는 天生 나라는 안에 개고리를 가꾸도록 極刑되였다. 개고리는 자꾸만
數를 더하야 지금 나의 皮膚는 늘대로 늘고 膨脹할대로 膨脹하야 개고리가
부글 부글 끓는것을 나 밖에서도 넉넉히 볼수 있게까지 되고 말었다.

그런데 무릇 꽃에 나비라거나 똥에 파리라면 오즉이나 대견하련만도 난
데없는 毒蛇 두마리가 나를 싸고 밤낮으로 돌고있음에는 참 自殺이라도 하
고싶도록 안타갑다.
　이처럼 나에게 破綻이 멀지않지만 나는 개고리들에게, 소리를 빠각하고
찔으거나 毒蛇를 무서워하지 말라고 열뻔수무번 굳게 付託을 따진다음, 두
놈의 毒蛇를 자세히 살펴보니 공교로히도 두놈 다 애꾼누이라는것과 또는
왼눈이 먼놈은 왼편으로 돌고 오른눈이 굿은놈은 바른편으로 돌고있음으로
나의 皮膚가 아모리 透明하여도 놈들이 개고리를 보지는 못할터이니 저윽
히 安心은 되였다. 그러나 자꼬 저대로 돌기만하는 毒蛇가 서로 마조맛나는
때마다 무슨 陰謀를 꾸미려는 態度가 보인다. 萬一 이陰謀가함끼 같은 方向
으로 돌아보자는것이라면 정녕코 이것이 나의 最後審判이리라.

　毒蛇의 陰謀보다 먼저 개고리놈들이 제등에 달어서 一時에 뿌가각하고

소리를 질을양이면 나의 皮膚가 터질까 두렵다. 그래서 나는 恒常 개고리를
달냅라 毒蛇들의 陰謀를 監示할라 臨終까지 애를 박박 쓴다.

善

　박쥐같은 게집이 前에만침 넉이고 나를 오라고 旗ㅅ발을 둘은다. 나는 벌
써 그년의 指示에 獻身하기를 斷念하였다.
　그년이 날개와 理想은 水晶宮의 壁畫인 제비를 곳잘 닮었것만 몸과 눈알
이 아가메논의 鼓腹紳士에게 어쩔수없이 갖인아첨을 다하는 가싼드라마의
末路 바로 그꼴이 안인가.
　그래서 下水道工事를 하고있든 막버리꾼들은 다른 道標를 세운것이다.
암만생각해야 信用할 수 없는 그년이매…….

「壞層의 倫理」

니힐

　니히일은 한조각의 꿈도 안이고
追憶속에 잠기여버린 꽃도 안이다.

　니히일은 諦念의 洞窟
忘却의 姉妹

　니히일은 腐屍를 찾는

가마귀떼의 颱風 絶叫 恐怖……

뽐뻬이의 季節속에 몰리여 드니
니히일의 검은 星雲이 자꼬 흘은다

二十世紀는 니히일의 바다
破船한 理想이 港口를 잃었다

Guillotine

휘영창
밑 빠진 한울―
파리한 밤 달이
고양이 눈알처럼 풀으다

단톤의 故鄕
로베스피엘의 히로익카

스피인과 오리엔트를
저울질하는 장사꾼 양키―君의 暗躍

오늘도 新聞에는
「好戰性과 胎敎」라는 社說
그래서 各國의 아이밴 매담들은
新聞紙를 몽땅 삼키는 練習을 하다가

목이 메여 말을 잊었다

그러나
아이 밴 매담들에게 警告 ―
「눈물을 흘리는者는 生圈밖으로 追放!」

한울 한복판을
벗질은 氣象塔 우에
검은 구름이 파리떼처럼 몰리여든다

恒常 倉庫를 뒤지러 가는
팟중이의 戰鬪機
英國式 歐羅巴諸國勢力均等術의 民間普及化의 샘풀인
씸손婦의 超戀愛術
돌아올줄 몰으는 蕩子 푸랑코君
中國人들은 楊子江물이 넘어 따거워
北國에 어름을 갖이러 갔다

푸로펠러 소리에
파리한 밤 달이
고양이 눈알처럼 풀으다

무지개가있는소라겁떼기가있는바다

黃 順 元

우유빛 구름
폐를 앓른 少年
少年이 섯는 물기슭에
소라껍떼기가
무지개를 피웠다
구름같은 갈메기
조개껍찔처럼
앉었는 少女와
바다에서 하늘로
다이빙 하는 사나이와
누은 女人의
허리같은 水平線
진정 水平線은 少年에게
넘우 혐악한 날개였다
먼 水平線이 문허지는
흐린 저녁이면

갈메기가 승냥이처럼
울며 날았다
바다 검은 바다
세찬 바람이 이는 밤엔
굴러나는 조개껍찔 귤껍찔
갈메기도 女人의 허리도
달도 少年도
힌 돛폭도
없었다
검은 밤엔
소라껍데기의 무지개가
홀로 울고 있었다

臺 詞

어둑한
선술집 구석
내 파리한 손을 핥른
개야
네 귀밑 리봉은
리봉처럼 물낡은
드레쓰를 입은
어느 골목안 女人이
달어 주되
뒤에 끈을 쥐고

또 어둡기만 한
퉁소를 부는
少女야
내게는
씰크햇도 단장나마
없단다
개야
내 손을
그만 핥아라
나는
네 리봉에 꽂어줄
시든 장미나마도
못 가졌단다
퉁소를 거두고
개게 끌려 나서는
눈먼 少女의 뒤를 닳아
나는 또
이 낯설고 어둡은
골목을 깨나가쟈

馬

金朝奎

1

네가魚族이되여보풀은여름밤을헤염칠때나는네의華美를슬퍼할
줄몰으는나를슬퍼하였다너는네皮膚를欺瞞하며네의肝線을異國
産品으로封鎖하나네가먹는冷性飼料는花辨과같은高熱을낮울수
는있을망정레－쓰실같은네의血管을속일수는없다密生한羊歯類
植物의불타올으는意慾.너는버얼서휘파람부는魚族일수는없다

2

날맑은날너는雨傘을들고채송花핀꽃밭을결으며沈默한것은네의
四葉클로버를슬퍼함이냐네의裝飾한뒷발통이클로버의軟한잎새
잎새를문질으며移動될때슈미－즈와바요렛드레스를입은젊은馬
네의얼골은魚族을닮으려하나네의옷고름엔家具가記錄되였다너
는네의四葉클로버의풀은血痕을디오니쇼스의思想이라하느뇨?

3

네가林間호텔의花崗石베란다에앉어꿈꾸는비이너쓰를조잘거릴
때다리와다리속으로보이는달과驢馬의컴포지숀아카시아花香이
昇華할려는네의脂粉을侮蔑하는밤樹木이흔들릴때마다움직이는
縞馬.머얼리구부러진외로운아베뉴를걸어도네의기다리는思想
은누워있지않었고네의뿌론드속에선誇張된종다리도울지않었다

4

달빛속에너를두고달빛속을旅行할때너는달빛보다시원한여름밤
을가젔었다해가우리의思想을忘却한너는밤과낮을꺾우로사는動
物.칼피쓰를빠는네주둥이와수박의붉은살을깨무는힌이빨을너
는보았니?한오리두오리天井에올을사이도없이파잎의구룸은흐
터지고흐터지고芭蕉의설음을同情하는너는그實芭蕉보다슬프다

(뮤－즈여椅子와芭蕉잎사이에넘어진저馬의慾望은누구의것이뇨)

室內

古風한 椅子가 한臺.
庭園에는 달빛이 氾濫허고……

네얼골이 湖面우에 떠올을때면

쏘—다水의 섧음은 깔아앉는다
달빛이 찬 밤,

비인 寢室, 만도링의 誘惑과 풀은窓.

傷心의 이야기도 …… 지금은……
아름다운 머언 童話다
힌磁器와 深紅의 카—네숀
墳墓우에 밧드린 한폭 不忘의 선물이뇨?

葡萄송이의 味覺을 잃었고
이제 花辨과같은 네의肉體마저 잃었으니
蛇의思考가 달빛같은 肉體에 남었을뿐

테라쓰를 적시는 달빛『쏘나타』
오오 郊外를 걷는 네자욱소리가
壁으로 壁으로 숨는다 밤새……

壺 1

明匠의손으로된바도않인壺를나는寢室에두고바라본다내가壺를좋와하는
것은水平을가진美麗한파라숫파라숫은않이다,　壺心않인壺心의風景은오므
려들고伸張되고萎縮하고……僞善하는壺는그實少女도않이요琉璃窓도않이
요壺다.

壺 2

寢臺에 자빠진 淫女. 花壺.

壁

거울속으로 힌낮이 徒走한다. 기우러지는 地球儀. 하것만 나않인 나는 瞑目할줄도 몰으고슬퍼할줄도 몰은다. 牧歌的인 風景의構意는 철없는 植物의 倫理다. 내오랜 記憶을 支持하고있든 腦細胞의 分裂.

네의肉體는 머언山脈이되고 기인行列은 行列이 쓴 死面의表情을 몰은다. 거울은 거울의 思想을 忘却하였고 얼골 얼골은 제얼골보다 行列의얼골을 더잘안다. 다리와 다리, 凱旋하는 類槪念의 旗幟.

씰크햇을 쓴 紳士의 손이 발보다길다. 검은 禮服을 끌며 蒙古風인 손톱을 그래도 짧다한다. 네손톱이 내눈알을 파내였느뇨? 오오 지금 나의 壁을 받드는것은 生殖器와 사마구. 사마구. 개아미같은 循環小數의 解答은 壁에도 없다. 문허질려는 壁에 뮤ー즈여 그림을 그려라.

性畫를 그려라

林檎園의午後

붉은 庭園은 풀은 天井을 이고
바다가에서는 少年이 白馬를 戲弄하고

바람이 풀피리를 불며 散策하는데 거울속에서는 붉은 裸像의女人이 午睡
를 滿喫하고 있다
　내가 좋와하는 氷酸의 味覺이 어느헤바닥에 구으느뇨? 疏林사이로 기일
게 뻗친 흰손手巾이 머언 記憶을 실고 櫓를 저어 櫓를 저어 찾어온다. 바다
가까운 果樹園의 戀愛를 검은 思索으로 덮든 그날의構圖.

　웃는 草字의 얼골
　端雅한 楷書의 모습

　어느 가을날 붉은 만도링있는 海邊의 風景과 할께
　온하로 그려놓은 少年의落書를 물결이 싲어갔다.

　길손은 祖國의 한올이 나려덮이는 船室의圓窓에서 밤마다 時計盤과 地圖
를 드려다 보았고
　園丁은 길손이 불아오면 붉게 爛熟한 열매 열매를 고이려 하였는데…….
오오 네의 풀은잎새는 네의 엷은 歎息이였드뇨? 붉은 肉體가 젖어드는밤,
길손이 오기前 讀本의試饌은 물결소리 유달리 처량한밤 바다가였다.

　지금 少年은 少年이 않이다
　언덕을 背景하고 少女들은 陳列되는데
　林檎園의 午後에 돌아온 길손은
　異國製 담배를 피우며 木馬의表情을 짓고 있다.

小說의 創造性

兪 恒 林

—

　이글을 하나의 主張이기보다는 오히려 나의 文學修業의方向을 摸索하는 하나의 試論이기를 바란다. 그리고 이 小論中에 現文壇이나 몇몇作家에 對한 不滿或은 反駁이있드래도 이는 나自身의 文學하는 態度에서 오는것이고 여기서 意圖하는바는 아니다. 나는 여기서 내가 後日을期約하는 三巨匠(고 —고리, 떠스터옙스키—, 지—드)硏究의 出發點인 고—고리硏究의 簡略한 素描程度에 끄처 滿足이다. 이는 동시에 나의 文學的思考의 出發點이기도 하다.

　自然主義는 文學史에 크다란 業績을 남겼다손치드래도 結局 하나의 文學 하는態度에지나지 못한다. 프로벨의絕望的靜觀과 全體에對한 不信任에서 오는 個體의尊重 卽 嚴格한 個人主義를 正當히認識함이없이 一部의사람들 이 信仰하는것같이 小說理念으로서 가장 本質的이고 가장 純粹한新作이라 생각한다는것은 偏見일 것이다. 小說理念에있어 프로벨의立場은 오히려 異 端的인것이고 特異한것이지 結코 純粹한 存在는아니라고 나는믿는다. 그를

생각할려면 먼저 그가繼承한 浪漫主義文學과 人道主義思想의 破綻을 念頭
에두지않으면 않될것이다. 모든 것을믿지않고 오직 各自의個體가가지는 各
自의眞實만을尊重하며 現實과 表現사이의 媒體로서의 作家를 極度로 抑制
함으로 자신이 創造한作品일지라도 作者는 분수없이 作品의世界를 紊亂케
하여서는 않되는것이다 따라서 作品은 完成과同時에 作家의權限을 벗어나
獨立하여야 한다는것이 그의信條였다. 그는現實과 作品으로 移植된世界와
의 사이의 作家라는 專制的存在를 抑制하고 될수있다면 抹殺할려고 하였
다. 이런것을드러 純粹타할른지도 모르지만 이는 結局 그것없이는 小說이
란 것이 나올 수 없는 作家의 精神을 어떤化學作用에있어서의 白金線이 役
割하는位置에 놓으려는 頑固한精神的努力이고 希求였든것이다. 말하자면
自身의世界觀을 正當化하기爲하여는 스스로 그것을 否認하고虐待하지않으
면 않된다는 逆說的方法을 嚴正히 지킬려고함으로 스타일의 絢敎者로서 우
리들앞에 나타나는것이다. 그러나 나는 그의 이런 自己犧牲속에 小說에있
어서 作家의 主觀이 事實을 誇張하고 다시 虛構하여야한다는것을 是認하여
야한다는 反證을 본다. 小說이란 現實을 對하는 作家의 精神의 抑制에서 나
오는 것이라면 그의 노력이란 極히 容易한것이아니였을까.

　그리고 現實을小說로移植함에 프로벨 또한 다른 어떠한 作家와도 다름없
이 自身의 人生觀이란 武器를 使用할수밖에없었다는것을 우리는 안다. 그
것이 그의境遇에있어서는 悲觀的靜觀的個人主義였을 따름이다.

　個人主義思想에대한 狂的信仰없이 어떠한 프로벨이 그러한 殉敎의 길을
걸을수있었을까. 그리고 프로벨이아니고 果然 누구가 감히 그의길을 걸을
수있는가.

　殘忍하다리만치 自身에 대하여 俊嚴한 態度를 固執함도없이 그의 文學的
思考의歸結만을 擇하여(비록 그의 言語選擇法이나 表現技術을 배웠다 할지
라도) 單純히 作家의 精神과는 無關한現象의 안이한 描寫에 文學은끄치는
듯이 생각하고 一種三面己巳類의 偶發的事象을 安閑히그리는데 遊戲와 慰
安을 얻으려함은 自然主義그물건에對하여도 容納할수없는 冒瀆이아니고

무엇인가. 나는 論證하기보다 손쉬히 우리文壇의現象을 가리처 適例로 삼는다. 主題의 喪失이란 歎息이 아모런情熱도없이 되푸리되고, 一顧의 價値도없는 世態文學論이 盛行되고 藝術品이되기 몇步인가前에멎어버린 天邊風景이 레알리즘의 擴大(?)의 공헌이있고 — 대관절 虛榮心이란 것을 除하고보자면 무엇 때문에 文學을하는지 몇사람이나 意識하고 다시 追求하고있는가. 일즉 學生時節에 文學靑年이였었다는 理由만으로 惰性的으로 文學하는作家(?)가 얼마나많은가. 『무엇을』이라든가 『어떻게』라든가 하는것에 或은 다른 아모런 것에는 自己精神의 抑制할 수 없는 强烈한慾望을 느낌이없이 天下의公器인 文學을 通하여 무엇을 이야기할수있는가. 그저 漠然히 무엇이든 그럼즉히 그려서 小說이되리라고 생각한다는 것은 自然主義末流의 毒素를 無自覺中에 너무도많이 吸收한 때문이아니고 무엇일까. 藝術家는 寫眞師가 아니라고 했다. 寫眞의 正確을 意圖하는 情熱도 方法의 追求까지도 갖지못한 寫眞師란 무엇이될른지. 文學에있어서 主題란 政治的社會學的 思想體系를 말함이 아님은 물론이다. 여기서 主題란 한作家나 或은 文壇潮流의 文學的思考의 焦點이고 震源地인 어떤精神的指向을 말할 것이다. 主題를잃은 精神이 果然文學을 創造할수있는가, 프로벨의 싸하올린 文學의 殿堂은 보지못하고, 그가 破壞하고 지나간 廢墟에 雜草에무쳐 낮잠만자는 무리는 눈을뜨고, 프로벨의 主題를 正視하여야하지않을까.

그러나 나는 文壇에對하여 여러말을 느려놓기를 이 자리에서 그리 즐기지않는다. 나의 文學修業의길로 도라가는편이 좋을듯싶다.

小說의 生命은 프로벨에있어서와같이 描寫力에對한 狂的固執에있는것이 아니고, 오히려 哲學者면 善과惡의鬪爭으로 宇宙를 說明하는때 어떤 정다운 善人하나와 어떤 獰惡한惡人의 關係에서 빚어져나오는 極히 卑近하고 具象的인世界를 創造하며 보여주는데있고 個體와 全體와의連繫 即全體의 斷面으로서의 어떤 個體를設定한다는 一種精神의 呪文에있다.

小設은 어떤精神이 現實을生活하고 認識하고 消化하는途中에 現實만으

로는 어떻게도 說明할수없는 『眞實』을 부다끼는때 現實을 眞實에까지 끄러
올릴려고 加工한 精神의 意匠이고 따라서 作家에依한 現實의 飛躍이다. 어
떤 精神이限定하는條件아래버려지는 人生그물건이다.

二

어떤날아침 고고와레프氏의코는 다라나버렸다.

코를찾어라. 고와레프氏의 코를찾어라.

그러나 讀者들은 곧 코는 아모래도 좋아진다. 아니 코를 못찾으면하고 빌
게된다. 코를 잃은 고와레프氏의 꼬락산이가 너무도 우습광스러운 때문이
다. 고—고리는 고와레프(小佐級의八等官)를 무참히 輕蔑하고 嘲弄하기爲
하여 그의코를떼서 네프스키—거리를 걸려보았다는 것을 讀者는 곧알것이
다. 뒤니어 事實로선 고와레프를 尊敬하고 敬愛하는사람도있을것이고 그저
그러한 地位의官吏로서 無心히 存在를 認定하는 사람도 勿論있을만하지만
고와레프란 結局 코를 잃고 警視廳을찾어가고 新聞社를찾어가고 코를追擊
하고 하든때의 꼬락산이以上의 아모런 人物도아님을 알 것이다. 따라서 現
實은 現實이기 때문에 그의그러한 正體를 연만속에 감추고 있었다는것과
그의 코는 없어져야할것임을 우리는 안다.

小設의 秘密이란 實로 여기에 있지않을까. 小說家의 資格은 全혀 그가 거
즛말을만들수있는가없는가에 걸려있는듯도싶다. 小設이란 眞實을 물고나
오는 거즛말이고 그럼으로 事實以外의 아모런 거즛말도 만들수없는 사람이
면 小說家를 斷念하여야한다고는 나의獨斷이여도 좋다.

이러한 現實의 飛躍으로서의 虛構性을 나는 픽숀(Fiction)이라 부르기로
한다. 픽숀이란 作家가 現實을 對하는 態度그물건을 結影시키기爲하여 意
匠되는 創造物이고 作家의主觀이나 現實 兩者中의 어느것도아니다.

甲乙丙이 있다고 하자. 日常生活에 있어서는 별반 달러보이지않을때가

338

많다. 그러나 어떤 作家에게는 그들의性格이 各其判異해보이고, 어떤 特定
한環境에만이르면 三人은 모도 判異한 個性을 充分히 發揮하리란것을 알았
다고 하자. 바로 그건特定의環境이란 日常生活에선 없을런지도 모른다. 或
은 있을런지도 모른다. 어쨌든 甲乙丙에게 그런生活環境을 주는 것이 픽숀
이다. 토마쓰만은 자기의이야기를 海拔몇千呎의 山꼭다기로 끌고올라갔다.
고─고리는 아카키─아키케빗치의 小心을 비웃고 同精할려고 새外套를 만
드러주었다가 빼았섰다. 스탄달은 人間의 情熱이란 것을 말하기爲하여 즐
겨 十六世紀伊太利의 이야기책을 飜譯했다. 報告文學이란用語를流行시킨
마르로─는 스스로 自身의 生活을 찾어 廣東으로 上海로 印度支那로 마드
릿드로 戰亂과 冒險속에서 自己의 精神을 開花시키지않으면 않되였다.

　이야기冊의 作者도 한人物을勇氣있다생각할 때 그에게 波亂重疊한 困難
한環境을준다. 亂世에英雄이나고 나라가亡함에 忠臣이난다고도 했다. 변학
도없어서는 春香의 貞節은 充分히 立證되지않는다. 제비둥지 없었드면 홍
부와 놀부는 大差가없는 사람으로 大差가없는 생애를 마추었을런지도 모른
다. 나는 다시 이런例를 들어 말할 수 있다. 붓과 벼루와 조이와 고무뽈은
책상에선 모도 靜止하여있다. 그러나 그것들을 어떤 斜面우에 놓아본다면
미끄러져 나려가는 樣相이 各其다를 것이다. 또 그것들을 맑은 湖水에 덮어
본다면 浮沈의狀態가 모도 다를 것이다 柵狀우와 斜面우와 湖水와 어느경
우인가에따라 우리들의 觀察은 딴結果를얻는다. 或은 이렇게말하는 것이
옳을런지도 모른다. 希求하는 觀察의 必要에 맞추어 特定의環境을 意匠하
고 選擇한다고.

　作中의人物들이 마음껏 춤추고 뛰놀고 고함질칠 舞臺와事件을 만들 精神
的財力이없는 作家는 要컨덴 貧弱한作家다. 이렇게말한다고 作中人物은 作
家의 장단에 춤추는 허수아비로 생각하는것같이 역이는사람이 있다면 이는
故意의 曲解리라. 日常生活에있어 或은 그렇지않을런지 몰라도 그렇지않은
日常生活이 거짓이고 잘못이지, 춤추고 뛰놀고 고함치는 것이 그들의 眞實
이라면 그럴 수 있는 環境으로 引導한다는 것이 眞實을 사랑하는 藝術家의

義務가아닐까. 果然 누구가 自己에 忠實하고 眞實한生活을 할수있는가 구
태여 世界的傑作中의 人物을 끄러올것까지도없이 우리를自身 자기의 歡喜
를 悲哀를 咨齒을 不安을 苦憫을 性慾을 醜惡을이런 條件밑에 展開시키면
얼마나 高潮될것인가고 생각해보는일이 없을까. 그러한 空想的假想的條件
밑에 自身의生活을 移植하여본다는 것은 얼마나 아름다운일인간 언마나 깃
거운일인가 그리고 얼마나 슳으것 섫어운 生活을 느끼게되는가. 마치도 個
體發生의過程은 種族發生의過程을 短期限에 반복하는것이라는 헥켈의胎生
學說을 逆으로하여, 사람이 胎內에서 經過하는形態를 人類까지進化하는過
程의 가지各色의動物의羅列로 고치는것에도 지지않는 燦란한일이아닌가.
現實속에는 서로均衡되고 制御되여 表面으론 보이지않도록 무처져있는 모
(角)를 다시 多彩한 모(各)로 再現하는것은 藝術家를除하고 누구인가.

三

　世上이란 어떤것인가를 고—고리는 말한다. 小로서아의 시골이란 마니로
프, 코로—포치카, 노즈도—료프, 쏘바케—빗취, 프류—시킨類의 地主와 有
耶無耶한檢事며, 知事며, 賂物을當然視하는 警察部長이며 無能한官廳이며
가 있는곳이라고. 假令 모든地主들이 必要치않을뿐더러 짐되고 걱정꺼리인
죽은農奴를 사러다니는 치치코프가 그들의 縣廳所在地에 나타났을때보아
도 — 이렇게『죽은靈魂』의世界는 展開된다.
　치치코프의 天才的愚行은 고—고리의 世上을 對하는 態度를具象化하는
픽숀이다. 치치코프의 個人的必然性이 하나의 斜面을이루어 作中의諸人物
은 그와의關係라는 限定된空間과 時間속에 各其의本質을 發揮한다. 치치코
프는 치치코프일뿐만아니라 동시에 마니로프나 쏘바케—빗치나 그밖의 모
든 人物의必然性을內包하여있고 그들의世界의頂點에 서있다.
　이런말을하면 讀者들은 내가 지금 거짓말을하고있다는 것을 알 것이다.

고—고리는 그러한 인물들을 表現하기爲하여 歸納的으로 치치코프를 登場시킨것이아니고 事實은 順序가 그와反對인것이다.

　어떤날 푸—슈킨은 고—고리에게 어떤 唐荒한이야기를 들려주었다. 고—고리는 그이야기를 小說로 쓸려고했다. 곧『죽은靈魂』의치치코프였든것이다. 고—고리는『죽은靈魂』의몇章을써서 푸—슈킨에게 읽어주자 푸—슈킨은 「아아 로서아란 얼마나 섧어운 나라인가」하고 歎息했다는 것은 너무도 有名한逸話다. 우리들이 다시금 놀라는일은 고—고리自身은 가벼운생각으로 쓰는作品에대하여 이렇게 慨嘆하는것을듣고 作家인그가 놀래여 고쳐생각했다는 것이다. 大詩人푸—슈킨의 天稟으로서도 그러한 小說的事件을提供할때 그것이 그렇듯悲痛한 世界를展開시키리라고는생각지못했든것이고, 고—고리또한 自己의 世上을보는『눈』만으론 그리고 처음 치치코프的事件을 그리면서까지도 後日의『죽은靈魂』을豫想하지못했다는 것은 무엇을 意味하는가.

　單純한 이야기(스토리)의 幻想美도 뛰여난人生觀察의妥當性도 一篇의小說이비저내는 人生編圖에比하면 그얼마나 보잘것없는것인가.

　虛構속에 眞實을 躍動시키는 魔術師 — 小說家의 偉大한創造性을 나는 모든 人間的所作우에 놓으려한다. 이는 人類永遠의課題인 꿈과事實이 渾然히 一體를일우는것이고, 文化의 進化創造飛躍이란 結局 이렇게 事實있는것以上의 어떤眞實을 恒常찾어 멎을줄모르는 精神의能動性에서 오는것이아닌가.

　고—고리를 論하는사람은 흔히 레알리즘과 로맨티씨즘의 融化란말을 쓴다. 이두文學思想으로 小說을 裁斷하지않으면 않된다면 이는 正論일 것이다. 大學에서는 文學講義에 短篇小說은 몇字까지 中篇은 몇字까지 그리고 長篇小說은 몇字以上이라고 字數푸리統計를 研究함으로 敎授의權威가되는 일도 있다고 한다. 고—고리에게는 레알리즘 몇파—센트 로맨티시즘몇파—센트가 섞여있다고 分析表를만드러 學位論文쯤通過치못하리라고 斷言할自

身을 나는 가질 수 없다. 그러나 創作家로서의 그의 秘密을 追求하는데는 이런 議論은 別로 도움이되지않는다는것만은 나는 안다.

프로벨의작품에있어 每篇의 스타일이 各其다른것같이 고—고리에게있어 作品마다플롯트가 다르다는 것은 무엇을 說明하고있는가. 프로벨은 對象을 忠實히表現하기爲하여는 스타일은 作家에게 直線的으로所屬할것이아니라 對象의 性狀에따라 自由自在히 驅使되여야한다고 생각했다. 작품마다 스타일이 달렀을뿐아니라 『聖안토와—누의誘惑』에서는 한작품안에서도 場面을 따라 스타일을 바꾸었다.(그것이 죠이쓰에왔어 極度로追求되였지만.)

特定한사람이 特定한對象을 對하는 態度, 兩者의關係에서 빚어지는것은 兩者中의 어느것도아니고, 다른 아모것도아닌, 어떤 特定한 第三存在인 것이다. 프로벨이스타일에서 追求할려든 것을 고—고리는 픽숀이라는 武器로 追求한것이다.

意慾하는對象이 달름을따라, 말과말의 聯關인 스타일의 構想이나, 사람과사람과의 摩擦인 소설의 플롯트가 달러진다는것은, 그作家의 嚴正을 말하는것일게다.

나는 敢히 고—고리를 近代文學에있어서 내가말하는 픽숀을 가장깊이理解한 사람들中의 하나고 다시 그것을 意識的으로 活用한最初의作家라고 斷言한다.

『다라쓰·부리—바』와 『이완·이와노뷧치와 이완·니키로비치와의 싸운이야기』의차이는 레알리즘과 로맨티씨즘의差異가아니고 하나는 코삭크의 民族的憧憬을 表現한것이고 하나는 늙은 코삭크의 沈退된 無氣力하고 無聊한 現生活을 表現한것이라는데있다. 다시 『티카니카』의 諸作品을 보라. 코삭크의 日常生活과 民族的迷信과 信仰과 憧憬이渾然히 一體가된— 말하자면 코삭크란 民族의 眞實의生活이 惡鬼와 妖魔가날치는 世界속에 解明히 떠올우지 않는가. 그들의 日常生活과 迷信과信仰과憧憬을 따로따로히 觀察하고 敍述하는 것은 藝術的創造의天才가 없는 사람에게도 그리 어려운 일이 아니다. 그러나 亦是 『티카니카』의 諸作品이 이런觀察과敍述의 몇 千

卷보다 코삭크란民族을 端的으로表現하는데 質的으로 優秀하다는것은 두 말할것도 없을것이다.

萬一 우리文壇에盛行하는것같이 自己의觀察을 그대로敍述하여 小設이된다면 고-고리는 푸-슈킨에게 「내게 스토리를 달라」고 哀願할것도없이 쉽사리 靑山流水로 小設을 지여놓았을런지 모른다. 또는 스토리란 것이 小設에있어 決定的으로重要한것이라면 고-고리는 小說家로서도 푸-슈킨의 발밑에도 미치지못할것이다.(『죽은 靈魂』『檢察官』의 일화)

고-고리에있어 諷刺란 極히重要한 一面임은 事實일것이다. 그러나 그의 諷刺란 그의天性이 現實을 正面으로 批判하고 攻擊하기보다 돌려세워놓고 험구를하기 즐기는 陰凶한 性格의 所有者였다는데서 오는것이지 決코 文學하는 方法에서 나오는것은아니다. 諷刺란 누구나가 할수있는 것이 아니다. 나는 여기서 諷刺에對한이야기는 그만하고 다른 機會를 約束하여둔다.

詩의 附近

楊雲閒

小說의 獨立性을 認定하는데 小說이반다시 散文이야한다는 생각은, 或여라도 無意識中에 쟌루混同에 빠지기 쉬울뿐아니라, 小說 그것의 獨立性을 忘却하기 쉬울것이다. 그러므로 우리는 小說이 韻文인 境遇를 想起할 必要가 있다.

詩에있어서 詩는 반다시 韻文이야한다는 생각도 小說의 境遇와 마찬가지로 詩의 獨立性을 잃어버리기 쉬울것이다.

나는 詩가 韻文이 아니라는것을 反省하랴고한다. 다시말하면 詩는 散文일수도있고 韻文일수도 있다. 이렇게 詩는 언제나 獨立해 있다.

獨立性을 가진 詩가 이제사 韻文의花園을 거닐거나 散文의 都市를 달리거나 自由다.

그러나 歷史的科程을 살펴보아 詩는 韻文에서부터 散文에로 옮아가고 있다. 人類의 衣裳이 無花果잎으로 부터 只今의 衣裳으로 變遷해온것과 마찬가지로.

따라 거듭하는 世紀와 같이 人類란自體도 進化하여왔지만 詩도 同樣으로 發展하여왔고 將次도 할것이다.

詩의 進化 發展에 對해서는 後人機會를 타서 論코저 한다.

그런데 韻文과 散文사이에는 自由詩라고하는 重要한것이 介在해 있다. 이自由詩는 詩가 表現上 韻文世界에서 散文世界로 건너가는 橋梁이였다. 橋梁役割을 하는 이自由詩는 必然的으로 韻文의 탈을 完全히 벗지못한채로 散文의 要素인意味의 世界를 끄러넣었다.

그런즉 意味란 무엇이냐. 意味自體에對한 追求가 今日의 詩에있어서 앞에놓여진 길이다.

이렇게보면 나自身 自由詩라는 橋梁우에 오래 머물어있기를 願치 않는다.

때로는 나의 詩에 說明을 要求하는親舊가 있다. 나는 나의 한篇의 詩를 놓고 說明을 해주고는, 그親舊가 돌아간다음에 나혼자 失望하는 境遇가 없지않다. 그것은 그詩篇이 說明이라는 附加物인 쐐기가 들어갈수있을만침 틈이 있다는것을 깨달은 까닭이다.

恒常 完全한 詩는 說明을 要하지 않을리라. 詩는 說明을 要하는때 不完全을 意味한다.

바꾸어서 말하면 詩는 說明의 極限이다. 卽 詩는 詩以外에 아모것도 아니다.

詩를 說明하는때에 우리의 位置는 詩밖에 서있다. 詩의 周圍를 觀望 翫賞하는 때다.

今日의 詩는 確實히 知的傾向이다. 내가 知的傾向이라고하는것은 今日의 詩가 무엇보다도 思考的이라는것이다. 그래서 今日의 詩의 特徵은 思考를 喚起시키는것이 價値的이다.

思考를 置重한다면 今日의 詩를 哲學的이라고 볼수있다. 또 哲學的이라고 할지경이면 今日의 詩는 또 抽象的이다.

봐레리日 「詩는 代數다」 콕토―日 「詩는 計算이다 ― 모다 詩에있어서의主知와 抽象또는 普遍이란 血管을 通한 約言들이다.

或者 피카소를 評하여曰「피카소는 計算한다. 그의 計算은 다만 奇蹟이다. 그이는 圓을 三角形으로 그린다. 三角의本體는 圓形의 茶碗이다.」

勿論 圓을 三角形으로 그린다는 피카소는 錯覺이 아니다. 圓을 三角形으로 그린다는것은 피카소의 批判的 所作이다.

우리가 先人이 使用한 그形容詞를 그대로 專用하도록 極刑되어있다고 생각할必要는 全然없다.

요즘 나는 言語와 論理에 對하여 疑心을 품고 있다. 어쩐지 信用할수 없다. 言語와 論理. 論理는 버릴수있지만 言語는 人間인 以上 運命的으로 버릴수 없다. 言語 卽論理라면 別問題이지만 나는 現在의 論理 즉 論理以前이 아니고克服 止揚된 超論理를 想定하고 하는말이다.

論理를 믿고 言語를 使用ㅎ 다가는 虛構에 빠질수밖에 別道理가 없지않을까. 이虛構를 벗어나기 爲한 言語의 逆用을 생각한다.

虛構를 벗어나기 爲한 虛構의 逆用. 또 續列的인 逆想的인 逆想.

時間이 過去에서 始作한다는것보다 아득한 未來에서라는것이 죄임땅이 있다. 따라 明日이라는 阿片이 있다.

에집트의 비라밋트가 生起ㄴ 後 해를 거듭하는동안에 그것을 본따서 나온것이 크러오파토라의 코라는것보다, 累年後에야 生起ㄹ 크레오파토라의 코가 에집트사람들의 思考世界의 이미 깃드리고있는 어메지로 因한 表現이 에집트의 비라밋트를 創造했다는 歷史의 逆.

레코—드의 逆轉. 逆想.

散文과 詩의 區別. 마레루부曰「散文을 步行이라고 하면 詩는 舞踊이라」고 했다. 이解釋도 詩에 圈內에 突入하려는 熱望과 注意를 가졌으나 詩圈에서 나오는 祭香만을 感觸하는데 멋고 말았다. 마는 祭香에서 直感한 表情이 奇才로와 厥氏의 解釋을 적는다. 이여曰「散文은 步行과 마찬가지로 앞의

346

目標를 둔 行爲다. 詩는 步行에 必要한 條件 即 肢體, 筋肉, 精神을 同樣으
로 使用하지만 어니곳에든지 目標를 두지 않는다. 다만 舞踊은 舞踊가운데
서 快樂을 느끼는것과 마찬가지로 詩는 한個의 生命의 極限이요, 存在의 究
極이다. 따라 價値도 이곳에 있는것이다.」

한국 문학 연구의 새로운 가능성

인쇄일 초판 1쇄 2001년 06월 30일
           2쇄 2015년 08월 10일
발행일 초판 1쇄 2001년 07월 05일
           2쇄 2015년 08월 23일

지은이 한국문학연구학회
발행인 정 찬 용
발행처 국학자료원
등록일 1987.12.21, 제17-270호
서울시 강동구 성내동 447-11 현영빌딩 2층
Tel : 442-4623~4 Fax : 442-4625
www. kookhak.co.kr
E- mail : kookhak2001@hanmail.net

ISBN 978-89-8206-607-8 (93810)
가 격 18,000원